二見文庫

二人の秘密は夜にとけて

リンゼイ・サンズ／相野みちる＝訳

SURRENDER TO THE HIGHLANDER
by
Lynsay Sands

Published by arrangement with HarperCollins Publishers
through Japan UNI Agency, Inc., Tokyo

二人の秘密は夜にとけて

【ドラモンド家家系図】

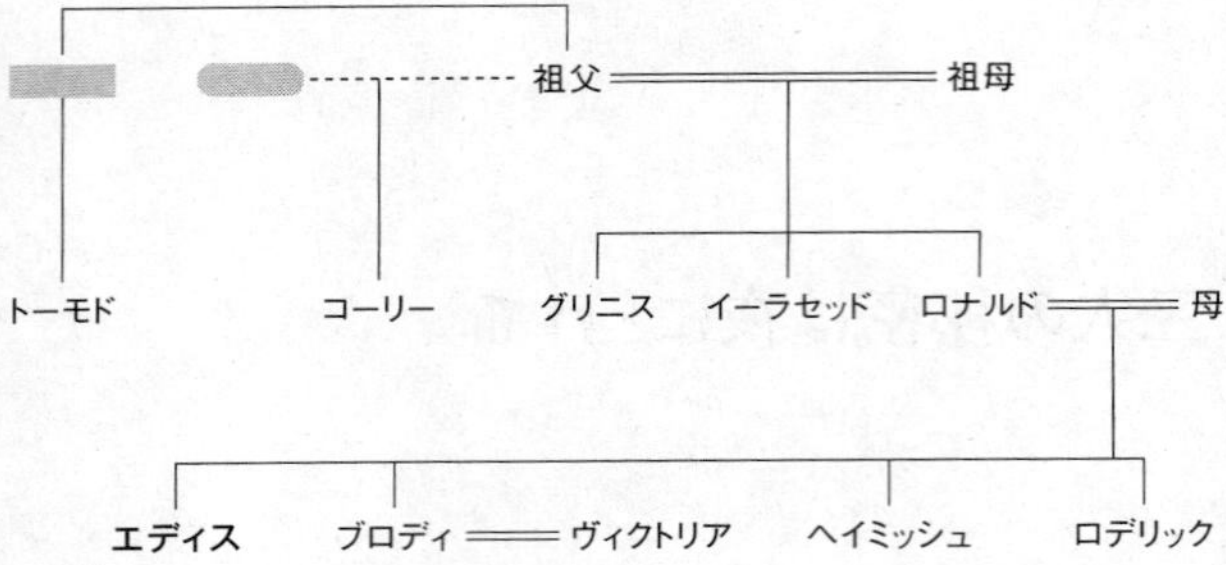

登場人物紹介

エディス・ドラモンド	スコットランド領主の娘
ロナルド・ドラモンド	エディスの父。故人
トーモド・ドラモンド	ロナルドのいとこ。副官
コーリー・ドラモンド	ロナルドの異母弟
ブロディ・ドラモンド	エディスの兄。ロナルドの三男
レディ・ヴィクトリア	ブロディの妻
エフィ	レディ・ヴィクトリアの老いた侍女
グリニス	ロナルドの妹
ロンソン	グリニスの子、ベシーの孫
ベシー	ロンソンの祖母
イーラセッド	ロナルドの妹
モイビル	エディスの侍女
ニルス・ブキャナン	ブキャナン兄弟の四男
ジョーディー・ブキャナ	同六男
ローリー・ブキャナン	同七男。治療師（ヒーラー）
アリック・ブキャナン	ブキャナン家の末弟

プロローグ

ニルスは一瞬、義理の弟をまじまじと見てから声を荒らげた。「気は確かか？　ドラモンドの近くだなんて、絶対に行かないからな。これから北部のマッケイへ旅するのに、ドラモンドは南のほうじゃないか」

「そうだ《アイ》」隣に立つジョーディーも、妹の夫をたっぷり睨みつける。「ここに寄ったのは、妹の様子を見るというローリーをおろすためだったんだ」

「わかってるさ」グリア・マクダネルが嚙みつくように答えた。テーブルに座る四人のブキャナン兄弟から目を離し、妻が現れるのを期待するように階段の踊り場にまなざしを送る。

ニルスは彼の視線を追ったが、踊り場にはなにもなかった。グリアに目を戻すと、彼も義理の兄たちに注意を向け直し、口元をきりりと引き結んでいる。

「旅が長引くのもわかっている。無理にとは言わない。だがサイは、友人のエディス・ドラモンドのことをほんとうに案じている。四週間前にきた手紙では体の具合が悪そうだったが、それを最後に便りはない。サイが送った三通の手紙にも返事がなくて、心配しているんだ」

「だったら、使いの者をやればいい」ニルスはいらいらと言い放った。「勘弁してくれ。ドラモンドはブキャナンと同じくらい南に下ってから、さらに東に一日ほど馬を走らせたところだ。そこまで行ってから、もともとの旅路をつづけるためにここまでまた戻らなくちゃならないなんて、まったくばかげてる」

「少なくとも一週間は旅程が延びるな」ジョーディーがしかめ面をする。

「いや、一週間以上だ」アリックも険悪な表情になった。「荷車があるから、もっとゆっくり走らなくちゃならないし」と首を横に振る。「ニルスの言うとおり、使いの者をやったほうがいいよ」

「おれの話を聞いていなかったのか？　こちらから送った三通の手紙に、エディスは返事をよこしてこないんだ」グリアは憤懣やるかたないとばかりに吠えた。「最後にやった使いの者はドラモンドの城郭内の中庭にも入れてもらえなかった。言付《ことづ》けは門のところに置いてくるしかなく、なんの知らせも持たされずに戻ってきた。サイは、エディスの無事を確かめるため、自分で馬に乗っていくと言ってきかないんだよ」

「だから？」ニルスは当惑して聞き返した。「サイはいままでもあちこち旅をしてきたし、これからだってそうするだろうよ。いったい、なにが――？」

「お腹に赤ん坊がいるんだぞ」グリアは、そのちょっとした事実をみなが忘れているかのように大声を出した。

「ああ、たしかに。だが、ぴんしゃん元気にしてるんだろう？」ニルスはうんざりとばかりに声をあげた。「いいかげんにしろよ、産《う》み月までまだ五カ月もある。まさか、身ごもっているというだけでサイをおくるみに包《くる》んで、なにもさせないつもりでいるんじゃないだろうな――おい、なんだ、あれは！」踊り場に現れたサイが階段をおりようとしているのを見て、彼は仰天した。いつもはしなやかな動きをする妹が子牛を一頭……では足りず、二頭ほどのみ込んだような図体をしている。なんてことだ、丸々と膨れて突き出た腹には、子牛が三頭詰まっていてもおかしくない。ニルスは愕然とした。あまりにもぎこちない動き。バランスを失って階段を転げ落ちるのではないかと心配になるほどだ。

もちろん、そう思ったのはニルスだけではなかった。グリアは跳びあがるようにして妻のもとへ急いだ。階段を駆けあがり、妻を抱きあげておりてくるのを、ブキャナン兄弟は黙って見守った。

「階下《した》におりるときは、侍女に言っておれを呼べって言ったじゃないか」グリアは声をとがらせながら、テーブルへやってきた。

「わたしはお腹に赤ちゃんがいるだけで、手足が不自由なわけじゃないのよ、旦那さま」サイもかりかりと答える。「だれの手も借りずに、ひとりでちゃんと歩けるわ」

「そうかもな。だが、とても見てられない」グリアはうなり声をあげると、その口調とは裏腹にそっと優しく妻を隣の椅子に座らせた。「きみが階段をおりようとするたび、いまにも蹴つまずいて岩のように転がるんじゃないかと——」サイのこわばった表情に、グリアはすまなそうに顔をしかめた。「おれはただ心配なんだ」しどろもどろに言うと、なだめるような笑みを見せた。「きみがおりてきたから、朝食の準備をするよう料理人に知らせてくる」

「ありがとう、旦那さま」サイは小声で礼を言い、身をかがめたグリアのキスを額に受けて微笑んだ。大広間を横切って厨房へ行く夫を見送る表情は愛情と感謝にあふれていたが、兄たちに向き直ったときには、そのどちらもなかった。はっと息をのむような兄たちを順々に見て、愛想も尽きたとばかりに憤慨する。「なんなの？　わたしの顔を見て、うれしくないの？」

不機嫌そうな質問にニルスは両眉を吊りあげ、大きすぎるお腹に目をやった。「それはうれしいさ。おれたちはただ、顔以外にも見るものがあって驚いてるだけだ」

「いまにもはちきれそうだな」アリックは感心したように言った。「まだ四カ月だと思ってたけど？」

「そうよ」サイはおもしろくもなさそうに答えると、ぽっこり突き出たお腹を片方の手でさすった。「お腹にいるのは双子かもしれない」

「おれは六人だと思うな」ジョーディーは言ったが、すぐさまサイに脚を思いきり蹴られた。

ニルスは笑いを嚙み殺し、眉を吊りあげながらローリーに向き直った。「この時期に、ここまでお腹が大きくなるものか？」

ローリーは口元を引き締めてサイのそばに移動した。ひじに手を添え、立つように促す。「ちょっと上の階へ行こうか」

「また階段をのぼって？」サイは険しい表情で尋ねると、首を振りながら兄の手をほどいた。「いや《ネイ》よ。やっとのことでおりてきたんだから。それに、わたしはお腹が空いていて——」

「おれは、おまえの具合を診なくちゃならない」ローリーはきっぱり言い返した。

「食事はあとでもできる」

「あるいは」サイも負けじと切り返す。「わたしが食事をすませたあとに診《み》るのでもいいんじゃない？」

「あるいは、ここでみんなが見守るなかで診てもいいんだぞ」ローリーは冗談めかして言ったが、警告するような響きに変わりはなかった。

サイは睨むような顔をしながら、腰に帯びた黒い短剣《スキャンドゥ》に手をやった。「やってごらんなさい。兄さんたちみんな、立ったまま串刺しにしてやるから」

「サイ」ローリーはたまりかねたようにため息をつき、理詰めで説得しようとした。「おまえのお腹は、この時期にしては大きすぎるんだよ。危険なことだってありうる。心臓の音を確認して、過度に負担がかかっていないことを確かめたいんだ。あと――」

「わたしは大丈夫」サイは、さらに息巻くローリーに向かって言葉を継いだ。「でも、頼みを聞いてくれたら、兄さんの言うとおりにしてもいいわ」

「と言うと？」ローリーがふいに慎重な受け答えになる。ニルスは、自分だってそうするだろうと思った。この妹がなにを言い出すか、それはだれにもわからない。

「わたしと一緒にエディスの様子を見にいくと約束してくれるなら、診させてあげてもいいわよ」サイは有無を言わさぬ調子で言った。

ローリーは眉根を寄せた。「サイ、まさか、その体で馬に乗ろうなんて本気じゃないだろう？　おまえは——」

「そう、わかった。じゃあ、診てくれなくてけっこうよ」サイは兄の非難を払いのけると、テーブルのほうに向き直った。

　ローリーがぶつくさ悪態をつく。笑いたくなるのをこらえようとニルスが頭を下げるなか、ローリーはふうっと息をついた。「わかったよ。診させてくれるなら、おまえの友達のエディスのためになにができるか考えてみよう。さあ……約束どおり、体の様子を診させてくれ。おまえだって、なにも心配はないと安心したいだろう？」

　サイは体の力を抜いて微笑みさえ浮かべたが、すぐに顔をしかめた。「ええ《アイ》。でも、少し休ませて。階下までおりてくるのもひと苦労だったんだから」

　最後の部分は、恥を忍ぶように認めたひと言だった。弱音を吐かないサイが言うのだ。よほどのことに違いない。

「おれが抱きあげてやるよ」ローリーが優しく言った。

　サイはその提案に目をぱちくりさせて笑い出したが、彼を見やるうちに笑い声はやんだ。昔はほっそりしていた兄の姿にあらためて目を見開く。「体が大きくなったのね。腕にもしっかり筋肉がついて」

「ああ」ニルスはにんまりした。「兄ドゥーガルとミュアラインをカーマイケルまで送ってブキャナンに戻ってからというもの、ローリーはおれたちと教練場で体を鍛えてるんだ」

「どうして？」サイは驚いて尋ねた。

ローリーはしかめ面で答えた。「どうやって他人の怪我を治すか研究するのも大事だが、用心のために自分の身を守るすべも知っておいたほうがいい。兄貴たちがやたらとそう言うんだよ」そして、にやりとしながらつけ加えた。「おまえやドゥーガル、おまえの連れ合いのごたごたも最近まであったからな。兄貴たちの言うことももっともだと思って」

「そうね」サイはまじめな顔になった。「そのとおりだわ」

ローリーはうなずき、片眉をくいとあげた。「じゃあ、そろそろ抱きあげてやろうか？」

ため息をもらしながらサイは首を振り、立ちあがった。「自分で歩く。でも、階段でバランスを失ってうしろにひっくり返らないよう、腕をつかんでいて」

しかたないとばかりにうなずくと、ローリーは妹の腕を取って先に立った。

ニルスはサイの突き出たお腹を心配しながら、ふたりが歩いていくのを見守った。

「まさか、この段階であんな大きなお腹をしてるとは」ジョーディーが眉根を寄せる。

ニルスも肩をすくめた。「まだ身ごもったばかりであの大きさとは、はじめて見た」

「ああ。どういうことか、兄貴たちもわかってるよな」アリックは浮かぬ顔になった。

ほかのふたりが問いかけるようにぼうっと見ている様子に、あきれたように目を回す。

「おれたちがドラモンドへ行くはめになるんだよ。あんな状態のサイを馬に乗せるわけにはいかないじゃないか。階段をおりてくるだけでも息を切らしてだるそうにしてるし、グリアに抱きかかえられないと、動くことだってできない」

ニルスはため息をついたものの、うなずいた。「マッケイから帰ってくる際に、ドラモンドのほうへ回り道をしよう。そうすれば――」

「そんなに先延ばしはさせない」

断固たる調子に振り向くと、義理の弟が戻ってきたところだった。ニルスは口元を引き結んだ。「おれたちには届けなければならない物があるんだ、グリア。マッケイでは、今週末には毛織物が届くものだと思っている。それをこっちの勝手な都合で――」

「では、おれの部下六人が代わりに届け物をする」グリアは決めつけた。「きみたちはドラモンドへまっすぐ向かってくれ。でないと、サイは自分で行くと言ってきかないだろう」

ニルスは唇を引き結んでグリアの提案を考えてから、切り返した。「十二人にしてくれ」

「十二人だと?」グリアはむっとした表情を見せた。「きみたちはたった三人じゃないか」

「ああ、だが、これは高価な織物なんだ。ブキャナンの男ひとりにつき、きみのところの兵士が四人は必要だな」ニルスははっきり言った。「もちろんきみが同行するなら、兵士は八人でじゅうぶんだが」

義理の兄たちと同等の戦士だと認められたことで気持ちも少しやわらいだのか、グリアはため息とともにうなずいた。「いいだろう。マッケイに届ける毛織物には、十二人の兵士をつけてやる」

ニルスは満足してにんまりした。ここからマッケイまで往復する、長くやりきれない二週間の旅の代わりに、ドラモンドまでの二日間の旅ですんだ。天がこんなふうに微笑んでくれるとは、まったく、人生は最高だ。

1

「くそったれ！　いいかげん、門を開けておれたちをレディ・エディスに会わせろ、この女たらしのごろつきが。さもなくば門に火をつけて、おれたちの手でぶっ壊してやるぞ」

アリックの脅し文句に、ニルスは首を振った。単なる口から出まかせだ。ドラモンドの城門に火をつけてたたき壊すなど、するつもりもないくせに。こっちは四人しかいないんだ、そんなことできるはずもない。もっとも、ほんとうにできないのかどうか、試しにやってみてもおもしろいとは思うが。

とはいえ、ドラモンド家と戦争をはじめるために来たのではない。妹のサイの友人がどうしているのか確認し、戻ってそれを報告するのが唯一の務めだが、あいにく、その友人とやらの姿を見ずに帰ろうものなら、サイはみずから馬でここまで乗りつけて確かめると言うにきまっている。それだけではすまないかもしれない。だいたい、ここへ来るのをニルスたちが承諾すると、サイは自分もついてくると言い出した。そんなことをしたらお腹の赤ん坊たちに障《さわ》るというローリーの言葉や、赤ん坊が生まれるまで彼女をベッドに縛りつけて見張らせるというグリアの脅しを聞いてようやく、彼女も馬に乗るのをあきらめたのだ。

ニルスはふたたび頭《かぶり》を振った。赤ん坊、それもいっぺんに複数が生まれてくるとは。ローリーの話では、双子だという。アリックとジョーディーはそれ以上だと言って、何人になるか賭けている。アリックは三人、ジョーディーは四人に。ふたりとも頭がおかしい。そんなにたくさんの赤ん坊を身ごもれるものではない。双子だってめずらしいのに、三人だの四人だの……まあ、ずいぶん昔、あるいは遠い外国の女で、いっぺんに三人の赤ん坊を産んだ者がいると婆さんたちが話すのは聞いたことがあるが、単なる与太話にきまっている。もっとも……サイのお腹はやはりでかすぎて、三人や四人赤ん坊が入っていても不思議ではない。

塔門にいる男たちに目をやり、ニルスは叫んだ。「この城の奥方《レディ》に会いたいだけなんだ。おれたちの妹はその方の友人でレディ・サイ・マクダネルというんだが、奥方の身を案じている。門を開けるつもりがないなら、奥方を門のところまで連れてきて、姿を見せてくれないか。そうすれば、おれたちも彼女は無事で元気だと妹に伝えてやれる」

　城壁にいる男たちは目を見交わすと、やがて、ひとりが口を開いた。「あんたたちが会いたいのはレディ・エディスで、ここの奥さまのことではないよな？」

「ああ《アイ》」ニルスは眉根を寄せた。「エディスがここを取り仕切ってるんじゃないのか？　母親が亡くなり、いまは彼女が女主人《レディ》の務めを果たしていると聞いたが」

「前はそうだった」男が大声で答える。「だがいまは、いちばん年若のブロディと結婚したレディ・ヴィクトリアが、ここの女主人だ。ご領主は自分が戻るまで、だれが来ても門を開けるなと言い渡していった」

　ニルスは眉を吊りあげた。結婚の話など聞いていなかったし、いちばん下の息子の嫁が屋敷の娘に代わって女主人を務めるなど、少しふつうではなかったからだ。相続人である長男が結婚したら、その妻が将来のレディ・ドラモンドとして割って入ることはあるかもしれないが、末息子の妻が？

　とはいえ、それはいま論じる問題ではない。ニルスはあとで考えることにした。

「ああ、おれたちが会いたいのはレディ・エディスだ。サイは使いの者を三回よこしたが、返事はなかった。エディスが元気かどうか確かめてくれと言われて、来たんだ」ここでひと息いれて言い添える。「スコットランド人はもてなし好きのはずだから、使いの者は追い返しても、高貴な生まれの人間に同じまねはしないだろう？　サイはそう確信していたんだが」

上にいる男たちは言い争いをはじめた。門を開けてニルスたちをなかへ入れるべきだという人間がいるようだが、それに反対する者もいるらしい。ニルスは話し合いが終わるのを待ったが、しばらく経ってから繰り返した。「なかへ入る必要はないんだ。レディ・エディスを門のところまで連れてきてくれれば、彼女が元気だとわかって、おれたちは安心して帰ることができる」

「それは無理だ」先ほど声をあげた者が厳しい顔でつづけた。「体が弱っていて、門までたどり着けない」

「じゃあ、まだ具合が悪いのか？」ローリーはニルスの隣から心配そうに尋ねた。

「ひどく悪い」塔の上の男は疲れたような声を出した。「父親や兄ふたりに比べたら長持ちしているが、いつどうなるか。もう、長くないかもしれない。簡単にはあきらめない気概でいままで戦ってきたのに、残念だ。氏族《クラン》を率いてもおかしくないほどの人物だというのに」

ニルスは目を丸くした。ドラモンドの領主ロナルドと、上の息子ふたりが亡くなったとは。だがそれなら、いちばん下の息子の妻がこの城の女主人となったのも説明がつく。

隣に目をやると、ローリーが馬上でいらいらした様子で体を動かした。「彼女がまだ患《わずら》っているという知らせだけでここを発ったら、サイにはいい顔されないぞ」

ニルスはうなずき、顔をあげて大声で呼ばわった。「お嬢《ラ》さん《ス》が死ぬか、あるいはふたたび元気になるか、どちらかになるまでおれたちはここを離れない。それ以外の知らせでは妹が納得しないからな」

「じゃあ、エディスが亡くなったときにお知らせする」と返事が返ってきた。

ローリーは小声で悪態をついたが、ニルスはそれを無視して言った。「おれたちを城内へ入れてくれてもいいじゃないか。ここにいる弟は、スコットランドでいちばんの治療師《ヒーラー》だ。レディ・エディスの命を救えるかもしれない」

一瞬の沈黙が訪れたかと思うと、塔の上でふたたび、嚙みつき合うような言い争いがはじまった。

ニルスはじっと待とうとしたが、まったく埒《らち》があかない。考えもまとまらないうちに、うしろにいたアリックが怒りもあらわにつぶやいた。「こんなばかげた話があるかよ。いやしくもスコットランド人なら、同盟を結ぶ味方を物乞いのように門の前に立たせたまま、なかへ入れるのを拒むはずがない」

「そのとおり。同盟関係を維持したいなら、こんなまねをするわけがないな」ジョーディーもうなるように同意する。

「ジョーディーやアリックの言うとおりだ、ニルス。これは常軌を逸している」ローリーも硬い表情で言った。「なかへ入れてくれていたら、いまごろはお嬢《ラス》さんの具合を診られたはずだ。なのに――」

ニルスは手をあげて彼を黙らせ、大声で叫んだ。「あれこれ言い合うのはやめて、頭を使え！　おれの弟は彼女を助けることができる。あんたたちは、自分の身内のことなどどうでもいいのか？　あんたたちが見殺しにしたと、彼女の兄であるご領主が知ったらどう思うだろうな？　ああ、おれは間違いなくご領主に伝える。さあ、いいかげん、この門を開けるんだ、知恵の足りないうすのろども。さもなくば、おれはこの壁をのぼっておまえたちののどを掻き切り、自分で門を開けて――」

門の落とし格子があがりはじめたので、ニルスは言葉を切った。眉を吊りあげ、ひとりごちる。「ふむ、ようやく門を開ける気になったようだな」

「まったく、なんでだろうな」ローリーはあきれたように目玉だけで天を仰いだ。

「おれの生まれながらの魅力が効いたんだろう」ニルスは肩をすくめると、上にいる男たちが気を変えて落とし格子を下げてしまわぬうちにと、馬を前に進めた。

「ああ、それは確かだな。ブキャナン一族の魅力を振りまけば、いつだってうまくいく」ジョーディーはニルスについて、門に通じる跳ね橋を渡った。

「おい、ひと言言わせてもらうが」ローリーは彼らのあいだに馬を割って入らせた。「旅に出て年中、この調子で〝魅力〟を振りまいているんだとしたら、戻ってきたみんなの傷をおれが縫わなくちゃならないのも当然じゃないか」

「いや、それには魅力とかはまったく関係ない」ニルスは弟に言い聞かせた。「おれたちが傷を負うのは、憐憫の情のせいだ」

「憐憫の情だと？」ローリーは面食らった。

「ああ。敵にも一、二発は殴らせてやらないと、連中は完膚なきまでにたたきのめされたといって意気消沈してしまうからな」

「それに、おまえのこともあるし」ジョーディーが言い添える。

「おれ？」ローリーは困惑した。「みんなが戦いで傷を負うのが、おれとなんの関係があるっていうんだ？」

「おまえは治療の経験を積む必要がある、そうだろう？　敵対勢力に、連中の剣《ソード》の扱いが劣っていると思わせないようにしてやるのと同時に、おれたちが戻ってきたとき、自分を誇りに思うような仕事をおまえに与えてやるためだよ。まあ、それでおまえに礼を言われたことは一度もないけどな」ジョーディーは文句を言った。

「おれがみんなに感謝する？」ローリーは信じられないという顔をした。「頭でもおかしくなったのか？　まさか、本気で言ってるんじゃないよな？」

「いいや」ニルスは楽しげに答えた。「でも、おまえも一瞬信じただろう？」

ローリーはは っと口をつぐみ、兄弟をひとりひとり睨《ね》めつけていった。

「埃まみれの古い書物や薬とともに家に籠もっているより、おれたちと旅に出たほうがいろいろ楽しいだろ？」アリックは楽しげに言うと、自分の馬をジョーディーの隣まで進めさせ、曲輪《くるわ》で囲まれた中庭をともに渡りはじめた。

ローリーはうんざりしたような顔で弟を見た。「その〝いろいろ〟っていうのは、おれの前を走る馬が蹴りあげた埃をかぶったり、冷たくて固い地面で眠ったり、ことあるごとにおまえたちにからかわれることか？　ああ、そうだな、これまでそういう経験がなくて、まったく残念に思うよ」

「ときどき、おまえは取り替えっ子なんじゃないかと思うことがあるよ、ローリー」ジョーディーが嘆いた。

「いや、違うな」ニルスは安心させるように言った。「どちらかといえば、サイとローリーをお創りになるときに、天にましします神がちょっと取り違えたんじゃないか?」

「つまり、サイは男に生まれるはずで、ローリーが女のはずだったってことか?」

ジョーディーは顔いっぱいに笑みを浮かべた。「その件については、旅の途中で一、二度話し合ったことがあるような気がする」

「ああ、たしかに」アリックもうなずく。

「なんだって?」ローリーは信じられないとばかりに甲高い声をあげた。

「だって、考えてもみなよ」アリックは、ドラモンドの城館正面にある両開きの扉に通じる階段に近づいた。「ローリーは、暖かくて気持ちいい城に籠もって薬草なんかをいじるのが好きだけど、サイは旅に出て戦うのが好きだし、視界に入った瞬間に敵を剣で仕留めるじゃないか。彼女は男に生まれるはずで、ローリーは女に生まれるはずだったとしか思えない」

そして、みなは階段のところで馬の手綱を引いた。

ニルスはローリーの様子をちらと横目でうかがったが、言葉を失って愕然としている顔を見て、ジョーディーやアリックとともに爆笑した。

「ふん、三人で存分に笑えばいいさ」ローリーはふてくされた。「でも、つぎにおまえたちの傷の手当をするときまで、このことは絶対に忘れないからな」

くすくす笑いながらニルスは肩をすくめ、馬からするりとおりた。あとでローリーに治療されるときにどれほどひどい扱いを受けようとも、こうしてからかって笑い合うほうが楽しいというものだ。

「レディ・エディスを助けてくれる？」

小声で尋ねられて振り向くと、ブロンドの髪をした男の子が真剣なまなざしで立っていた。そばにいるのは、赤みがかった濃い黄金色をした鹿狩り用の猟犬《ディアハウンド》。四本足でも男の子より背が高いぐらいで、たっぷり三十キロは重いようだ。ニルスも、これほど大きな犬を見たのははじめてだった。

「助けてくれる？」男の子はもう一度、質問を繰り返した。

「できるだけのことをしてみるよ」ニルスは彼にまた視線を戻した。

「おばあちゃんは、だれもレディ・エディスを助けられないって言うの」男の子は悲しげな声を出した。

「そうなのか？」

ぽつりと尋ねるニルスに向かって、男の子はうなずいた。「うん。あとは時間の問題で、領主さまや上の息子たちのように死んでしまう、って」

ニルスは険しい顔で言った。「おれたちがここに来る前だったらそうだったかもしれない。だけどな、ここにいる男を知ってるか？」と、馬からおりてきたローリーを指差す。「弟のローリーだ。スコットランドでいちばんの治療師《ヒーラー》なんだぞ。おまえのレディを苦しめているものに打ち勝つ手助けをできる人間、ここにいるローリーだけだ」

男の子は神妙な顔つきでローリーを見てうなずいた。「そうだといいな。だってレディ・エディスが死んでしまったら、ひどく悲しいもの。レディは、ほんとうに優しくしてくれるんだよ。ご領主ブロディさまの奥方、レディ・ヴィクトリアとはぜんぜん違う。ぼくたちがこの城に着いたときの女主人がレディ・ヴィクトリアだったら、きっとすぐに追い出されたと思うよ」

「ふむ」ニルスはほかに返事のしようがなくてうめいたが、背筋をしゃんと伸ばして尋ねた。「名前はなんという、小僧《ラッド》？」

「ロンソンだよ」

「ドラモンド家の人間ではないな、ロンソン？」ローリーが尋ねる。

「うん、違うよ。ぼくたち、南のほうで暮らしていた。でも、お母さんが死んだとき、昔いたところの領主さまに追い出されたの。ぼくとおばあちゃん、ふたりで新しいお家を探して長い旅をしたけど、だれも引き取ってくれなかった。おばあちゃんは年寄りすぎるし、ぼくはまだ小さすぎる、って。だけどレディ・エディスが引き取ってくれて、おばあちゃんに仕事を当てがってくれた。ぼくにも、ちゃんと務めがあるんだよ」ロンソンは誇らしげに言った。

「で、その務めはなんだ？」ニルスは尋ねたが、答えはもうわかるような気がした。

「ラディの世話をしてるの」ロンソンは胸をいっぱいに張り、ひょろりとした腕を大きな犬の体に回した。「餌をやって散歩させて、ブラシをかけてやらないと。レディ・エディスはほかにもいろいろやることがあって時間がないから。ラディの面倒を見るのが、ぼくのいちばん大事な務めなんだよ」

「そうだ《アィ》な」ニルスはうなずいた。「いちばん大事だ。おまえが来てくれて、レディ・エディスは運がよかった」

「うん」ロンソンはしかし、顔をしかめた。「だけど、このお務めもあまり先まではできないみたい」

「それはどうしてだ？」ローリーが尋ねる。

困った顔でロンソンは口ごもっていたが、やがて打ち明けた。「侍女たちが話しているのを聞いたんだけど、また元気になったとしても、レディ・エディスはドラモンド家にはいられないんだって。レディ・ヴィクトリアは意地悪だから、機会があればすぐにもレディ・エディスを修道院に送ってしまうだろうし、そうなったら、ぼくたちもここを出なくちゃならない」彼はちょっと唇を噛んだ。「それってほんとうだと思う？　レディ・ヴィクトリアは、レディ・エディスを追い出してしまうかな？」

「おれにはわからないな」ニルスは答えた。「だが、問題はひとつずつ片づけることにして、まずはレディ・エディスに元気になってもらってから、ほかの面倒なことに当たろう。どうだ？」

「うん《アイ》」ロンソンはディアハウンドの頭の上、耳のあいだを撫でてやった。「レディ・エディスはほんとにラディのことが好きなんだよ。ラディを連れていってやったら、きっと元気になると思う。レディ・エディスには、なによりの薬だと思うんだけどな」

「うーむ」ニルスは笑いを噛み殺した。「でも、それはもう少しあとになってからだな。先におれの弟に彼女の様子を診てもらって、なにができるか考えようと思うんだ。いいか？」

「うん《アイ》」ロンソンはしょげた様子でうなずくと、ニルスの背後をちらと見て、顔をしかめた。「トーモドとコーリーが来た」

　肩越しに見るニルスのほうに、ふたりの男が近づいてきた。どちらも年嵩《としかさ》だ。ひょろりと長身の男は足をひきずっており、もうひとりはちんまりとした太っちょだ。

「トーモドとコーリーというのは？」ローリーが尋ねた。

「先代のご領主さまの第一副官と第二副官で、いまはブロディさまの第一副官と第二副官だよ。背の高いほうが第一副官のトーモドで……ぼくのことが嫌いなんだ」ロンソンは悲しげに言い添えた。

「まさか、そんなことはないと思うが」ローリーは力強く言ってやった。

「ううん、絶対にそう」ロンソンは譲らなかった。「だって、ぼくたちをここに置いてちゃだめだってレディ・エディスに言ったんだよ。ぼくたちは役立たずの無駄めし食いなんだって」

「それはまた」ニルスはため息をついた。トーモドという男がそう言ったのはほんとうなのだろう。たぶん、この子と祖母の目の前で。なんと嘆かわしいことか。

「ラディをなかに入れて、ブラシをかけてやるよ」ロンソンは小声で言った。

ニルスはうなずき、少年が大きな犬を連れていくのを見送ってから、近づいてくるトーモドとコーリーのほうを振り返った。まだ言い合いをしているようだ。なかへ入れてもらおうとおれたちが待つあいだに城壁で言い争っていたのは、彼らなのだろうか。だとしたら、おれたちを城内に入れてからもずっと喧嘩していることになる。

「いいかげんにしろ」トーモドがぴしゃりと言い、コーリーとともに足をとめた。ニルスたちに目をやり、硬い表情で告げる。「ここにいるコーリーがあんたがたの馬の世話をする。そのあいだにレディ・エディスのところへお連れしよう」

　丁重とは言えない挨拶にニルスは眉間にしわを寄せたが、こう尋ねるだけにした。

「ご領主のドラモンドが不在のあいだは、あなたがここを取り仕切っているのか？」

「ああ《アイ》、残念ながらそういうことになる」彼は不快そうに口をゆがめた。「トーモド・ドラモンドだ。あんたがたをここに入れた理由を訊かれたら答えることになる。ついでながら、あれはコーリー・ドラモンド。あいつが小うるさいことを言ってこういう事態になったにもかかわらず、一切の責任を負うことはない」

「こうするのが正しいんだよ。おまえもわかってるだろうに」コーリーは言い張った。

「かわいいエディスを救うことができるなら――」

「わかった《アイ》、わかったから」トーモドはいらいらと遮った。「彼らを入れてやっただろう？　おそらく、そのせいで私はブロディに鞭でぶたれるだろうが」

　ニルスは眉を吊りあげた。仕えるべき領主を呼び捨てにしたり、ニルスたちを城内に入れたことで罰を受けると言う無神経さに驚いたからだ。

「妹の命をローリーに救ってもらったら、あんたたちのご領主は文句など言わない」

アリックはニルスの隣にずいと進み出て、真剣な顔で言った。

「弟のアリックだ」ニルスが紹介してから言い添える。「あれはジョーディーに、ローリー。おれはニルス」

トーモドはそっけなくうなずくと、アリックの言葉にうんざりしたように答えた。

「ほんとうに救ってくれたなら、そうだろうとも。だが残念ながら、そうはならないような気がする」容赦のない言い方とともに向きを変え、階段のほうへと向かう。

「なんでだ？ 彼女はどうしたんだ？」ローリーはトーモドのすぐうしろにぴたりとつき、興味津々とばかりに尋ねた。

トーモドは首を横に振った。「知るもんか。だれにもわからない。いきなりのことだった。先代のドラモンド領主と、上の息子ふたりのロデリックとヘイミッシュがいっぺんに倒れた。領主は最初の晩に亡くなったが、それでなくとも彼の健康は下り坂だった。息子ふたりは若く頑強だったので三、四日は持ちこたえた。レディ・エディスは彼らの看病をしていた」不満げにつけ足した理由がつづく。「そんなことはすべきではないと私は言ったんだ。病気がなんであれ伝染《うつ》ってしまうし、看病なぞ召使いに任せればいいと言ったのに。結局レディ・エディスは父や兄の面倒を見て、私の言ったとおりになった。そして、次男のヘイミッシュの亡骸を埋めようかというときに彼女も倒れた」

「ブロディと、その妻は？」

　トーモドはニルスの問いかけに唇を引き結んだ。「レディ・エディスを看病していた侍女が倒れると、ブロディは取り乱した。氏族《クラン》に病が広がり、自分や新妻も命をなくすのではないかと不安になった。少しのあいだでもいいから、もっと安全なところへ行こうとしたんだよ」両開きの扉のところで立ちどまり、片方を開けながらちらとうしろを見て辛辣につけ加える。「だが、あれで間に合ったかどうか。わずかな着替えを荷物にすると、侍女を連れた新妻と六人ほどの護衛とともに逃げるように出ていった。地獄の門の番犬にでも追い立てられるようにして」

「あとはすべて、あなたの手に委ねたままで？」ニルスは、トーモドの開けた門のなかへ弟たちとともに入りながら、あきれて言った。

「ああ《アィ》、まさにそのとおり」トーモドは苦り切った口調で言い、ニルスたちのあとからなかへ入って、扉をばたんと閉めた。

「それで、レディ・エディスはもう四週間も具合が悪いのか？」ローリーは、にぎやかな大広間を抜けながら尋ねた。

　サイからはそう聞いていたのだが、驚いたことにトーモドは首を横に振った。「いや、三週間少しといったところだ」

「だが、おれたちの妹によると、エディスから最後に手紙がきたのは一カ月ほど前で、そのときすでに具合が悪いという話だった」ニルスはぽつりと言った。

「ああ、そのことか」トーモドはさっと手を振ってしりぞけた。「いまの病に倒れる一週間ほど前、レディ・エディスは腹の調子が悪かったんだが、それが治ってからまた、具合が悪くなったというわけさ」

「なるほど」ニルスはうなずいた。「それから数日のうちに兄ふたりが亡くなった。だが、レディ・エディスは病に倒れつつも生きている。そういうことだな？」

「アイ。彼女は簡単にはあきらめない、まさに不屈の意志をもつ戦士だ。氏族《クラン》を率いる才覚を備えている。あの役立たずのブロディなんかよりよほどすぐれているのに、彼はどこか離れたところでのうのうと無事でいて、エディスは日に日に衰弱しているとは」トーモドが片方の手で首のうしろをさするうち、一行は二階へ向かう階段下に着いた。彼は先頭に立ってのぼりながら言った。「ここまで持ちこたえたのが不思議なくらいだが、そろそろ限界だろう」

「症状は？」ローリーが尋ねた。

「あれの父親や兄ふたりは頭痛やめまい、呼吸困難、そして幻覚を起こしていた。私の聞くかぎりレディ・エディスも同じようだが、さらに吐き気もするらしい。なにを食べても胃に収めておくことができず、衰弱しつつある」

階段のてっぺんまでくると、みな黙りこくった。トーモドについて廊下を歩き、二番目の部屋の前でとまる。彼は振り向いてニルスたちをじっと見てから、ローリーに目をとめた。「あんたが治療師《ヒーラー》だな?」

「ああ《アイ》」

誇らしげに返事をするローリーに、トーモドはうなずいた。「じゃあ、なかへ入ってくれ。ほかの三人はここで待っててもいい」

ニルスはただ、うなずいた。どのみち、病人のいる部屋に入りたいとは思わない。正直なところを言えば、階下で待っているほうがどれほどいいか。エールか蜂蜜酒があれば最高だが、そんなふうに勧められてはいなかったので、レディ・エディスの健康状態についてのローリーの意見を聞くため、このまま廊下で待つことにした。

トーモドの押した扉が音もなく内側に揺れたのを追いかけるようにして、ニルスは見るともなしに部屋中に視線を走らせた。片方の端にあるベッドに横たわる人の姿。もういっぽうには、やせて腰も曲がった白髪頭の女性が薬瓶から大きな金属製のカップに液体を注いでいる。カップのなかに入っているのは蜂蜜酒だろうか。彼女は薬瓶にふたをしてテーブルに置くと、ベッドで寝ている女性のところへカップを持っていった。

「さあさあ、お薬の時間ですよ」彼女の口調にはイングランド人の訛りがあった。ベッド脇で足をとめ、端に腰かける。

ニルスは寝ている女性に目をやった。呼びかけられても、まったく反応を見せない。声も出さず、ぞっとするほど青白い顔で横たわったままでいる。凍るほど冷たい雪のような真っ白な肌。それとは対照的に、編んだ髪の色は赤と金が入り混じり、炎のように顔を縁取っている。ニルスは興味をひかれたが、部屋に入っていったローリーに視界を遮られた。

「なにを飲ませているんだ？」ローリーはベッドに向かいながら尋ねた。

年老いた侍女は驚いた表情であたりを見回した。「まあ、びっくりさせないでください」と胸に手を当てて首を横に振る。少し目をすがめてまずローリーを、ついでニルスたちと廊下に立つトーモドをちらと見た。そして、当惑したままの顔で尋ねる。

「こちらの方々はどなたですか？　レディのお部屋になぜお通ししたんです？　エディスさまはこんなに具合がお悪いのに」

「ブキャナン家の面々だ」トーモドはローリーに向かってあごをしゃくった。ローリーはすでに侍女の手からカップを取りあげて、においを嗅いでいる。「治療師《ヒーラー》だそうだ。レディ・エディスを救えると言っている」

「まあ、それはよかったこと」侍女はため息とともに立ちあがった。「なら、私も少しは休めますかしら。昼も夜もエディスさまの看病をつづけていたら、なんだか具合がよくなくて――」ふいに足をとめて目を見開く。驚いたように口を丸くし、その場でよろめいた。自分の身を支えるものはないかというように両手を上げたものの、そのまま崩れ落ちる。

侍女の体がぐらりと揺れた時点でニルスは部屋に入り、床に倒れる寸前の彼女を抱きとめた。顔が真っ青だ。彼はトーモドのほうに目をやり、思わず眉を吊りあげた。老副官はいかにもおびえながら戸口から下がり、廊下にいたアリックやジョーディーのうしろに隠れてしまったからだ。

「侍女を連れていける部屋はないか？」ニルスは尋ねながら、ローリーが侍女の具合を診るのを見守った。まぶたをひっくり返して眼球を確認し、口を開けさせてなかをちょっと見たかと思うと、片方の手を持ちあげて爪の色を見つめている。いったい、なにがあるというのだろう？　まるで、状態のいい馬かどうか確認するときのドゥーガルのようだ。

「いや、ここが病人をおいておく部屋だ」トーモドはもったいぶった声で答えた。

「侍女も病に倒れたのなら、ここに留め置くしかない」

「レディ・エディスの隣に寝かせよう」ローリーは硬い表情で言うと、侍女の手を離した。

ニルスはうなずきながら、老いた侍女をベッドまで抱えていき、ドラモンド家の令嬢の隣に横たえた。背筋をまっすぐにしながらも、枕に広がる燃えるような赤い髪に目を奪われてしまう。死んだようにぐったりしていても、この髪だけはどこか特別な感じがした。ニルスは、先ほど侍女にしたのと同じようにローリーがレディ・エディスの状態を確かめるのを眺めた。

「なんの病気かわかるか？」ニルスは、ローリーが両方のまぶたをひっくり返す拍子に、彼女の瞳に視線を走らせた。瞳孔がすっかり開き、明るい緑色は瞳のほんの縁に見えるだけ。これはどういうことなのだろうか。

ローリーは最初、返事をしなかった。時間をかけてエディスの口のなかを確認すると、ほっそりした手を片方取りあげて爪の色を見た。しばらくしてからその手をおろし、老いた侍女が飲ませようとしていたものを取りあげる。彼は口元をぎゅっと引き締めながらそれを戻し、硬い表情で言った。「毒を盛られてる。病気じゃない」

「なんだと？」トーモドは部屋に入りかけたものの、戸口のところで二の足を踏んだ。「ほんとうなのか？　しかし、侍女のエフィも具合が悪くなってるじゃないか」

「それも毒のせいだ」ローリーはテーブルまで歩いていき、エフィが使っていた薬瓶の中身を調べた。眉根を寄せながら首を横に振り、薬瓶のふたを閉めて元に戻す。「どんな毒かはわからないが、侍女も少しは口にしたに違いない」

「カップに注いだ薬瓶のなかに入っていたのか？」ニルスは尋ねた。

「わからない」ローリーはしぶしぶ認めてベッドのほうへ戻った。「薬草やらなにやら入っているようだ。たくさんありすぎて、病の元になったのがこれかどうか判断がつきかねる」

「だが、毒を盛られたのは確かなんだな？」

「アイ」ローリーは断言した。「兆候がすべて現れている」

「ふむ」ニルスは青白い顔の女性にふたたび目をやった。「じゃあ、サイに言われておれたちがここへ来て幸いだったな」

「アイ」ローリーも硬い表情でうなずいた。

「彼女は助かるだろうか？」

ニルスはぎょっとして顔をあげた。トーモドが――病気が伝染《うつ》る心配はないと知ったからか——なかへ入ってきて隣に立っていたからだ。

「そうだといいんだが」ローリーはため息をもらした。「すでに体内に取り込んでしまったものの影響を退けられるくらい体が丈夫で、これ以上摂取するのを防ぐことができれば、まあ、あるいは」

「先代の領主や息子たちまで毒を盛られたわけではないだろう?」トーモドは眉根を寄せた。

「症状は同じだったと言っていたよな?」ローリーが質問する。

「ああ。だが、彼女《アイラス》がずっとしていたように、胃の内容物を吐くようなことはなかった。彼らは単に病気だったのかもしれない」

ローリーは頭《かぶり》を振った。「吐くのは、毒を盛られたときの症状じゃない。むしろ、彼らも同じように毒物を摂取したが、レディ・エディスは前から腹の調子が悪くて吐いていたから、体内に残る量が少なくてすんだ。そのおかげで助かったんじゃないだろうか。命を奪われるほどではなく、具合が悪くなって衰弱していくだけだった、と」

「くそっ」トーモドは言葉を失った。「つまり、我らの領主とその跡継ぎの息子たちの命を狙ったやつがいるということだな?」

「どうも、そのようだ」ローリーはベッドに横たわるふたりの女性を気遣わしげに見た。

「これから、どうすべきだ？」ニルスは冷静に尋ねた。

しばらく黙っていたローリーが言った。「毒物がなんなのかわからないと、おれにできることはあまりない」

「なにか飲ませてやれるものがあるだろう？」トーモドが言う。「気つけ薬とか」

ローリーは首を横に振った。「どんな毒を盛られたのかわからないまま、なにか薬を投与することはできない。間違ったものを与えれば、死に至る可能性だってある。いまはできるだけ液体を飲ませて様子を見守り、どうなるか待つしかない」

トーモドはすぐに戸口に向かった。「侍女に言いつけて、肉の煮出し汁《ブロス》を持ってこさせて――」

「だめだ」ローリーが間髪いれずに口を挟んだ。驚いて立ちどまり振り返るトーモドに向かって、彼は言葉をつづけた。「これ以上、食べ物や飲み物に毒物が混ぜられる危険はおかしたくない。そうなったら、ふたりとも持ちこたえられないだろう」

ニルスは眉を吊りあげた。「侍女のほうもか？　彼女は快復するだろう？　たしかにレディ・エディスはもう何週間も臥《ふ》せっているが」そして、問いかけるような目をトーモドに向ける。「侍女のほうが毒を盛られた症状を示したのは、これがはじめてだよな？」

「ああ、そのとおり」トーモドが答えた。「エディスの看病をするようになってからエフィの具合が悪くなったのは、これがはじめてだ」

「なるほど。だが、エフィは年をとっている。おれが見たところ、レディ・エディスのように毒物を吐き戻した気配もない。すでにじゅうぶんな量を盛られていたら……」ローリーは険しい表情で侍女をちらと見た。「先代のご領主と同じように、あっという間に死んでしまうぞ」

ニルスは沈鬱な表情で老いた侍女を見た。「つまり、彼女が毒を盛ったのではないということだな」

「おそらくは」

そう言ってうなずくローリーに、ニルスはため息をつきながら向き直った。「ふたりを看病するのになにが必要か言ってくれ。おれたちが取ってくる」

「井戸から汲んだばかりの水と、ブロスを作る材料」ローリーはジョーディーのほうを向いた。「ここに来る道中で兄貴が捕まえたあのウサギと、あとは野菜がいくらか必要だ」

ジョーディーはうなずいて戸口に向かった。「おれの革袋からウサギとブロスの材料を取ってくるよ」

「じゃあ、水はおれが持ってくる」アリックも兄に倣った。

「井戸から汲みたての水にしろよ。あと、ここへ運んでくる途中でだれも近づけるな」ローリーは厳しく言い含めた。

アリックはうなずきながら、ジョーディーとともに部屋を出ていった。

「おれはなにをすればいい？」ニルスが尋ねる。

「蜂蜜酒かりんご酒も入り用だな。でも、だれも余計な混ぜ物をしていないよう、まだ開けていない樽のものがいいんだが」

「私と一緒に来るといい。ご希望のものを取ってこよう」トーモドはいきなり話に入ってくるとニルスを連れていったが、黙って階段まで歩いたところで口を開いた。

「まだ信じられない。我らの領主と上の息子ふたりがだれかに殺されたなんて」

ニルスは低くうなり、唇を一文字に引き結んだ。ドラモンド城に来ると決めたときには、こんな問題があるとは思ってもみなかった。まさに一大事だ。誰彼かまわず毒を盛る人殺しがうろついているのに、レディ・エディスの看護のためにローリーだけを残していくわけにはいかない。彼女を毛布に包《くる》んでマクダネル城へ運び、そこでサイとローリーに看病させるのもだめだ。助かったとしても、エディスはここへ戻ってこなければならない——人殺しが野放しのままのドラモンド城に。

おれたちブキャナン兄弟は、困っている弱き者を可能なかぎり守り助けるのが務めだと言われて育った。レディ・エディスは間違いなく、困っている弱き者だ。毛織物を運ぶのはグリアが引き受けてくれた。おれたちがここにとどまって事態を把握し、彼女をさらなる攻撃から遠ざけてやるのは、決してできないことではない。

口元を引き締めたまま、ニルスはトーモドに言われたことすべてを考えてみた。

「先代のご領主と上の息子ふたりがまず倒れた、と言ったな?」

「アイ」

「全員が亡くなるまで、レディ・エディスが倒れることはなかったんだな?」

「アイ」

「つまり彼女は、父親や兄ふたりと同時には毒を盛られなかった」ニルスはなにかを考え込むように言った。

「ああ。エディスが毒を盛られたのはあとになってからだ」トーモドはむっつりと言ってから、つけ足した。「それは侍女たちも同じだが」

「なるほど」ニルスは眉根を寄せた。

「なにを考えている？」

「先代のご領主や息子たちと同時期にエディスや侍女も毒を盛られたのなら、ブロディに事情を訊くのが筋だと思う」ニルスは感情を交えずに答えた。

「父親や兄ふたりが死んで得をするのはブロディひとり。いっぽうレディ・エディスや侍女たちは、とばっちりでたまたま毒を盛られただけということになるな」トーモドはうなずいてつづけた。「男たちが三人相次いで亡くなったとき、いちばん得をするのはブロディだと私も思った。そんなことでもなければ、あれがここの領主になる可能性はないからな」

「そのとおり《アィ》」ニルスはうなずいたものの、首を振った。「だが、エディスまで毒殺する必要はない。彼女は末娘だろう？」

「そうだ。妹が死んでも、ブロディの得にはならない」トーモドはしかし、つけ加えた。「彼女を厄介払いしたいなら、話は別だ。ブロディの新妻はレディ・エディスをあまり好いてはいなかった」

「そうなのか？」ニルスは興味をひかれて尋ねた。

「ああ。毒殺騒ぎが起こる前も冷めた関係ではあったが、先代の領主が亡くなり、上の息子ふたりも同じ道をたどりそうになるとブロディは、当面は自分が領主の役割を果たすと言い出した。兄が亡くなるか快復するまでのあいだ、ということで。レディ・ヴィクトリアもこの城の女主人になったつもりであれこれ指図したが、召使いたちはこれをよしとしなかった。母親が亡くなってからこの城を取り仕切ってきたのはレディ・エディスだったから、召使いたちは当然、彼女に指示を仰いだ。ヴィクトリアが命令しても、召使いたちはそれに従うべきかどうかエディスのところへ行って尋ねるんだよ。ヴィクトリアはいたくおかんむりだったね」

「ふむ」ニルスはうなずいたものの、首を横に振った。「とはいえブロディは、エディスを厄介払いしたいと新妻に頼まれたら、妹を修道院に送ることだってできたはずだ。それに、侍女たちも毒を盛られた理由が、この説ではやはり説明できない」

「そうだな」トーモドも顔をしかめた。「エフィはレディ・ヴィクトリアの侍女なんだ。大のお気に入りだから、ヴィクトリアが彼女に毒を盛るとは思えない」

「レディ・ヴィクトリアは侍女も連れずに逃げたのか？」ニルスは驚きに声をあげた。妹のサイならばそんな経験もあるが、知り合いのレディたちはたいてい、着替えなどの手伝いをしてくれる侍女なしで旅になど出ない。

「ああ、若いほうの侍女を連れていった」トーモドは説明をつづけた。「エフィはレディ・ヴィクトリアの乳母だったが、彼女が大きくなってから侍女となった。それでも、年齢のせいで昔ほどきびきびとは動けなくなったので、二番手の若い侍女がいろいろ仕事を手伝うようになったんだ。そっちがヴィクトリアと一緒に出ていき、エフィはここに残された。この城に来て間もないのに、また旅に出るのはエフィの体に障るとヴィクトリアも思ったんだろう」

「なるほど」ニルスは少し考えてから口を開いた。「レディ・エディスの侍女は死んだのか？」

「いや《ネイ》。モイビルは快復した」トーモドはむっつりと答えた。「いまは厨房の手伝いをしている」そして、口元をゆがめてつづけた。「あの娘《ラス》はお嬢さまの世話をしたいと訴えてくるが、レディ・エディスはふたたび倒れる前、モイビルは絶対に遠ざけておくよう言った。自分のように侍女がまた具合が悪くなるのはいやだったんだ。もちろん、ふたりとも毒を盛られたことなどエディスは知る由もなかった」

　ニルスはうなずいた。

「ふと思ったんだが」とトーモドが言葉を継ぐ。「毒が混入されたのが樽なら、レディ・エディスの具合が悪くなったのは、先代領主と上の息子ふたりを殺そうとした者の企みが思いもよらぬところに出たものだとは考えられないか？」

「たしかに」ニルスはしかし、反論した。「それでも、侍女はぶどう酒などめったに飲まないだろう？　少なくともブキャナン家ではそうだ。ぶどう酒は家族のためのものであって、召使いや兵士たちはエールやりんご酒、水を飲む」

「ああ《アイ》、それは当家でも同じだ」トーモドも相槌を打った。「召使いがぶどう酒なぞ飲むべきではない。だからといって、彼らが一滴も飲まないというわけではないんだよ」

「ふむ」ニルスは思った。その侍女と話をすべきかもしれない。

2

ものすごい爆発音でエディスは起こされた。目をしばたたいて開けながら、あわてて部屋のなかを見渡す。先ほどの音がまた聞こえたので視線を右に向けた瞬間、思わず息をのんだ。ベッド隣の椅子に、男がぐったりもたれかかっている。音の発生源はこの男だった。爆発でもなんでもなく、眠っている彼の大きないびきだ。まったくもう、こんなにやかましい音を聞いたのははじめてだ。

エディスは男を呆然と見つめた。いったいどこのだれで、なぜわたしの部屋にいるのだろう。つぎの瞬間、ベッドで隣に横たわる女性に気づき、困惑と懸念とともにそちらに目をやった。ヴィクトリアの侍女のエフィだとすぐわかったが、彼女がここにいるのはどこかおかしい。具合がひどく悪そうだという点も、エディスの混乱に拍車をかけた。エフィはこれ以上ないほど青白い顔をしている。しわだらけの薄い皮膚には色というものがいっさいなく、まったくと言っていいくらい動かない。あまりにじっとしているので、息をしているかどうかもわからない。死んだのではないかと心配になりはじめたところ、かすかながらも、ゆっくりと胸が上下して浅い息をついているのがわかった。

ああ、よかった。エディスは詰めていた息を吐き、あたりをふたたび見回した。いつもはきちんと整えられた部屋が、ほんとうに爆発でもあったかのようなありさまだ。ベッド脇のテーブルには空《から》のゴブレットが横になっている。その隣にはカップがもうひとつと、中身の入っていない鉢がふたつ。パンくずが散らばるテーブルの反対側にはまた別のカップとボウルがあり、部屋の向こう側のテーブルにはぶどう酒の樽がひとつと、さらにゴブレットや鉢がいくつか。茶色くしなびた野菜くずが小さく山になっており、剝いだばかりのようなウサギの皮もある。

わたしが眠っているあいだに、だれがこの部屋でどんちゃん騒ぎをしたのだろう。エディスが床に目をやると、壁際に革袋がずらりと並んでいた。全部で四つあり、衣服や野菜、武器などがはみ出ている。藺草《いぐさ》の敷物は蹴って脇へ押しやられたようにしわくちゃ。戸口からベッドやテーブルへ、さらにはそこから暖炉へとさんざん引きずられたような感じだ。火が燃える炉では、なにが入っているのか、鍋がぶくぶく噴いている。

エディスにはまったく見当もつかなかった。部屋のこのありさまも、大きないびきを掻く守護天使《ガーディアン・エンジェル》が自分のベッド脇にいるという事実も。

いえ、天使ではなく、見張り《ガード》かもしれない。

最後に頭に浮かんだ思いに、エディスは眉を寄せた。わたしはしばらく具合が悪かった。部屋がここまで散らかっているのは、それがかなり長期間だったということだ。具合が悪くて頭が働いていないあいだ、ドラモンド家ではなにが起こっていたの？　父や兄たちが死んだのを知って、反目している氏族《クラン》がこのすきに攻撃をしかけてきたのだろうか。

エディスはひどく不安になった。意識を失っていて、城を守る助けになれなかったのだからなおさらだ。兄のブロディのことは好きだが、身勝手な軟弱者で、統率力があるとは言い難い。こんな状況で役に立つ男だとはとうてい言えない。

唇を噛み、ベッド隣の椅子で寝崩れている男の様子をちらとうかがう。肩幅が広く、すごく大きな体。若々しく、決して不細工ではない顔立ち。まったく見知らぬ顔だ。ドラモンド一族の人間ではない。エディスはふたたびエフィに目をやり、ひじでつついてみた。目を覚まして、わたしの具合が悪かったあいだになにが起こったのか、そしていまはどうなっているのか話してくれないだろうか。一度目はなんの反応もなかったので二回目は少し強めに小突いたが、やはり無反応のままだった。

気の毒な侍女はもう少し休ませてやろうと思い、エディスは上半身を起こした。というか、起こそうとした。正直言って、背筋を立てるだけでもひと苦労だった。赤ん坊並みに体力が落ちている。横向きになって両足をベッドから滑りおろしてから、やっとのことで上体を起こして座る。

どうということはないはずなのに、息が切れて汗まで出てきた。ベッドの端に座り、ぐらりと揺れながらも、硬い表情で戸口に目をやる。この部屋はそれほど広くない。ベッドから戸口までは、大股で六歩も歩けばいいはずだと体が覚えている。だが、起きあがるだけでもこれほどじたばたしたあとでは、たかが六歩がとてつもない距離に思えた。

いびきを掻いているこの男を起こすほうがずっと楽だが、彼が味方か敵かわかるまで、そんなことはできない。つまり、ドラモンド家でなにが起きているのか、そして自分の身が安全かどうか知るためには、自分でこっそり廊下に出て、あたりの様子を見なくてはならないのだ。できれば、この見張りの男を起こさずに。

エディスは心を決めると深く息を吸い、全身の筋肉を使って立ちあがろうとした。ベッドについた両手で体を押しあげて足に力を入れる。一瞬、まっすぐ立てたような気がしたが、寝室のドアが開いたのとほぼ同時に、藺草の上に顔から倒れてしまった。

「くそっ、アリック！　おまえが見張っているはずだろうが——ラディ！　だめだ《ネイ》！」

エディスはなんとか開けた片方のまぶたをすぐに閉じた。ばかでかい舌が目のすぐそばに見えたからだ。だが、まぶたを閉じるやいなや、大きな舌であごから額までべろりと舐められた。顔をしかめたまま、急いで歩いてくる足音に耳をそば立てる。いびきが急にやんだかと思うと、別の男の声がした。驚いたように大声をあげている。

「なんだって？　うわあ！　彼女はどこへ行った？」

「この馬鹿者め」エディスのそばでひざまずいた男がつぶやいた。馬鹿者と言われたのがだれなのかはわからないが、どうでもよかった。うれしさを爆発させるようにラディが顔を舐めるのが終わって、とにかくほっとした。目を開けると、男が首輪をつかんでラディを戸口に引きずっていた。「ロンソン！」

「よう！　ニルスか？　彼女はいったい、どうやってベッドから出たんだ？」

こう質問したのが、さっきまでいびきを掻いていた男に違いない。この声はベッドの反対側から聞こえた。

「どうしてだと思う、アリック？」さっきの男が低くうなり、ふたたび大声で呼ばわった。「ロンソン！　ああ、やっと来たか。この犬を連れ出せ」「ごめんなさい、ニルスさま」ロンソンは部屋に入るなり叫び、ラディの首輪を急いでつかんだ。「あっという間に逃げていったんだよ。いっつも、ぼくの裏をかくんだ。でもラディは、レディ・エディスのことをほんとに恋しがっていて――ねえ、どうしてレディは床にいるの？　えっ、いったい――」

「部屋の外で待て」ニルスとやらが怒鳴りつける。「早く！」

「はい、わかりました」ロンソンはラディの首をつかみ、戸口まで後ずさった。その間ずっと、エディスに向かって満面の笑みを浮かべている。「目を覚ましているお姿が見られて、すっごくうれしいよ、マイレディ。ほんとうに。もっと具合がよくなったら、またラディを連れてくるね」

最後の部分はくぐもって聞こえた。アリックにニルスと呼ばれた男が、ドアをばたんと閉めたからだ。

大股でふたたびエディスのほうへ歩いてくるニルスは、小声でぶつぶつ言っていた。馬鹿者だの、これだから小僧《ラッド》はとか、あれは犬じゃなくて馬だとか言っていたようだが、そばにひざまずくと、床からエディスを抱きあげた。彼女が顔から転んだ床に散らばっていた藺草にはかびが生えはじめていて、どう見ても替えどきだった。召使いたちに言いつけて、新しいのを作らせなければ。

「すまなかった」ニルスは、エディスの関心を自分に戻させた。「あの犬は始終、おれのあとをついてくる。だがいつもだったら、おれがこの部屋に入るときには廊下でちゃんと待っているんだが」

「そうそう。ニルスがここを出ると、ラディはどこでもついていくんだよ」アリックとやらがしかつめらしい顔でエディスに言う。「あのちっこいロンソンもね。どっちもニルスのことが大好きらしい」口をすぼめ、首を振り振り言い添える。「どうしてなのか、おれたちにはさっぱりわからんが」

彼の言葉に、ニルスが小さくうなり声をあげた。

エディスはどう答えていいのかわからず、ふたりの顔を見比べた。敵か味方かもわからない。とりあえず、なんとなくうなずいておいた。どういうわけか、彼女を抱きあげている男がそれで微笑んだ。険しい顔がふいにとてもハンサムに見えて、エディスは驚きに目を見張った。信じられないほど魅力的な笑みだ。ぱっと輝く顔や青く美しい瞳がきらめくさまに思わず笑みを返し、高い頬骨やまっすぐな鼻、大きな唇、そして顔を縁取るような乱れた長髪に視線を走らせる。ほんとうに、とても魅力的だ。

「おれはニルス・ブキャナン」

エディスは凜々しい顔をぼうっと見るのをやめた。ブキャナンという名字を聞いて、彼と目を合わせる。「ひょっとして、サイの——」ため息のような声しか出てこない。のどがあまりにもからからで、口のなかも乾ききっている。

　幸い、ニルスは彼女の言いたいことをわかってくれたようだ。

「ああ。サイの兄のひとりだ」と答えてベッドへ向かい、エディスを横たえながら言った。「きみはエディス・ドラモンド。おれの妹の親友のひとりだな」

「ええ《アイ》」ニルスに寝具や毛皮をかけられてたくし込まれながら、エディスはささやくように答えた。敵が攻め込んできたのではなく友人が訪れてきたのだと知って、笑みがほんの少し深まる。「サイは……？」

「いや《ネイ》、ここにはいない」ニルスは上体を起こしながら、申し訳なさそうに言った。「お腹が大きすぎて旅をすることができない。だから、おれたちを代わりによこしたんだ」

　エディスは目を見開いた。「身ごもっているの？」

「アイ、そのとおり」もうひとりの男が存在を主張するように答えた。ニルスがアリックと呼んでいた人だ。エディスは思い出しながら彼を見た。ブキャナン兄弟の末っ子だ。彼がにんまり笑って言葉を継ぐ。「赤ん坊はひとりじゃないっておれたちは考えてる。まだ四カ月なのに、牛みたいにでかいんだ。グリアはサイひとりで階段をのぼりおりするのもだめだと言っている。足を踏み外して、でかい玉みたいに転がるんじゃないかって心配してるんだよ」

アリックの言葉を聞いてエディスは目を丸くした。女だてらに豪胆なサイが、馬に乗るのはおろか、階段をおりることもまかりならんと言われるとは。彼女がそんなことに耐えられるわけがない。でもどうして、身ごもっていることを最後によこした手紙に書いてくれなかったのだろう？　少なくとも、わたしが最後に読んだ手紙にはそんなことは書いてなかった。具合が悪くなってから、サイからの手紙はなかったのだろうか。

「アリック、彼女が目を覚ましたとローリーに伝えてきてくれ」ニルスは、樽が載っているテーブルに歩いていった。

「わかった《アイ》」ブキャナン家の末っ子は答えると、ベッドを回り込みながら、請け合うような笑みをエディスに向けた。「おれたちのローリーは治療師《ヒーラー》なんだ。それも、このあたりでいちばんのヒーラーだ。きみが単に具合が悪いんじゃなくて毒を盛られた、って突きとめたのもローリーなんだよ。あっという間に、元どおりの元気な体に治してくれるさ」

アリックは明るくうなずき、急いで部屋を出ていった。そのうしろ姿を見送るエディスは恐怖に顔をこわばらせた。毒を盛られた？

「馬鹿者が」

そうつぶやく声に、エディスはニルスに目をやった。カップに蜂蜜酒を注ぎおえて振り向いた彼は、ちょうど彼女の表情を見たところだった。唇を引き結んで首を横に振りながら、ベッドに歩いてくる。「口の軽い弟を許してやってくれ。なりばっかりでかくて、まだまだこどもなんだ」

「毒、ですって？」エディスはささやいた。まだ声ががらがらだ。

ニルスは悪態をつきながらベッドの端に腰をおろし、片方の腕を差し入れて彼女の上体を起こした。「ああ《アイ》。毒だ。だが話をつづける前にこれを飲んでくれ。でないと、のどを痛めてしまう」そして、カップを口元に持っていく。

エディスは躊躇した。毒が云々という話のほうが気になるが、あきらめて、ほんの少しすすった。冷たい液体が口に入った瞬間にもっと飲みたくなったものの、その選択肢は与えられなかった。ひと口の半分も飲まないうちに、ニルスがカップをおろした。どうやら、蜂蜜酒だったようだ。

「ちょっとすするだけにしておけ。前に目を覚ましたときは飲みくだすこともできなかったから、こんどはあわてずにやろう」

ニルスの言葉に、エディスは目を見開いた。「わたし、目を覚ましたの？」

「ああ《アイ》」彼はこともなげに答えた。「だがひどく混乱していて、はっきり意識が戻ったとは言い難い状態だった。蜂蜜酒を少し飲んだものの、おれに向かってすぐに吐き戻すとまた気を失った。あんな目に遭うのは避けたいからな」

　エディスはうめき声をあげると、きまり悪さに目を伏せた。

「恥ずかしく思う必要はない」ニルスの声は、しまったと顔をくもらせた人のように聞こえた。「おれには弟が四人いて、あいつらの面倒を見てきたから、胃の中身をぶちまけられるのも慣れてる……毒を盛られたとかじゃなくて、単にいちどきに飲みすぎたってだけだ。きみの場合は、少なくとももっともな理由がある」

　毒を盛られたというのを思い出して、エディスは眉根を寄せたまま顔をあげた。

「父や兄たちも？」

　しわがれた声にニルスはたじろぎ、蜂蜜酒のカップをふたたびあげた。「もうひと口飲んだほうがいいようだ。こんどは口のなかでぐるっと回すようにして、隅々までちゃんと湿して。ほんとうに骨みたいに干からびてる」

　エディスはおとなしく言われたとおりにしたが、口のなかを回した蜂蜜酒をごくりと飲み込むやいなや質問した。「それで、父と――」

「ああ。ローリーにも確かなことは知る由もないが、お父上たちも毒を盛られたと考えている。みな症状も同じだ。ただし……その……胃の調子がどうのという問題は別だが」ニルスは言葉を選ぶように言った。「ローリーは、そのおかげできみは助かったのではないかと思っている。毒物を摂取しても、そのたびに反応してすぐに吐き戻した。胃のなかにそれほど残らなかったから、父上や兄上たちのように命を落とさずにすんだんだ」

それを聞いてエディスはうなだれた。悲しみと怒りが頭のなかに渦巻く。父と兄ふたりが亡くなっただけでもひどいのに、殺されたと知らされるなんて――彼女は覚悟を決めてぐいと顔をあげ、尋ねた。「ブロディは？」

「おれたちが知るかぎり、無事だ。自分や新妻に累《るい》が及ぶのを恐れ、きみの侍女が倒れた時点でもっと安全なところへ逃げていったそうだ」

エディスは黙ったままでいた。ニルスに言われて、ブロディが出ていったときのことを思い出す。あのときはひどく腹を立てていた。危機的な状況になるかもしれないというときに城や民を捨てていくなんて、領主の風上にも置けない。ニルスも、ブロディの行動にあきれているような声だ。「モイビルは？　彼女は――」

「きみの侍女は大丈夫。きみの顔を見たいと言いつづけている。きみが目を覚ましたと知ったら、近づいてはならないというローリーの命令を無視していきなりやってきても、不思議じゃないな」

「どうして近づいては――」

驚きに目を丸くした瞬間、ドアが開いてアリックが別の男と戻ってきた。気づくと、エディスは彼ら三人をまじまじと見ていた。みな、黒髪とあのすてきな青い瞳をしてよく似ているが、明らかにニルスがいちばん年上のようだ。肩幅も広く、腕も太くて全体的にたくましい。ほかのふたりが弱そうに見えるというわけではないけれど、ニルスが幅広の剣《クレイモア》を使いこなす戦士のような風貌なのにくらべて、アリックはまだ大人になりきれていないようだし、ローリーは……戦士というよりはやはり治療師《ヒーラー》にしか見えない。

「目が覚めたようでうれしいよ、レディ・エディス」ローリーは挨拶代わりに言いながらベッドに歩いてきた。「具合はどうだい？」

「のどがからからだわ」

「胃の調子を見ようと思って、蜂蜜酒をほんのふた口与えただけだ」ニルスはそう言うと、ローリーと入れ替わるために立ちあがったので、エディスはひどく残念に思った。なぜ、こんなふうに思うのかしら。彼のことなどほとんど知らないのに。でも、がっかりしたのはたしかで、それが顔にも現れたらしい。ローリーは心持ち眉を吊りあげ、ちょっと笑みを浮かべたまま、エディスとニルスの顔を見比べた。

幸い、彼女をまごつかせるようなことはなにも言わずにローリーは尋ねた。「蜂蜜酒をちょっと飲んでみて、胃の調子はどうだい？」

「大丈夫よ、どうもありがとう」

「じゃあ、ニルスにもう少し飲ませてもらおうかな」彼は身をかがめて、目をのぞき込んできた。

エディスは視線をそらしたいのをこらえて、じっと待った。

「瞳も普通に戻っている」

その言葉がなにを意味するのかはわからなかったが、ローリーが座り直したので、エディスはほっとして脇を見た。その途端、隣で寝ている女の姿が目に入り、眉根を寄せた。「エフィ？　彼女は――？」

「彼女も毒物を摂取したようなんだ」ローリーは、のどのつらいエディスにみなまで言わせなかった。「なにに毒が入っていたにせよ、モイビルと同じく、あまり多くは飲みくださなかったのだろう……でなければ、いまごろはもう死んでいた。老いて体も弱っているから、ほんの少量でも命を失っていたかもしれないけど」

「なにに毒物が入っていたのか、わかっているの？」エディスは尋ねたが、ところどころ声がかすれた。あまりにからからでのどが痛い。先ほど飲んだ蜂蜜酒の量では、口のなかを湿すにはじゅうぶんではなかったらしい。

「ニルス、彼女にもう少し蜂蜜酒を飲ませてやってくれ」ローリーは立ちあがり、こんどはエフィの診察のためにベッドを回り込んだ。

わたしの質問を無視するつもりかしら。エディスは眉根を寄せたが、また隣に腰をおろしたニルスが肩の下に腕を差し入れて上体を起こしてくれると、そんなことなど忘れてしまった。ニルスは春の森のようなにおいがした。昔からずっと好きなにおいだ。エディスは誘惑に負け、彼の首のつけ根に頭を巡らせて深く息を吸い込んだ。だがニルスがふっと動きをとめた瞬間、自分のしていることに気づいてすばやく顔を背けた。彼女自身の顔も赤くなっていただろうが、ニルスはかすかな笑みを浮かべただけで、蜂蜜酒の入ったマグカップを差し出してきた。

「ありがとう」エディスはつぶやいてから、ひと口すすった。

「モイビルが言うには、きみが飲まなかったぶどう酒を二、三口飲んだら、その晩に具合が悪くなったそうだ」ローリーは、エディスがそろそろと何口か飲むのを待ってから言った。

彼のほうに目を向けると、エフィのまぶたを両方とも開けて、眺めたまま黙っている。質問されたわけではなかったが、エディスはうなずいて答えた。「ええ。飲んでもいいと言ったの。あまりにも何度も吐き戻したあとでは胃袋が耐えられなかったから、彼女がわたしにりんご酒をくれて、わたしはお返しにぶどう酒をあげたのよ」

「だが、それほど量を飲んだわけではないと侍女は言っていた。そうなのか？」ローリーはかがめていた上体を起こして座り直し、問いかけるような視線をエディスに向けた。

「ええ。ほんの少しすすっただけだったわ。モイビルはもともと、あまりぶどう酒が好きではないの」声に力が戻ってきた。蜂蜜酒のおかげでのどの調子もよくなった。

「エフィもきみのぶどう酒を飲んだのか？」ローリーが尋ねた。

「それは——」エディスは老いた侍女に視線を落とし、力なく肩をすくめた。「わかりません。飲んだかもしれない。でも、ふたたび具合が悪くなってからというもの、先週ぐらいからの記憶があまりないの」眉を寄せて話をつづける。「最初はなにも胃袋に収められなかったけれど、いったん吐き戻してしまうと少し具合もよくなった。そんなことが何度かつづいたので、モイビルが持ってくるぶどう酒もブロスもいっさい、口にしなくなったの」思い返すうちに表情が険しくなる。「そうしてみると、モイビルが運んでくれたりんごを一個とか、パンを少し食べられるようになって、また体調も戻ってきた……それで、体力をつけたくて野菜と肉の煮込み《シチュー》を少し食べたら——」エディスは顔をしかめた。「それも吐いてしまって、たいした差はなかったわ。ひどく疲れていて、ただただ眠りたかった」

「食べたものを消化できない期間がつづいたから、消耗していたんだね」ローリーが険しい表情で言った。

「ええ、たぶん」エディスはベッドで横に眠っている侍女にちらと目をやった。「エフィがわたしに体力をつけさせようとしてなにか食べさせようとか、飲ませようとしたのはうっすら覚えているわ。でも、そのたびに……」不快な記憶に顔をしかめ、首を横に振る。

「モイビルの看病をしているあいだ、シチューと一緒にぶどう酒を飲んだか？」

エディスはそう質問するニルスに視線を戻し、眉根を寄せて頭を振った。「実を言うと、何度も吐き戻したあとでは、もう二度とぶどう酒なんてほしくない。あの晩も、なにも飲まなかったわ」

「では、毒はぶどう酒とシチューの両方に入っていたんだな」ニルスは重い口調で言った。

「そうなの?」エディスは確信が持てなかった。

「ああ《アイ》」ニルスの声は怒っているようだった。「モイビルはきみのぶどう酒を二、三口飲んだだけで毒にやられた。だがきみは、シチューを食べたあとでふたたび倒れた。どちらにも毒が混ざっていたに違いない」

「ああ、そうなのね」エディスは合点がいってうなずいたものの、ニルスとローリーが険しい顔を見合わせたのに気づいた。

しかし頭がまだぼんやりしていて、それがどういう意味なのかよくわからない。彼女の困惑に気づいたのか、ローリーが説明してくれた。「お父上や兄上たちを亡き者にしようと、ご家族が飲むぶどう酒に毒が入っていたんじゃないかと思っていた。きみは運悪く、そのとばっちりを受けたんじゃないか、と。だが、きみの食べたシチューにもその後、毒が混ざっていたのだとしても……」と気まずそうに話をつづける。「ほかにはだれも、シチューを食べて具合が悪くなった人間はいないんだ」

エディスは信じられないとばかりに目を見開いた。ローリーの言っている意味がよくわかったからだ。父や兄ふたりを殺したあと、だれかがわたしにも毒を盛ったのだ。わたしに死んでほしい人間なんているだろうか? まったく、取るに足らない存在なのに。

「しかし」ニルスがローリーのほうを向いて、つけ加える。「侍女ふたりも毒物にやられたのは、エディスを毒殺しようとした輩《やから》の予想外の結果なんじゃないか？」

「アイ」ローリーもうなずいた。「エフィが目を覚ましたら、レディ・エディスのために運ばれたものを彼女が飲んだり食べたりしたか、わかるだろう」

ニルスはうなずき、ぶどう酒の樽や野菜、ウサギの皮がのっているテーブルに目をやった。「じゃあ、侍女がエディスの飲み物に混ぜた薬瓶に入っていたものはおそらく、毒ではないな」

「ああ、おそらく」ローリーはうなずいた。「エフィも、自分に毒を盛るようなことはないだろう」

「青くて小さな薬瓶のこと？」エディスは耳ざとく聞きつけた。テーブルにそれがあるのは気づかなかったが、カップやなにやらたくさんのっていて、こちらからは見えないところにあるのだろう。

「そうだ《アイ》」ニルスが答えた。「おれたちがここに足を踏み入れたとき、エフィはちょうど薬瓶に残っていたものをすべて、きみに飲ませる物のなかに入れているところだった」

「それは、ヴィクトリアがここを出る前にエフィに渡したものよ。血の巡りをよくすれば病と闘うのに役に立つとか言っていた」エディスは小声で言うと、顔をしかめた。「だけど、変なにおいがした。エフィが飲み物に入れて最初に出してくれた晩、ちょっと嗅いだだけで吐いてしまったぐらいよ」

「ほんとうか?」ローリーはつぶやくと、関心もあらたにテーブルのほうを見た。きっと、そのあたりに薬瓶があるのだろう。

「でも、毒のはずがないわ」エディスは落ち着いた声で言った。「わたしのことが嫌いでも、ヴィクトリアだってお馬鹿さんではないもの。そんなふうにほかの人間の前で、わたしに毒を盛るようなものをエフィには渡さないでしょう?」

「ああ……もちろん、そんなはずはないな」ニルスはつぶやいたが、彼もローリーもエディスの言うことをほんとうに信じたような表情ではなかった。「さあ、もう少し蜂蜜酒を」

エディスはなんとなく気恥ずかしかったが、言われるままニルスに蜂蜜酒を飲ませてもらった。ヴィクトリアがエフィに渡した気つけ薬に毒が入っていると思ったことは、一瞬とてなかった。断じて、義理の姉もそこまで愚かではない。もっとも、彼女が全員に毒を盛った可能性まで排除したわけではない。すぐにヴィクトリアの仕業とわかるような策はとらないだろうというだけだ。ブロディが娶った新妻としてこのドラモンド城にやってきた当初は、まつげをやたらはためかせるヴィクトリアも愛らしい女性に見えたが、エディスの父や兄たちの具合が悪くなると、いきなり野心をあらわにした。ドラモンド城を取り仕切る女主人となり、その特権を存分に享受したがっていたが、兄たちがまだ元気なあいだは召使いたちも彼女の方針に従うのをよしとせず、それにひどくいら立っていた。すると本性を現し、のちのち語り草になりそうなほど派手な癇癪を起こしたのだ。自分の言うとおりにならないと、いつもごねて無理を通そうとするので有名なブロディでさえ、あきれているようだった。

二番目の兄のヘイミッシュが亡くなるとエディスは、自分も具合が悪くなったのは幸いだとさえ思った。ヴィクトリアがずっと狙っていた女主人の地位に嬉々としてつくのを見ずにすんだからだ。義理の姉は、自分のもとで働く人々の心をつかむために優しくしたり、愛想よくするような人ではない。すぐさま自分に全面的に従うよう召使いたちに大声で命令して、意地悪な態度をとるにきまっている。そんな場面を目の当たりにするなど、とても耐えられそうになかった。

ブロディ夫婦が戻ってきたとしても、もはや会いたくない。身の振り方を決めるため、サイのところを訪れて相談することになるだろう。ドラモンド城で過ごせる日々は刻一刻と終わりに近づいている。エディスはそう覚悟していた。ヴィクトリアはさっさとわたしを厄介払いしたいだろう。おそらくは修道院かどこかへ。それを避けたいなら、サイやジョーン、ミュアラインと膝つき合わせて、別の未来はないかどうかを考えなくては……それぐらいしか希望は持てない。もっとも、それだってかすかな望みにすぎないけれど。

蜂蜜酒を飲みくだし、エディスは尋ねた。「ブロディとヴィクトリアがいつ戻るか、知らせはあったかしら？」

ニルスが首を横に振る。「いや。おれも今朝、まさに同じことをトーモドに尋ねたが、ブロディたちから音沙汰はないそうだ。その見込みもないと彼は言っていた。ブロディは勝手気ままな行動ばかりして、自分がなにをするつもりか人に知らせるような人間ではない、と」

「ええ」エディスはため息をついた。「ブロディは……衝動的なたちなの。結婚したのだって、ヴィクトリアを連れて城に戻ってくるまで、わたしたちは知らなかったのよ。宮廷で出会って激しい恋に落ち、ひと月もしないうちに結婚したらしいわ」

「ヴィクトリアのご両親はそれを許したのか？」

「わたしも同じことを尋ねた」エディスは、仰天するニルスに顔をしかめてみせた。

「で、ブロディの返事は？」ローリーが興味津々とばかりに質問する。

エディスは渋い顔になった。「おふたりともまったく問題と思っていない、と言っていたけど」

「で、きみはそれを信じてる？」ローリーはひざを乗り出した。

「まさか」エディスは深く息をついた。「それは父も同じよ。宮廷にいるご友人に使いをやると、その方はほんとうの事情をすぐに手紙で知らせてくれた」

「つまり？」

ニルスに促され、口ごもっていたエディスも眉根を寄せつつ、つづけた。「ヴィクトリアはほかの男と結婚する約束になっていたけれど、ブロディに出会ってしまった。兄は自分がドラモンドの領主の跡継ぎだと言って、彼女を口説いたの」ブキャナン兄弟が三人とも身をこわばらせたのを見て、エディスはすぐ言葉を継いだ。「だけど、ヴィクトリアのご両親は真実を知った。お父上はブロディを呼んで、彼が三男で領主には決してならないのを知っていることや、ヴィクトリアはほかの男と結婚する約束になっていることを告げ、このままちょっかいを出しつづけるとどうなるかわかっているだろうな、と言ったの。だけど当のヴィクトリアには、ブロディが嘘をついていることは告げなかったのね。父のご友人の手紙によれば、それから間もなくふたりは姿をくらましたそうだから」エディスの表情がさらにくもる。「ブロディたちは宮廷を出て、ドラモンドの領地へ向かう途中で酒場に寄り、証人たちの前で結婚の約束を取り交わしたらしいわ」

「じゃあ、正式に結婚したわけじゃないのか？」アリックは顔をしかめた。

「まさか、結婚したさ」

重い声で答えるニルスに代わり、ローリーが弟に説明してやる。「教会法によれば、双方の合意があれば結婚は成立する。証人だって必要ない。もっとも、証人がいたほうが、異議を唱えられた場合に役立つけどな」

「じゃあ、司祭がいつも長々と説教するのはなんのためだ？　それに、結婚予告とかは？」

「必ずしも必要なものじゃないんだよ」ローリーが答える。「そうしたほうがいい、というだけだ」

「ふうん……」アリックは、なぜそんな面倒なことをしたがるのかと言いたげな顔になった。

ちょっとした沈黙のあとにニルスが口を開いた。「じゃあ、ブロディは自分が領主になると吹聴したのか」

「まあ、その言葉どおりになったわけだな」ローリーは険しい顔で言い添えた。

エディスは重いため息をもらした。それが言いたくて、彼らは長々とこんな話をしたのか。「ねえ、自分でもひどいことを言っているとは思うけれど、ブロディは自分勝手でとても信用できない、性根の腐ったような男よ……だけど、彼が父を傷つけようとするとは思えない。ブロディをあれほど甘やかして好きなようにさせたのは、だれあろう、父なんだから」

「そんなお父上に、ブロディは感謝していると思うか？」

怪訝な顔で尋ねられて、エディスは呆然とニルスを見つめた。「えっ？」

「甘やかされて育ち、きみが言うようにいろんなことをやらかしておきながらなんの責任も負わずに生きてきた三番目の兄さんは、それを許してきた父親にありがたいと思っているだろうか？」ニルスは言い直した。「それとも、男としてこの世を生き延びるのに必要な規律を厳しく教え込まなかった父親は、その程度にしか自分のことを考えていないと思っているのかな？」

エディスは眉根を寄せた。父が甘やかすのはブロディのためにならないと思ってきたけれど、当の本人がそう思っていたようには見えない。

「きみの兄さんは、目をつけた女がヴィクトリアで運がよかったな」ニルスは静かにつぶやいた。「同じようなまねをおれたちの妹にしていたら、結婚の同意を交わす前にとっ捕まえて、半殺しの目に遭わせてやるのに」

「それだけじゃない、股のあいだにぶら下がってるものを切り落としてやるね」ローリーも冷たく言い放つ。

ブロディの大事なお宝を脅かすブキャナン兄弟の言葉に、エディスは目を丸くした。

「まさか」

「いや、本気だよ」アリックはにやりと笑った。「マクダネルが、おれたちのサイの純潔を汚《けが》して結婚するつもりだと知らせをよこしてきたとき、まさにそんな目に遭わせてやるつもりだった」そして、不満そうに口をすぼめる。「なんでそうしなかったのか、いまでもわからないけどな」

「マクダネルは領主で、サイに嘘は一度もつかなかったからだ」ローリーがそっけなく言う。

「それに、サイには別の男と結婚する約束もなかった」ニルスがつけ加えた。「あれ以上の男を望むべくもなかった。むしろ、マクダネルは夫にするにはうってつけだった」

「しかも、サイは彼を愛していたし」エディスもぽつりと言った。

「いや《ネィ》」ニルスはすぐ否定したが、彼女のしかめ面を見て説明した。「ほんとうだ。サイはマクダネルに欲望を感じ、最初から好きだったようだが、愛するまでにはいっていなかった。本人がおれたちの前でそう言った」

「ほんとうに？」エディスは素っ頓狂な声を出した。

「ああ」ローリーが楽しげに説明をはじめた。「とはいえ結婚したときにはすでに、マクダネルをうっすら愛しはじめていたと思うけどね。いまは間違いなく、やつにぞっこんだ」

「だが、そういう問題ではない」ニルスが言葉静かにつけ加えた。「マクダネルが甘やかされて育った嘘つきの三男で、サイや、ふたりのあいだに生まれてくるだろうこどもたちの面倒を見られないようなら、おれたちは結婚を許すより、やつをぼこぼこにたたきのめしていただろう……サイがやつを愛していようがいまいが、関係ない」

「なんですって？」エディスは息をのみ、ニルスからはっと身を引いた。

その反応に彼は顔をしかめたが、あらためて尋ねた。「ヴィクトリアのご両親は、ブロディが嘘をついているのを娘に言わなかったようだときみは言ったが、その根拠は、ふたりが駆け落ちしたということだけか？」

「いいえ《ネィ》」エディスはしぶしぶ答えた。

「では、なぜ？」

彼女は気まずさに息をついたものの、しかたなく答えた。「それは、この城に到着してブロディからふたりの兄に紹介されると、ヴィクトリアはひどく驚いたような顔になったから」

「驚いた、ってどんなふうに？」

そう尋ねてきたニルスを、エディスは黙ったまま見つめた。ふいに、彼はすでに答えを知っているのではないかという気がした。ここに到着してから少しでもドラモンドの人間と話をしたなら、たぶんわかっているはずだ。ブキャナン兄弟はここに着いてどのくらいになるのか。そして、なにを知っているのだろう。

「ヴィクトリアは気絶したの」エディスは、青ざめた顔で倒れた義姉を思い出した。長旅のせいで疲れたのだとブロディは言い、妻を抱きあげて階上《うえ》の自分の寝室へ運んで休ませようとしたが、十分ほど経ってヴィクトリアが意識を取り戻したとたん、聞こえてきたのは怒鳴り合う声だった。

ニルスたち三人はなにも言わず、真顔で見つめてくるだけ。エディスはため息とともに質問した。「あなたたちがここに着いて、もうどのくらい？」

「一週間近くになるかな」ローリーが答える。

「一週間？」

「まだ六日だ」ニルスが訂正する。

「だけど……」エディスは驚きに口をぽかんと開けつつ、ブキャナン兄弟の顔をひとりずつ見ていった。「その間ずっと、なにをしていたの？」

「交代できみを見守ったり、鳥や獣を狩ってきたり。きみが床から起きあがれる体力を取り戻せるようブロスを作り、目を覚まさないままのきみに少しずつ飲ませたり」

ローリーが穏やかな声で答えた。

彼らを見ているうち、エディスは頭が混乱してきた。曲がりなりにも領主であるブロディは病が伝染《うつ》るのを恐れて城を逃げ出したいっぽうで、この三人はわたしのことなど知ってるわけでもないのに、一週間近くもここにとどまっている。その間もずっと、わたしの看病をするだけではなく狩りをして食事を作ったり、わたしが元気になるよう栄養たっぷりのブロスを飲ませてくれたなんて。

「どうして？」

ふと口からこぼれた言葉は一瞬、どうしようもなくあたりに漂ったままだったが、ニルスはエディスの体の向きを少し変え、まっすぐに彼の目を見させてから答えた。

「きみがおれたちの助けを必要としていたからだよ、お嬢さん《ラス》」

まだ、完全に快復していなくて身も心も疲れているだけよ。そうでなければ、お父さまやお兄さまふたりの死を悼む間もなかったせいだわ。エディスは急に涙で目が曇り、前が見えなくなった。ニルスの腕のなかで泣き崩れそうになったそのとき、寝室の扉がふいにばたんと音を立てて開いた。そちらを見ると、はじめて見る顔の男が入ってきた。ニルスと同じくらい筋骨隆々の体をしていて、死んだ鳥を二羽、脚を持って掲げている。

「今回は雉をひとつがい捕まえたぞ、ローリー。ブロスをつくるのに一羽で足りるなら、あとは料理人に頼んで炙り焼きにしてもらって――」彼はエディスがニルスの腕のなかで半分体を起こしているのを見ると、足をとめて目をぱちくりさせた。「これはこれは、目が覚めたのか！　いやあ、そいつはよかった。なあ？」

3

エディスは目をしばたたいて開けて、窓のほうを見た。鎧戸のすき間から差し込む陽の光に笑みが浮かぶ。やっと朝がきた。きょうはベッドから起きて、階下《した》へ行ける。ローリーとニルスがそう約束してくれたのだから。

意識を取り戻してからもう三日も経つのに、ブキャナン兄弟はみな、部屋からまだ出てはいけないと言ってエディスを落胆させた。動いていいのは椅子とベッドのあいだの往復だけで、その場合も、彼女の脚の力が抜けたらすぐ手を貸せるよう、だれかひとりはそばをうろついていた。

最初に目覚めたときは哀れなほど弱っていたのだから、ニルスたちの心配ももっともだった。はじめてベッドからひとりで起きあがろうとしたとき、無様に失敗したのがなによりの証拠だ。そのつぎの日に助けなしで立ちあがろうとしたときも体力はあまり戻っておらず、どうにか三歩進んだところで転んでしまった。

ありがたいことにニルスが目を覚まして抱きとめてくれたので、床に顔から倒れずにすんだ。そんなこともあって、手助けなしに起きあがってはいけない、もう少し体力が回復するまで部屋を出るのもだめだときつく言われたのだった。エディスは反論しようとしたが、言い出したらあとには引かないブキャナン兄弟四人を相手にするのは至難の業だった。頑固さではサイのほうがまだかわいげがあるぐらいだ。理屈から言えば、エディスにあれこれ指図する権利など彼らにはないはずだが、そんなのはお構いなしだった。それでも昨日は、彼女もあとには引かなかった。あと一日おとなしく寝室内にとどまっていたら、つぎの日は彼らも手を出さずにいるから自由に動き回っていい、と約束させたのだ。

エディスは上体を起こして、あたりを見回した。ベッドにいるのが自分ひとりなのは気分が変わってうれしかった。エフィとふた晩ほど一緒のベッドで眠ったが、とうとう昨日、ブロディが使っていた隣の部屋に彼女を移すよう言ったのだった。青白い顔の侍女は言葉も発しないままじっとしているので、息をする死体と寝ているような気がした。だんだん気味が悪くなってきて、気づくとエディスは、侍女がまだ息をしているかどうかこわごわ見つめるようになっていた。

エフィが隣室に移されると、エディスは惨憺たるありさまの部屋をどうしてもきれいにしたくなり、ブキャナン兄弟にも別に部屋を当てがった。ローリーには次兄へイミッシュの部屋。ブロディの部屋の隣にあるので、楽にエフィの様子を確認できる。ニルスには、そのまた隣にある長兄ロデリックの部屋を使うよう言った。

アリックとジョーディーには、廊下を挟んで向かいにある客間ふた部屋を使ってもらうつもりだったが、ふたりは荷物をまとめてマクダネルへ向かった。エディスが快方に向かうのを待ち、その知らせをサイに伝えるつもりでいたようだ。あれこれニルスたちに命令してエディスが部屋の掃除をはじめたのも快復している印で、もう体調が悪化することもないと思ったのだろう。彼らはドラモンドで起こったことをマクダネルにいる妹のサイに報告したらまた戻ってきて、エディスの父や兄ふたりの殺害の裏にだれがいるのか、真実を突きとめる手助けをすると言って出ていった。

エディスは胸が重苦しくなり、顔をしかめた。わたしが目覚めてからというもの、彼らはその件についてあれこれ話しているけれど、どうしたらいいのか、正直言ってだれにも名案はないようだ。毒を盛って人を殺すのは簡単なようでいて、難しい。ぶどう酒にだれかが毒を混入させたのではないかしら。その可能性は十二分にある。毒を盛られる前から胃の調子が悪かったせいもあって、わたしはぶどう酒を避けていたけれど、樽や、あるいはテーブルまで運ばれるピッチャーに毒を仕込むのはだれにだってできる。モイビルを看病しているあいだに食べたシチューだって同じことだ。あの晩、だれがシチューを持ってきたのかはもう覚えてもいないけれど、たとえ覚えていても、その人物が毒を混ぜたとはかぎらない。

ニルスたちは、ドラモンド家の人間に毒を盛った人物をどうやって突きとめるつもりなのか。正直言ってエディスにはわからなかった。とくに役立つ情報はなにもなく、ニルスはジョーディーやアリックに、サイとグリアに意見を聞いてみるよう頼んでいた。

エディスは寝具や毛皮を脇に押しやり、床に両足をそっとつけた。ふと見ると、戸口近くの床にニルスとロンソン、ラディがいた。ふたりと一匹《トリオ》はニルスのプレードに包《くる》まっていた。ニルスが横向きで寝ているその前でラディが体を丸めて寄り添い、そのラディには丸くなったロンソンがくっついている。ふたりと一匹なのに、大きな人間ひとりのように見える。エディスは笑みを誘われた。

彼女が目覚めてからの三日間、ニルスはずっと気難しい顔で、あれをしてはだめだ、これはするなと言ってばかりだった。しかし昨日、ラディを連れてきてもいいというお許しがようやくローリーからロンソンに出ると、エディスはニルスのまったく違う面を目撃した。たしかにまだ不機嫌そうにうなり声をあげてはいたものの、彼はロンソンに対して驚くほど優しく、しかも辛抱強く接していて、エディスにはそれがとてもありがたかった。手本となるような男性がこれまでの人生に存在しなかったロンソンは、ニルスのことを相当に尊敬しているようだった。ラディも彼にはすっかり慣れたようで、すぐに命令に従い、エディスがこれまで見たなかでもいちばんというぐらい行儀よく振る舞っていた。

ロンソンとラディは病室にもたらされた一服の清涼剤だった。少年は陽気にしゃべりつづけ、エディスが倒れてから起こったことをひとつ残らず報告した。中身はたいしたことはないが、それでもロンソンの話は楽しかった。ラディにはすごい勢いで顔を舐められたものの、それでもベッドに乗ってきた彼に鼻先をすり寄せられるのはうれしかった。犬には、人間の心を癒すなにかが備わっているらしい。そして、この数週間のできごとを考えてみると、いちばん癒しが必要なのはエディスの心だった。

床で丸まっているふたりと一匹の様子をうかがい、エディスはちょっと首を横に振った。いったいなぜ、ロンソンとラディはこの部屋で夜を明かすことになったのだろう。まだ護衛が必要だとニルスが言って、戸口そばの床で眠ろうとしたのは覚えている。でも、そのときすでにロンソンとラディはベッドの足元で丸くなり、ぐっすり眠っていた。わたしはベッドで、ニルスはそばの椅子に座って静かに話をしていたのに、いつの間にかわたしも眠ってしまったに違いない。ニルスやロンソン、ラディが床に移ったのは覚えていないもの。

わたしに画才があったら、この光景を二度と忘れないよう絵に描いて残すのに。エディスはベッドを抜け出したが、ラディがすぐに頭をもたげたのを見て、足をとめた。そこを動くなと身ぶりで示すと、犬はそのとおりにした。しかし頭を下げぬまま、エディスがガウンを取ろうとベッドの足元にあるたんすに歩いていくのを見守っている。彼女は手に触れた最初のガウンをつかみ、シュミーズ一枚の体にすばやく羽織った。シュミーズ自体を着替えられたらよかったのだが、ニルスとロンソンがいては、そんなことはできない。彼にはすでに見られているとはいえ、こんな姿で立っているのも気恥ずかしいのだから。

ガウンを着ると、エディスは髪をさっとブラシで梳かし、テーブルにのっている洗面器の水で顔と手を洗ってから、こっそり戸口のほうへ向かった。ラディに動くなと片方の手をふたたび突き出したものの、残念ながら犬の頭で理解できることには限りがあった。エディスが扉の取っ手に手をかけた瞬間にラディは立ちあがり、プレードを引きずったまま飛び出してきた。ロンソンもすぐさま目を覚ましたが、エディスはそれにはほとんど気づかなかった。ラディに引きずられたプレードがそのままロンソンの顔の上に落ちて、ニルスの胸のあたりから下が全部あらわになったのに目が吸い寄せられてしまったからだ。

ロンソンがぱっと立ちあがって眠たげに目をこする様子に、ようやくエディスはニルスから視線をもぎ離した。思いがけず、サイの兄の体を見てしまった。彼女は首を振りつつ扉を開けて廊下に出たが、すぐあとをラディとロンソンがついてきた。

「ねえ、ぼくたち――」ロンソンはしかし、しーっと言われてすぐに口をつぐんだ。

エディスはそっと扉を閉めると、彼の先に立って廊下の端に向かった。階段のおり口でとまり、ロンソンの目を見ながら尋ねる。「あなたがゆうべはどこで眠ったのか、おばあさんは知ってるの？　それとも、あなたの居所がわからなくて死ぬほど心配してるのかしら？」

「ちゃんと言ったよ」少し早すぎる返事をしてから、ロンソンはうっかりほんとうのことを言った。「階上《うえ》で寝てもいいかどうか、下に行って訊いてこいってニルスさまに言われたから、そうしたよ」

「〝そうした〟ってなにをしたの？　おばあさんに了解を求めたの？　それとも、ただそう言っただけ？」

ロンソンは口をとがらせたが、ため息とともに白状した。「階下におりたら、おばあちゃんは便所《ガルデローブ》の小部屋に入るところだったから、扉越しに尋ねたら、だめだって言われなかったから、また階上に戻ったよ」

エディスは首を振りながら、だめねと言うように舌打ちした。「おばあちゃんはあなたの声も聞こえなかったと思うわ。彼女の耳が遠くなってるのはわかってるわよね、ロンソン。どうして、おばあちゃんが出てくるまで待って、ちゃんと話をしなかったの？」

「だって、ずーっと、なかに籠もったままだったから」

「それはそうだけど、歳をとると、だれでも時間がかかるようになるのよ」

「だって」ロンソンはふくれっ面になった。「おばあちゃんほどじゃないよ。用を足しながら寝ちゃってるんじゃないかと思うことだってあるんだよ。ほんと長いんだから」そして、はあと重いため息をつき、首を振り振りぶつくさつづける。「ぼくは絶対に歳なんかとらないからね、エディスさま。大きいほうをするのに、長々と時間をかけることなんてないから」

信じられないとばかりにエディスは眉を吊りあげたが、ここは話題を変えるべきだと思い、尋ねた。「寝室を出るとき、なにを言いかけたの、ロンソン？」

「ニルスさまも起こしたほうがいいかと思ったの。そうすれば、エディスさまのお父さんとお兄さんに毒を盛った、ケツにできもののある人殺しのならず者からあなたを守ってくれるから」ロンソンは真剣な顔で答えた。

エディスは目をぱちくりさせながら彼を何度か見て、その口から出たばかりの言葉をどうにか受けとめようとした。ロンソンがこんな汚い言葉を使うのははじめて聞いたが、どこで習ったのかは考えるまでもなかった。ブキャナン一族はかなり品のない言葉遣いをする。女のサイでさえ、聞いていると耳が赤くなってしまうほどに口が悪い。

「えっと……、そうね、心配ないと思うわ、その、ケツにできものがどうとかは……」エディスは口ごもり、首を振りながら階段をおりはじめた。「テーブルに座っていれば大丈夫だと思うけど、どうかしら？」

「でも、ラディを外に連れていってやらないと、いぼのできた金玉みたいにあちこちに漏らしちゃうよ」ロンソンはまだ、ぐずぐず言った。

「ああ、もう」エディスはふっとため息をついた。まったく。ブキャナン兄弟とちょっと一緒にいただけでいろんなことを学んでしまったようだ。

「だから、ラディを外に出さないといけないの」ロンソンはなおも言いながら、彼女のあとから階段をおりた。「そうするとエディスさまがひとりになっちゃうけど、それはできないもん。あのならず者の人殺しにあなたがやられちゃうかもしれない！」

「わたしは――あっ！」ふいに床からだれかの腕に抱きあげられて、エディスは思わず息をのんだ。頭を巡らせるとニルスの顔があったので、言い返した。「ひとりで歩けます」

「ああ。だが、足取りが遅すぎる。通り道をふさいでいた」ニルスは肩をすくめ、そのまま階段をおりながら怖い顔でつけ加えた。「それに、おれを連れずに部屋を出てはいけない」

「ぼくも、エディスさまにそう言っていたところなんだよ」ロンソンはふたりのあとにぴたりとついた。「お父さんとお兄さんたちに毒を盛ったいぼいぼ金玉野郎からエディスさまを守るのにあなたの力が必要だ、って」

「実のところ、ケツにできもののあるならず者は彼で、ラディはいぼいぼ金玉野郎みたいにあちこちにお漏らししてるような気がするんだけど」エディスはぼそっと言い、ニルスを睨みつけたが、にやりと笑われたので、さらに厳しく小声で告げた。「あなたがロンソンにこんなことを教えているのを放っておいたら、彼の祖母に殺されてしまうわ」

ニルスは眉を吊りあげて階段下で足をとめ、ロンソンのほうを振り向いた。「男たるもの、レディの前ではそんな言葉遣いはしない」

ロンソンは面食らって言い返した。「だけど、あなたはしてるよ」

ニルスは唇をきっと結んでうなずいた。「ああ、たしかに」前を向いて中庭を歩きながらつぶやく。「おれだって気をつけてるんだ、マイレディ。だが神に誓って、ロンソンの言うとおりだな。おれやローリーたちが始終、とんでもない悪態をついているから」

「そうね」エディスもため息をついた。「それにサイも。あまりよくない癖だわ」

同意しているふうに聞こえなくもないうなり声とともに、ニルスは彼女をテーブルの長椅子におろし、あたりを見回した。「ラディを外に出してやれ、ロンソン。早くすっきりしたくて、やつは涙目になってるぞ」

「わかりました、ニルスさま」ロンソンは急いで駆けていった。ついてくるよう言われたラディは、エディスが座っている長椅子の端に脚をあげそうになったが、幸い少年の言うことを聞いて、すぐにあとを追った。

彼らが大広間を出ていくのを見守ってから、ニルスはエディスの隣に腰をおろした。

「ロンソンは、あなたのことをものすごい人物だと尊敬してる」

「ああ《アイ》。おれもあの子のことが好きだよ」ニルスはぶっきらぼうに言った。「いいやつだ」

「ええ、いい子よ」

「ロンソンと彼の祖母の面倒を見てやってるなんて、きみはいい人だな」ニルスはほかの人間に聞かれないよう、小さな声で言った。

エディスは肩をすくめた。「慈悲の心で施しをしているように言うけれど、違うのよ。ふたりにはそれぞれ、仕事をしてもらってるから」

「そうだったな。ロンソンはきみの犬の世話をしている」ニルスはからかうように言った。「だが、あいつらは一日中、きみのあとをついて城中をただ走り回っているだけだ」

「どうして、そんなことを――」エディスはむきになっている自分に気づいて言葉を切り、いら立ちを隠すように舌打ちをした。

「おれがきみの部屋を出るたび、ロンソンは犬とともにおれのあとをついて回っているんだよ」ニルスは、エディスが言いかけた質問にさらりと答えた。「いつもはきみを追いかけているのは、見ればわかる。きみについておれが尋ねると、なにを訊いてもちゃんと答えが返ってくるからな」

エディスははっと身をこわばらせ、疑うような目でニルスを見た。「どんな質問をしているの?」

ふいに彼の口元に浮かんだ笑みが、彼女の心をざわつかせる。

「ああ、マイレディ、ベッドから起きあがって元気に歩いているところを見られて、こんなにうれしいことはないよ」

エディスは振り向き、ニルスと反対側にいたコーリーの声を聞いて微笑んだ。

「彼らなら、あなたを救えると思ってたよ」コーリーは彼女の手を取り、ぎゅっと握った。「トーモドがおれの言うことを聞いてくれてよかった。おかげで、彼らをなかへ招じ入れて看病してもらうことができたんだからね。でなければ、あなたはいまごろもう命を落としていただろう」

「くそったれ、コーリー」トーモドはうなると、彼の隣にどさりと座った。「私は命令に従っていただけだ。彼の弟が我らのレディを救えるかもしれないと言ったから、私がなかへ入れてやったんだろう? そのせいで、私が鞭で打たれるかもしれないんだぞ?」

「ああ、鞭打ちか」コーリーはうんざりといった声を出した。「我らのレディが快復して元気になったなら、少しぐらい打たれても平気だろう?」

「わからんね。ご領主が戻ってきたら、おまえを差し出して代わりに鞭で打たれてもらおうか。少しぐらい打たれても平気だとかは、それから言ってもらいたいものだ」

トーモドは厳しい顔で言った。

「ああ、そんな、トーモド」コーリーは不安げに言った。

「まさか、私がそんなことをするはずがない。おまえだってわかってるだろう？」

トーモドはため息をつき、尋ねた。「料理人と話をしたか？　そうするよう言ったはずだが」

「もちろん話したさ」コーリーはすぐに答えた。

「で？」

「レディ・エディスを病気にしたシチューをだれが持っていったのかは覚えていない、って」コーリーは浮かない顔で答えた。

「で？」トーモドが繰り返す。

「で、ってなんだよ？」コーリーは警戒するように尋ねた。

「それだけか？　兵士たちの教練を監督したり、レディ・エディスの代わりに召使いたちに指示を与えたり、私は城中を走り回ってくたくただというのに。おまえに頼んだのはたったひとつ――料理人と厨房で働く女中たちに質問して、できるだけのことを調べてくれって言ったのに――そんな話を聞いてきただけで終わりなのか？」

「ああ、えっと……質問はしたんだが」コーリーはそわそわしはじめた。

「それでは足りないぞ」トーモドが怖い声を出す。「レディ・エディスが食べたり飲んだりするものに毒を入れたのがだれかわからないかぎり、彼女は危険なままだ。さあ、その毛だらけの尻をあげて厨房へ行き、食料を見張ってろ。どんな食べ物にも毒を入れられないよう警戒するんだ。そして、厨房であれこれ訊いてこい。できるだけのことを探ってくるんだ、いいな？」

　コーリーは勢い込んでうなずき、立ちあがった。

「料理人には、レディ・エディスの食事をじきじきに作って持ってくるよう伝えろ。料理をするあいだも目を離すなと言っておけ。レディがふたたび毒を盛られたら、おまえたちふたりを城壁から吊るして、カラスに骨まで突《つつ》かせるからな」

　目ん玉をひん剝くようにしてコーリーはうなずくと、あわてて厨房へ駆けていった。トーモドはそれを見送ると、ため息とともにテーブルのほうを向き直った。「これで、あと一日、二日はやつを厄介払いしておけるはずだ」

「そうね」エディスもうなずいたが、ニルスのほうをちらと見て彼の表情に気づいた。

「コーリーは特別なんだ」トーモドは、口ごもっているエディスに代わって言った。

「特別？」ニルスは眉を寄せた。

「ええ」エディスが言い直した。「特別というのは、その……」

「やつは話を盛るんだよ」トーモドがやんわりと言う。「それも、かなり派手に。エディスには、あんたたちをドラモンド城へ入れたのは自分がそうさせたからだと言ったにもかかわらず、いったんブロディが戻ってきたら、それと同じくらい熱心に、自分の命令に反して私が門を開けて、あんたたちをなかへ招じ入れたと主張するだろう。自分は反対したのに、と懸命に言うんだよ。それも、おそらくは彼女の前でのうのうと」

見ると、エディスも真面目な顔でうなずいている。「コーリーはいつも、そういうことをするの」

ニルスは口元を引き締めてトーモドに尋ねた。「で、どっちがほんとうなんだ？　コーリーは、おれたちを入れるべきだとあなたに言ったのか？　それとも、締め出しておけと？」

「どっちもほんとうだ」トーモドは渋面になった。「最悪なのはそこだよ。決して嘘をついているわけじゃない、ただ……」いったんは口ごもったが、説明をつづける。「あんたたちがここへ着いたとき、コーリーは招じ入れてはいけないと言った。何人《なんぴと》たりともなかへ入れるなというレディ・ヴィクトリアの言を、私に思い出させたんだ。

だが、あんたの弟は治療師でエディスを助けられるかもしれないと聞くと、やっぱり入れたほうがいいと言う。しかし、私がなるほどとうなずいたとたん、いや、それはやめようと言い出した」

ニルスは首を振り、困惑しながら尋ねた。「いったいなぜ、コーリーはここで副官をしていられるんだ？」

「わたしの父の腹違いの弟で、父が彼の面倒を見てやりたいと思ったからよ」エディスが小さくつぶやいた。

あけすけな話を聞かされてニルスは目を丸くしたが、気を取り直して尋ねた。「腹違いの、弟？」

「悲惨な話だ」トーモドは先回りして言うと、エディスの代わりに語りはじめた。「先代のそのまた前の領主、つまり、エディスの祖父はろくでもない男で、コーリーがまだこどものころに彼の母親もろとも城から追い出した。だがエディスの父はそれを知り、自分の父親が死んだときにその埋め合わせをしようと決めた。コーリーを見つけ出すと、ここへ連れてきて自分の副官にしたんだが、それは名目だけだとみなに周知徹底させた。コーリーは特別だと我々が言うのは、彼にはまともな頭がないという意味なんだ」

「祖父は、コーリーとその母親を追い出しただけではないの」エディスも説明を加えた。「どういうわけかコーリーはまだこどものころ、わたしの祖父が自分の父親であることを知り、それを祖父に言ったのよ。どういうつもりだったのかはわからない。単に父親という存在がほしかったのかもしれない。いまのロンソンと同じくらいの年頃で、ほんのこどもだったんだもの。だけど、祖父は烈火のごとく怒り、コーリーをひどく殴りつけたの……まさに殺す寸前まで。それから、母子ともども追い出した。コーリーの母親はできるだけのことをしたそうだけど、体の傷は癒えても、頭のほうは元に戻らなかった」エディスは力なく肩をすくめた。「父はコーリーたちの生活の足しになるよう食料やお金をあげていたけれど、自分の父親が亡くなるまではそれくらいのことしかできなかったの」

「なるほど」ニルスは小さくつぶやいた。

「問題は、コーリーは人から注目されたがるところなんだよ」トーモドは低い声で言った。「なにもすることがなくて暇になると、ありとあらゆることにするりと首を突っ込んできて、混乱や揉め事を引き起こすことになりがちなんだ」

「だから、あなたは彼にあれこれ言いつけるのか」ニルスは合点がいったように言った。

「そう、たいていは厨房へ送ることにしている」トーモドは苦笑した。「やつがこの世《アイ》でいちばん好きなのは食べ物だからな。実のところ、厨房へ入ったが最後、私に言われたことをすべて忘れ、食べることだけにのめり込んでしまう」

「きっと、母親とともに飢え死にしそうな時期を長く過ごしたせいだと思うの」エディスはそっと言い添えた。「いまでも、明日になったら食べ物がなくなるかもしれないと思うと怖くて、目の前にある分をすべて食べてしまうのよ」

「そうだな」トーモドも力なく相槌を打った。「ありがたいことに料理人は気のいい男で、コーリーを隅に座らせ、つぎつぎに食べ物をよそった鉢を持たせては、やつの好きに喋らせてやってる」

「じゃあ、料理人がエディスの食事をじきじきに作って持ってきたほうがいいというのは――」

「いや、あれはもちろんそのつもりだ」トーモドは怖い顔で笑った。「だが、コーリーが彼に言うかどうかは関係ない。私がゆうべ、そして今朝も料理人にじきじきに命じておいた」

「そうか」ニルスは緊張を解き、少し笑みまで浮かべた。そしてエディスをちらと見る。「叔父のコーリーがあんなだから、ロンソンと彼の祖母をここに置いてやってるのか？」

「いいえ」エディスは驚いたように言った。「あのふたりを引き取ったのは、彼らにも住まいが必要だからよ。だれにだって、〝我が家〟と呼べる場所が必要ですもの」

ニルスはエディスの顔をじっと見つめた。彼女は、自分の言った意味がわかっているのだろうか。彼女はロンソンと彼の祖母に、ふたりがいてもいい場所、そして〝我が家〟と呼べる場所を与えてやった。エディス自身はもっていないものを、ふたりに与えたのだ。いまのドラモンド城での彼女の立場は一時的なものだ。自分が唯一知っている家を出たが最後、家族を全員、さらには家族や友人同然に育ってきた使用人や、面倒を見なくてはならない戦士たちもすべて失ってしまうのだ。あのいまいましい犬とも別れなければならない。あんな大きな生き物を連れてくるのを、修道院が許すとは思えない。

それを思うと、ニルスは胸がつぶれるような思いがした。ひどく不公平だ。エディスは善良で親切な女性だ。それがこんな目に遭うなんて、神はいないのか?

「お嬢さま《マイレディ》」

ニルスはエディスと同時に顔をあげ、目をすがめた。痩せた小男が彼女のうしろに立っている。手に、焼き菓子をのせた金属製の皿を持っていた。

「いちばんお好きなものをお作りしました」と彼が言う。「甘く煮たさくらんぼを詰めた焼き菓子です」

「まあ、すてき」エディスは彼に笑顔を向けた。「ありがとう、ジェイミー」

「どういたしまして」ジェイミーと呼ばれた男も満面の笑みを浮かべる。「お嬢さまがまた元気になられて、おれたちもみんなうれしいです。誓って言いますが、その焼き菓子を作るときも、最初から最後まで一度も目を離しませんでした。ずっと立って見張ってたんですよ。だれも近づけませんでした。どうぞ、ごゆっくりお召しあがりください。毒なんか絶対に入っていませんから」

「ありがとう、ジェイミー」エディスはふたたび礼を言った。料理人がテーブルに皿を置こうと前かがみになると、彼女は感謝の印に頰に軽くキスをした。料理人は顔を赤くしてあたふたしながら、何度もうなずいて厨房へ急いで下がっていったが、その頰は焼き菓子のさくらんぼと同じぐらいまだ赤かった。

皿にのった焼き菓子をちらと見たニルスは、それをひとつ取ろうとするエディスの手をつかんだ。「先に、おれが試しに食べてみる。毒が入っているといけないから」

エディスは驚いて目をぱちくりさせながら彼を見た。「ジェイミーの言葉を聞いたでしょう？　最初から最後まで彼が見張ってた、って。大丈夫よ」

「だが、ぶどう酒やシチューに毒を入れたのがやつだったらどうする？」

「なんですって？　まさか、ジェイミーはそんな……」エディスはニルスを訝しげに見た。「わたしの焼き菓子を狙ってらっしゃるのね」

「そんな、おれは――」

言い返そうとするニルスに、エディスは皿から焼き菓子をひとつ取って差し出した。

「じゃあ食べてみて。すごくおいしいから」

ニルスはおとなしく受けとった。口のなかはすでに唾がわいている。わっとかぶりつくと、エディスは皿を持ってもうひとりにも勧めた。

「あなたもどうぞ、トーモド。わたしひとりでは食べきれないから」

「ああ、きみは善良なる方だ、レディ・エディス。思いやりあふれる黄金の心《ハート・オブ・ゴールド》を持っているのだね」トーモドは感激しながら焼き菓子を取った。

彼のお世辞にエディスが楽しげに首を振るのを横目で見つつ、ニルスはかぶりついた焼き菓子の美味さにうめき声をあげそうになった。なんだ、これは。ブキャナン家の料理人がこれほど美味い料理を出してきたら、おれたちは金を稼ぐために遠くまで出かけるのをさぞかしいやがることになるだろう。コーリーのようにでかい腹をして、屋敷に籠もったままのんきに暮らすに違いない。

「わあい、焼き菓子?」ロンソンは急いでテーブルに駆け寄ってきた。すぐあとをラディがついてくる。

「そうよ、中身はさくらんぼ」エディスは皿を差し出し、ひとつ手に取る少年に言った。「ふたつ、どうぞ。ニルスの隣に座って食べなさい。でも、ラディにあげてはだめよ。具合が悪くなっちゃうから」

「わかってるよ」ロンソンは言った。「ありがとう、お嬢さま《マイレディ》」そして、まんまと手に入れたおやつとともにニルスの隣に腰をおろすと、焼き菓子を平らげにかかった。

「どう?」

エディスの問いかけに、焼き菓子で口がいっぱいのニルスは答えるように片眉をあげた。

「毒が入ってる?」

皮肉たっぷりの言葉に、ニルスは口をもごもごさせながら首を横に振った。エディスは鼻を鳴らし、あと三つ、焼き菓子を彼の前に置いた。「どうぞ、ご堪能あれ」

その瞬間、ニルス・ブキャナンは雷に打たれたような感覚とともに思った。エディス・ドラモンドは、おれがいままで会ったなかでも最高の女性だ。

「で、きょうはなにをするつもりだね?」とトーモドが訊く。

エディスに質問したのはわかっていたが、ニルスは彼女が口を開く前にすばやく焼き菓子をのみ込み、きっぱりと答えた。「ベッドで休む」

「なんですって?」エディスは驚いて彼を振り向いた。「ベッドになんか戻りません。やっと起きあがったばかりなのに」

「ゆっくり、ことを進めなければだめだ。きみは何週間も具合が悪かったんだから――」

「毒を盛られていたのよ、病気じゃないわ」エディスは厳しい表情で言った。「それに、いまはもう元気だから」

「無理をしてはいけない。きみはまだ、体力万全とは言えないんだ」

「それはそうね。だけど、ベッドで横になったままますごしても体力は戻らないわ。それに、いろいろすることだってあるし」

「冗談じゃない」ニルスは一蹴した。

「あら、そう?」エディスは信じられないとばかりに反論した。「じゃあ、あなたがゆうべ寝た藺草《いぐさ》の敷物のかび臭いにおいにも気づいていないのね? あなたはもちろん、ロンソンやラディもぷんぷん悪臭を放っているのよ」

まさかという顔で自分のにおいを嗅いだニルスは、思わず鼻にしわを寄せた。ゆうべ横になったときはたしかに臭いと気づいたが、あまりにも慣れすぎて鼻がばかになっていたらしい。とはいえエディスに指摘されてみると、さくらんぼの焼き菓子を食べる気も失せてしまった。

ニルスは眉をひそめながら尋ねた。「蘭草のにおいをましにするにはどうすればいい?」

「女の召使いたちに言って、ずっと使っている古い敷物を集めて燃やさせるわ。それからこどもたちを川辺まで連れていって、新しい蘭草を集めさせなくては」エディスはいったん言葉を切ったが、つけ加えた。「それから、女たちに新しく敷物を編んでもらって、古いのと取り替えなくちゃ。その上に乾燥させた花々を撒けば、いいにおいがするでしょう」

ニルスはしばらく無言のまま、エディスの言ったことを考えた。女たちに古い敷物を集めさせて燃やさせるとは言っても、彼女は絶対に手伝うだろう。出会ってまだ日は浅いが、それだけはわかる。こどもたちを連れていって蘭草を集めさせるのだって、きっと一緒になって骨の折れる作業をするだろう。うしろに下がって大声で号令をかけるのではなく、先頭に立って自分もやってみせる。とにかく、エディスはそういう人間なのだ。いまは調子がいいとは言っても、彼女は具合が悪くてまるまるひと月をベッドですごした。自分で思っている以上にすぐ疲れてしまうだろう。

とはいえ、藺草の敷物を新しくするうんぬんという話をエディスにあきらめさせるつもりはない。いったん気づいてしまうと、ブレードやシャツに染みついたかび臭いにおいにはもう耐えられない。湖まで足を伸ばし、水浴びをしてにおいを洗い流すのはいい考えだが、悪臭を放つ敷物でふたたび寝るのでは意味がない。エディスを無防備なままひとりで寝かせるつもりはないから、おれが今夜眠るのはそこだ。つまり、新しい藺草の敷物がどうしても必要ということだ。

「いいだろう、敷物を集めて燃やすのは侍女のモイビルに頼めばいい。その間、きみはこどもたちを連れて新しい藺草を刈りにいく」思ったとおりエディスが反論しそうになったので、ニルスは言い添えた。「そのほうが物事が速く進むし、そうでないと困るんだ。今朝起きたとき、脚が少し痛かった」

エディスは訳がわからず、ニルスを見つめた。「あなたの脚？　それがいったい、なんの関係があるの？」

「雨や嵐の前になると、古傷が痛むんだ」ニルスは説明した。嘘ではない。もっとも今朝の脚の痛みは、硬く冷たい床の上で眠ったせいだが。「雨が降る前に藺草を集めて、こどもたちを連れて帰ってきたいだろう？　でないと、具合の悪くなったこどもたちが城内にあふれることになるぞ」

「ああ、それはたしかに」エディスが眉根を寄せる。

「古い敷物を集めて燃やすのは私が監督して、やらせよう」トーモドが手をあげた。

「男たちにも手伝わせるよ。そうすれば、きみはモイビルやほかにも侍女を何人か連れていって、藺草を集めるのもこどもたちの面倒を見るのも彼女たちに手伝ってもらえる。そのほうがいい」

「まあ、そんな必要はないわ」エディスはすぐに異を唱えた。「こどもたちの面倒を見るのはわたしひとりでできます」

「それはそうだが、雨が降ったら、さっさと片づけをして帰ってきたいだろう？ しかし、こどもというのはぐずぐず遊んだりするものだからね。モイビルたちがいれば、きみの手助けをして手早く作業を終えられる。むしろ」トーモドは正直なところを言った。「侍女は全員連れていって、敷物を集めて燃やすのはすべて我々に任せてくれないか？ あっという間に作業は終わるだろうし、きみたちも雨に降られずにすむ。男たちにとってもいい息抜きになる。悲劇がつづき、先がどうなるのかわからない日々を何週間もすごしたから、みんな少しは気を緩めたいんだよ」

「実に名案だ、トーモド」ニルスは助け舟に感謝するようにうなずいた。

「ラディとぼくも一緒に行ってあげるよ、お嬢《マイレディ》さま」ロンソンが高らかに言う。

彼の顔がさくらんぼの詰め物《フィリング》でべたべたなのを見て、ニルスは微笑んだ。そっちのほうが、口のなかに収めた分よりずっと多いようだ。

「ありがとう、ロンソン、助かるわ」エディスもにっこりした。

少年はうなずくと、手についたフィリングを舐めながら言った。「心配ご無用だよ。ラディとぼくが、あなたに毒を盛った悪党から守ってあげるからね。脳みその煮えた、悪魔のケツにしがみつくような悪党め」

「きゃあ、やめて。まさかベシーには聞こえてないでしょうね」エディスは声をひそめた。

「ベシーとは？」ニルスはひざを乗り出した。

「ロンソンの祖母だ」トーモドが答える。

ニルスは、隣に座る利口な少年を育てた女性を探して、あたりを見回した。「ここにいるか？」

「ええ。あれが彼女よ、暖炉のそばで繕い物をしてるわ。だめ、見ないで」エディスは、肩越しにニルスが振り返ろうとするのに気づいて息をのみ、すぐさま言った。

「彼女《アイ》、こっちを見てる？」

「いや。眠っているようだ」ニルスは、暖炉そばで椅子に座る老婆にちらと目をやった。きつく引っつめた髪を結いあげている。着ている服はぼろいが、清潔そうだ。しかし、目をきゅっとつむっていて、ひざに広げたシャツの上に置かれた両手もまったく動いていない。

「ああ、よかった」エディスはつぶやいた。「いらっしゃい、ロンソン。モイビルや侍女たちを見つけたら、こどもたちも一緒にすぐ出かけましょう」

エディスとロンソンが行ってしまうと、トーモドが顔をしかめながら尋ねた。「彼女をひとりで藺草刈りにやるつもりではないだろう?」

ニルスは首を横に振った。「ああ、おれも行くつもりだ。毛皮を何枚かとさくらんぼの焼き菓子を持っていき、馬も連れていく。自分ではわかっていないだろうが、エディスは一時間もしないうちにくたびれてしまうだろう」

「ああ、彼女は頑固だからな」トーモドは参考までに、という口ぶりで言った。「疲れたと自分から言い出すと思ってはだめだぞ。ぎりぎりのところまで作業をするし、自分の負けを認めるぐらいならもっと頑張ってしまう娘《こ》なんだ」

「ああ。なんとなくそんな感じがしていた」ニルスも相槌を打った。「そこは、おれの妹とよく似ている」

「なにか策はあるか？」トーモドは興味津々だ。

「ある。あの子をだしに使おうと思う」

ニルスの単純明快な答えに、老副官は笑顔でうなずいた。「それはいい。まるで自分のこどものように、あれこれ気を揉んでいるからな」

「ああ」ニルスは尋ねた。「それはどうしてなんだ？」

「レディ・エディスは昔から心根の優しい娘だった……優しすぎるときもあるくらいで、そこをほかの人間につけいられる」トーモドは首を振り、ため息をついた。「ブロディが戻ってきたときに彼女の身になにが起こるか考えると、胸がつぶれそうだよ。たぶん、彼が帰ってきて一時間もしないうちに修道院送りになるだろう。そんな目に遭ってはならないのに」

「そうだな」ニルスはつぶやいた。彼女のためになにかしてやれたらいいのだが。

「さてと、きょうはなにをするつもりなのか、男どもにそろそろ知らせてやったほうがいいようだな」トーモドは立ちあがった。

「彼らはいやがるだろうか？」

ニルスの質問に、トーモドは鼻で笑った。「まさか。まあ、敷物を引きずりながら、女の仕事をするのはいやだとかぶつくさ文句を言うだろうが、いざ燃やす段になったら、エールを持ってきて炎の周りで飲めや歌えやの騒ぎになるさ」

ニルスはうっすら笑みを浮かべた。弟たちも、きっと同じようなことをするだろう。彼は、トーモドにあとはよろしく頼むと言って長椅子から立ち、出かけるのに必要なものを取りに階上へと向かった。

4

「少しお休みになったほうがよくはありませんか、お嬢さま《マイレディ》」

そう言うモイビルにエディスは笑みを返したが、首を横に振った。「大丈夫よ」

「ですが、もう何週間も具合が悪かったのですから」侍女は心配そうに言葉を継ぐ。

「いきなり無理をなさって、また倒れるのはおいやでしょう?」

「病気じゃなくて、毒を盛られたのよ、モイビル」エディスは腰をかがめ、右手に持った鎌でつぎの藺草の根元を刈った。その草を左手に寄せたとたんうめき声をあげそうになったのをこらえたが、つぎの瞬間、驚いて見回した。手にしていた草を丸ごとさらわれたからだ。反射的にありがとうと言いそうになるものの、ニルスにしかめ面で言い返す。「自分でなんとかできます、あなたは――」

「ロンソンがくたびれ果てている」ニルスがエディスの言葉を遮る。「ゆうべはあまり寝られなかったようだし、ほかのこどもたちよりも幼いからな。休憩が必要だ」

エディスは手を休め、眉根を寄せながらあたりに目をやった。川岸の遠いところで作業しているロンソンはぐったりと青白い顔をしている。「そうね」と答えて、彼女は背筋を伸ばした。「作業を中断して休憩するよう、あの子に言うわ」

「おれがもう言った」ニルスが肩をすくめた。「だが、きみが作業をするかぎり、自分もやめないと言ってきかないんだ」

「ほんとうに?」エディスは眉根を寄せた。

「ああ。ちょっと休んだふりをしてくれないか? あいつが作業をやめるまででいいから」ニルスは取り急ぎ言うと、断れない提案をしてきた。「例のさくらんぼの焼き菓子を持ってきた。腰をおろして休めるよう、毛皮もある。もう広げておいた。ピクニックでもしようと思って。ロンソンは腹がいっぱいになったらすぐ寝入ってしまうだろう。きみはそれからまた作業をしてもいいし、そのまま休んでもいい」

さくらんぼの焼き菓子を考えただけでエディスの口に唾がわいてきた。体も、休もうと悲鳴をあげている。ニルスの言うとおり思った以上に早くくたびれたが、あきらめてしまうのがいやで、そのまま作業をつづけてきたのだ。

エディスは、川岸に沿って藺草を集めるこどもたちや侍女たちに目をやった。頭の上に広がる空は、ニルスの瞳のように青い。雨が降りそうな気配などどこにもない。

必要な分の藺草を刈る時間はたっぷりありそうだ。持ってきた荷車に視線を走らせると、一台はすでにいっぱいで、もう一台にも収穫された草が積まれはじめている。彼女はうなずいた。

「モイビル、ソーチャに言って、藺草で満杯の荷車を引いて帰ってもらって。そうすれば、城に残った年嵩の侍女たちに先に敷物を編んでもらえるわ。ブライスも一緒に帰ってね」といちばん年上の少年を指名する。「ふたりに一個ずつりんごをあげてちょうだい。残りはこどもたちと侍女に配って。みんな、腰をおろして少し休憩しましょう」

「はい、お嬢さま《マイレディ》」モイビルは感謝するようににっこりした。でも、わたしじゃなくてニルスににっこりしたんだわ。エディスは気づいた。わたしに作業の手をとめさせるなんて、彼が奇跡でも起こしたみたいな顔をしている。

首を振り振り、川岸から離れようとうしろを向いたところでエディスは転びそうになった。もうへとへとで、泥に足をとられてしまった。ニルスが腕をつかんでくれなかったら、顔から突っ込んでいただろう。もごもご礼の言葉を言い、彼に導かれるまま、毛皮を敷いておいたという木立のほうへと歩く。

「ロンソン！」ニルスは、エディスが座ったのを見てから呼ばわった。「ラディを連れて、こっちでしばらく休憩しよう」

「はい、ニルスさま」

ほっとしたような口調にエディスは苦笑したが、少年が川沿いの泥からやっとのことで抜け出したうえに、蘭草をそこらに放りながらやってくるのを見て、笑みを嚙み殺した。ロンソンは足を引きずっていたが、ラディがそばに来ると腕を回して寄りかかり、足早に歩いてきた。しかし毛皮のところにまで来ると、ラディをさっさと放した。

「この蘭草を集めるって作業は、く、く、そ面倒くさいね」とぜいぜい言いながら、毛皮に背中からどすんと倒れ込む。

エディスはため息とともに首を横に振った。疲れきっていて、ロンソンの言葉遣いをあげつらうのも面倒だ。まったく、ニルスたちブキャナン兄弟はドラモンド城に来てまだ十日で、その大部分をわたしの部屋ですごしていたというのに、この子はすでに戦士みたいな口の利き方をする。もっとも、女性の、というか少なくともわたしの前では悪態をつかないようにしている戦士、と言うべきか。

「おい、泥のついた足は毛皮にのせるなよ。ラディも上がらせないようにしてくれ。魚を獲ろうと川に入ってびしょ濡れだからな」ニルスも腰をおろすと、持ってきた革袋を開けてなかを探りはじめた。

「はい、ニルスさま」ロンソンは自分の足が毛皮にのらないよう体を動かしてから、足の横の草のあたりをぽんとたたいて言った。「ラディ、ここにおいで」

図体の大きな犬はやってくると、ロンソンの手を嗅いだ。おやつがもらえるのを期待したようだが、それがないとわかると、文句を言うようにふがふがしてから、ぶるっと体を震わせて、いたるところに水しぶきを撒き散らした。

ロンソンは驚きに甲高い声をあげて顔を覆ったが、エディスは水しぶきを浴びても目を閉じて笑った。あまりに満ち足りた気分で動きたくない。顔に降り注ぐ陽射しは暖かく、まぶたが熱い。目に映るのは真っ赤な色だけだった。

「お嬢さん《ラス》？」

エディスが目を開けると、ニルスがさくらんぼの焼き菓子と、液体の入った革袋を差し出していた。

「ありがとう」それを受けとり、革袋の中身のにおいを嗅いでみる。りんご酒だとわかって、ほっとした。

「ぶどう酒は持ってこなかった。あまり好きではないと言っていたから」ニルスはつぶやいてロンソンにさくらんぼの焼き菓子を差し出し、自分もひとつ取った。

「ありがとう」エディスは心の底から礼を言い、さわやかなりんご酒を何口か飲んでから革袋を回した。そして焼き菓子をちょっとかじり、喜びに小さく声をあげる。甘い中心部が口のなかで弾《はじ》けた。ジェイミーのつくる焼き菓子は最高だ。ひとつめはあっという間に平らげてしまったが、ふたつめはもう少し時間がかかった。ニルスがりんごの皮をむいている様子にすっかり気を取られてしまったからだ。皮は途中で切れることなく、ナイフの端から長く垂れ下がっている。

「どうしてそんなことができるの？」ロンソンの目もすっかりくぎづけだ。

「ぐるぐる回していけばいいだけだ」ニルスは手をとめた。そして、別のりんごを少年に放る。「自分の黒い柄の短剣《スキャンドゥ》を出してごらん。どうすればいいか、教えてやろう」

「ロンソンは、自分のを持ってないの」

エディスが静かに言うと、ニルスは眉を寄せ、自分のを少年に渡した。「じゃあ、おれのを使え。おれは短剣《ダーク》を使う」

ロンソンは目を丸くして、黒い柄の短剣を恭《うやうや》しく受けとった。

「自分の指を切らないよう、気をつけるんだぞ」ニルスはダークを取り出して、りんごの皮の下に差し入れた。「果軸のてっぺんからはじめるんだが、深く刃を入れすぎると果肉がたくさんついて無駄になる。といって薄すぎると、皮が切れてしまう」

ニルスがロンソンに教えていくのを、エディスは無言で見守った。なんと優しく、励ますような言葉のかけ方だろう。

ロンソンは舌を出したまま熱心にナイフを動かしている。この世でいちばん重要な任務を学んでいるかのような集中力だ。横たわって楽しく見守っていたエディスは、ラディに目をやった。犬がふいに立ちあがり、水辺にいる者たちの仲間に入ろうと駆けていったからだ。彼らはりんごを食べ終えて、藺草を集める作業に戻っていた。エディスが眉根を寄せてニルスたちのほうを振り向くと、ロンソンはまだりんごのてっぺんあたりで、ゆっくり慎重に刃を動かしながら長い皮をむいていた。

ロンソンが皮をむき終えたりんごを食べるまで待ってから、みんなのやっている作業に戻るよう言ってみよう。エディスは決めると、少し目を閉じて、肌に降り注ぐ陽射しの暖かさやさわやかなそよ風を楽しむことにした。

荷車の車輪がごろごろいう音がエディスを起こした。目をしばたたいて開けてみると、顔の前に毛皮がある。頭を持ちあげてあたりを見回すと、藺草をいっぱいに積んだ荷車が空き地から出ていくうしろを、侍女やこどもたちがついていく。いやだ、信じられない。わたしが寝ているあいだに作業を終えたのだ。どうしよう。どれくらい眠っていたのかしら?

空に目を向けると、太陽はまだ高いところにあった。お昼ぐらいだろうか。ため息とともに上体を起こし、去っていく侍女たちにふたたび視線を走らせると、ちょうどモイビルが振り返り、エディスが目覚めたのに気づいた。侍女は微笑んで手を振り、こどもたちを追い立てた。

とそのとき、大きな吠え声が聞こえた。川のほうをみると、ニルスとロンソン、ラディがいた。ラディは岸辺で興奮したように飛び回っている。なにかはよく見えないが、ニルスやロンソンが川に投げ込んでいるものを追いかけたがっているようだ。ニルスは川の静かな水面で、水切りのやり方をロンソンに教えていた。それに気づいてエディスは微笑んだ。こどものころ、兄たちとよく一緒にやったものだ。流れが緩やかで水切りができるのは、川のこのあたりだけだった。

少年に対するニルスの態度にふたたび感嘆しながら、エディスはふたりを見つめていたが、周りにふと目をやった。飲み食いしたものはすべてなくなっていて、寝ていた彼女にかけられていた毛皮が残っているだけだ。起きあがって急いで毛皮を集め、小さな山にして積むと、川べりにいるニルスたちのところへ向かった。熱烈に歓迎するようにやってきたラディに微笑み、首のあたりをぽんとたたいてやる。

「ラディ！」ニルスは、エディスに飛びつこうとする犬を大声で呼んだ。ラディはすぐに反応し、地面に足をつけたままエディスに頭を撫でてもらった。

「気分はどうだ？」ニルスは、ラディを従えてやってきたエディスにそっと尋ねた。

「みんなが働いていたのに、わたしひとりだけ眠っていたような気分よ」

「ああ、そうだったな」彼は、自己嫌悪に陥っているエディスの言葉にあっさり同意した。「つまり、これから本日の第二部がお待ちかねということだ」

エディスは不審そうにニルスを見つめた。「藺草の敷物を編む、ということではないような気がするのはなぜ？」

「きみが人並みはずれて頭のいい女性だからさ」ニルスはまじめくさった声で言うと、下流のほうへ川べりを歩いていたロンソンやラディをちらと見た。「おい、ふたりとも、そろそろ行くぞ」

「はい、ニルスさま。ラディ、おいで」ロンソンがエディスたちのほうに駆け寄ってきた。

「これからどこへ行くのか、まだ聞いていないけど」エディスは、ニルスに腕を取られて彼の馬のほうへ行くよう促されながら、尋ねた。

「きみの、きょうやるべき事柄は？　きみの助けがなくとも、城の女たちがあっという間にしあげるだろうから、敷物を編む作業はのぞいてだが」ニルスがすばやく言い添える。

エディスは、脚に体を擦りつけてくるラディの耳のうしろを掻いてやりながら、城内ですべきことはなにかを考えていた。これから数日間の献立について、ジェイミーと話をしなければならない。とはいっても、この数週間はわたしの意見などなくても、料理人は食事作りになんの苦労もなかったようだ。村の市場でなにを買ってくればいいか彼に訊かなければならないが、それは明日か明後日でも事足りる。市が立つのは毎週土曜日。きょうはまだ月曜日だ。

それ以外は、わたしが床に臥せっていても城内での物事にとくに支障はなかったようだ。召使いたちはよく仕込まれていて、自分がすべきことをよくわかっている。とくに指示されなくとも、日々の務めはじゅうぶん果たしていたようだ。もっとも、それについてはトーモドが気を配っていたのだろう。わたしの代わりに召使いたちの監督をしてくれたに違いない。ありがたいことだ。ほかにもすることがあるような気はするけれど、よく考えてみないと、なにをすべきなのかわからない。実際、すぐにでも手をつけなければならなかったのは藺草の敷物だけだ。あのにおいは、ほんとうに耐えられなかった。

そういえば、ラディ……だけではなくロンソンの体を洗ってやるのも差し迫った問題だ……それに、あの子には清潔なプレードを見つけてやらなければ。かび臭い藺草の敷物でひと晩眠ったのだから、ニルスにもお風呂に入ってからきれいなプレードを身に着けてほしいけれど、あれこれ指図はできない。エディスはふと、自分もお風呂に入りたいと思った。意識が戻ったときからずっとそうしたかったが、ブキャナン兄弟の前で入浴するわけにはいかないし、彼らは足に根でも生えたかのようにエディスの寝室にとどまったままだった。少なくとも、ニルスはそうだった。ローリーは自分の部屋にいたり、エフィの部屋にいたりした。ジョーディーとアリックは馬でマクダネル城に向かったが、ニルスはまだ護衛が必要だと言って、彼女が自分の部屋にいるときでさえもひとりきりにはしなかった。

「わたし、お風呂に入りたいわ。ロンソンとラディにも入らせたいのだけど」エディスは、ニルスが手早く毛皮を丸めて馬の脇腹にくくりつけてから、さっと馬の背に跨るのを眺めた。

「好都合だ」ニルスがふいに身をかがめ、エディスを抱きあげて自分の前に座らせる。

彼女ははっと息をのんで尋ねた。「どうして好都合なの?」

「おれたちはみんな、水浴びのために湖に行くからだ」ニルスは振り向き、ロンソンのほうに手を差し出した。「ほら、おれの手をつかめ」

　少年はためらっていたものの、片方の手をあげた。するとニルスは、自分のうしろに彼を勢いよく持ちあげて座らせた。「あまり余裕がないな。ロンソン、両腕をおれの体に回せ。馬のケツからずり落ちないように」

「ああ、もう」エディスは絶句した。ニルスがこどもの前でこんな言葉遣いをずっとしているかぎり、ロンソンに悪態をつくのをやめさせることは絶対にできない。彼の祖母に知られたら、わたしのせいにされるだろう。

「よし、それでいいぞ。しっかりつかまっていろよ」ニルスはロンソンに声をかけると、エディスの体を両腕で包み込むようにして手綱をつかんだ。

「わたしのひざに乗せたほうがよくはない？」エディスは、ニルスの体越しに少年を見ようとした。

「やつなら大丈夫だ」ニルスはなだめるように言った。「それほど遠くない」

　エディスはうなずいたものの、両手を彼の腰に回してロンソンの両腕をつかみ、落ちないようにしてやった。なぜか、ニルスがくすくす笑う。少なくとも、そうしているように思われた。彼のお腹が動くのが感じられ、頭のてっぺんに息が吹きかけられるものの、笑いは声にはなっていなかった。

「なにがそんなにおかしいの?」エディスは顔をあげて様子をうかがった。

「いや、別に」ニルスはふっと微笑んで肩をすくめた。「きみはすばらしい母親になるだろうな、って思っただけだ」

エディスはせつなそうに微笑んだ。「あなたの言うとおりだと思いたいけど、それを確かめる機会はこないような気がするわ」

それを聞いてニルスが眉根を寄せる。エディスは目を伏せ、彼の胸に頭をもたせかけた。

「ロンソン、ラディがちゃんとついてくるよう見張っておけ」ニルスは声をかけると、馬を前に進ませた。

少年が犬を呼ぶのを聞きながらエディスは目を閉じて、自分の行く末に関する気がかりな問題を振り払おうとした。ただでさえ、いまはほかに考えなくてはいけないことがあるのに。父や兄ふたりを殺し、わたしの命までも狙っていたのはだれなのか。それもまだ、わかっていない。毒を盛られたのだと知ったらブロディはなんだかんだ言って、犯人が見つかるまで城には戻ってこないだろう。つまり、わたしはこのままとどまり、彼の代わりに城内のあれこれを差配しなければならない。

城の切り盛りを、トーモドにだけ押しつけるわけにはいかない。彼はすぐれた副官で自分の務めをよくわかっているけれど、このところめっきり老けた。兵士たちの面倒を見つつ、わたしの具合が悪いあいだに召使いたちの監督までするのはさぞ負担だったはずだ。犯人が見つからなかったら、自分のことしか考えていないブロディは宮廷でばかり過ごして、城には金を無心する便りを送ってくるだけだろう。ドラモンド家の財をなんのためらいもなく食いつぶし、民を飢え死にしそうな悲惨な状況にたたき落とす。わたしは、少しばかり危うい立場に追いやられることになった。毒殺の件がだれのしわざなのか解明しなければならない。ブロディが戻ってこない言い訳にできないよう、城が安全だと証明するのだ。でも、彼が戻ってくる前に城を出なければならない。でないと修道院に送られて、死ぬまでそこですごすしかなくなる。

きょうは、現実逃避ばかりしていた。藺草の敷物を替えるのは、城を抜け出して、現実にある問題から目を背けるための方便だった。長いこと具合が悪くて臥せっていたんだもの、少しは外に出たかった。でも今夜は、ローリーやニルス、トーモドとひざ突き合わせて、事態を収拾するための案を考えなくては。それに、サイのところを訪問するのに必要な荷造りも。そうしておけば、問題が解決したらすぐにここを出ていける。

問題にとりかかるのをぐずぐず先延ばしにしてきたのは、そのせいもある。ジョーディーとアリックには、サイに宛てた手紙を託した。自分を取り巻く状況を説明し、修道女として暮らす以外に道はないか、友人のジョーやミュアラインとともにサイを訪れて相談したいと知らせておいた。サイが住む城をいきなり訪れて、身を寄せていいかと懇願するようなことはしたくなかった。

でも、ジョーディーとアリックがマクダネル城まで馬で行き、サイの返事を持ってまたここへ戻ってくるまでの時間が必要だった。ふたりが戻ってくる前に人殺しがだれなのかわかったら、どうしたらいいのかわからない。上等のドレスを使用人が着るような質素な服に替え、名前も変えて別の城に働き口を探しに行こうか。修道女になるよりも、下働きの女中や侍女になったほうが幸せになれるのでは？

エディスは顔をしかめた。わたしだってばかじゃない。女中や侍女の仕事に特有の危険があるのはじゅうぶん承知している。でも、それ以外の選択肢はないに等しい。

「さあ、着いたぞ」

エディスが顔をあげると、ニルスは手綱を引いて馬をとまらせた。ここは湖畔の小さな空き地。彼女もよく知っているところだ。だれにも見られずに泳ぎたいとき、ラディとよく一緒に来たものだ。ほかの人たちはたいてい、城に近い、岸向こうのもっと広々としたところで泳ぐが、ここは岸が川の流れのほうにぐっとせり出して、小さな入江のようになっている。

「おりていいぞ、ロンソン」

そう言われて、エディスは少年の腕をつかんでいた手を放した。ニルスはロンソンのシャツのうしろとブレードをつかみ、彼を地面におろした。すぐさまラディが駆け寄り、ロンソンの顔をものすごい勢いで舐めはじめる。

エディスはニルスの体に回していた腕を放して座りなおし、馬の背から地面に滑りおりようとした。どすんと落ちたりしないよう、上半身をひねって彼の脚をつかむ。お尻が馬の背を離れると、それにつられて体も半回転し、ニルスの脚にしがみついたまま馬のほうを向いて地面におりた。こどもみたいに抱きおろされるのではなく、自分だけでおりられたわ。エディスは鼻高々だったが……ふと気づくと、ニルスは不思議なほど不動なままで、なんともいえない表情をしている。

彼の脚をまだつかんでいるのに気づき、エディスはすぐさまそれを放して後ずさった。馬からおりようとするニルスに背を向け、ロンソンとラディのいるところへ足を踏み出す。すぐさま寄ってきたラディを撫でて、飛びつこうとしてくるのをなんとか抑える。

「いい子ね」エディスは両手で犬の脇腹を撫でながら、ニルスがなにをしているのかちらと振り返った。彼は鞍にくくりつけておいた毛皮を外し、さくらんぼの焼き菓子やりんごを入れておいた革袋と、もっと大きなもうひとつの袋を持ち、空き地の真ん中のほうへ歩いていくところだった。そのすぐうしろを、ロンソンがついていく。

「わたしはなにをすればいい？」エディスも彼らのあとをついていった。

「これを持って水浴びをしてくるといい。おれとロンソンは楽しくピクニックしてるよ」ニルスは革袋のなかをあさると、小さな四角型のアレッポ石鹸を取り出してエディスに渡した。「ラベンダー油の入ったやつがないかと思ったんだが、これもいいにおいがするから」

エディスはふっと微笑んだ。「ドラモンド家には、ラベンダーのものはないのよ」

ニルスが目を丸くする。「女はみんな、ラベンダーが好きなものだと思っていたが？」

「たいていはそうね。でもドラモンドの城内では、ずっと昔から使うのを許されたことはないの」

「どうして？」

「父がだめだと言っていたから」

「くしゃみが出るとかそういうことか？」ニルスはちゃかすように質問した。

「いいえ」エディスは首を横に振った。「とにかく毛嫌いしていた。わたしが小さいころ、ラベンダーのにおいのするお客さまがいらしたら、父はいきなり押し黙って不機嫌になったのを覚えているわ。母に理由を訊くと、ラベンダーを嗅ぐと父は、自分の母親や妹のイーラセッドとグリニスのことを思い出して悲しく陰鬱な気持ちになるのだと言っていた。三人ともラベンダーの香りが好きだったんですって。みんな、父が幼いころに亡くなったの。粟粒熱《ぞくりゅうねつ》（急性の熱性感染症）だと母は言っていたように覚えているけれど、あっという間に亡くなったのが父には大きな衝撃だったの」エディスは自分が落ち着きなく話をつづけているのに気づいて、口を閉じた。ニルスの差し出す月桂樹の実の油でつくった高価な石鹸を手に取ったが、どうしたらいいのかわからずに立ち尽くした。いままでにも何度かロンソンを水浴びに連れてきて、彼の前では平気でシュミーズ一枚になっていたけれど、ニルスは無邪気な五歳児ではない。

「おれがのぞいたりしないよう、ロンソンが目を配るさ」ニルスはそれとなく言うと、少年に微笑みかけた。「なあ、そうだろう?」

「うん《アィ》」ロンソンはすぐに返事をしたが、顔をしかめて質問した。「だけど、ニルスさまはどうして、レディ・エディスが水浴びするのを見ちゃいけないの? ぼくはいつも、一緒に水浴びするよ」

「おまえは運のいいやつだな」ニルスは小声で言ったが、エディスには安心させるような言葉をかけた。「おれは、ここで食事の準備をしておく。終わったら、水辺には背を向けて座ってるから。水浴びを終えたら、体を拭いて着替えをしてくれ」そして大きな革袋のほうから、きれいにたたんである清潔な亜麻布とドレスを出す。エディスがそれを受けとると、ニルスは話をつづけた。「それがすんだら、おれはロンソンとラディを洗いがてら水浴びしてくるから、きみは昼食をとっているといい」

エディスは、ニルスが革袋から取り出したドレスに目をやった。まだ袖を通したことのない服だ。しわくちゃになるのを防ごうというのか丸めてあったが、やはり少しじわが寄っている。「あなたは、これをどこで——?」

「モイビルが取ってきてくれた」ニルスは苦笑いをもらした。「最初は自分で取ってこようかと思ったんだが、たんすにはおれに見られたくないものが入っているかもしれないと思って、彼女を見つけて手を貸してもらった」

「まあ」エディスは思案顔でうなずいた。モイビルはいちばん上等なドレスを選んだ。仮縫いのとき以来、袖を通したことのない一着。森を思わせる深い緑色で、モイビルも気に入っているドレスだ。わたしの目と髪を引き立てて魅力を最大限に伝える一着だと言い、どんな男性もひと目で恋に落ちると主張していた。これを選んだということはつまり、モイビルはニルスをわたしのお婿さん候補として考えている、しかも、気に入っているということだ。そんなこと、いままで考えてもみなかったけれど。

「行っておいで。ロンソンもおれも見ないって約束するから」

ニルスのことばにエディスはこくりとうなずき、空き地の端にある木立へ向かった。手は届くけれど、ドレスの裾が地面につかない高さの枝だ。ちらと男性陣のほうに目をやると、ニルスとロンソンは静かに話をしながら、丸まっていた毛皮を広げていた。

エディスは彼らに背中を向けながら石鹸を置き、すばやくドレスを脱いだ。石鹸をぱっとつかみ、シュミーズ一枚で急いで湖に入る。水はひどく冷たくて、叫びそうになるのを唇を嚙んでこらえながら、あわてて腰の深さまで浸かった。それから顔をつけて少し泳ぎだし、体が水温に慣れるのを待つ。

あたりは美しく、いつもだったらゆっくり時間をかけて入江の静けさと冷たい水浴びを楽しむのだが、きょうはそんなことはしていられない。エディスは手早く体と髪を洗いながらも、その間ずっと、ニルスを夫にしたらどうなるか思案していた。

考えてみると、そう悪くない。修道院送りになる心配はなくなる。ニルスという男性については……わたしもかなり好きだ。ハンサムだし、頭の回転も速い。問題解決能力にもすぐれている。なにより大切なことに、ロンソンの相手がとても上手だ。優しいだけでなく、辛抱強く話を聞いてやる。きっと、いい父親になるだろう。

サイからの手紙によるとニルスは、長兄オーレイの副官だったドゥーガルがミュアラインとともにブキャナンの領地を出てから、その任に就いているらしい。だとすると、どうしてこれほど長く領地を空けていられるのだろう。兄弟がたくさんいるから、ニルスがここにいるあいだもだれかが代わりを務めているのだろうか。いずれにせよ、ニルスが自分の城を持つことはないようだけど、わたしはかまわない。村の小さな小屋《コテージ》に住み、こどもを産み育てるだけでじゅうぶん満足だわ。

〝こどもを産み育てる〟という部分が頭に浮かんだ瞬間、エディスはふたたびニルスのほうにちらと視線を注いだ。母はすぐれた治療師《ヒーラー》で、いろんなことを教えてくれた。傷を縫ったり、出産の手助けをしたりする場にもわたしをよく連れていった。女が赤ん坊をどうやって身ごもるのか、その基本的な事柄については、わたしも承知している。それをニルスとしなければならない。

男が女の体に精を解き放つのにどうしなければいけないのか、それがどれほど不快なものになりうるのだろうか。はじめてのときは痛いものだと母は言っていたけれど、友人のジョーは、自身の経験を少し話してくれた。それで得られる悦びもたくさんある、と彼女は請け合ったが、とても信じられない。冗談でもなんでもなく、とてつもなく奇妙な行為だ。

水のなか、脚のあいだに手をそっと滑らせて、〝男が自分のもので種を撒く〟とジョーが言ったところを見つける。探るようにしばらく突いてみたが、エディスは首を横に振った。全然、だめ。こんなことを男性にやってもらいたいなんて、とても思えない。たとえそれが、ニルスほどハンサムな人でも。だけど、身ごもるために必要ならば……

彼と結婚して赤ちゃんを授かる未来をすでに想像していることに気づき、エディスは肩をすくめた。ニルスは、そんな目でわたしのことなど見てもいないのに。結局、息のくさい老いぼれ男爵と結婚するぐらいで諦めるしかないんだわ。

ため息とともに水中に潜り、髪や体の泡を流してから顔をあげ、男性陣のほうにちらと目をやる。ニルスは湖に背を向け、うしろに両手をついて座っていた。脚を前に投げ出し、足首のところで組んでいる。ロンソンもまったく同じ格好で座っていた。ニルスのまねをしているのは明らかだ。その光景に微笑みながら、体をさっさと拭くために亜麻布を枝からぱっと引ったくる。

そのときになってようやく、エディスは気づいた。モイビルはニルスに新しいドレスを渡したものの、乾いた清潔なシュミーズのことまでは思いいたらなかったらしい。ということは、びしょ濡れのシュミーズの上にドレスを着るか、シュミーズなしですませるかの二択だが、決めるのは簡単だった。びしょ濡れのシュミーズとドレスですごすなんて、とんでもない。

ぶつぶつ小声で言いながら、男性陣が見ていないことを確かめようと肩越しにちらっと視線を送る。すばやくシュミーズを引き脱いで、代わりにドレスを頭からかぶる。ところが、裸でいるところを見られやしないかと気が急《せ》いたため、体の水気を拭くのをすっかり忘れていた。濡れた素肌に柔らかな生地がぺったりくっついている。しばらく悪戦苦闘したのちになんとかドレスを引き下ろすと、エディスはやれやれとため息をつき、亜麻布でできるだけ髪を乾かした。

しかし、それが終わってみると、また別の問題に気づいた。くしゃくしゃに違いない髪を手なずけるためのブラシがない。エディスは亜麻布を乾かそうと木の枝に引っかけながら赤毛の髪にすばやく指を通し、もつれを少しでも解こうとした。それから石鹸や濡れたシュミーズ、着ていたドレスを拾いあげ、男性陣が待つところへ歩いていった。

「あなたたちの番よ」エディスは明るい声をかけた。

ニルスはすぐに立ちあがったものの、振り返って彼女を見るなり動きをとめた。少し目を見開き、口元をぴくぴくさせている。わたしの髪が惨憺たる状態なのだろう。エディスはひそかにため息をつきながら、毛皮にどさっと座り込んで手を振り、彼らを追い払った。「さあ、早く水浴びしてきて。気持ちいいわよ」

ロンソンはぱっと立ち、ブレー（中世の男子が着用した長ズボン）とシャツを脱ぎながら湖に向かった。ニルスは「先に食事をしているといい。おれたちもすぐ戻ってくるから」と言うと、ロンソンのための清潔な着替えと、きちんとたたんである自分用のブレードをすくうようにして持ち、水辺のほうに行こうとエディスに背を向けた。

ニルスが手をやった瞬間、ブレードがいきなり地面に落ちた。身に着けているのはシャツだけで、あまりお尻が隠れていない。エディスははっと息をのみながらお尻の曲線を目でたどったものの、すぐさま水辺に背を向けた。男性陣にも、見られずにゆっくり水浴びできる時間をあげなくては。だが、それはひどく難しかった。エディスはまったく音を立てずに水浴びをしたが、男性陣はそうではなかったからだ。ロンソンは笑いながらおしゃべりしていたかと思うと、いきなり甲高い声をあげた。ニルスに水をかけられたらしい。

エディスは振り向いて様子を見たくなるのを必死にこらえていたが、ニルスがラディに声をかけたところで、あたりを見た。犬はふたりについていかずに、毛皮の敷物のそばでまだ寝そべっていた。片方の目を開けたもののすぐに閉じて、聞こえないふりをしている。めずらしいことではない。ラディは水浴びが嫌いだ。どうにか我慢しても、その後は全身をぶるっと震わせて水しぶきを撒き散らしたり、とにかくなんにでも体をこすりつけて水気を取ろうとする。

「ラディ」警告するようなニルスの声を聞いて、犬は情けない声を出したが、のそのそと立ちあがり、頭も尻尾も垂らしたまましぶしぶ水辺に向かった。エディスはくすくす笑いながら、つぎになにが起こるのか振り向いて見たい気持ちを抑えて、耳をすませた。これまでの例によれば、水辺で頑として動かなくなるラディを引きずるようにして水のなかに入れなければならない。押さえつけておかないと、すきを見つけては逃げ出してしまうのだ。だれに水浴びをさせられようと、ラディは水から出ようとしてその人の体によじ登る。

ロンソンの笑い声やニルスの悪態から察するに、まさにそのとおりのことが起こったようだ。エディスはいくらも経たないうちに、肩越しに湖のほうへと視線を走らせた。ラディはうしろ足で立ち、前足をニルスの胸板にかけて顔を舐めようとしている。彼はそれを避けようと身をよじっていたが、ラディもろともばしゃんと水のなかに落ちてしまった。

わざとではないにせよ、ラディのせいでニルスが溺れてしまったのではないか。エディスは立ちあがろうとしたが、彼はすぐに顔を出した。岩から彫り出したような胸板から、腰のあたりの水面にまで水が垂れる。

その動きを追いかけるうち、エディスは目を丸くしたまま息をのみ、地面に座り込んだ。ニルスがこれほどすてきだとは。非の打ちどころなく堂々としている。もちろん、男性のむき出しの胸を見たのはこれがはじめてではない。兄が三人いるし、ドラモンド家には兵士が何百人もいる。だが、ニルス・ブキャナンほど申し分のない体格の男はいなかった。胸板の水滴が陽の光を浴びてダイヤモンドのように光っている。彼は凛々しく美しかった。

「ここへ来い、ラディ」ニルスは胸を軽くたたき、足に力を込めた。そして、ラディがよじ登る直前に、前足を自分の胸にかけさせた。それから、その前足をぎゅっとつかみ、低い声で命じる。「待て。そのまま」

全身すっかり濡れたままのラディが情けない顔をすると、ニルスはロンソンが差し出す石鹸をなすりつけてやった。そして、エディスのほうをちらと見る。彼女はすぐさま湖に背を向けた。見ているところがばれてしまい、顔がぱっと赤くなる。

　エディスはふっと息をつきながら、敷物の上に並べられた食べ物を眺めた。ニルスが城から持ってきたのはさくらんぼの焼き菓子だけではなく、ずらりとご馳走が並んでいた。蒸し焼きにした鶏がまるまる一羽。チーズにパン、りんご、さくらんぼの焼き菓子もまだまだあった。先に食べるよう言われたが、エディスは彼らが水浴びを終えるまで待とうと思った。しかし、お腹がぐうと鳴る。りんごひとつぐらいならいいだろうと、手を伸ばした。

　それを食べ終えようというころ、体重六十キロを超えるずぶ濡れのラディがふいに駆けてきて、ひざによじ登ってきた。エディスは悲鳴とともにうしろに倒れながらも、ドレスに体をこすりつけて水気を取ろうとするラディを押しのけようとした。

「ラディ！」

　ニルスの大声に、犬はびくっとして湖にすぐ戻った。エディスはそれを目で追いかけようと少し頭を巡らせたが、はっと息をのんだ。水辺でひざをつき、シャツ一枚という姿でプレードのひだを折りたたんでいるニルスが視界に入ったからだ。ロンソンはブレーをはくのに忙しいようだったが、ニルスには、そちらを見ているのがまたばれてしまった。彼にウインクされた瞬間、エディスはぽかんと開けていた口を閉じ、ぱっと上体を起こしてまた彼らに背を向け直した。

食べかけだったりんごを探すと、毛皮の脇に落ちていた。拾いあげたものの、草や土がついている。エディスは眉根を寄せ、ため息とともにまた、元のところに置いた。

5

「まだ食べてないのか」

その言葉にエディスは顔をあげ、ロンソンとラディを連れて戻ってきたニルスに笑みを向けた。

「ええ。あなたたちが戻ってくるのを待とうと思ったの」そう答えるエディスに向かって、ロンソンが駆けてくる。

ラディもそのあとを追いかけようとする。「だめだ！」とニルスが大声で怒鳴ると、犬は急に足をとめた。「座れ」彼の命令に、先ほどのように毛皮脇の地面に座る。

「いい子だ」ニルスは彼をぽんと撫でて褒めてやると、さっきまで自分が座っていたところへ歩いていった。

エディスは信じられない思いで首を横に振った。ラディも聞き分けの悪い犬ではないが、ニルスほど瞬時に命令に従わせた人物はいままでいなかった。エディスでさえ一度では足りず、二度三度繰り返さないと、ラディは言うことを聞かない。父や兄たちの命令などどこ吹く風だ。そのせいもあって、ラディは猟犬ではなくエディスの飼い犬になってしまっていたのだ。

食べ物を入れてきた革袋からニルスが大きな骨を出して放ってやると、ラディはすぐさま立ちあがった。すでによだれを垂らしている。

「待て」ニルスは厳しく言ったが、ラディがそのとおりにすると、別の骨をやった。「よーし、いい子だ」

ラディはそれをくわえて地面に座ると、前足でつかんで端っこをかじりはじめた。

「そうやって手なずけるのね」エディスはからかうように言った。「骨をやって、言うことを聞かせるとは」

「いや、違う。やつはいい子だよ」ニルスは言うと、エディスとのあいだに並ぶ食べ物に目をやった。鶏に手を伸ばし、足を片方ちぎって渡してくれる。「あそこの革袋に蜂蜜酒がある。好きに飲んでくれ」

「ありがとう」エディスは礼の言葉とともに鶏の足を受け取った。

心地よい静けさのなか食事をしながら、ふと気づくと、三人が家族だという想像をしていた。父親と母親と息子の三人で水浴びをしたあと、ピクニックを楽しんでいる。

食事が終わったら、馬に乗って城に戻り――

そこでエディスは我に返った。あの城はもうすぐ、わたしの住まいではなくなる。それにニルスはわたしの夫ではない。そうなるはずもないし、ロンソンだってわたしの息子じゃない。わたしのものと言えるのはラディだけだけど、それもいつまでつづくか。修道院に行くことになったら、連れていけないかもしれない。

「なぜしかめ面をしているんだ、お嬢《ラ》さん《ス》？」ニルスがいきなり質問する。

エディスはあわてて笑顔を作った。「ちょっと考え事をしていただけよ、マイロード」

「なにについて？」

「たいしたことじゃありません」肩をすくめて嘘をつき、話題を変える。「ところで、サイは大きなお腹を抱えて幸せなのね。あなたもローリーたちも、ミュアラインとドゥーガルのことはあまり話してくれないけれど、どうしているのかしら？」

「ああ、あのふたりのことか」ニルスはかすかに笑みを浮かべた。「すべて片がついて、実に幸せそうだ。もっとも、ドゥーガルはしょっちゅう移動しなければならないのをぼやいているが」

「移動？」エディスは驚いて尋ねた。

「カーマイケルのほうとは別に、イングランドにある、ミュアラインの種違いの兄の城と領民の面倒も見なければならなくなった」ニルスは説明をつづけた。「ダンヴリースが亡くなって、それを継いだんだ」

エディスは目を丸くした。「住むところがないと心配していたのに、ミュアラインはふたつの城の切り盛りをしなければならなくなったわけ？」

「ああ《アィ》」ニルスはにんまりした。「だが、ダンヴリースのほうをどうするか決めるまで、ふたりは行ったり来たりを繰り返すってことだ」

「ふたりはどうすると思う？」

好奇心にかられて尋ねたエディスの質問に、ニルスはしばらく考えてから答えた。

「たぶん、おれの兄弟のだれかに取り仕切らせるだろう。少なくとも、それを任せるに足るぐらいドゥーガルの息子が大きくなるまで」

「あなたではなくて？　あなたは、ドゥーガルのすぐ下の弟でしょう？」

「ああ、だが、おれはおれなりに身の振り方を考えている」ニルスは真面目な顔になった。「いまのところ、ブキャナン城でオーレイの手助けをしている。もっとも、いまこの瞬間はそうではないが、ここでの問題が解決したら、兄貴の副官の地位に戻るつもりだ」

「サイのためにわたしの様子を見に来るのを許してくださるなんて、オーレイはいい方ね」エディスはしみじみ言った。「お礼の手紙を書かなくては」

「その必要はない。おれがここにいることをオーレイは知らないから」ニルスは楽しげに言ってから説明した。「ブキャナンの領地と城はオーレイが継ぎ、残りの兄弟は自活しなければならないと幼いころから知っていたが、両親もおれたちをすっからかんで放り出したわけじゃない。土地と金をひとりひとりにいくらか残してくれて、それを元手にもっと財を築くにはどうしたらいいか決めるのを助けてくれた。ドゥーガルは馬の繁殖をやってる。昔から馬が大好きで、目利きでもある。いい種馬になるのはどんな牡馬か、いい子を産むのはどんな牝馬か、見ればちゃんとわかるんだ」

「じゃあ、あなたはなにを？」エディスはひざを乗り出した。

「犬だ」ニルスは笑顔で答えた。「猟犬を繁殖して、訓練もしている」

「なるほど」エディスはつぶやいた。ラディの扱いがうまいのも当然だ。

「だが、そっちはあまり儲からない」ニルスは顔をしかめた。「すぐれた猟犬を求める領主たちのために犬を繁殖して売ってはいるが、金になるのは羊のほうだ」

エディスは目をぱちくりさせた。「羊？」

「ああ。実を言うと、羊毛だな。手元の金で羊を買い、何年もかけて群れにした。とれた羊毛の大半はフランドルに売りに出して金に換えるんだが、一部は織り物にする。スコットランドで一番だと評判を集める代物になるんだ。あまり多くは作れないから、できあがった品にはとんでもない値段がつく。羊毛と毛織物のおかげで、かなりの儲けになるよ」

ニルスは言葉を切り、もともとの話題に戻った。「というわけでオーレイは、おれが毛織物をマッケイに届ける途中だと思っている。ドゥーガルが出ていったためにおれがオーレイの副官になる前に決まっていたことで、その契約を守らなければならなかった。ジョーディーとアリックが同行してくれて、サイに会って様子を見られるようローリーも連れてマクダネル城に寄った。おれたちは、そこからまっすぐ北部のマッケイへ向かうつもりだったんだ」

「それなのに、ここにいる」エディスは眉根を寄せた。「ニルス、あなたの商売の邪魔をしたくないわ。毛織物を届ける用事があるなら――」

「大丈夫だ」ニルスは安心させるように言った。「グリアが部下を連れて届けに行ってくれた。だからおれたちは、サイのためにきみの様子を見にここへ来たんだ」

「まあ」エディスは複雑な笑顔になった。「なら、よかった」

「ああ」ニルスはちょっと下を向いたが、ロンソンのほうに目をやった。少年はふいに立ちあがったかと思うと、ラディとくんずほぐれつしている。

「じっとしていられないのね」エディスは食べ物の残りを片づけはじめた。「みんなが心配する前に戻ったほうがよさそうだわ」

「そうだな」ニルスは大きな革袋に手を伸ばし、ヘアブラシを取り出した。

「まあ」エディスは落ち着かないように髪に手をやった。「わたし、とんでもない見た目をしていることでしょうね」

「いや」ニルスはにんまりして言い添えた。「だが、そのまま城に戻ったら、おれたちは泳いだだけじゃなくほかになにかしたように思われる」

エディスは信じられないとばかりに目を見開いた。顔が赤くなるのがわかる。ブラシを引ったくり、もつれた髪にあわてて通そうとするものの、痛さに眉を寄せた。

「こらこら」ニルスはひざ立ちになり、彼女のうしろに回った。「ブラシをよこせ。でないと、きみの頭が禿げてしまう。そんなふうにいじめたら、きれいな髪がかわいそうだ。いつもは侍女にやってもらっているんだろう?」

褒められてエディスはちらと振り向いたが、ニルスがブラシを取ってゆっくり優しく髪を梳かしはじめたので、前を向いた。最初は黙ったまま、ロンソンがラディと遊んでいるのを眺めた。ロンソンのほうが犬を追いかけていたのに、ぐるぐる走り回るうち、いつの間にかラディが彼を追いかけていた。エディスはふと微笑んだが、ニルスに尋ねた。「前にもやったことがあるのね」

彼がくすくす笑う。耳にかかる息にエディスは背筋がぞくりとした。

「わかるか？」

「ええ、とても優しくて慣れた感じだもの。サイの髪？」

「母は九人のこどもを抱えながら城の切り盛りをしなければならなかったから、おれたちによく手伝いを割り振った。おれは朝になると、サイの髪を梳かしたものだよ。力任せにしちゃだめだってすぐにわかったね」ニルスは真顔で言い添えた。「サイの髪を梳かすという不運に見舞われたのがだれであれ、あいつは遠慮なく、男の大事なところに蹴りを入れるからな」

「こどもが九人」エディスはつぶやいた。「サイに出会ったとき、男きょうだいが八人いると聞いたけれど、名前をあげたのは七人だけだったから、わたしの聞き違いだと思っていた。だけど、やっぱり全部で九人なの？」

「ああ」ニルスは答えたものの、あまり話したくなさそうな口調だった。「ユーアンは、オーレイが傷を負ったのと同じ戦いで命を落とした」と静かに言葉を継ぐ。「だが、その話はおれたち家族のなかでは封印されている」

「どうして？」

「ユーアンの亡骸《なきがら》を城まで連れて帰ることができなかったからだと思う」ニルスがぽつりぽつりと答えるうち、ブラシの動きがとまった。「ドゥーガルとコンラン、それにおれは、ユーアンが幅広の太刀《ブロードソード》を受けて倒れたのを見たが、戦いが終わっても、やつの亡骸を見つけることはできなかった」

「亡くなってはいないのかもしれないわ」エディスは希望を託すように言った。

「いや、死んだ」ニルスが沈痛な声で言う。「刃で体を真っぷたつにされたんだ。いくらブキャナン兄弟といえど、あれを生きながらえることはできない。だれだって無理だ」

「まあ」なんと声をかけていいのかわからず、エディスはつぶやいた。「お気の毒に」

「ああ、そうだな」

ニルスの重々しい答えとともに、ふたりは黙りこくった。エディスは場の雰囲気を明るくするためになにか言おうと、頭を必死に働かせた。が、甲高い叫び声のほうに目をやると、ロンソンがラディの背中に飛びついて組み敷こうとしていた。犬は少年を振りほどこうと、地面に伏せて転がっているだけだ。ニルスがくすくす笑う声が背中から聞こえてきて、エディスはほっとした。ひとりと一匹が遊ぶ様子を眺めるうち、また口元に笑みが浮かぶ。

「ロンソンには友達がいないのか？」

ニルスの質問に、エディスの笑顔が消えた。

「どうも、ほかのこどもたちと遊んではいけないと祖母のベシーに言われているようなの」

「どうしてだ？」

顔をしかめているような声が聞こえてきたが、エディスは正直に言った。「じきに環境が変わるから、そのうちなんの関係もなくなるこどもたちと友達になっても意味がない、とベシーは言うの」咳払いをして、先をつづける。「でも、彼女を責められないわ。そのとおりかもしれないもの。ブロディはヴィクトリアの言いなりで、わたしを修道院送りにすると説き伏せられた瞬間、ロンソンとベシーも追い出すでしょう。ベシーは、そうなったときに孫の受ける痛手ができるだけ小さくてすむようにしているだけ。そうしておけば、住まいを失うだけで、友達までなくさずにすむから」

「ヴィクトリアは、ロンソンと彼の祖母が嫌いなのか？」

ニルスの声を抑えた質問に、エディスはため息をもらした。「実のところ、ヴィクトリアはドラモンド城のなにもかもが気に入らないの。召使いたちを総入れ替えできるなら、そうするでしょうね」

「それは、きみの上の兄さんふたりが倒れてブロディが一時的に領主の務めを引き継いだとき、召使いたちが彼女の命令を聞かずに、きみに指示を仰いだからか？」

「ええ」エディスはつぶやいた。「わたしが城を出たらすぐ、自分に従わなかった召使いをひとり残らずお払い箱にするんじゃないかと心配なの。きっと、ヴィクトリアはうまくやるわ。抜け目ない人だもの。それらしい言い訳を見つけて、そうするに決まってる」

「残念だな」ニルスは静かに答えた。

「同感よ。召使いたちだって、そんな仕打ちを受ける謂れはないのに」

「おれが残念だと言ったのは、きみがそれで心を痛めていることに対してだ」ニルスは固い声で言った。「きみは城内の人々のことを気にかけていて、彼らの将来が不確実なことに苦悩している」

　エディスは振り向いてニルスと目を合わせ、神妙な顔つきでうなずいた。「彼らはわたしの家族だもの。ひとり残らずみんな。ここでともに育ち、わたしを見守ってきてくれた……」そして、ため息とともに目を伏せた。「彼らを守れなかったら、期待に背くような気がするの」

「お嬢さん《ラス》、彼らだって、きみが精いっぱいやっているのはちゃんとわかっている。

だけど、きみは自分の身さえ守れずにいるじゃないか」ニルスはずばりと言ったが、苦々しげに顔をゆがめた。

エディスは前に向き直ろうとしたが、呼びかけられた。

「エディス？」

「はい？」

ニルスは口を開いたものの、すぐに閉じて首を振り、ブラシを革袋にしまった。

「髪を梳かし終えたよ」

「ありがとう」エディスは静かに答えたが、何事かとニルスを見つめた。一瞬、彼の瞳が光った。なにか言おうとしたのは間違いないが、なんなのかはわからない。どうやら、彼は思い直したようだ。

しかたないわ。エディスはひざ立ちになり、ピクニックで広げたものを片づけ、敷物にしていた毛皮を巻きあげるニルスに手を貸した。食べ物の入った革袋を彼女が持ち、濡れた亜麻布や汚れた服の入った大きな革袋をニルスが持って馬のところまで歩く。彼は毛皮を馬の脇腹に、そして革袋を鞍にくくりつけた。エディスも小さい革袋を同じようにつけようとしたところに、作業を終えたニルスがやってきた。鞍頭《くらがしら》に荷物をくくりつけるにはエディスの背が足りないとわかったのか、彼は手を貸そうとうしろに回った。

背中にニルスの胸が触れた瞬間、エディスはぴたりと動きをとめた。とても親密な感じ。ふと気づくと、彼も動かなくなっていた。背中と胸を合わせたまま、ふたりとも息を詰めて立ち尽くす。ニルスの両手が彼女の腰に添えられて、そっとつかまれる。逃げようと思えばエディスは逃げられたが、足は動く気力を失ったかのようにその場で待っていた。

時代がひとつ過ぎたかと思われたのち、ニルスがつぶやいた。「ほんとうにきれいな髪だ」

「ありがとう」礼を言ったエディスは息をのんだ。首から髪を払われて、ニルスの鼻先がすりつけられる。唇を噛み、うめき声をあげそうになるのをこらえたが、気づくと背をそらして彼にもたれかかっていた。そのときニルスの両腕が少し離れ、胸の下あたりで交差してエディスを軽く抱きしめた。耳を甘嚙みされて、頭がかしぐ。あごに彼の手が添えられる。上へ、そしてニルスのほうへと顔を向かされたときエディスは進んで、いや、祈る思いで目を閉じて、唇が重ねられるのを待った。せがむような舌に唇をなぞられたときも、驚きながらも口を開けた。そのとたん、なかへ舌が挿し入れられた。甘やかな侵入を、エディスはあえぎ声で受けとめた。体のなかで快感が弾ける。ニルスの手がのどを撫でおろして胸に移動していったのも、片方の乳房をきゅっと揉まれるまで気づかなかった。

思わずそれに反応して、エディスは重ねたままの口に吐息をもらした。本能的に背中をそらしてニルスの手に胸を押しつけるようにすると、彼はもういっぽうの乳房をも包み込んだ。いつの間にか突き出していたお尻に、張り詰めた男らしさの証が触れる。彼の手が片方、ドレスの襟ぐりのなかに入ってきて素肌に触れる。すでにとがっていた胸の頂《いただき》をつままれて、エディスは思わずあえいだ。

あまりの衝撃に、ニルスのもういっぽうの手が胸を離れて下へとさまよい、スカートの生地越しに脚のつけ根の秘部を覆うようにして、体を地面から持ちあげられたのにも気づかなかった。さっき、好奇心から自分で触れたときとはまったく違う。あいだに生地があるというのに、耐え難いほどの興奮と快感が呼び覚まされる。まさか、これほどとは思ってもみなかった。もっと、もっと欲しくてたまらなくなる。問題は、なにが欲しいのかわからないことだったが、体は勝手にニルスの両手にすり寄っていった。愛撫を求めるように胸を覆う手に向かって身悶えし、もういっぽうの手には、エディスもまだ理解できないなにかを求めてもがく。だが、甲高い叫び声にふたりともぴたりと動きをとめた。

つぎの瞬間、ニルスはキスをやめてつぶやいた。「ロンソン」そして、すてきな両手が離れていった。エディスは一瞬、頭が働かなくてただそこに立っていたが、振り向いてあたりを見回すと、空き地はがらんとしていた。彼の姿さえない。

困惑したまま馬から離れたものの、よろめく足を踏みこたえ、ロンソンの叫び声が聞こえたと思われるほうへ向かった。空き地の縁まで行き、下草をかき分けながらニルスたちを探す。あれは気が動転したような、恐怖にかられた叫び声だった。ようやく働きを取り戻した脳でロンソンを心配しつつ、急かされるように歩を進めた。

「大丈夫か？　いったいどう――？　ああ、なんてことだ」

灌木の茂みをかき分けたところでニルスの声が聞こえ、エディスはふたりにぶつかりそうになった。ロンソンは脇にラディを従えたまま、凍りついている。ニルスはひざまずき、少年の前に横たわるなにかを調べていた。

「ロニーだ」

ロンソンの怯えた声を聞いてエディスは、少年の肩の向こうに視線をやった。男がひとり、うつぶせに倒れている。背中には矢が突き刺さっていた。

「ロニーとはだれだ？」ニルスはロンソンを振り返って尋ねたが、エディスを見て一瞬、口ごもった。

「ドラモンドの兵士よ」と少年の代わりに答える。「いつもは城壁の見張りをしているわ」

「うん、そうだよ。だけど、ブロディさまとレディ・ヴィクトリアが城を出ていったときに、一緒についていったはずだけど」ロンソンが言った。

「ほんとうに？」エディスは顔をしかめ、倒れている男をこわごわ見おろした。こちらを向いたロニーの顔は口も目も開いていたので、視線をそらすしかなかった。明らかに死んでから日にちが経っていて、だれなのかも認識できない。

「うん。この人はロニーには見えないけど、別れ際にマグダがあのハンカチをあげていたもん。〝これを見たら、あたしを思い出して〟って言ってた」

ロンソンの言葉に、エディスはロニーの腕に結ばれた布切れに視線を戻した。

「おいで」ニルスはふいに立ちあがると、先頭に立って木立を抜け、ふたりを空き地のほうへ連れていった。「きみたちふたりを城に送ってから、男たちと荷車を持ってきてロニーを連れて帰る」

「彼をここに置いていくなんてだめよ。一緒に連れていかなくちゃ」

「お嬢さん《ラス》、ここには馬が一頭しかいない。それに、彼は少なくとも一週間は野ざらしだった。いまさら、あと二、三分置き去りにされていてもたいした違いはない」ニルスはむっつりした声を出した。

「そうね」

三人は空き地に着くと、馬をつないだところへ行った。こんどは、馬にまたがったニルスは自分のひざにエディスを座らせると、ロンソンを彼女のひざに座らせた。このほうが手綱をさばくのは難しいはずだが、彼はなにも言わなかった。エディスも、ロンソンを抱いていられてほっとした。亡骸を見つけてから少し震えている少年の体に両腕を回し、ニルスの胸に黙ってもたれて領地へ戻った。

「どうだった？」

木皿にのった食べものをつついているだけだったエディスは、ニルスの問いかける声に顔をあげた。ちょうど、ローリーもテーブルにやってくるところだった。

「そうだな、彼は矢で射られて死んだように見えるよ」

「ほかの傷は？」

エディスは少し目を見開いた。ほかに傷があるとは気づかなかった。でも、ロニーのことはちらっと二度見ただけだった。最初はあの顔、二度目はハンカチしか目に入らなかった。

のゴブレットをテーブルに戻した。

「そこらの獣《けだもの》だよ。死んでから喰われたんだ」

ローリーの淡々とした答えにエディスは顔をしかめ、蜂蜜酒を飲もうとしていた銀のゴブレットをテーブルに戻した。

しばらくしてからニルスが尋ねる。「死後どのくらい経っているか、わかるか？」

ローリーは首を横に振った。「少なくとも一週間。だが、もっと経っているかもしれない。なんとも言えないな」

「かわいそうなやつだ」トーモドが険しい顔になる。「馬も武器も、長靴《ちょうか》もなくなっていた、追い剝ぎに襲われたんだろう。この城に戻ってくる途中でやられたに違いない。前にも、あのあたりで面倒が起こったことがある」

「そうね」エディスはうなずいたものの、眉根を寄せた。「だけど、ロニーはブロディやヴィクトリアとともに出ていったとロンソンが言っていたわ。なぜ、ひとりで戻ってきたのかしら？」

トーモドは怒りに唇を引き結んだ。「きみの兄さんはたぶん、城に戻っても安全かどうか偵察に送ったんだろう。あるいは、城内のことをこっそり探らせるためにロニーをよこしたのかもしれない」

十中八九そうだろう。エディスはつらく悲しい気持ちでただうなずくと、銀のゴブレットをするともなしにくるくる回し、入っている蜂蜜酒を見ながら思った。兄夫婦はいま、どこでなにをしているのだろう。ロニーになにが起こったか、ブロディに知らせる手立てはない。こちらは、彼がヴィクトリアをどこへ連れていったかさえ知らないのだ。宮廷かもしれないし、友人の城に身を寄せているのかもしれない。ブロディは人の好意を期待するばかりの自分勝手な人間だが、こうと決めたら最大限に魅力を発揮する。年若の領主のなかにはたくさん友人がいた。ヴィクトリアと結婚する前は、そういう人たちのところをつぎつぎに訪れては狩猟や鷹狩りを楽しみ、酒を飲んだり賭け事をしたり、女と交わったりと騒いでいた。いまだって、どこにいてもおかしくない。

エディスはため息とともに座り直すと、テーブルに座る三人の男たちに目をやった。

「毒を盛ったのがだれか、見つけ出す策を練らないと。そうすればブロディは戻ってこられるし、わたしはここを出ていける」

「出ていく？」トーモドが眉を吊りあげた。

エディスは真顔で老いた副官を見つめた。「彼はここに戻ってきたらすぐにわたしを修道院送りにするわ、トーモド。あなただってわかってるはずよ」

「ああ」トーモドはやるせない声を出すと、首《こうべ》を垂れてつぶやいた。「私はただ、きみがそれほどあっさりあきらめて修道院へ行くとは思っていなかったんだよ」

「そんなつもりはないけれど」エディスは、顔をあげて問いかけるように見つめるトーモドに微笑んでみせた。「ここに置いてほしいとブロディに頼むわけにもいかない」穏やかな答えはしかし、彼に落胆の表情を浮かべさせた。「でも、残りの人生を修道院ですごすのは避けられるかもしれない。厄介払いしろとヴィクトリアがブロディを説き伏せた召使いも含めて引き取ってくれるような、どこかの親切なご老人の領主と結婚する可能性だってあるわ」

「なにもないよりはましだが」トーモドは眉根を寄せた。

「そうよ。だけど修道院行きを避けるためには、ブロディが戻ってくる前に出ていかないといけないの。できるだけ長くここにとどまるつもりだけど、彼が戻ってくるとわかったら、マクダネル城へ行かなければ」

「マクダネルへ？」ローリーがひざを乗り出す。

「相談しに行ってもいいか、とサイに尋ねているの。ジョーディーたちに託した手紙にそう書いたわ。できればミュアラインやジョーも集まって、どうすればいいのか知恵を貸してほしい、って。妻となる女性を探している優しい老領主を知っているかもしれないし。わたしもまったく財産がないわけではないのよ、持参金はたっぷりあるから」

「なるほど」ローリーはニルスをちらと見てから質問をした。「じゃあきみは、領主と結婚すると決めているんだね？」

エディスはうっすら微笑んだ。「いいえ、五、六人のこどもと一緒に小さな家《コテージ》に住むのでもじゅうぶんよ。だけど、時間がないの。結婚するなら、持参金は全部持っていける。ブロディに修道院送りにされたら、持参金はせいぜい半分しか送ってもらえない。老いたご領主、あるいはお金が必要な若い領主を見つけるほうが、わたしを好きになってくれるだれかを探すより現実的だと思うの。時間は限られているから」ニルスの目を避けながら、ぽつりと答える。唇には彼のキスの味が、体には両手の感触が残っている。だけど、ニルスがいきなり結婚を申し込んできてこの苦境から救ってくれると思うほど、わたしもばかじゃない。

そうなったらうれしいけれど。あのキスや愛撫をもっと味わいたい。どこにいるかは知らないけれど、どうしてもお金が必要な領主と結婚できたとして、男性としてその彼に惹かれるとも思えない。エディスは昔から、そういうことに関してはとても現実的だった。

「では……」トーモドが三人の顔を順に見渡す。「毒を盛った犯人をどうやって見つけ出そうか？」

一瞬、沈黙が広がったが、ローリーが口を開いた。「わからないな。先代のご領主と上の息子ふたりがどのように毒を盛られたのかも不明だし」

ニルスは驚いて彼のほうを向いた。「最初はぶどう酒に混入されたんじゃないのか？　エディスはそれを飲んでいないのだし」

「ああ、だがあの晩は、ブロディとヴィクトリアもぶどう酒を飲んだはずだ」ローリーはそう指摘すると、トーモドとエディスに向き直って質問した。「そうじゃないか？」

「どうだったかな」トーモドは眉を凝らした。「もう何週間も前のことで、それからいろいろあったからな。覚えているかね？」

尋ねられたエディスは唇を嚙み、背もたれに体を預けながらあの晩のことを思い出そうとした。トーモドの言うとおり、三週間半も前のことだし、それからずっと床に臥せっていた。「あれは、ヴィクトリアの持参金のことで言い争いをした夜だった」

「ヴィクトリアの持参金？」ニルスは目を丸くした。

ため息とともにエディスはうなずいた。「ブロディは、彼女と結婚したら持参金もついてくるものだと独り決めしていたようなの」

「実際にはそうではなかったのか?」とローリーが尋ねる。

エディスは首を横に振った。「ええ。ヴィクトリアの父親は侍女を何人かとドレスをドラモンドに送ってきたけれど、持参金は彼女が結婚するはずだった男性に与えたらしいわ。そういう約束だったから。いかなる理由にせよヴィクトリアが彼との結婚を拒んだら、持参金はその男性のものになることになっていたの」そして、顔をしかめた。「そう知らせる伝言とともに侍女たちが朝に到着したけど、ブロディとヴィクトリアは一日中、口論していた」

「ああ、そうだったな」トーモドは冷ややかに言った。「ブロディは伝言の紙を破いてヴィクトリアに投げつけた。莫大な持参金で彼を釣って騙すようにして結婚したと言ったら、彼女は——」言葉を切って渋面になる。「そんなふうに責められて彼女も頭にきたんだろう。エールの入ったピッチャーでブロディの頭を殴るかと思ったよ。『わたしがあなたを騙した?』と、信じられないという顔で言い返していた。『騙されたのはわたしのほうですわ、ご、領、主、さ、ま』」トーモドは首をひねった。「ヴィクトリアはかなり憤慨していたが、ブロディも決して負けていなかった。怒りのあまり、だれに聞かれようとかまわないとばかりに罵り合っていたよ。言い争いは大広間ではじまったものの、ブロディは厨房まで行く彼女を追いかけ、さらには階上のふたりの部屋にあがっていった。召使いたちはふたりの口論に聞き耳立てるのに忙しくて、あの日はまったく仕事にならなかったな」

「ええ」エディスも奥歯を嚙み締めた。「とにかく、あのふたりは自分たちの部屋で夜半まで怒鳴り合っていた。黙るようにと召使いをやって伝えるまで、ずっとやめなかったのよ。お父さまはいまにも死にそうなぐらい具合が悪かったのに」そして、ため息をつく。「あの晩はお兄さまたちも早めに部屋に下がったけれど、たぶん体調がすぐれなかったのね。だけど翌朝、お父さまが亡くなったことを伝えに行くまで、ロデリックもヘイミッシュも具合が悪いなんて、全然わからなかった」

「じゃあ、ヴィクトリアとブロディはあの晩、テーブルにあったぶどう酒は飲んでいないのか」ローリーは考え込むように言った。

「そして、ふたりともある時点で厨房にいたわけだ」ニルスが指摘する。

「だけど、わたしが二度目に具合が悪くなったときはブロディもヴィクトリアもここにいなかったし、ぶどう酒じゃなくてシチューのせいだったわ」

「だが、ふたりはその日にここを出た」ニルスは、エディスの厳しい言葉を聞いても引き下がらなかった。「その前にどうにかしてシチューに毒を混ぜたに違いない。きみの父上や兄上が亡くなって得をするのは、ブロディだけだ」

「ブロディとヴィクトリアはあの朝にここを出ていったのよ」エディスはなおも言い募った。「モイビルはその晩に体調を崩したけれど、翌朝までだれも知らなかった。わたしが目を覚ますと、彼女は自分の寝床の上で意識朦朧のままお腹を押さえていた。ブロディは流行り病だとうろたえて、ヴィクトリアとともに荷造りをして逃げていったのよ。その晩の夕食に出されたシチューに毒を混ぜられるはずがないわ。とっくにいなくなっていたんだから。それに、シチューそのものに毒が入っていたんじゃない。でなかったら、城にいた全員が死んでいた」エディスは思わず声をとがらせた。

「もしかしたらヴィクトリアはエフィに命じて、きみのところへ運ばれる前のシチューにあの薬酒を入れさせたんじゃないか？　毒はその薬酒に入っていた、とか」ローリーがそれとなく意見を述べる。

「だとしたら、エフィは自分も毒をあおることになるわ」

「たしかに。だがエフィは、それが毒だとは知らなかったのかもしれない」ローリーは論理的に言葉をつづけた。「きみの三番目の兄さんは、妻がなにを企んでいるのか知らなかった。ヴィクトリアひとりの考えでやったことかもしれない。ブロディが請け合ったのを真に受けて、なんとしてでもレディ・ドラモンドになるつもりで自分から殺人に手を染めたとか」

エディスはやおら頷いた。たしかに、それはありうる。父や兄ふたりの死の背後にブロディが潜んでいると聞かされるより、まだましだ。しかし、これでは問題が残る。

「だとしたら、わたしたちにできることはなにもない。ヴィクトリアがぶどう酒やシチューに毒を混ぜたと証明する手立てがないもの……薬酒に毒が入っていたという明白な証拠がないかぎり、無理だわ」エディスは問いかけるように片方の眉をあげた。

ローリーは申し訳なさそうに首を横に振った。「そうだな。気つけの薬酒にはいろいろな薬草が入っていて、どんな毒が使われたのか、そもそも毒が入っていたのかどうか見分けるのは不可能に近い」

「じゃあ、エフィが目覚めて、わたしのシチューに毒を入れたとか、あなたたちが来た日に彼女も自分でなにかそれを飲み食いしたとか言わないかぎり、ヴィクトリアは人を殺したとしても咎められずにすむのね」エディスは落胆の声を出した。

「エフィの具合は？」トーモドがふいに尋ねる。

「変わらない」ローリーは顔をしかめて言い添えた。「実のところ、まったく容体に変化はない。なにかあってしかるべきなんだが、おれたちがここに着いたときとまったく同じに見える。よくも悪くもなっていないんだ」

「ああ。だが、おまえは始終、肉の煮出し汁《ブロス》を彼女に飲ませてやってるじゃないか」

ニルスが割って入った。「そのおかげで持ちこたえているんだと思うが」

「ふむ」ローリーは首を振って立ちあがった。「そういえば、そろそろ階上にあがって、また飲ませてやる時間だ」

「行ってしまうのか？」トーモドが驚いたように尋ねた。「だが、毒を盛った犯人を捕まえる策を練るのはどうするんだ？」

「なにかいい案はあるか？」ローリーは逆に尋ねたが、顔をしかめる老副官を見て言った。「残念ながらエディスの言うとおりだ。ヴィクトリアがやったと証明する手立てはない。少なくとも、おれたちのだれもまだ思いつかずにいる。今夜それぞれ考えてみて、明日の午前中にまた集まって話し合うのはどうだろう」

「賛成」

エディスの言葉を受けてトーモドもしぶしぶ同意すると、ローリーはうなずいてテーブルから離れていった。

ニルスは暖炉のほうに目を向けていた。その視線を追うと、ロンソンがラディとともに祖母の足元で丸くなって眠っていた。彼らの周りでは、収穫した蘭草で女たちが敷物を編んでいる。作業もほとんど終わりだ。蘭草の残りももう少ない。

大きな犬にぴたりと寄り添うロンソンの金髪に目をやりながら、エディスはひそかにため息をついた。彼は帰ってくるなり、祖母のところへ駆け寄った。血を分けたただひとりの家族に慰めてもらおうとしたのだ。無理もない。城へ戻ってくるあいだも黙りこくり、わたしにしがみついて震えていた。死体をはじめて見たのだろう。たぶん、これからも目にすることはあるだろうが、こんな悲惨な状況はそうそうないはずだ。木立のなかで死んだ男に躓くなんて、どれほど驚いただろうか。それにロニーは、ロンソンにとってまったく知らない人間ではない。祖母と一緒にここへやってきたばかりの少年に優しくしてやった、数少ない兵士のひとりだったのだから。

「夕食の前に少し、横になったほうがいい」

エディスは一瞬ニルスと目を合わせたが、なぜか恥ずかしくて、暖炉そばの女たちのほうに視線をやった。作業の手伝いをしてやる必要はない。経験からすると、藺草はいま編んでいる敷物を作るのにちょうどいいぐらいの量しか残っていなかった。

「そうね、少し休むわ」エディスは立ちあがった。きょう、目にしたものに衝撃を受けているのはロンソンだけではない。実のところ、それを頭から振り払う必要があった。

「不審なものがないか、階上まで行って見てあげよう」

そう言うニルスに腕を取られてエディスはふと動きをとめたものの、そのまま前に歩いた。何気なく触れられたのに、胸が早鐘のように打ち出す。ほかの部分にも触れられて、キスされたのを思い出す。わたしの部屋へ行ったら、彼はまたキスをするだろうか。愛撫は？　ほかにもなにか？

そんなことをしてはだめ。エディスのなかの分別ある部分がきっぱり言い切る。そのとおりだと思うけれども、やっぱりそうしてほしい。ただ、ニルスになにをしてほしいのかはわからない。キスや愛撫をもっとしてほしい。それはたしかだ。彼に触れられることを思っただけで胸はうずき、そっとつまれたのを思い出すように頂が感じやすくなる。押しつけられた昂ぶりを思うと、脚のあいだが熱く潤みを帯びる。

ロンソンもいたのに、あんな振る舞いをしたなんて信じられない。もっとも、彼はラディと木立を抜けていなくなっていたから、わたしたちの軽率な行動を見られたわけではないけれど、もし戻ってきていたら――

「さあ」

エディスはあたりを見回して驚いた。いつの間にか階段をのぼり、自分の部屋まで来ていたからだ。

「ありがとう」とつぶやいてなかへ入る。

そっと扉を閉めるニルスに向き直ったが、ぎこちない笑みを浮かべた口は、すぐに大きな丸になった。彼はもういなくなっていた。とりとめもない想像をあれこれしたのに、それが現実になることはもうないようだ。

6

横に転がった拍子に額が壁にぶつかり、ニルスは顔をしかめた。ぱっと目を開けて上体を起こす。警戒している最中に眠ってしまった。エディスの身を守らなければならないというのに、いつの間にか寝入ってしまい、手足をだらしなく広げて床に伸びたまま目を覚まさずにいたとは。

自分に喝を入れるために頭を振りながら階段のほうに目をやると、人々が活動している物音が大広間から聞こえる。いったい何時だろうか。まだ早いに違いない。だれも部屋から出てきていない。エディスも、弟たちも。彼女の部屋の扉が開いたら間違いなく聞こえるはずだし、寝入っているところを見つかったら、容赦のない罵声とともに弟たちにさんざん蹴りを入れられるにきまっている。だから、まだ朝早いはずだ。

そんなことを考えていると、階段のほうで動きがあった。ローリーが手にボウルを持って廊下を歩いてくる。うめきたくなるのをこらえながら、ニルスは引き締めた表情を見せようと顔を両手で拭った。すでに起きていた弟に、エディスの警護でへましたところを見られたようだ。それならなぜ、ローリーは階下へ行くときにおれを起こさなかったのだろう。

「おはよう、兄貴」ローリーは楽しげな声を出すと、そばで足をとめた。

立てた片方のひざに何気ないふうを装って腕をのせ、ニルスは低くうめいた。おはようと返事をする代わりだ。

「変わりないか？　エディスは無事かな？」

「ああ」ニルスは相変わらずうなるように答えた。

「ふうん。エディスは階下でジョーディーやアリックと一緒に朝食をとっているのに、なんでここにいる兄貴に無事だってわかるんだろうね？」

ローリーのやんわりとした皮肉に、ニルスはぱっと頭をあげた。「なんだって？」

「彼女が起きてからもう、一時間は経ってるかな。ほかのみんなもそうだけど」

「くそっ、なんで起こしてくれなかったんだ？」ニルスは吠えながら立ちあがろうとした。

「エディスに言われたんだ。階段をおりようとする彼女と同時くらいにおれたちも廊下に出たんだが、兄貴を起こすな、って。兄貴に蹴躓いたのに目を覚まさなかったから、ひどく疲れているんだろうってさ」

皮肉な調子で言って笑うローリーを尻目に、ニルスは悪態の言葉とともに階段へ急いだ。

エディスの部屋の前の廊下で警護を務めたのはゆうべで三晩目だったが、これほどのへまをやらかすとは。もっとも、不思議でもなんでもない。その前は、ふた晩ともまったく眠れなかった。湖畔の空き地でエディスに口づけてから、心静かにゆっくり眠ることはできなくなった。あれはとんでもない過ちだった。キスしているときも過ちだと承知していたが、どうにも抗えなかった。あの場でのエディスは、誘惑が服を着て歩いているようなものだった。陽の光を受けた髪は燃え盛る炎のようで、水浴びをしたあとで甘くいいにおいがした。馬の鞍に革袋をくりつけようとするのを手伝ったときに体が触れてから、おれは我を失ってしまった。

エディスの振る舞いも状況を悪化させるだけだった。キスを熱心に返し、愛撫に情熱的に応える姿がこの手に熱かった。ああ、ドレスの襟ぐりから手を差し入れる前から胸の頂はかたくとがっていた。それに、脚のあいだのふっくらした秘部を覆うようにしたおれの手に自分から体を押しつけてきて……思い出しただけで、いまも昂ぶりが張り詰める。ひざをついてスカートを腰まで引きあげ、おれを待っていたに違いない脚のあいだの熱い潤みをただひたすらに味わいたかった。ロンソンの叫び声でふたりとも正気に返らなければ、まさにそうしていただろう。

それを思うと、ニルスの額にしわが寄った。一緒にいたはずのロンソンのことなど、すっかり忘れていた。彼がラディといつ、空き地からいなくなったのか。その前になにを見たのかもわからない。だが、あの子の前でドレスの首元を引きさげなくてよかった。もっと楽に触れられるよう、胸をあらわにしたかったのだが。

ニルスはため息とともに階段のてっぺんでとまり、弟たちを探して大広間に視線を走らせた。ジョーディーとアリックはゆうべ遅く、城内がすっかり寝静まったころにマクダネルから戻ってきた。長旅で疲れているにもかかわらず、アリックは兄を少しでも休ませようと、エディスの部屋の前の見張りを替わろうかと申し出てくれた。ニルスはそれを断って弟をベッドに送ったが、いまにして思えば、やはり替わってもらうべきだった。扉の前でいびきを掻いて寝ていたなんて、役立たずもいいところだ。しかも、エディスが蹴躓いても起きなかったとは。それがほんとうなら、だれだっておれの体をまたいで部屋に入り、彼女を殺せただろう。もっとも、いまはその心配もない。問題の元凶はヴィクトリアでまず間違いないが、彼女はここにいない。とはいえ、〝まず間違いない〟は絶対ということではない。用心するに越したことはない。

大広間のあちこちで忙しく立ち回る人々に目を走らせ、エディスの姿を見つけると緊張を解いて手すりにもたれた。薄緑のドレスに真っ赤な髪。大勢のなかにいてもぱっと目立つ。トーモドやジョーディー、アリックと話をしながら声をあげて笑っている。鈴を鳴らすような澄み切った優しい笑い声。ニルスは、それをもっと聞きたいと思う自分にふと気づいた。

「彼女は、兄貴がなぜあんな態度を自分に見せるのかわからない、ってさ」

横をちらと見ると、あとをついてきたのか、ローリーが隣に立ってエディスを見おろしていた。

「〝あんな態度〟とは？」尋ねたものの、答えはわかっていた。ニルスは空き地での一件以来、エディスのそばではむっつり不機嫌な表情でいた。食事のときはトーモドかロンソンを隣に座らせ、彼女を寄せつけずにいた。警護はするものの、決して触れない程度の距離を保つ。ひどく疲れているせいだと言いたかったが、それは真実ではない。

「彼女にはうんざりだ、という態度だよ」ローリーが静かに言う。

思わずニルスは笑いそうになった。うんざりだなんて、とんでもない。だが、それこそが問題だった。

返事をせずにいると、ローリーが言い添えた。「彼女は兄貴のことが好きだと思う」

ニルスははっと身をこわばらせたが、なにも言わずにいた。

「兄貴も彼女のことが好きだと思うけど」ローリーが追い討ちをかける。

「好きにきまってるじゃないか、エディスはすばらしい女性だ。頭がよくて、かわいくて、おもしろくて、美人で気立てがよくて、愛らしくて、領内の人々にも優しいし、美人だ」

「〝美人〟って二回も言ったな」ローリーがからかう。「〝愛らしい〟と〝かわいい〟も同じような意味だから、合わせて四回だ」

「やめろ、ローリー」ニルスはうんざりという声を出した。「おれと彼女のあいだになにもあるはずがないのは、おまえだってわかるだろう？」

「それはどうしてだ？」ローリーが興味津々の顔で尋ねる。

「おれは先行きの見込みのない三男坊。ブロディと同じだよ。ただ、おれは嘘をついてまでエディスを手に入れようとしたわけじゃない。彼女にはもっとふさわしい男がいる」

「兄貴は、ほんとうは四男坊だけどな」

ぽつりと言ったローリーのほうをニルスは振り向き、鋭いまなざしで串刺しにした。

「こんなときにユーアンのことを持ち出すのか?」そして、返事を待たずに険しい表情でつけ加える。「彼はとっくに死んでしまった。安らかに眠らせてやれよ」

「いいだろう」ローリーはまたエディスをちらと見たものの、こう言い添えた。「それでも、兄貴以上に彼女にふさわしい人間なんていない。おれが知っている男のなかでも、一、二を争う偉丈夫なのに」

「おまえの〝知っている男〟っていうのは、おれたち兄弟のことだろう?」ニルスはからかうように言った。

「まあな」ローリーは悪びれもせずに答えたが、ほどなくしてつけ加えた。「それに、エディスにも先の見込みはない。サイが言っていたが、許婚《いいなずけ》はもう何年も前に亡くなっている。ほんの若造だったそうだ。兄貴もわかってるだろうが、ブロディは戻ってきたらすぐに彼女を修道院送りにするぞ」

「わかってる。おまえだって聞いただろう? エディスはそれを避けようと、親切で裕福な領主と結婚して城と領民の切り盛りをするつもりだ、と」

「そんなことは起こらない」ローリーは言い切ると、眉をひそめる兄に肩をすくめた。

「彼女の言う条件に合う人物がいるか?」

「ああ、ひとりかふたりは」ニルスは浮かない顔で答えた。

「エディスに薦められるような男か？」

「いや」どちらも、夫にするには問題がある。ひとりは暴力を振るうので有名で、妻をふたり殴って死なせている。それが理由で、金を出したとしても妻を迎えることができずにいた。もうひとりのほうはぶどう酒の樽から離れられず、結婚の契約書に署名もできない。どちらもエディスには不釣り合いだ。たとえヴィクトリアが卑劣な殺人者だとしても、彼女にだって薦められないような輩《やから》たちだ。

「そのとおり」ローリーが断固たる口ぶりで言う。「夫になってくれる人物を見つけられず、エディスは結局、修道女となるだろう」

手すりをつかむニルスの両手に力がこもる。修道女のエディスを思い描いただけで、胃のあたりがよじれた。強い意志を持ちいきいきとしたエディス・ドラモンドが神の道に入り、愛することも愛されることも知らず、こどもを産んで暖かな家庭を築くこともできないとは。このうえない冒瀆だ。

「兄貴が彼女と結婚すべきだよ」とローリーが言う。

ニルスは一瞬目を閉じて、首を振った。「彼女にあげられるものがなにもない。おれの計画では、あと四年はしないと住まいも――」

「ブキャナンに連れてこいよ。みんな歓迎する。それは兄貴だってわかってるはずだろ?」

「だがエディスは——」

「ヴィクトリアとは違う」ローリーは真顔で言った。「村の小さな家に住み、こども

を産み育てるのでじゅうぶん幸せだとはっきり言ったのを、兄貴だって聞いただろ

う?」

「おれと結婚なんかしたくないと言われたら?」ニルスは口ごもった末に尋ねつつ、

本心を明かした。「おれは彼女が欲しい。だが、修道女になるのを避けたいという理

由だけで結婚するような妻はいらない」

ローリーは小さな笑いをもらした。「エディスはもう何日も、目だけで兄貴を存分

に味わっている。どんな動きも逃さず、どこにいようと居所をちゃんと知っている。

兄貴の話だってひと言も聞き逃さない。そんなときのまなざしからすると、兄貴を見

ているときは、修道院のことなんて彼女の頭にはまったくない」こんどはうらやまし

そうにエディスを見てから言った。「実のところ、ひどく妬ましい気分だよ。エディ

スが兄貴を見る目は、サイがグリアを、ミュアラインがドゥーガルを見るのと同じだ。

いつか、あんなふうにおれを見つめてくれる女性が現れてほしいもんだね」

「ほんとうか?」ニルスは希望をつなぐように尋ねた。このところはエディスを見な

いようにするのに忙しくて、どんなふうに見られているのか気づかなかった。

「こんなことで兄貴に嘘を言うなんて、いままで一度だってないぞ」ローリーが真顔で答える。

そのとき、鈴の音のようなエディスの笑い声がふたたび響いた。そちらをちょっと見たニルスは気づくと、彼女のところへ行こうと階段をおりていた。少しでも分別があれば、自分の部屋に戻ってなんとしてでも睡眠をとっていただろう。これほど重大な決断に思いを致すには、ちゃんと休息をとっていなければだめだ。自分でもわかっている。だがあいにく、このときのニルスには判断力など吹き飛んでなくなっていた。彼女と一緒になりたいという思いで、頭がいっぱいだったのだ。

「まさか！」

テーブルに近づくと、エディスは笑いながら口をとがらせていた。

「『まさか』ってなにがだ？」ニルスは笑顔で尋ねると、トーモドのそばで足をとめた。エディスの隣に座りたいから席を替わってくれ、と言うのは無礼にあたるだろうか。しかし、彼女の警護がおれの務めだ。厳密に言えば、警護の任は終わったわけだが、それでも――

ジョーディーとアリックが声を揃える。「ニルス」

ニルスは弟たちにちらと目を向けてうなずいた。笑みを浮かべているエディスに気づくと、彼女は楽しげに挨拶をした。「おはようございます。さぞかし、よく眠れたことでしょうね」

ニルスが体をこわばらせる。笑い出したのはアリックだった。「うわあ、きついひと言だな」

「えっ？」エディスは眉根を寄せたが、困惑に目を見開いた。「まあ、そんな意味では――単なる朝の挨拶だったのよ、決して――」

手を振って謝罪の言葉をしりぞけると、ニルスはトーモドの反対側にどさりと腰をおろした。身を乗り出すようにして、老副官越しにエディスを見る。「心配するな、怒ってなんかいない」彼女を安心させてから、自己嫌悪とともに言い添える。「警護の任務だったのにすっかり眠りこけていたんだ。言われてもしかたない」

「そうね。でも、眠っていようといまいと、あなたが扉の前にいるだけで、わたしが寝ているあいだに毒をのませようとする人は恐れをなすと思うわ」エディスが断固たる口調で言う。

ニルスは唇を嚙んだ。微笑みかけようとした口元が厳しくなる。眠っているエディスに毒を盛る？　それはまた新しい企みだ。おれが扉の前で夜通し見張っているのは、彼女が毒殺されるのを防ぐためだと思っているのか？　これは、犯人がヴィクトリア以外の人物で、毒殺以外の手段に出る場合に備えてのことなのだが。

「それに」エディスは案じるような顔でつづけた。「あんなにぐっすり眠っていたなんて、ひどく疲れていたに違いないわ。だって、わたしが転んで覆いかぶさっても、ぴくりともしなかったのよ」

ニルスは身をこわばらせ、厳しい声で尋ねた。「覆いかぶさった？　ローリーは、蹴躓いただけだと言っていたが」

エディスは顔をしかめたものの、正直に言った。「えっと、蹴躓いて、あなたの上に倒れたの」と肩をすくめる。「まだ快復途中で、動作が少しぎこちないみたい」

「きみが倒れ込んできたというのに、おれは目を覚まさなかったというのか？」ニルスは当惑を隠せずに尋ねた。周りで戦いが繰り広げられていても動じずに寝ていられる、と兄弟に冷やかされるほどだが、エディスが乗ってきても眠りこけていたとは……

「ええ、あなたに怪我をさせたんじゃないかと心配で、ジョーディーやアリックが部屋から出てきたときに伝えたんだけど、ふたりとも、大丈夫、ちょっとやそっとでは起きないって請け合ってくれたわ。そして階下まで一緒におりて、あなたがぐっすり眠っていたときのことをあれこれ話して楽しませてくれたのよ」

ニルスは動揺のあまり肩をいからせた。咳払いとともに確かめる。「ほんとうに?」

「ええ。あなたが十六歳のとき、すっかり眠っているあいだに頭をつるつるに剃られたこととか」

そんな恥ずかしいことを暴露するとは。ニルスは口を引き結び、弟たちを睨みつけた。

ジョーディーはばつの悪そうな顔で声をあげた。「兄貴のために言っておくと、ずっと寝ていたというより、意識を失ってたというのが正しいかもな。あれは結婚式で、酒を飲んでもいいって許可されたはじめてのときだった。ニルスはすっかり酔ってたせいで、目を開けなかったんだよ」

「ほんとうに?」エディスは眉根を寄せた。「正体をなくしている彼の頭を剃ったの?」

「ほかに、やつらはどんな話をした?」ニルスがにべもなく口を挟む。

頭を剃られた彼を想像したのか、顔をしかめていたエディスが、ようやく答えた。

「別の結婚式のときに、寝具なんかと一緒にあなたを荷馬車で牛の囲い場へ運んだ話。

一、二度ほど馬車から落とされても目を覚まさず、朝までそのまま囲い場で寝ていたそうね」彼女はアリックを振り向いて尋ねた。「そのときもニルスは酔っ払っていたの？　だから、ずっと寝ていたのかしら？」

「ああ」ジョーディーが答えたが、ニルスに睨まれて気まずい顔をした。

「ああ、あれか！」トーモドがふいに声をあげる。「やっと思い出したよ。どうりで聞き覚えがあるはずだ」とエディスを振り向いて言葉を継ぐ。「きみの父上、先代のドラモンド領主がとある結婚式に参列して、帰ってきてから話してくれた」そして、彼女の向こう側に座るジョーディーやアリックに目をやる。「だが、おまえさんたちはいちばんいいところを省略したな」

「なに？　どこを省略したの？」エディスが興味津々で尋ねる。

「それはだな」トーモドは彼女から視線をふたたびジョーディーやアリックに向けて尋ねた。「おまえさんたちは何時間もそのまま待って、目を覚ましたニルスが寝具を引きずったまま囲い場から出ようとするのを見はからい、雄牛を解き放ったんじゃなかったかな？」

「まさか、嘘でしょう！」

ぞっとしたように息をのむエディスに、ニルスの弟ふたりはばつが悪そうにうなずいた。

「そうだとも」トーモドは椅子の背に体を預け、首を横に振った。「先代のご領主が言うには、おまえさんたちは兄さんが牛に追いかけられるのを見て、腹の皮がよじれるほどばか笑いしていたそうだな……だがニルスはおまえたちのところにまっすぐ走って、フェンスを飛び越えたとか。そのあとを牛が追いかけてきて、柵をばらばらにした。だが、ニルスがなおも走りつづけているあいだも、おまえさんたちはまさに狙ってくださいとばかりに突っ立ったままだった。叫び声を聞いた彼が戻ってこなかったら、おまえさんたちは牛の下敷きになっていたところだ。領主さまはそう言っていた。ニルスは牛の首根っこに飛び乗ると、角をつかんで囲い場へ連れ戻し、年嵩の男たちがやってきて牛に縄をかけるまで、だれを傷つけることもないよう押さえていたそうだ。事態が収まるとニルスは牛からおりて、みんなで柵の修繕をしたとか」

エディスは話の終わりまで聞くと、しかめ面でジョーディーとアリックを振り向いて叱った。「その部分も話してくれなかったわね」

ふたりはともに彼女の視線を避けたが、ジョーディーがつぶやいた。「それはまあ、その……」

「子豚にレディのドレスを着せて、ニルスと一緒に寝かせたという話はどうなの？」

エディスは疑うような口調で言った。「子豚が彼を起こして驚かせるのかと思いきや、あたりを踏みつけにして騒ぐどころか、ニルスにぴたりと寄り添ってしまい、ふたりで一緒に何時間も寝てしまったと言ったじゃないの。ニルスは、自分の隣にいるのが豚だとも思わなかった、って」エディスは眉を吊りあげた。「この話ではどの部分を省略したの？」

ニルスは弟たちがもぞもぞするのを眺めていたが、ふたりを楽にさせてやろうと、話題を変えることにした。しかし、口を開こうとしたその瞬間にアリックが口走った。

「おれたちが子豚の口と頬を赤く塗り、コンランが額にアニーって名前を書いた」

「アニー？」怪訝な顔でエディスが尋ねる。「どうして？」

「そのときニルスが好きだったのが、隣に住んでるアニーって娘《こ》だったから」アリックは言いにくそうに白状した。

「だから、彼女の名前を子豚に書いたの？」エディスはあきれたように尋ねた。「アニーやそのご家族がブキャナンにやってきてそれを見たら、どうなっていたと思うの？　そのお嬢さん《ラス》を侮辱するだけではなく、彼女の前でお兄さんに恥をかかせることになっていたのよ」口を厳しく引き結び、エディスは首を振りながらきっぱり言った。「ねえ、あらためて考えてみると、あなたたちはお兄さんにひどく意地悪なことをしたと思うわ」

弟たちがエディスに話した逸話の数々が明かされるたび、ニルスは苦虫を嚙み潰したような顔になったが、ジョーディーとアリックが叱責を受けて頭を抱えているのを見て、にんまりした。ふたりは深く恥じるような顔でうなだれていて……ニルスは声をあげて笑いそうになった。ブキャナン兄弟はこれまでも互いにいたずらをしたりされたりしてきたが、先ほどのエディスのようにニルスの肩を持ってくれた人間はいなかった。彼女は、ジョーディーとアリックがまだ世間知らずのひよっこのように説教をしている。

「あのすてきな髪をそんなふうに剃り落としただけでもひどいけど」エディスがあきれたような顔でつづけるなか、ニルスは髪を褒められて思わず背筋を伸ばし、聞き耳をたてた。「雄牛をけしかけたなんて、彼は死んでいたかもしれないのよ。しかも、あなたたちだってニルスの奮闘がなければ、牛に蹴られていたかもしれないんだから。わたしだったら、あなたたちがずたずたにされても放っておいたでしょうね。角で突かれるよう牛をけしかけた時点で当然、それは覚悟していたんでしょう？」

「そんな、おれたちだって、牛がニルスを傷つけるまで待ってたりはしない」ジョーディーがすぐさま異を唱えた。

「そうだよ」アリックも言い添える。「ニルスは昔から、おれたちのなかでいちばん足が速かった。牛に負けるはずがないし、角で突かれそうになったら、すぐさま助けに行くつもりだった」

エディスはしばらくふたりを睨んでいたが、ため息とともにうなずいた。「いいでしょう。それは信じるわ。あなたたち兄弟がどれほど仲がいいか、サイにいろいろ聞いているから。だけど、あの惚れ惚れするほどの髪を？」と、顔をしかめる。

この髪のどこがそんなに好きなんだ？　ニルスが尋ねようとしたところ、エディスはふいにトーモド越しに微笑んだ。「エフィの様子になにか進展は？」と、テーブルに近づいてくるローリーに声をかける。

ローリーは厳しい表情で首を横に振った。「いや《ネィ》。顔色は少しよくなったし、瞳孔も正常に戻ったが、まだ眠っている。毒にやられて意識を取り戻さぬまま、ゆっくり衰弱していって死んでしまうんじゃないかと心配なんだが」

エディスは眉根を寄せたものの、厨房から聞こえた叫び声に振り向いた。悲鳴や騒ぎの音がつづき、立ちあがる。ニルスは様子を見にいこうとするエディスの腕をつかんでとめ、やはり立ちあがったジョーディーやアリックのほうへ連れていった。

「彼女を見張っていろ」ニルスは大声で命じると、トーモドやローリーのあとから厨房へ走った。すぐにふたりを追い越して戸口からなかへ入ったが、ごった返す人々が扉に背を向けてそこをふさいでいる。自分たちが邪魔になっているのも気づかないまま、黙って立っているのだ。彼らをかき分けて先へ進むとようやく、なにが彼らの視線を集めているのかわかった。厨房のいちばん奥まで行ったニルスはぴたりと動きをとめ、床にうつ伏せになっている男を見つめた。

「コーリー？」

エディスの声を聞き、ニルスは振り向いた。すぐうしろをついてきた弟たちふたりを睨みつけていると、彼女はニルスを通り越して叔父のもとへ駆け寄った。

「見張っていろ、と言ったはずだ」

「ちゃんと見張ってたよ」ジョーディーはすぐさま答えた。「彼女にも言われたけど、どこで見張ってろって兄貴に言われなかったから、エディスはおれたちに見守られながらここまで走ってきた。いまも、おれたちは彼女を見張ってる」

「そういえば」とアリックが言葉を継ぐ。「死体から遠ざけないと、彼女の全身が血まみれになっちまうぞ」

ふたたび振り向くと、叔父のそばにひざまずいたエディスのドレスがまさに血で汚れそうになっていた。どす黒い血溜まりが死体の下に広がっている。ニルスは悪態とともに、エディスの体を抱きあげるようにして遠ざけた。

「やめて、ニルス！　コーリーは怪我をしてる」エディスは言い返しながら、彼の手を振りほどこうとした。

「コーリーはもう痛みを感じていないよ、ラス。死んでいる」ニルスはそっと言うと、彼女を抱きあげて厨房から運び出した。

「だけど、なにが起こったの？」当惑を隠せない声。

「おれにもわからない。ローリーが調べて、明らかにしてくれる」

「でも、あんなに血が」エディスは、ニルスがその事実を見逃しているかのように言った。

「そうだな」椅子が並んでいる暖炉そばに彼女を連れていったが、そこではロンソンの祖母がせっせと繕いものをしていた。老婆はふと顔をあげたものの、手元の針にまた視線を落とした。しかし、ふたたび目をぱちくりさせると、椅子に腰をおろしたニルスがひざにエディスを座らせ、彼女の両手をさする様子をじっと見つめた。

　眉根を寄せる老婆は、繕い物の手を休めて尋ねた。「どうしたって言うんです？　なにがあったんですか？　エディスさまが転んだんですか？」

　ニルスはエディスの手をさするのをやめ、驚きとともに老婆の顔をまじまじと見た。周りであれだけの騒ぎが起こっていたのに、まったく気づいていないとは。だが、彼女が必要以上に大きな声で話しているのを聞いて、耳が悪いことを思い出した。

「いや、動揺しているだけだ。コーリーが死んだんだよ」

一瞬、顔に不安らしきものがよぎったものの、ロンソンの祖母はうなずいた。「なるほど。コーリーはいつも、どこかでだれかの気を動転させてますからね。頭がおかしいんですよ」と自分の頭を指差す。そして、身を乗り出してエディスのひざをぽんとたたいた。「コーリーになにを言われたか知りませんが、気にする必要はありませんよ、お嬢《ラス》さま。彼もそんなつもりじゃないんですから」

エディスは老婆を呆然と見ていたが、ニルスの胸に顔をうずめた。声こそ出さないものの泣いている。ニルスはどうすることもできず、彼女の背中をぽんぽんたたいた。

「さあさあ、落ち着いて」ロンソンの祖母はあやすように言いながら、またエディスのひざを撫でた。「思いきり泣いて、コーリーに言われた戯言《たわごと》なんて忘れなさい。それがいいわ」

ニルスは押し殺したような泣き声を胸に感じて目を見開き、両手でエディスの背中をぽんぽんたたいた。

「あなたは、私の孫がえらく気に入っているニルスさまとかいう方でしょう?」老婆がふいに尋ねる。

ニルスはぼんやりうなずいた。胸のシャツに沁みてくる涙が気になってしかたない。

「まさかあなたが、汚い言葉をうちの孫に教えているんじゃないでしょうね？」

びくっとしながら、やましい思いで老婆を見る。彼女の顔に緊張が走り、不快そうに目を細めている。ニルスはごくりと唾をのんだ。「いや、それは……」

「ああ、よかった」老婆は緊張を解いて、相好を崩した。「うちのかわいい孫がこの二、三日ずっと口にしているような汚い言葉を使うほど、あなたみたいなご立派な貴族が落ちぶれているわけがありませんよ。だけど、あんな言葉を教えたのがあなたがただの貴族だとわかったら、貴族だろうがなんだろうが、ただじゃ置きませんからね。まあ、あなたじゃないとわかってよかったわ」

老婆は椅子の背に体を預け、糸の端を針の穴に通しながらつづけた。「きっと、あのコーリーですよ。あとで話をしなくては。彼だとしたら、許さないわ」

エディスはニルスの胸に顔をうずめたまま、さらに大きな声で泣いた。

「コーリーは頭がおかしくて分別がないんですよ。だけど、これからはロンソンがいるところでは言葉遣いに気をつけるよう、きっちり言い聞かせてやるわ」

ニルスはエディスの背中をまだたたきながら、呆然と老婆を見つめた。なんと言ったらいいのかわからなかったが、ジョーディーとアリックが急いでやってくるのに気づいてほっとした。エディスの体に回した腕に力を込めて立ちあがり、彼らを見る。

「ローリーはなんだって？」

「彼は死んでる」アリックは、兄の腕のなかにいるエディスから目を離しつつ答えた。

「まさか、ほんとうか？」

驚きを装って尋ねるニルスの勢いにジョーディーは吹きそうになったものの、咳払いをしてつづけた。「みんなで腰を落ち着けて話をすべきだ、とローリーは言っている。だれにも聞かれる心配のないところで」

ニルスは硬い表情でうなずいたが、エディスに目をやると、シャツに顔をうずめたまま洟《はな》をすすり、ひくひく泣いている。彼はため息とともに言った。「じゃあ、エディスの部屋へ行こう。あと、彼女を眠らせるためになにか持ってくるよう、ローリーに伝えてくれ。ひどく気が動転しているようだから」

どういうわけか、それを聞いてエディスはふたたび泣きはじめた。ニルスは顔をしかめつつ彼女を抱き寄せると、なんとか落ち着かせようと背中をさすり、体を揺さぶってやった。

「エディスだけじゃなく、兄貴の分も持ってくるよう伝えるよ」ジョーディーはまじめに言ったが、ニルスの驚いた顔を見て指摘した。「そんなふうに揺さぶるのは、赤ん坊にげっぷをさせたいときだけだよ」

ニルスはすぐに手をとめて眉根を寄せた。「トーモドも連れてくるよう、ローリーに言っておけ」とつぶやくと、階段へ向かった。

エディスを抱えるようにして階段をあがり、廊下を歩いた。胸に顔をうずめていた彼女はそのうち自分から離れ、緑の瞳に深い悲しみをたたえたまま彼を見あげた。

「ごめんなさい。どうして泣いたのかしら。父や兄ふたりが亡くなったときだって涙は出なかった。あまりにもやることがありすぎて……」と、どうしようもないように首を振る。

「だとしたら、たぶんそのせいだよ、お嬢さん《ラス》」ニルスはエディスの顔をふたたび胸に押し当てさせ、部屋の扉を開けようと手を伸ばした。「ちゃんと喪に服す機会がなくて、いまになっていちどきに衝撃に襲われたんだろう」

「そうかもしれない」エディスはため息をつくと、彼の胸にうずめた顔を横に振った。「かわいそうなコーリー。心優しい人だったのに。あんな血溜まりのなかに倒れていたなんて、いったいなにがあったの？」

「ローリーが来たら、教えてくれるだろう」ニルスは扉を蹴って閉めると、ベッドの端に座り、ひざの上にまたエディスを座らせた。コーリーの胸には短剣の柄があった。

ブレードのひだのあいだからちらりと見えただけだったが、いま彼女に伝える必要はない。それを裏づける証拠を弟たちが持ってくるまで待とう。涙にくれる女性にどう対処すればいいのか、ニルスにはさっぱりわからなかった。サイは全然、泣かない子だった。もっとも、両親が亡くなったときは別だ。あのときは彼女も泣いていたが、おれたち兄弟はみな、どうすればいいのか思案に暮れたものだった。結局、サイ自身が気持ちの整理をつけるまで放っておいた。激しい感情の高ぶりが去るのを待ち、彼女はもちろん兄弟みな、悲しみから目をそらす方法を探した。

そうか、それだ。エディスの気持ちを悲しみからそらす手立てを探さなければ。ニルスの頭には、すぐに案が浮かんだ。いずれにせよ、ずっとそうしたいと思っていた。湖畔での一件以来ずっと、彼女にキスしたくてたまらなかったのだが、あいにくと分別が頭をもたげ、いまそうするのがほんとうに正しいのか尋ねてくる。悲しみに暮れるエディスに欲望をぶつけるのがほんとうに——

「ニルス?」

「うん?」ふたたび頭をもたせかけてくる彼女に気をとられたまま、生返事をする。

「また、キスしてくれない?」

ニルスは目をぱちくりさせたが、驚きに首をぶんぶん振った。「まるで、おれの心を読んだみたいだな」

「そうなの？」エディスがどぎまぎしたように尋ねる。

「ああ、そうだ」ニルスは頭を下げて唇を奪おうとしたが、触れ合う寸前にぴたりと動きをとめた。「えへん」という大きな咳払いが響いたからだ。

一瞬の間をおき、ふたりがぽかんとした表情で振り向くと、モイビルがいた。

侍女は髪のつけ根まで真っ赤にしながら、じりじり戸口に下がっていく。「お部屋の掃除はあとですることにして、下がったほうがよろしいですか？」

「そうだな」ニルスは、もごもご言うエディスの代わりに答えた。

モイビルはちょこんとお辞儀をすると扉を開け、笑顔とともにすばやく出ていった。

やれやれとばかりにニルスはエディスに微笑みかけ、ふたたび頭を下げていったが、扉をノックする音で動きをとめた。

「もう、モイビルったら」エディスがぶつぶつ言う。

「モイビルは階下《した》におりていったところだ」ジョーディが扉を開け、頭を突き出す。

「呼び戻したほうがいいか？」

「い、いいえ」エディスが悲鳴に近い声をあげる。あわててひざからおりる姿を見て、ニルスはひとりため息をもらした。なぜ彼女は、おれの腕のなかにいるところを見られて、あんなに照れるのだろう。エディスを抱えて階下におりたりもしたし、ついさっきだってみんなの前でひざに座らせた。そのときは平気な顔をしていたのに、いまはいけないことをしている現場を押さえられたように騒ぎ立てるとは。

いや、あと二、三分もしていたら、まさにいけないことをしているところを見られていた。単なるキスではきっと物足りなく思っただろう。エディスとふたりきりになり、あの甘い唇を五分も味わっていたら、ジョーディーになにを目撃されていたことか。おれはベッドに彼女を横たえて、全身にこの手をさまよわせていたはずだ。

残念ながら、キスをすることもまだかなわない。エディスの悲しみをそらすのは、もっとあとになるまで待つしかなさそうだ。

7

「刺された？」エディスはゆっくり時間をかけて答えた。ローリーの言っていることが頭に入ってこない。「コーリーはだれかに〝刺された〟というの？」

「ああ。これで」ローリーは黒い柄の短剣《スキャンドゥ》を突き出した。

「お父さまのだわ」エディスは息をのみつつ前に出て、端にルビーが嵌め込まれた柄をまじまじと見た。とても信じられない。

「それはたしかか？」ニルスは彼女のそばへ行き、短剣をまじまじと見た。

「ええ、もちろん。一点ものですもの。見間違うはずがないわ」エディスはふたたび、短剣に視線を走らせた。美しいものだと思ってきたが、コーリーの血がまだこびりついているのを見ると、輝きもなぜか失せたように感じられた。

　ふたたびベッドへ戻り、端に腰をおろす。「だれがやったの？」

　男性陣は無言で顔を見合わせたが、トーモドが口を開いた。「それが、だれもわからないんだ」

「なんですって？　だけど、厨房には召使いたちが大勢いたのに」

「ああ。だれにも毒を混ぜられないよう、みんな食べ物を見張っていた」トーモドが厳しい表情で答える。「だれも、コーリーのことは気にしていなかった。彼はいつものように隅っこに座り、ジェイミーが作ってやった焼き菓子を食べていて……」どうしようもないとばかりに老副官は肩をすくめた。「座っていた樽から転がり落ちて、石敷きの床に血が流れるまで、だれもなにも見ていないというんだ。それが起こったときも、コーリーの近くにはだれもいなかった、と」

「そんなことがありうるの？」エディスは信じられないとばかりに声をあげた。「彼は間違いなく、だれかに刺されたのよ？」

「心臓を刺されたんだよ、エディス」ローリーが静かに諭す。「ほぼ即死だ。突然のことに驚いて座ったまま三秒、せいぜい十秒でこときれて、樽から転がり落ちた。あるいは、壁にもたれたまま命を落として、その後に床に転がった。どちらにしても、コーリーを刺した輩にはその場から立ち去る余裕があったはずだ」

「なるほど」エディスは額をさすった。「でも、だれがどういう理由でコーリーを殺そうとするの？　人畜無害な人だったのに」

しばしの沈黙ののちニルスが尋ねた。「彼は、きみの父上の弟だな?」

「ええ、腹違いの弟よ。厳密に言うと、わたしにとっては叔父にあたるけれど、兄たちもそんなふうにコーリーを呼んだことはないわ」エディスは目をすがめてニルスを見た。「一連の毒殺と関係があると思ってるの?」

彼は言い訳でもするような顔で答えた。「とにかく、ドラモンド家の人間がまたひとり亡くなったわけだから」

「でも、コーリーは表向きはドラモンドの人間ではないわ」エディスは眉根を寄せた。

「だが、ドラモンド領内の人間はみな、彼がきみの父上の弟だと承知していると言ったじゃないか」ローリーが落ち着いた声で指摘した。

「ええ、それはそうだけど――」

「コーリーがドラモンドの領地を受け継ぐ可能性はあったのか?」

ジョーディーの質問に、エディスは首を横に振った。「いいえ。ブロディがいるもの」

「だが、戻ってきたブロディが亡くなり、きみも死んだら」とジョーディーが声を抑えてつづける。「コーリーが後継者になる可能性もあったのでは?」

「そう言われれば、そうね」エディスは答えたものの、険しい表情になった。「父のこどもがすべて死んで、跡継ぎがいない場合は、父の異母弟であるコーリーがいちばんの近親者ということで領地を手に入れるでしょうね」

「で、彼のつぎは？」とローリーが尋ねた。

エディスは口をすぼめてしばし考えたが、力なく肩をすくめた。「トーモドだと思うわ。ねえ、あなたのお父さまとわたしの祖父が兄弟だったのよね？　あなたとわたしの父はいとこ同士でしょう？」

「ああ」

一応認めるトーモドにエディスはうなずくと、ニルスのほうを向いた。「だけど、コーリーを殺したのはトーモドじゃないわ。あなたが階下におりてくるまで、彼はたっぷり一時間はわたしたちと一緒に食卓にいた。それに、中庭からやってきたのよ。厨房のほうに足を向けたところなんて見ていないし。コーリーが死んだ状態で一時間も厨房にいて、だれにも気づかれないなんてことがあるはずないわ」

「そうだな」ローリーもうなずいた。「だとしたら血液が流れ出たはずだが、そんな印はなかった。コーリーは床に倒れる一、二分ほど前に死んだんだと思う。それならば、トーモドが彼を殺した犯人のはずはない」

「ああ、肝を冷やしたよ」トーモドはしみじみつぶやいた。

エディスは彼の近くに寄り、安心させるように腕をぽんとたたいた。「もしかしたら、ドラモンド家の相続にはなんの関係もないかもしれない。敵対関係にあるどこかの氏族《クラン》がわたしたちを排除しようとしたか、理由はわからないけれど、侮辱されたと思い込んだ人物が一族に復讐しようとしたのかも。あるいは、コーリーの死は毒が混入した件とはまったく無関係だとか」

その言葉が沈黙を招くと、エディスは憤慨したように両手をあげて戸口へ向かった。

「どこへ行く?」ニルスが心配そうに尋ねて、あとを追う。

「だって、毒が混入されていたとわかったときとくらべても、とくに目新しいことはないんだもの。もううんざり。ラディを連れて散歩に行くわ」

「いや、きみひとりで行ってはだめだ」ニルスは厳しい口調で言うと、エディスが引いて閉めようとしていた扉を押さえ、自分も部屋を出た。彼女について、階段まで行って尋ねる。「きみの馬を最後に走らせてやったのはいつだ?」

エディスは階段のてっぺんで足をとめ、おもしろくないという声で答えた。「もう、とんでもなく前だわ」

「じゃあ、馬に乗って出かけよう」ニルスがやさしく持ちかける。「風に髪をなびかせて森を駆け抜けたら、さぞかし気持ちがいいだろう」

エディスは躊躇したものの、うなずいた。「そうね」

ニルスはにっこりしながら彼女の手を取り、いそいそと階段をおりた。

暖炉そばに座っていたロンソンとラディはふたりの姿を見て腰を上げかけたが、ニルスは手を振ってそれをおさえ、階段をおりた足を速めたまま大広間を横切った。

外に出て厩《うまや》に向かうころには、エディスは走らないとニルスに追いつけなかったが、それさえ楽しかった。屋内にいたせいでエネルギーがありあまっていた。湖に出かけて以来ずっと、胸の奥がくすぶっていた。床に臥せっているあいだに放っておいた細々とした事柄を立て直しても、どこか満たされずじりじりしていたが、心はいつもニルスを考え、彼に呼び起こされる思いで胸がいっぱいだった。せつない憧れを秘めた目で、繰り返しニルスを探していた。

エディスが彼に近づきたいと思っているあいだ、ニルスはそれと同じくらいひたむきに彼女を避けているようだった。少なくとも、ふとした偶然でも体が触れるような状況を避けていた。朝、階下の広間へつき添う際にそっと腕をつかむこともなく、食卓でなにか取ろうと手を伸ばしたときも、腕やほかの部分がふとかすめることもなかった。それどころか、隣に座ろうともしなかった。実際、エディスはトーモドとロンソンのあいだ、あるいはローリーとロンソン、もしくはローリーとトーモドのあいだに座り、ニルスはそのどちらかの隣に座るということが多かった。どういうわけなのか、彼女にはまったくわからなかったが、ニルスが距離を置いていた理由がなんであれ、それは解決したようだ。彼はエディスの手をつかんで厩へと案内していった。

「厩番頭《うまやばんがしら》がいないな」ニルスはなかへ入りながらつぶやいた。

「わたしはなにをすればいい？」エディスは、自分の馬がいる馬房に向かいながら尋ねた。彼の馬は、その隣にいる。

ニルスは足をとめて振り向くと、彼女の腰をつかんで馬房の柵に座らせた。「ここでかわいく座っているといい。すぐに戻る」

エディスは目をぱちくりさせて、馬に鞍をつけようとする彼を見つめていたが、柵から滑りおりて自分の馬の鞍を探しにいった。〝ここでかわいく座っていろ〟なんて、だれにも言われたことはない。だいたい、かわいく座るってどうやればいいの？　自分がかわいいと思ったことだって一度もない。頭がいい？　そうね。仕事に精を出す頑張り屋？　それはもちろん。思いやりがある？　たしかに。だけど、かわいいと言われたことだけはなかった。兄たちがそんな言葉を口にするはずもなく、彼らや父をのぞけば、男性と接した経験もあまりなかった。

「ああ、お嬢《ラ》さん《ス》、おれの話をてんで聞いていないんだな」ニルスは自分の馬に鞍をつけ終えると、楽しげにそう言ってエディスに手を貸した。

「なにか指示されても、ちゃんと聞いていた例しがないの」エディスは苦笑した。

「兄たちにはいつも、頑固でへそ曲がりと言われたわ」

「おれなら、聡明で自立心があると言うね」ニルスは鞍をつけ終えながら、明るく反論した。そして、彼女を馬に乗せて馬房から出しながらつけ加えた。「それに、きみのそういうところが好きだよ」

エディスは気づくと、その言葉に満面の笑みで応えていた。

「すぐに戻る」ニルスは彼女を外に出すとすぐに厩に入り、自分の牡馬を連れて戻ってきた。ひらりとまたがる彼はもちろん、馬もすばらしい筋肉をしている。エディスに見られているのに気づくと、ニルスはにやりと笑って門のほうをあごでしゃくった。

「このあたりはきみのほうが詳しい。案内してくれ」

エディスは一瞬ためらったものの、どこへ行きたいのかが頭にはっきり浮かびあがった。速足で城の中庭を駆け抜けた。門の跳ね橋を渡った瞬間、丘を駆け下りて木立を一気に抜ける。ニルスがついてきているかどうか、振り返って確かめる必要はない。彼が乗っているのはすぐれた牡馬だ。

行くと決めた場所はかなり離れたところだったが、危険なほど遠いわけではない。

それでも、エディスが手綱を引いてとめるころには、牝馬は距離と速度のせいで少し息を切らしていた。

ヘザーが生い茂る野原の端でひと息つきながら、こぢんまりとした草地を眺め渡して、よろこびのため息をつく。わたしに必要なものはこれだった。いろんな思いに押しつぶされそうになったときに来る、お気に入りの場所。母が亡くなったときも、夫となるはずの男性が死んだと知らされたときもここへ来た。そして、いまこの瞬間にいたいのもこの場所だ。

「すばらしいな」ニルスがつぶやき、隣で手綱を引いた。

エディスは微笑んだ。やっぱり、きっと気に入ると思ったわ。馬の背から滑りおりて、いちばん近くにあった枝に手綱を結ぶ。ニルスが同じようにするのを待たず、腰までの高さに薄紫色の花を咲かせているヘザーの野原を抜けようと、踏みならされた道を歩きはじめる。蜂やほかの虫がすぐに寄ってくるが、気にしない。通り過ぎれば、すぐに収まるのだから。

ニルスはエディスに追いついて、空き地の真ん中にある大きく平らな岩に着くまで黙ってあとをついてきた。ひざ上ぐらいの高さの岩はヘザーに隠れていて、近くに寄るまで見えないが、人が三人並んで寝られるくらい横長で、ほんの少し傾いているものの、ほぼ平らだ。

「草地の端からでは、こんなものがあるとはわからなかった」ニルスが驚きの声をあげるのを尻目に、エディスは岩にあがって真ん中に座った。

「ええ。だけど、もっとなかまで馬で走ってきたら見えたわ」

「そうだな」ニルスはエディスの隣に腰を落ち着けると、花咲く草地を見渡して笑みを浮かべた。「食べ物を持ってきて、ピクニックでもすればよかったな」

「朝食をとったばかりじゃないの」エディスはからかったが、眉根を寄せて言葉を継いだ。「少なくともわたしは食べたけど、あなたはまだだったわね？」顔をしかめて立ちあがろうとする。「戻りましょう。そうすれば、あなたも食事ができる」

「いや」ニルスは彼女の腕をつかみ、首を横に振った。「いいんだ、腹は空いていない」

「ほんとうに？」エディスは心配で尋ねた。うなずく彼を見て口ごもったが、ほっとひと息ついて、あたりに広がる花の海に目をやった。

　座ると、肩から下は花で隠れて見えない。だが、エディスは経験から知っていた。岩に寝そべると、通りがかる人からはまったく隠れてしまう。目を閉じて顔を空に向け、深く息を吸ってみる。ヘザーの甘い香り。しばらくして彼女は、陽の光で暖められた岩の表面に背中をつけて、頭上に広がる空を眺めた。

「ねえ、見て。あそこにラディが」と笑顔でつぶやく。

「どこだ？」ニルスはきょとんとした顔であたりを見回した。

エディスはにんまりしながら、走っている犬に見えなくもない雲を指差した。「あそこよ、アヒルみたいな形の雲の隣」

「ああ」ニルスはふっと気の抜けたような返事をした。雲に目をやっていたかと思うと、ふたたびエディスに視線を戻す。彼女は見られているとわかっていたが、流れてゆく雲をそのまま眺めているうち、彼の顔で視界を遮られた。

目をしばたたかせてニルスの表情に焦点を合わせ、エディスはただひたすらに待った。彼はきっと、キスをしてくる。だからこそ、ここへ連れてきたのだ。わたしの部屋でしてくれるはずだったのに邪魔された、あのキスのため。

ニルスはその期待を裏切らなかった。頭を下げてエディスの口を覆うように、そっと唇をかすめる。最初はそれだけだったが、エディスが彼の両腕を撫であげると、ニルスは重ねたままの口を開け、舌で唇の合わせ目をなぞった。小さなため息とともに彼女がそれを受け入れると、ニルスは焦らすように下唇を甘嚙みした。エディスがもの憂い笑みをもらした瞬間、彼は唇を離して顔を傾けた。舌で彼女の口のなかを探索するとともに、甘くゆったりとしたテンポがいきなり変わった。

エディスは激しく唇を奪われながら、のどの奥につかえるようなあえぎ声とともにニルスの肩にしがみついた。湖のほとりで分け合った情熱は中断されたままずっと燻っていて、彼がそれを一気に解き放ったかのようだった。エディスの欲望もすぐさまそれに応じた。片方の手をニルスの髪に梳き入れて指に絡め、自分から舌に舌を絡めて先を促す。

あたりを舞っていた虫たちの羽音も、心臓の激しい鼓動にかき消された。体の下に滑り込んできた片方の腕でニルスの隣に座らされると、ヘザーの甘い蜜の香りも、森を思わせるような男らしいにおいに取って代わった。エディスは腕で、唇で、自分からしがみついていった。ニルスは、離した唇で彼女の耳までキスの道筋をつけるあいだも、片方の手でドレス越しに胸を探りあててぎゅっとつかんだ。エディスは頭をそらし、思わぬ愛撫に自分から体を押しつけていった。少しだけ目を開けて空を見たものの、ドレスの襟ぐりが引っ張られるのを感じながら、頭を下げてふたたびニルスの口をとらえる。

彼もすぐにキスを返してきたが、ドレスを結ぶ紐を解こうとしていた。身頃がはらりと落ちるのを感じた瞬間、温かな手で両方の胸を覆われた。全身を駆け抜ける快感に、エディスはびくっと反応した。そして胸を揉みしだかれるのに合わせるように、ニルスの口に悦びの声をあげていった。彼がふたたびキスをやめると、エディスは抗議の言葉をつぶやいた。しかし、ふいに頭を下げたニルスの口に乳首を含まれると、悦びの叫び声をあげるとともに、彼の髪に梳き入れた指に力を込めた。

「ニルス」エディスは息をのみ、首を激しく横に振った。先端の感じやすい部分を吸われて、そっと歯を立てられたからだ。ニルスはもういっぽうの乳首も放ってはおかなかった。軽く転がすようにしてとがらせる。エディスはすぐに反応して身をよじり、背をそらした。熱くとろりとしたものが体の奥に生まれ、脚のあいだの一点にじんわり集まってきて、両脚がせわしなく動いてしまう。

ニルスが胸の頂からようやく唇を離し、頭をあげてふたたび口づけようとしたときは、エディスのほうから彼の唇を迎えにいった。貪るように激しく押しつけてキスをする。そのうちに足首から脚の外側を撫であげられ、それに従うようにドレスが押しあげられていく。ニルスの手が腰まで到達した。エディスが下半身をよじると、彼はまろやかな尻をすくいあげるようにしてぎゅっとつかんだ。そして、つぎの瞬間にひざ立ちになり、エディスにも同じくするよう促す。

考えもせず、ニルスの言うとおりにした。唇を重ねたまま、彼の広げたひざのあいだにひざまずく。その瞬間に彼の両手がおりてきて、もっとも感じやすい部分をそっと包み込まれた。エディスはすぐさまキスをやめた。悦びと驚きの入り混じった声とともに頭をそらすと、ニルスは顔をあげて彼女の肩をそっと噛んだ。「なんてことだ。きみはおれが欲しくて、こんなに濡れている」

「ごめんなさい」

エディスが当惑してつぶやくと、驚いたような笑いがニルスの唇からこぼれた。

「謝る必要はない。断じて、そんなことは言うな」彼はきっぱり告げると、ふたたびエディスに口づけて自分の隣に横たわらせた。曲げていた脚を彼女が伸ばした瞬間、ニルスはキスをやめて乳首をふたたび口に含んだが、エディスは気づかなかった。スカートを腰まで押しあげられ、脚を広げるよう促されたからだ。彼女は唇を噛んだもののの、脚は勝手に開いていった。あいだに挿し入れられた指でふたたび体の中心を巧みにとらえられて、ニルスの名前を叫びながら背をそらした。彼の手を挟み込んだまま、無意識のうちに両脚をぱっと閉じたが、彼は両方の手を使ってこじ開けると、それまで指があったところに口を押し当てた。

はっと固まったまま、頭上を流れる雲を見つめていると、エディスにはとても考えられないようなことをニルスがしはじめた。唇を這わせたり吸ったり、さらには舌をつかったさまざまな技にエディスは声をあげ、彼の頭をつかんだ。髪をひっぱりながら脚を閉じようとしても、しっかり広げさせられたままだ。つぎの瞬間、岩に両方のかかとをめり込ませ、浮かせた腰をニルスの口にすさまじい勢いで押しつけたが、やはり主導権を握っているのは彼だった。頑としてエディスの体を押さえつけ、自分のやりたいようにする。

体のなかで高まる快感になかば正気を失いながらエディスはニルスの頭を離し、ふたりが横たわっている岩に手を伸ばしたが、ほぼ平らな表面にはなんのとっかかりもない。結局、自分の胸をつかむにいたった。なんとか体を安定させるすべを見つけようと、肌に爪を食い込ませたものの、もう遅かった。勢いをとめる手立てはなかった。弾《はじ》ける悦びが思考を奪うような勢いで全身を駆け抜けていくなか、エディスはなかば怯えるように叫び声をあげた。いまどこにいて、自分がだれなのか思い出せるくらい意識を取り戻すころには、ニルスが彼女を抱えるようにそっと揺さぶりながら、なだめるようにやさしい言葉をつぶやいていた。

めくるめく情熱が収まると、エディスは恥じらいや困惑に襲われた。ドレスはくしゃくしゃになって腰のあたりに溜まり、ニルスの腕のなかに抱かれている姿は裸同然だ。目を閉じて彼の首に顔をうずめ、できるだけ体を隠そうとする。

赤ん坊をあやすようにしながらささやいていたニルスはすぐにそれをやめて、ぱっと頭を引っ込めた。「エディス？」

「う、うん？」彼女はつぶやいたが、照れ臭さに首をすくめ、胸を隠そうとその前で腕を組む。

「大丈夫か、お嬢《ラ》さん《ス》？」

心配そうに尋ねるニルスにうなずいたものの、組んだ腕をずらす。片方で胸を覆ったまま、もういっぽうでドレスの上身頃を引っ張り、体を隠そうとした。

「やめろ」ニルスがその手をつかんだ。「自分の体をおれから隠す必要はない」

「でも、わたし……」エディスはどうしようもないように首を振り、つかまれた手を解こうとした。

「結婚してくれ」

その言葉に頭が真っ白になるが、意味がようやく追いついてきて、エディスは驚きとともにニルスを見つめた。「なんですって？」

「きみが、自分で切り盛りできる城を持つ領主との結婚を望んでいるのはわかってる。いまのおれに城はないが、あと四年もしたら自分の城を建てはじめられると思うんだ。それまではブキャナンに住めばいい。城内でもいいし、きみが望むなら、領内の小さな家《コテージ》で。それに、きみがほしいだけのこどもをよろこんで授けてやるよ」ニルスは力強く言うと、やさしく繰り返した。「おれと結婚してくれ、エディス。妻となって、きみの人生をおれと分かち合ってくれないか？」

エディスはただ彼を見つめた。言われたばかりのことが信じられなくて、ふと眉根を寄せて尋ねた。「わたしの純潔を汚《けが》したから、求婚しなければならないと思ってそう言っているの？」

それを聞いてニルスがくすくす笑う。エディスは顔をしかめた。

「笑いごとじゃないわ、マイロード」こわばる体を彼から引き、ぐしゃぐしゃになったドレスを伸ばそうとする。「たったいましたばかりのことに罪の意識を覚えて求婚しているのなら、あなたはいつかそれを後悔して、わたしを恨むようになる。あなたに憎まれるなんて、とても耐えられない」

「エディス、聞けよ」ニルスは彼女の両手をそっとつかみ、話をやめさせようとした。「きみの純潔が汚《けが》されたのがおかしくて笑ったんじゃない。おれが笑ったのは……」口ごもったものの、あっさり言葉をつづける。「きみは汚《けが》されてなんかいないよ、エディス。まだ、無垢な身のままだ」

目をぱちくりさせながら、エディスは疑うように彼を見つめた。基本的な原理はわかっている。男が自分の持ち物を女の体に挿入して、処女《おとめ》の印を破るのが普通だ。でも、さっきのような弾ける悦びに抗いきれるものなど、なにもないようが気する。しかも、最後には体になにかが分け入ったのを感じた。だからこそ、目の前が白くなるような悦びがうまれたのだ。もちろん、わたしの脚のあいだにはニルスの頭があって、彼の持ち物は近くには見当たらなかったけれど。エディスは気づいて、顔を赤らめた。

「だけど、あのときわたしは——」

「おれの指だ」ニルスがそっと口を挟む。「きみはまだ、純潔なままだよ」

「まあ」エディスはますます赤面して首を垂《こうべ》れた。

「きみを汚《けが》したという理由で結婚したいんじゃない。結婚したいのは……正直言って、きみの純潔を汚《けが》したいと思ってるけれど」ニルスは苦笑しつつ本心を明かすと、言い訳をするように肩をすくめた。「とにかく、きみが欲しくてたまらないんだ」

エディスが眉根を寄せてふたたびうなだれると、ニルスはすばやく言い添えた。

「きみのことももちろん好きだよ」

どう答えたらいいのかわからず、ためらうように彼をちらと見上げてみる。

「愛している、と嘘を言うつもりはない」ニルスは真顔で言った。「そんな言葉を口にするにはまだ早すぎるし、きみとのあいだに嘘はあってほしくない。だが、きみのことはほんとうに好きだ。きみはすばらしい女性だ。美しくて賢い。なにより、優しい心根をしている。領内の民が健康で安全な生活をおくれるよう気を配っているし、住むところのないはぐれ者を引き取ってやる。正直で善良な人だ。そういうところが好きだ」ニルスはまた微笑んだ。「それに、きみが欲しくてたまらないという事実がさらに心をはやらせる。一緒になれば、おれたちは幸せに暮らせると思う」

エディスはしばらくニルスを見つめながら、彼の言葉を思い返した。愛してる、と嘘をつかないでくれたのはよかった。わたしも彼のことが好きだ。わたしやロンソンに優しく、辛抱強く相手をしてくれるところ。愛情深くも厳しくラディを導くところ。それに、わたしも彼のことが欲しくてたまらない。どうしようもないほどに。これほどわたしの欲望をかきたてた男性は、いままでひとりもいなかった。といっても、キスをされたのはニルスがはじめてだけど。それでも、彼に呼び覚まされたこの情熱はどこにでもあるものではない。夫婦の契りでそう感じられるなんて、わたしは果報者だ。でも、もっと大切なのは、ニルスのことが好きで、尊敬しているということ。そして、ふたりで幸せに暮らせるとわたしも思っているところだ。

詰めていた息を吐くと、エディスはドレスが落ちるに任せ、唇を重ねようと伸びあがるようにしてニルスにもたれた。だが、唇がかすめると同時に彼は体を引いて尋ねた。「それは、おれと結婚するという〝アイ〟の代わりか？」

エディスは顔を赤らめながらうなずいて、ささやいた。「ええ《アイ》」

「ああ、よかった」ニルスは低くうめくと、ようやく彼女にキスをした。

すると驚いたことに、すっかり満たされたと思っていた情熱がふたたび息を吹き返した。あえぐような声とともに、エディスは彼の首に両腕をまわして体を押しつけた。シャツやプレードにこすれて、胸の頂が固くとがる。さっき与えてくれた悦びと同じくらい、ニルスを気持ちよくさせたい。こんどはしがみつくだけではなく、両手を這わせて彼の胸板を存分に味わいながら、しっとりした舌を吸い、絡ませていった。しかし、プレードを留めている大きなピンを見つけて外そうとすると、ニルスははっと身をこわばらせ、彼女の両肩をつかんで下がらせてキスを終わらせた。

「だめだ、お嬢さん《ラス》。それは――」

「お願いよ」エディスは息を弾ませて懇願しながら、シャツに覆われた厚い胸板に手を伸ばした。プレードは、ニルスのひざに落ちて溜まっている。「見たいだけなの」

ニルスが一瞬、ためらった。瞳に葛藤が映っている。エディスはシャツをつかむと、折りたたまれたプレードから引っ張り出して、その下に手を忍ばせた。引き締まった腹部へ、それから胸へと両手を滑らせながら服を押しあげ、彫像のような胸を少しずつあらわにしていく。片方の乳首が現れると、頭を下げてそれを口に含んだ。驚きに、彼女の肩をつかんでいたニルスの両手がびくっとする。

「ラス」

ニルスがうめくのを尻目に、エディスはとがる乳首の先を吸い、舌で転がした。これでいいのか不安だったが、ついさっきされたことをまねようとする。どうやらうまくいっているようだ。彼は低い声でうめき、片方の手をエディスの髪に梳き入れてうしろ頭を包み込んだ。それでもなお、ニルスは言った。「ラス、こんなことをしていては――」

彼の言葉はしかし、いきなり途切れた。エディスが、くしゃくしゃに丸まったプレードに覆われた昂ぶりに触れたからだ。ようやくお宝を見つけたもののどうしたらいいかわからず、生地越しにそっと握ってみる。するとつぎの瞬間、彼女は岩の上に背中から押し倒されていた。ニルスはエディスを組み敷いたまま、脚のあいだに割り込ませた腰を押しつけながら、乱暴なほど激しくキスの雨を降らせる。

重ねられた口にうめき声をもらしつつ、エディスは脚をさらに広げた。ひざをあげ、かかとを岩にめり込ませる。プレード越しに押しつけられる男らしさの証に自分から応えていく。両手を彼の腰にまわすと……尻がむき出しなことに気づいて驚いた。目をしばたたいて開けながらキスをやめて下を見ると、ブレードはいつの間にかふたりのあいだに落ちていて、すてきな尻が目に入った。

「どうした？」ニルスはうなると、少しだけ体をあげた。だれか見えたのかと、肩越しにうしろを向く。彼がすっかり油断したそのすきに、エディスは体を押しあげるのをやめて岩に腰を落とし、ふたりのあいだに手を伸ばして、固く張り詰めたものに指を巻きつけた。

ニルスははっと息をのみ、目を見開いたままエディスに視線を戻した。彼女は空いているほうの手で彼の頭を下げさせてキスをしようとしたが、それは抵抗にあった。というより、彼の全身が硬直したようだった。どこか傷つけてしまったのだろうか。あまり力を入れたわけではないけれど、それでも痛かったのかもしれない。

「わたしのやり方、まちがっていた？」覚束ない声で尋ねてみる。

「きみがなにをしようとしているかによるな」ニルスは食いしばった歯のあいだから押し出すように答えた。

エディスは唇を嚙んだ。「あなたを悦ばせてあげたいの。さっき、わたしにしてくれたみたいに」

ニルスはごくりと唾をのみ、目を閉じた。「お嬢《ラ》さん《ス》」とようやく口を開く。「慣れないことに手を出すな。とにかく、いまはやめてくれ。おれがひと息ついたら、城に戻って――」彼の言葉はふたたび、エディスが手を動かした拍子に途切れた。彼女は、反応する昂ぶりに目を丸くした。

「どうしたらいいのか教えて」エディスはふたたび手を動かしながら懇願した。

だが、ニルスも我慢の限界を超えたようだ。小声で悪態をつきながらエディスの手首をひねって昂ぶりから離させると、プレードを持ったまますぐに彼女の体からおりた。

エディスは眉根を寄せて座り直し、ニルスがプレードを小道に置いて細くひだを折りたたんでいくのを眺めた。

「わたし、なにか間違っていたの？」頼りない声で訊きながら、岩の縁から地面ににじりおりる。

「いや。ただ、おれたちはこんなことをしては――」ニルスはエディスのほうをちらと見て、言葉を失った。スカートは元どおりになっていたが、ドレスの上身頃は腰のあたりにまだ溜まったままで、胸があらわになっていたからだ。下に目をやったエディスは、冷気に当たったかのように乳首がとがっているのに気づいて赤面した。しかも、それを隠そうとすぐさま身頃をあげようとしたとたんに手をつかまれて、ニルスに引き寄せられた。

「くそっ、きみが欲しくてたまらない」熱い声が、感じやすくなっている乳首をなぶる。「湖でのことがあってからずっと、おれの昂ぶりは張り詰めて痛いほどだ」

「じゃあどうして、わたしを避けているの？」エディスは尋ねたが、自分の声に傷ついたような調子を聞き取って顔をしかめた。ニルスに知られるつもりはなかったのに。だけど、湖畔でキスをしてからずっとよそよそしくしている彼にひどく腹を立てていた。さっき求婚してきたにもかかわらず、ニルスはまたあんなふうに振る舞うのではないかしら。

エディスの表情を、彼は険しい顔で見つめながら言った。「すまない。きみを傷つけるつもりはなかった」

「城に戻っても、またあんなふうに振る舞ったりはしないでしょう？」

「いや、たぶんそうする」ニルスが言い訳がましく答える。「だが、それも結婚するまでのあいだだ。近くにいると、きみが欲しくて欲しくてたまらなくなって、それで……」と首を激しく横に振る。

「わたしだってあなたが欲しいわ。欲しいと思う気持ちが強すぎて、体がうずくほどよ」

「ああ」ニルスは自嘲ぎみに笑った。「それは、おれもよくわかる」

「肌を合わせたら、それほどでもなくなる。そうすれば、わたしたち――」エディスの言葉はあえぎ声に変わった。ふいに、乳首をニルスの口に奪われたからだ。

「ニルス」ためらいがちに呼びかけながらよろめいたが、ふいにスカートの下に挿し入れられた手で脚を撫であげられて、エディスは彼の肩をつかんだ。

「結婚するまで、きみとベッドはともにしない」ニルスは胸から口を離し、エディスの体の中心をふたたび指でとらえながら、彼女の表情を見守った。「だが、さしあたってきみのうずきをなだめてやる」

「あなたは？」

「ああ、おれのもなんとかするさ」ニルスが請け合う。エディスが下に目をやると、彼は空いているほうの手でみずからの昂ぶりを包み込んでいた。「スカートをあげて、エディス。きみに悦びを与えるあいだ、見ていたいんだ」

　エディスは震える手でスカートを少しずつたくしあげ、しまいには腰のところまで全部持ってきた。

「きれいだ」ニルスはつぶやきながら指を一本、彼女の体に挿し入れた。「近くに来てくれ、愛おしい人《ラブ》。きみを味わいたいんだ」と指で促すようにするので、エディスは前によろめいた。

「もっと脚を広げて」

エディスはニルスの言葉に従った。もっとも、あとどのくらい持ちこたえられるかわからない。彼は指を出し入れしながら顔を上げ、彼女の体の中心に舌を這わせた。エディスは両手を突っ張らせながら一瞬目を閉じたが、すぐに開けて、ニルスがしていることをちらと見た。昂ぶりをどんなふうにつかんでいるのか。そして、あのリズミカルな動き。彼に触れて、もっと関わりたかったが、どうしようもできない。両脚が震えてきた。

それに気づいたのか、ニルスが上体を起こしてうめく。「ひざまずいて」

エディスがひざをつくと、口づけられた。彼の親指は、体の中心のひだが合わさっている繊細なところを愛撫していた。ほかの指は、ニルスがみずからの昂ぶりにしているのと同じリズミカルな動きで、体のなかを出たり入ったりしている。エディスは最初こそキスを返したが、頭がぼうっとして、それさえできなくなった。そのうち、ただ口を開けて押しつけるだけになってしまった。全身が悦びに震えてきたからだ。

声をあげるとともに、ニルスに倒れ込む。激しい悦びに襲われ、両手を彼の肩に食い込ませると、ニルスはいま一度、指でエディスの体を貫くとともにみずからも精を解き放ち、重ねたままの口に叫び声をあげた。すべてが終わると、ふたりとも息を切らし、互いの体にぐったりもたれた。落ち着きを取り戻すとニルスは手を引き、エディスを抱き寄せた。

しばらくしてから彼はエディスの額にキスをして、ささやいた。「服を着て、戻ろう」

彼女はため息とともにうなずいた。残念だ。服を着て、厄介ごとだらけのドラモンド城に戻るなんて。このままニルスと逃げ出して、大きくてふかふかのベッドをどこかで見つけ、体を重ねて愛し合うことについて知っておくべきことをすべて教えてもらいたい。だがあいにく、そんなことは許されない。エディスはしかたなく現実を受けとめ、支度をはじめた。

8

エディスは先に立って城に戻った。必要以上に速く馬を走らせていたせいで、ふいに前に現れたラディを跳ね飛ばしそうになった。いかに体の大きなラディとはいえ、長年の経験による勘とすばやい反応でエディスが手綱の右側を高く引き絞っていなければ死んでいただろう。馬はすぐに向きを変え、犬を踏みつけそうになるのをすんでのところで回避してとまった。エディスが怖い顔を向けたところに、ロンソンが駆けてくる。

「すみません、お嬢さま《マイレディ》！ ラディがぼくから逃げちゃったの！ ごめんなさい！」

彼は大声で叫ぶと、楽しげな顔で座る犬の首輪に手を差し入れた。ラディは、自分がいまにも跳ね飛ばされるところだったことなどまったく気づいていない。「ほんとにごめんなさい、お嬢さま。もう二度とこんなことは起こしません。ほんとだよ。お願いだから、ぼくとおばあちゃんを追い出したりしないで。ちゃんといい子にするから」

少年の言葉を聞いて、驚きと恐怖の裏返しの怒りはすぐに消えた。エディスはため息とともに首を横に振った。「こっちへいらっしゃい、ロンソン」

彼は一瞬ためらったものの、ラディを引っ張りながら進み出た。見るからに不安げな表情だ。牝馬のそばで彼が足をとめた瞬間、エディスは前かがみになって顔を近づけた。頭の上、あるいはうしろでしゅっという音が聞こえたような気がしたものの、気にせず重々しい口調で少年に話しかける。「ロンソン、わたしは決してそんな――」

だが、安心させようとした言葉はのどの奥で消えてしまった。百キロ近い筋骨隆々とした男がいきなり突撃してきて、馬から引きずりおろされたからだ。

「ニルス？」当惑とともに尋ねたエディスは気づくと、分厚い胸板に乗っかったまま地面に倒れていた。頭を巡らせようとしたが、驚いて動きをとめた。城の正面に面した、彼女の寝室の窓に立つ人影が視界に入ったからだ。しかし、その姿形を確認する前に、エディスは地面にうつ伏せに転がっていた。背中がずしりと重い。それがだれなのかは、考えずともわかった。「ニルス！」

「伏せたままでいろ！」彼は大声で叫び、エディスの頭を手で押さえつけた。「ロンソン、こっちへ来い、早く！」

エディスがちらと顔をあげると、ロンソンはラディに引っ張られてすぐそこまで来ていた。犬のほうはこれが楽しい遊びだと思ったのか、エディスの顔や頭をものすごい勢いで舐めはじめた。

「ラディ、やめて」エディスは命じた。というか、命じようとした。彼女が口を開けた瞬間、ラディはそこにおやつはないか確認することにしたらしい。口のなかに舌がふたつあっては、言葉を発することも難しい。エディスは顔を背けて口を閉じ、ロンソンの言っていることに耳を傾けようと頭をそらした。

「あれは矢だったよ、ニルスさま！　ぼくに話しかけようとかがんだお嬢さまをかすめて飛んでいった！　だれかがレディ・エディスに向けて矢を射ったんだ！」

「なんですって？」エディスはぱっと顔をあげてあたりを見回したが、ニルスにまた地面に押さえつけられてしまった。

「伏せたままでいろ。いまさら、きみを失うわけにはいかない」彼はうなり、言い添えた。「ロンソン、こっちへ来い。でないと、また射られた矢に当たってしまうぞ」

つぎの瞬間、ロンソンはニルスに守られるようにしながら、エディスの隣にぎゅっとくっついてきた。

「だいじょうぶ、マイレディ？」少年は、叫びながら中庭を走り回る人々にニルスが指示を飛ばすなか、真剣な顔で尋ねる。「すぐ近くだった。だれかがもう少しであなたを射殺《いころ》すところだったんだよ！」

「ほんとうに？」エディスは心もとない声で言った。後頭部の髪をラディが舐める勢いで顔がぐらぐら揺れる。なぜそんなことをされるのかわからなかったが、体の下からどうにか手を出して、やめてくれないかと頭を覆ってみた。だがラディは、こんどはその手まで舐めはじめた。びっちょり濡れた髪が手の甲に貼りついている。心配したとおり、勢いに負けて髪が少し根元から抜けてしまったようだ。

「うん《アイ》」とロンソンが答える。「さっき、ぼくに話しかけようと身をかがめなかったら、あの矢が胸に命中して、お嬢さまは死んでたよ。くたびれて使い物にならない娼婦なんか目じゃないほどの状態になってたね」

「つ、使い物にならない、なんですって？」エディスはあっけにとられて尋ねた。

「あのね、使い物にならないしょ――」ロンソンは言いかけたものの、びっくりして息をのんだ。彼もエディスも、いきなり立ちあがったニルスに抱えられたからだ。

「ふたりを盾で覆え」彼が大声で命じる。「矢は上方から射られた！　上階の部屋を確認させているか？」

　エディスがちらと顔をあげると、六人の兵士が六つの盾を屋根のように掲げている。腰に目をやると、鋼のような腕があった。ニルスは彼女とロンソンを地面から自分の胸に抱きあげ、周りを兵士たちに囲まれたまま城館に向かって走っていた。

「ああ、四人ほど送ったから、いまごろは階上にいるはずだ。だれかひそんでいたら、きっと見つけるだろう」とそばの男が答える。エディスがそちらを向くと、トーモドが盾を掲げていた。彼女が見ているのに気づくと、老副官は走りながらうなずいた。

「案じるな」

うっすら微笑みながら、エディスはほかの男たちに目をやった。トーモドの隣にはアリックがいて、教練場での散歩でもしているかのようににんまり笑みを見せた。トーモドたちと同じく盾を頭上高くに掲げながら城館へと走っている。ジョーディーも同じように反対側を走り、エディスに気づくと、安心させるような笑顔になった。その隣にはドラモンド家の兵士のキャメロンがいた。同様に、大丈夫だと言いたげな顔を作ろうとしている。うしろにだれがいるのかは見えなかったが、たしかにふたりいて、彼女を守ってくれている。

周りを取り巻く男たちにふたたび目をやりながら、エディスは思った。これは奇妙な夢かなにかではないだろうか。まだ草地のあの岩にいて、うとうとしているだけなのでは？

踏段に達してもニルスは速度を緩めず、逆に足を速めてあがった。男たちは斜めになりながらも、遅れまいとついていく。前を守るふたりは扉を開けるのに盾をおろさなければならないかと思ったが、だれかが上から見ていたのだろう。ニルスたちが近づくと、扉はぱっと開いた。一団はそのまま走りつづけ、大広間の奥に入るまで盾を下げずにすんだ。

ニルスはロンソンとエディスを床におろしたが、すぐに振り向き、黒い柄の短剣《スキャンドゥ》を隠してはいないかと探るかのように両手をエディスの体に這わせて尋ねた。「大丈夫か？　どこも怪我はないか？　骨が折れたり、あるいは——」

「わたしは大丈夫」エディスは困惑しながら答えると、お尻やもものあたりをぽんぽんたたく彼の両手をつかまえた。「ほんとに、どこも怪我なんかしていない。少しのどが渇いてお腹も空いているけれど、どこもかしこも無傷よ」

ニルスは抑えていた息をほっとつくと、彼女の腕を取ってテーブルのほうへ連れていった。

「料理人に言って昼食を持ってこさせるよ、マイレディ」トーモドは、ちょうど厨房から戻ってきたローリーとすれ違いざまに会釈をして言った。

「じゃあ、おれは蜂蜜酒のピッチャーを取ってくる」ジョーディーが階段へ向かう。

「ここに座って、お嬢さん《ラス》」ニルスがエディスを、高座にあるテーブルに促す。「きみは怖い思いをしたんだから」

「なにがあった？」ローリーがふたりのところへやってきた。「厨房に駆け込んできた使用人たちが、中庭で叫び声がしてみんな右往左往していると言っていたが。いったい――」

「だれかがエディスに矢を放った。おれは彼女と結婚しようというのに、くそったれが！」

それを聞いた瞬間、だれもが口をつぐんだ。ニルスがぴしゃりと言った内容をきちんと把握し、彼の怒りの対象が放たれた矢だけなのか、それとも結婚うんぬんという部分も含まれているのかを考えているのだろう。おめでとうと言うべきか、慰めの言葉をかけるべきか悩んでいるのは間違いない。エディスはひそかに顔をしかめた。

「お嬢さま《マイレディ》？」モイビルがそばにやってきて、ためらいがちに言う。「上の階で着替えをなさったほうがよろしいかと思いますが」

「いいえ《ネイ》。平気よ。食事をしてから着替えるわ」エディスはささやいたが、ひざのあたりを嗅ぎまわるラディにしかめ面を向けて追い払おうとした。

「上階にだれかいたか？」と尋ねる声に視線を戻すと、トーモドが厨房からふたたび現れ、険しい表情で階段をおりてくる四人の男たちのところへ向かっていた。

「いいえ《ネイ》。どの部屋も残らず調べました。エフィをのぞけば、どこもがらんとして、人っ子ひとりいません」

「だが、矢が射られたのはレディ・エディスの部屋からだと思います。鎧戸が開いていたのはそこだけでしたから」と、二番目の男が言葉を足す。

「今朝、わたしが出たときは閉まっていたわ」エディスは、問いかけるような目をしたニルスに言ってから、モイビルのほうを向いた。「空気を入れ替えるために開けたの？」

「ええ《アイ》、掃除をするあいだに開けました」侍女はうなずいたものの、言い添えた。

「ですが、終わったときに閉めましたわ。いまだって開いているはずはないのに」

「くそっ、きみの部屋からきみを狙うとはなんたるげす野郎だ」ニルスは語気を強めると、ベンチでエディスの隣にどさっと座り込み、いらいらとテーブルに拳をぶつけた。

「げす野郎め」ロンソンは鸚鵡返しで言うと、同じようにテーブルをげんこつでたたいて、ベンチに腰をおろした。

エディスは眉を吊りあげ、暖炉そばの椅子のほうにぱっと目をやった。ベシーが眠っているのを見て、ほっとする。孫が汚い言葉遣いをした現場は目撃されなかったようだ。

「こんなことが繰り返されないよう、日中は窓辺に男たちを配置しなければならないな。そして――やめろ、ラディ！」ニルスは言葉を切り、手を舐めようと必死な犬にきつく命じた。ラディはふたたび押しのけられると、あきらめてまたエディスのところへ戻った。

「お嬢さま《マイレディ》、やはり、お食事の前にお体をきれいにしたほうがよろしいかと思いますが」モイビルが若干、憮然とした口調で促す。

エディスは彼女をしーっと黙らせると、またしてもひざを嗅ぎまわるラディを押しのけた。

トーモドは顔をしかめ、ローリーのほうを向いて尋ねた。「エフィの意識が戻っていないのは確かなのか？」

「ああ《アイ》」ローリーは断言した。「朝な夕なに確認している」

なるほどとばかりにトーモドはうなずいたが、エディスにはわからなかった。〝確認〟と言うけれど、エフィになにをしているのだろう。そう尋ねようとしたところ、悪態をつくニルスにまた気を取られてしまった。彼は片方の手でラディの顔をつかみ、厳しい口調で告げている。「いいかげんにしろ。もう舐めちゃだめだ」

ラディは目を見開いてニルスを見つめていたものの、舌をだらんと垂らすと、顔をつかんでいる手に舌を走らせせようとした。

エディスは思わず笑みを誘われたが、どうにかこらえ、首を振りながら言った。

「いったいどうしたっていうのかしら。まず、わたしの頭を舐めていたと思ったら、つぎはあなたの手。それから、スカートの周りを探ってばかりいるのよ。ポケットに自分のおやつが隠れてるんじゃないか、みたいな顔をして」

「きみのにおいをおれの手に嗅ぎつけたんだろう」ニルスがため息をついていると、ジョーディーがピッチャーを手に戻ってきた。

エディスはやれやれとばかりに肩をすくめた。「ああ、あなたはわたしやロンソンとともにあそこで地面に突っ伏していたから。だけどラディは――」とぼんやりつぶやいたが、ふいに言葉を失った。ニルスの手を見つめるうち、それがどこにあったかを思い出す。ラディがまたやってきて、怪訝な顔でひざのあたりをまた嗅ぎまわる。

エディスは、伏せているようニルスに頭を押さえつけられたことを思い出して、急に立ちあがった。「食事の前に、上の階に行ってきれいにしてきたほうがいいみたい」

「ああ、神様、感謝いたします」

モイビルはつぶやいたが、エディスは聞いていなかった。ニルスの口元に浮かぶ、ゆったりとした誘惑的な笑みしか目に入らない。彼は先ほどまでの怒りをすっかり忘れたようなすてきな笑顔をしていたが、エディスの頭のなかは、草地で彼にされたことでいっぱいだった。この体に触れたニルスの手や口を思い出すだけで乳首が硬くとがり、脚のあいだが熱く潤む。彼を引きずるようにして階段をのぼり、服を脱いで、それから――

「いらっしゃるんですか、お嬢さま《マイレディ》?」モイビルは、突っ立ったままニルスを見つめているエディスに声をかけた。「ほんとうにお着替えを――」

想像が現実の壁にぶち当たり、エディスはため息をもらした。口やかましい侍女がそばにいては、ニルスを引きずってどこへも行けやしないし、また悦びを与えてくれと彼を誘惑するのだって無理だ。回れ右をして階段へ向かいながら、つぶやいた。

「行くわ、モイビル。でも、なにをそんなにかりかりしてるのかわからない。スカートにちょっと泥がついただけじゃないの」

「お顔や髪にもついてますよ」モイビルも憤慨したように答えた。「それに、髪は四方八方にぴんぴん立っています。なにをどうしたら、そうなるんでしょうか。ぐるぐる吹き荒れる嵐のなかで立ち尽くしているように見えますよ」

「中庭の地面に伏せていたとき、ラディに頭を舐められたのよ」エディスは説明しながら髪に触れ、ため息をついた。モイビルの言うとおりだ。信じられない、髪は濡れて変にごわごわしているし、あちこちの方向につんつん立っている。ニルスはおかしい。こんなまぬけな格好のわたしに、あんな渇望するような視線を送ってくるのだから。


「で？」

エディスが自分の部屋へ下がっていくのを見送っていたニルスは、怪訝な顔で弟のほうを向き直った。「なんだ？」

「彼女の返事は？　アイと言ったのか？」ローリーがにやりとする。

ニルスは微笑み、矢が放たれて以来はじめて体の力を抜いた。テーブルのほうを向いて大きくうなずく。「ああ《アイ》」

「アイって、なにが？」ジョーディーが面食らって尋ねる。

「同じことを尋ねようと思っていた」トーモドがロンソンの反対側に腰をおろす。

「私のいないあいだに、なにがあった？」

「兄貴が、この城のお嬢さまのレディ・エディスと結婚するそうだ」アリックがにんまりしながら答えた。

「それはまた」トーモドは目を丸くすると、微笑んで、ロンソン越しにニルスの背中をぽんとたたいた。「いや、よかった。よかったよ」

「まったくだ、おめでとう」ジョーディーも満面の笑みで言う。「お祝いしなくちゃな。飲みたい人は？」と、取ってきたばかりの蜂蜜酒の入ったピッチャーを高くあげる。

ニルスはうなずいたが、渋い表情で立ちあがるトーモドを見て躊躇した。

「ああ、私も一杯やるよ、だが、蜂蜜酒は遠慮する。侍女にエールを持ってこさせよう」

「そのほうがいいな」ニルスもうなずいた。

ジョーディーは肩をすくめてピッチャーを脇に置いた。「じゃあ、蜂蜜酒はエディスのためにとっておこうか」

ニルスはぼんやりうなずいた。エディスの身を守るにはどうしたらいいか、すでに考えていたのだ。日中は窓辺に男たちを配置し、つねに彼女を警護する……城のなかに閉じ込めておくのも悪くはないだろう。

「エールの用意はすぐできるそうだ」トーモドは少ししてから元の席に腰をおろすと、よしよしという顔でニルスに目をやった。「でかしたぞ。彼女は善良な娘だ。いつ結婚するつもりだね？」

「この領地の聖職者はどこにいる？」

ニルスが質問に質問で返すと、老副官はにやりと笑った。「そんなに急ぐか？」

「早ければ早いほどいい」

トーモドはうなずき、また立ちあがった。「では、我らがタヴィッシュ神父に話をしてこよう。彼のご機嫌がよろしければ、夕食までには結婚できるだろう」

「ついさっきエディスの命が狙われた件をどうすべきか、話し合ったほうがよくないか？」ローリーが表情を硬くする。

トーモドは足をとめ、おやとばかりに振り向いた。「我らがレディに矢を放ったのがだれなのか、あるいは、それをどうやって捕まえるか、考えはあるかね？」

「それは……」ローリーは眉根を寄せた。「ない《ネイ》」

思案げにうなずいたトーモドだが、考え込むような表情をして、その場をすぐには去らなかった。

「あなたは？　なにか考えはあるか、トーモド？」ニルスは訝るように尋ねた。

「ないこともない」老副官はぽつりと言い、顔をしかめながらつけ加えた。「案とも言えない案だが」

「どんな案だ？」ジョーディーは間髪いれずに尋ねると、彼が立ったばかりのベンチをぽんとたたいた。「腰を落ち着けて話してくれよ。どんな案でも、頭のなかにあるだけあなたのほうがましだ。みんなそう思ってる」

「アイ」ほかの面々も声を合わせて答える。

トーモドは逡巡していたが、腰をおろすと、ひとつ咳払いをしてから話をはじめた。

「ふむ。きみたち三人は交替でエディスの警護をするつもりだろうが、ニルス、きみと彼女が結婚したら、ふたりがベッドで気持ちよく寝ているあいだはたぶん、安全だろう」

「そうだな《アィ》」ニルスは一も二もなくうなずいた。

「ならば、ブロディを見つけるために男たちを使いに出そうと思う。宮廷に二、三人、あと残りを何人か、彼の友人が領主を務める城へ送り、ブロディが見つかったら、こちらで流行り病に罹る心配はもうなくなったと知らせてやる」

ローリーは首を横に振った。「毒を混入させたり矢を放ったりした黒幕はブロディじゃないよ、トーモド。彼らはここにいないんだから」

「ああ、それはわかってる。だがブロディが戻ってきても、私たちはエディスの警護をしているだけで、彼のことは気にしていないふりをする。その実、こっそりブロディを見張っておいて、一連の犯人が彼を殺そうとしたら、その現場を押さえるんだ」

「自分が仕える領主を餌に、犯人をおびき寄せようというのか?」ローリーは信じられないという声をあげた。

「まあ、エディスが殺されるよりはましだ」トーモドはつっけんどんに答えた。「彼女は三週間も瀕死の状態で、きょうだって殺されかけた。ブロディも臆病者なりに自分の番を務めて、一件落着に手を貸してもらいたいものだ。領主の地位にあるのは彼なんだから」

「ああ、そうだな」ニルスもむっつりうなずいた。ブロディのことはとくに心配などしていない。領主の地位を放り出して逃げただけでも許せないのに、床に臥せったままのエディスを残していったなんて言語道断だ。おれが結婚を言い出さなかったら、彼女を修道院送りにしようとしていたのも許しがたい。それに経験から言うと、どんな場合でも臆病者は最後まで傷を負わない。トーモドの計画を進めたとしても、やつは間違いなく生き延びるだろう。それより、トーモドがブロディの命をそんなふうに危険にさらすつもりでいるのが気になった。さらに言えば、殺人者がことに及ぶ〝現場〟を押さえるというが、ブロディが死んだとしても老副官の胸はさほど痛まないのではないだろうか。

しかし、それも当然だ。エディスのほうが氏族《クラン》を率いる素質をもっているとトーモドが言うのを一度ならず聞いているし、そのとおりだとも思う。とはいえ、副官たるもの領主の信頼に応え、その意にかなうよう最善の行動をとるべく期待されているはずだが、トーモドはエディスの幸せのほうを気にかけているように見える。

「いずれにせよ、タヴィッシュ神父に話をしてくるほうがよさそうだ」トーモドはつぶやいて立ちあがった。

「流行り病ではなく毒を盛られたこと、そして、犯人はまだ捕まっていないことを伝えてくれるか？」

ニルスは、彼が立ち去る前に声をかけた。

「ああ《アイ》」トーモドはため息とともに答えた。「ブロディにはそう書いてやるよ。それが私の役目だからな。ここへ戻ってきて、自分の父親や兄ふたり、さらには叔父を殺した犯人を捕まえる助けをするよう期待しているとも書くつもりだ」と肩をすぼめる。「我々がこの件を解決するまでは戻ってこないだろうが、やってみて損はない」

ニルスは安堵した。トーモドが副官としての務めを果たそうとしているのがわかってよかった。そうでなかったら、彼に対する敬意や信頼を失うところだった。うなずきながらニルスは言った。「少なくとも、それで彼がどこへ逃げたのかはわかるしな」

「アイ」トーモドはにこりともせずに答えると、中庭へ出る扉に向かった。

「兄貴が尋ねてくれてよかったよ」ジョーディーが小声で言う。「トーモドが自分の仕える領主をよろこんで犠牲にしようとしているのかと、心配になったところだ」

「彼はそのつもりだ」ニルスはおもしろがって答えた。「だが、直面する問題をブロディに突きつけて警告することを忘れなかった。それに、トーモドは自分の命をかけて彼を守るつもりだと思う。とはいえ、ブロディが領主の地位から解放されるようななにかが起こることを願うのはやめないようだが」

「だけど、トーモドを責められないな」ジョーディーも応じた。「だれに聞いても、ブロディが領主のままではこの領地は干からびて、民は悲惨な状況に残されるだけみたいだし」

「そうだな《アイ》」ニルスはつぶやいたものの、ロンソンに視線を移して顔をしかめた。ここで話されたことをすべて注意深く聞いていたようだが、こいつは頭のいい子だ。ブキャナンの領地へ行くときは、ロンソンと彼の祖母も連れていこうとエディスに話をしなければならない。ブキャナンの領主はオーレイだが、とくに気にしないだろう。おれが自分の屋敷を建てたら、そちらへまた連れていけばいいのだし。

「なるほどね」アリックが声をあげた。「最初はサイ、つぎにドゥーガル、そしてこんどは兄貴か」とニルスを見ながら首を横に振る。「この分だと、おれたちもすぐに結婚して、赤ん坊の世話をすることになるかもな」

ジョーディーは鼻で笑った。「そんなわけないだろ。身を固めて子持ちになる前に、おれにはまだいろいろやることがあるんだよ」とうんざりしたように言ってから、つけ加えた。「それに、おまえを夫にしてもいいと思うような頭のいかれた女がどこにいるんだ？」

無礼な言葉にニルスは微笑んだが、腕をぽんとたたかれてローリーに目をやった。

「エディスは、自分がきょう結婚するってわかってるか？」

弟の質問に、ニルスは首を振った。「そういう話はしていない」

「じゃあ、準備ができるよう、あらかじめ言っておいてやったほうがいいかもな」

「準備する、ってなにを？　彼女は、神父の言葉を繰り返せばいいだけだ」

「それはそうだけど」ローリーは嚙んで含めるように言葉を継いだ。「エディスだって、一生に一度の機会にはかわいい姿でいたいだろうし」

「彼女はいつだってかわいい」ニルスはむっとした。かわいいどころか、いつだって美しい。少なくとも、おれの目にはそう見える。肩をすくめながら彼は答えた。「大丈夫だよ」

「ああ、そうかい」ローリーは処置なしだとばかりに立ちあがった。「じゃあ、おれが言ってくるよ。エフィにこの肉の煮出し汁《ブロス》を飲ます用事もあるしな。氷のように冷たくなってるかもしれないが、あの状態ではどうせ気づかないか、気にしないと――おい、どこへ行く？」

「きょう結婚する、ってエディスに伝えに行くんだよ」ニルスは低くうなりながら階段へ向かい、小声で悪態をついた。「おまえにその役目をさせてたまるか」

「お風呂に入ったほうがよさそうね」エディスはドレスを脱いだ自分の姿に顔をしかめた。中庭で地面を転がったせいで、全身が汚い。手も腕も、そして脚も、ひざから下の部分が泥だらけだ。顔も同じくらい泥まみれなら、どうしてもお風呂に入らなければ。

「お嬢さまをひと目見た時点で、お風呂の準備をさせておきました」モイビルは、エディスの着ていたドレスについた泥汚れをざっと検分した。

「まあ」エディスは侍女に微笑んだ。「あなたがいなかったらどうしよう、モイビル？」

「とんでもない髪をして、泥だらけのまま歩き回ってらっしゃることでしょうね」

「間違いないわ」エディスは愛情たっぷりの侍女の返事にうなずくと、手についた泥汚れのひどいところを洗い落とそうと、ベッド脇のテーブルに置かれた洗面器のところへ向かった。

「お嬢さまがニルスさまと結婚する、とうかがいました」モイビルは一瞬ののちに言った。「ほんとうですか？」

エディスは足をとめ、質問の意味を考えてみた。侍女の口調がなぜか気になる。だがモイビルの顔には、その奇妙な感覚を説明してくれるようなものはなにも映っていなかった。

「ええ《アィ》」とようやく答えて、洗面器のほうへ行く。

「それはいつになりますか？　ブロディさまが戻る前？　それとも、あと？」

エディスは手をこするのをやめ、眉をしかめた。「わからないわ。それは話し合っていないから」

でも、ちゃんと相談すべきだった。ブロディが戻ってくる前に結婚しなければ、許してくれないかもしれない。いいかげんにしてと言ってやりたいのはやまやまだけど、そんなこともできない。いまはブロディがこのブキャナン城の領主なのだ、彼の決定は法も同然だ……もっとも、彼がここにいて、なにか決断することがあればの話だけれど。

いいえ、やはりブロディが帰ってくる前になんとしてでも結婚しなければ。エディスはきっぱり決めて扉のほうへ急いだ。「ニルスのところへ行って話をしてくるわ」

「お嬢さま《マイレディ》！」モイビルがけたたましい声をあげた。「まだ、着替えがすんでいません」

「ああ、もう」エディスは荒く鼻息をつくと、しぶしぶ洗面器のほうへ戻った。体を洗ってドレスを着替え、くたびれたような格好を少しでもましにしないと、ニルスと結婚の話はできない。こんな格好を見られたら、彼は結婚を考え直すと言い出しかねない。

「間もなく結婚なさるなら」モイビルはしばらくして言った。「わたしたちは、ブキャナンのほうへもすぐに発つことになるのでしょうか？」

エディスは肌をこするのをやめて眉根を寄せた。「それは……いえ、きっと、わたしたち……彼はすぐに発ちたいとは思っていないわ。そうじゃない？」

「お嬢さまの身の安全を図りたいとお思いなら、いますぐここを出たいでしょうね」モイビルは断言した。「お嬢さまもそれに従うべきです。きょうだって殺されかけたし、あんな毒を盛られて……」のどに手を当てて侍女は顔をゆがめた。「ほんの少し口にして、一日二日臥せっていただけのわたしでもあんなに惨めだったのに。お嬢さまは幻覚を見たり吐き戻したり、何週間も苦しい思いをされた。無事に命をつないだのが奇跡なぐらいです。一刻も早くここを出たほうがいいと思います」

エディスは自分より年若の侍女を振り向き、やさしく声をかけた。「ドラモンド城と、ここに住む人たちを放り出していくわけにはいかないわ、モイビル。だれが犯人かもわからないところに戻ってきたブロディを置いていくこともできない。それに、わたしたちを犯人が追いかけてこないともかぎらないわよ?」

「なんですって?」侍女は甲高い声を出した。どうやら、その可能性は考えていなかったらしい。

エディスは肩をすくめ、説明をはじめた。「だって、どうしてもわたしを殺したいなら、家を移ったという理由だけであきらめるはずがないもの。ここでなら心構えもあって備えができるけれど、ブキャナンではどこから攻撃の手がくるかわからないわ」

モイビルは口元をきゅっと結んでから、つぶやいた。「矢で狙われたときも、ここだったからまだ対処できたということですね」

「ええ」エディスはため息とともに、洗面器のほうに向き直った。「だけど、それだって予想していたわけじゃない。これまでずっと毒を盛られていたのよ。人を殺すには卑怯なやり方だわ」

「コーリーは刺されましたよ」

モイビルの指摘を受けてエディスは顔をしかめた。「たしかにそうね。でもそれだって、こっそりコーリーに忍び寄ったんじゃないかしら。たぶん、彼が食べるのに気を取られてるあいだに」

「コーリーはいつだってそうでした」モイビルがしんみり言う。

「そうね」エディスは泣きそうになるのをこらえた。コーリーのことはほんとうに好きだった。みんな同じ気持ちでいた。少なくとも、わたしはそう思っていた。ドラモンド城に住まう人の大半が彼に優しくしてあげた。いちばんのお気に入りの場所である厨房にコーリーが入り浸っていてもいいような言い訳を、いつもいつも探してやっていた。料理人のジェイミーもコーリーを邪険にしたりせず、隅っこに座らせてやっていた。スコットランドではすぐれた料理人を見つけるのは難しいけれど、ジェイミーの腕前は確かだ。仕事の邪魔だと思われてよそへ移るような事態になったら大変だが、彼はいつも仕事の手を休めず、コーリーの他愛ないおしゃべりにもにこにこしながら耳を傾けてくれた。

「いずれにせよ」エディスは話を元に戻した。「わたしたちの命を狙った犯人については、いろいろなことがわかったわね」

「ええ」モイビルはぼそっとつぶやいた。「毒、刃物、それに飛んでくる矢に気をつければいいんですよ」

「犯人はそのどれにも抜きん出た人物ということね」エディスは真顔で訂正した。

侍女はしばらく口をつぐんだものの、やがて尋ねた。「それが、なんの助けになるんですか?」

「きみがどう思っているのか、おれも知りたいな」

エディスが振り向くと、戸口に立つニルスの姿が飛び込んできた。高い声で叫び、自分の姿を隠そうとしたものの、まったく愚かなことだった。いまはシュミーズ一枚だが、それさえ身に着けていないところをすでに見られている。生まれたままの姿で、彼と何センチも離れていないところに立ち尽くし、くしゃくしゃになったドレスが腰のあたりに溜まって――

「ニルスさま!」モイビルは怒ったような声とともに、エディスの肩をドレスで覆った。

エディスはもちろん、侍女の行動を愚かだとは思わなかった。ニルスとふたりでなにをしていたか、彼女は知る由もないのだから。ドレスの端をつかんだモイビルは睨みつけるような顔でエディスの前に立った。「ノックもせずに、レディの寝室にいきなり入ってきてはいけませんよ」

「もうじき、おれの妻になるのに？」ニルスは扉を閉めると、それに寄りかかって腕組みをした。

「それでも、まだ結婚したわけではありません、ニルスさま」モイビルはややつっけんどんに言い返した。

「二、三時間後ならいいが、いまはだめということか？」ニルスが楽しげに尋ねる。

「そのとおりです」とモイビルは答えたものの、目をぱちくりさせた。「二、三時間後？」

「二、三時間後ですって？」エディスも同じように訊き返し、モイビルの陰から出た。

「アイ」ニルスはゆったりした笑みを浮かべ、エディスの全身に視線を走らせた。

「トーモドが司祭のところへ話をしにいった。夕食までには結婚できるだろうとのことだ」

　顔は汚れ、髪はとんでもなくもつれているのを思い出して、エディスは彼に背を向け、顔や頭に水を撥ねかけた。洗面器に頭を突っ込みたいぐらいだったが、耳のあたりまでしか浸からないだろう。

「きみの家族を殺そうとしたやつが三つの手段を用いたと知っているのがどう役立つのか、教えてくれるんじゃないのか？」ニルスは、顔をこすろうとエディスが手にしたばかりの亜麻布を取り上げる。

彼女はもちろん、その言葉にも行動にも驚いて飛びあがった。近づく足音さえ聞こえなかった。

「どうなんだ？」ニルスは布を洗面器の水に浸して絞り、石鹸を塗りたくった。

「えっと、ええ」エディスは顔を洗ってもらいながらつぶやいた。彼女が乱暴にこすったのとは対照的に、彼の手つきは意外なほどやさしかったが、亜麻布はすぐ泥だらけになった。

「エディス？」ニルスの目が問いかける。

「ああ」エディスはため息とともに説明をはじめた。「ドラモンド家の大半の人間は、それで犯人像から外れるからよ」

ニルスはふむと笑顔でうなずいたが、モイビルはすかさず尋ねた。「どうしてです？」

エディスは侍女のほうを向いて質問した。「薬草のことを知っている召使いがどのくらいいる？　あるいは、心臓をあやまたずに刺す方法を知っている者は？　おまけに、この窓から門のそばにいる人間にまっすぐ矢を放てる人間は？」

モイビルは窓まで歩いていって外をちらと見たが、口をすぼめて振り向いた。「たしかに、あんなふうに矢を射る腕前の人間は多くはないでしょう。でも、毒を盛ることができるほど薬草について熟知している者は大勢いますし、心臓が胸の真ん中にあることはだれだって知っていますわ」

「実は、やや左寄りなのよ」エディスが間違いを指摘した。「胸の中央部あたりからはじまって、左に向いているの。真ん中にあるのは、ほんのちょっとなのよ」

「まあ」モイビルは眉根を寄せた。「それでも、心臓に当たったのは運がよかっただけかもしれません」

「いや」ニルスが言葉を挟んだが、エディスの顔をきれいにするのに一生懸命で少し気を取られたような声になった。「肋骨が邪魔になる。角度が合っていないと、骨に刃が当たってしまう。知っていれば、コーリーにやったように肋骨をよけて刺せる。犯人は剣を突き立てたままにできるほど、人間の体について熟知している」

「それだと、なにがどう違うんですか？」モイビルがひざを乗り出す。

「刺されたあとも、心臓はしばらく鼓動をつづけるのよ」エディスが説明した。「それがかえって傷を深くして、命を落とすことにつながるの」

「まあ」侍女はぼんやり答えた。

「きみはそういうことをいろいろ知っているんだな」ニルスは亜麻布を洗面器の水に浸して、また作業に戻った。

「母が治療師《ヒーラー》だったから」エディスが静かに答えた。「ここに住まう人たちの看護をできるだけしていたし、亡くなる前にたくさん教えてくれた」

「きみも、できるかぎりの治療はしているのか？」

「ええ」エディスはつぶやいたものの、眉根を寄せた。「せいぜいがお産や、ちょっとした傷、あとは怪我ぐらいね。薬草については知っているけれど、毒になるものはほとんどわからない。知っていたら、具合が悪いのは毒を盛られたのであって病気じゃないとわかったはずだもの」

ニルスはうなずいたが、亜麻布を洗面器の脇に置くとエディスの顔を包み、真顔で瞳をのぞき込んだ。「こんなに急いでおれと結婚するんで、よかったか？」

「ええ《アイ》」エディスははにかんだが、ふと心配になって尋ねた。「あなたは？」

「ああ、もちろん《アィ》だ、マイレディ。楽しみにしている」ニルスは、なにを心待ちにしているのかを伝えるような声で答えた。

エディスは赤くなった顔を伏せようとしたが、彼はそれを両手で包み込んだまま、頭を下げてキスをした。軽く触れるだけにするつもりだっただろうに、唇がかすめた瞬間に彼女が口を開けたのに抗いきれず、キスを深めてきた。エディスはため息とともに、ショールのように肩を覆っていたドレスから手を離して、ニルスの首に両腕を回した。背伸びするようにしながら、体をひたむきに押しつける。

それに応えるようにニルスも両手を下げ、尻をつかんでエディスの体を少し持ちあげた。脚のあいだに自分の脚を割り込ませて太ももの上に彼女をまたがらせ、軽く上下させる。エディスの口から狂おしく求めるようなうめき声があがるとともに、「えへん！」というモイビルの咳払いが聞こえた。

ニルスが小さなため息とともにキスをやめてエディスの体をおろしたが、彼女は少しも驚かなかった。

彼はよからぬ笑みを浮かべた。「では、今夜」

「ええ《アイ》」エディスは息をつき、ニルスが部屋を出ていくのを見送った。

「まったく、もう！」モイビルは両手で自分をあおぎながら、彼が出ていったあとを追うように扉を閉めた。「あの方ったら！」

「そうなのよ」エディスはへなへなとベッドの端に座り込んだ。

「今夜はお嬢さまの代わりになりたいものですね」モイビルは首を横に振りながら戻ってきて、床に落ちたドレスを拾いあげた。そして体を起こしながら、エディスを励ました。「きっと、お嬢さまが知らなかったような悦びを教えてくださいますよ」

「そうね《アイ》」でも、すでに教えてくれたわ。きょうはすでに二回も。なのにわたしはなにもお返しをしていない。頑張ってはみたけれど、自分がなにをしているのかもわからなくて……

「モイビル？」エディスは思いつめたように声をかけた。

「なんでしょう？」侍女は答えたものの、ドレスについて乾いた泥をブラシで忙しくこすっていた。洗う前に、ひどい汚れを落としてしまおうと思ったのだろう。

「男の人を悦ばすにはどうしたらいいか、あなたが知っていることを全部教えて」

9

「なんですって？」モイビルが消えそうな声で言った。

「男の人を悦ばせるのにどうしたらいいか、知っていることを全部教えてちょうだい」エディスはきっぱり繰り返した。モイビルは、こんな話をするのが恥ずかしいと思っているだけだろう。

「わたしが、ですか？」

「だって、あなたのほうが経験豊富だわ。ケニーと……その……仲良くしている……でしょう？」

「ええ、でも……」侍女は口ごもったものの、ふっと息をついてうなずくと、エディスの隣にやってきて腰をおろした。「承知しました。知っていることを教えてさしあげましょう。でも、そんなに多くはありませんよ」

「それでも、わたしよりはいろいろ知っているはずよ」

モイビルはなるほどとばかりにうなずき、考え込むような顔で口を開いた。「そうですね、男の人というのは、立ってするのが好きなようです」

「ほんとに？」エディスは驚いた。そんなこと、だれも教えてくれなかった。ベッドで横たわってするから、床入り《ベッド》と言うのだと思っていたけれど、そうなのかもしれない。だって、動物はみな立ったまま、する。正確に言えば両手をつくんだけど、足で立っているのに変わりはない。召使いや農奴、兵士たちがしている現場をたまたま目撃したときも、壁なんかにもたれかかっていたようだった。それに、ニルスも。草地でわたしのあそこに触れたとき、立っていてほしいと言っていた。ひざまずけと言ったのは、わたしの脚がひどく震えてあのままでは倒れそうだったからだ。

それを思い出しながらエディスは眉根を寄せた。立ったままでいられなかったわたしに、ニルスはがっかりしたのではないかしら。

「それに、男性は暗いところのほうが好みのようですね」モイビルはしばらくしてから言い添えた。

「暗いほうが？」エディスの役に立とうと、一生懸命だ。

「え、ええ。ことが終わったときには暗い隅っこにいることが多いから、男性はそのほうが好きなのかと思っていましたが」

「ああ、なるほど」エディスはうなずいた。なんとなくわかったような気もした。ニルスの男らしさの証の部分は、目にするとすくんでしまうような……変な感じがした。見ないですむなら、そのほうがいい。彼はわたしの裸を見てもとくに気にしていないようだったけれど、こちらの気持ちを傷つけないよう気を使っていただけなのかもしれない。エディスはひとりうなずき、期待するような目でモイビルをちらと見た。しかし侍女がぽかんと見つめ返すだけだったので、尋ねてみた。「彼の、下のほうにキスするのは？」

「お尻、ですか？」モイビルが仰天した声を出す。

「違うわ《ネィ》、体の前の、下のほうよ」エディスは顔を赤らめた。

「ああ。ああ！　お嬢さまがおっしゃるのは——」侍女は目を白黒させた。「——あそこのことですか」

エディスは口ごもった。「よくわからないけど、〝あそこ〟っていうのは……あそこ？」

「ニルスさまの〝お宝〟のことですよ」モイビルはたまりかねたように答えた。

「ああ」エディスは顔を赤らめた。そう呼べばよかったのか。兄たちがそんなふうに言っているのを聞いたことがある。〝まぬけ面をしたばかたれがお宝を手に突っ立ったまま、言葉を失ってたよ〟とか言っていた。

「実は」という言葉でモイビルに関心を戻すと、彼女は顔をしかめて詫びるように言った。「それはやったことがないんです」

「まあ」エディスはあてが外れたのを残念に思った。「ニルスがやってくれたから、同じようにして悦ばせてあげようと思ったのだけど、やり方がわからないの」

「ニルスさまがそんなことを？」モイビルははっと息をのむと、つぎつぎに質問してきた。「いつ？　どこで？」

「きょう、草地で」エディスの顔は真っ赤になったが、侍女を安心させるように言い添えた。「でも、純潔は奪われていないから」

モイビルはしかし、はいはいとばかりにそっぽを向いた。「まあ、それは疑わしいものですけれど」

「いいえ《ネイ》。彼がそう言ったのよ。わたしが無垢な身である証は破られていない、と」

「ふむ」モイビルは唇を噛んだものの、しまいに尋ねた。「どんなふうでした？」

あのときのことを思い出すうち、口元に小さな笑みが浮かぶ。エディスはほうっとため息をもらした。「天にも昇る心地だったわ。知らなかった世界に導かれたような。あんな悦びがこの世にあるなんて、思いもしなかった」

「んまあ」モイビルはあんぐり口を開けた。

「そうなのよ」エディスは思わず息をもらした。「だから、わたしも同じようにしてあげたいのだけど、どうやったらいいかわからないの」

侍女は眉根を寄せて目を伏せたものの、ふうっと息を吐いた。「そうですね。わたしはやったことありませんが、マグダとアグネスが話していました」

「ほんとう?」エディスは期待をかけるように尋ねた。厨房で働くふたりの名前は聞いたことがある。

「ええ《アィ》。アグネスがマグダに愚痴っていたんですが、ドナルドのは大きすぎて、全部を口に含むと〝おえっ〟となってしまうのに、彼は興奮するといつも奥まで突っ込んでくるんですって」

エディスは信じられないとばかりに目を見開いた。ニルスの男らしさの証を口に含むなんて。彼のはとてつもなく大きい。わたしもきっと、えずいてしまうだろう。彼がしてくれたように口づけて舌を這わせればいいだけだと思っていたけれど、それだけではないらしい。

「で、マグダがアグネスに教えてあげたんです。口の前に手を持ってきて、ドナルドのものを包み込むようにすれば、彼がそれ以上は突っ込めないけれど、そうしてるような気分を味わせてあげられる、って」

「口の前に手を持ってくるのね」エディスはつぶやき、思い描こうとした。

「ええ、こんなふうに」モイビルはぱっと立ちあがると、洗面器脇にあったヘアブラシをつかんだ。植わっている毛の部分のちょうど上あたりに指を巻きつけ、柄のところを口に含んで出し入れする。

「なるほど」エディスはうなずいた。これなら、できるわ。

ヘアブラシをテーブルに放ると、モイビルはまたベッドに腰掛けた。「それからアグネスは、試してはみるけれど、あんまり好きじゃないって言ったんですよ。ドナルドの放つ精は苦い味がする、お酒を飲みすぎたときはとくにそうだ、って」

エディスは目を丸くした。ニルスの精を口で受ける？　それは考えていなかった。彼のも苦かったらどうしよう？　吐き出したりして、機嫌を損ねたくない。そういえば、わたしを味わってニルスはどう思ったのだろう。わたしも苦かった？　心配になり、エディスは尋ねた。「それについてマグダは、なにかアドバイスをしていた？」

「ええ」モイビルはうなずいた。「ジェイミーのつくる果物の砂糖煮がひとすくいあれば、ばっちり解決だそうです」

「なるほど」エディスはほっと息をついた。女性のあそこの味わいについても効き目があるのかしら……念のため、訊いてみよう。

「わたしが知っているのは、これで全部です」モイビルは詫びるように言った。

「じゅうぶんよ」エディスは侍女の手をぽんとたたいてやった。「ついさっきより、ずいぶん物知りになったわ」

ふたりが床に目を伏せていると、扉をノックする音がした。

「お風呂の準備ができたみたいです」モイビルが立ちあがろうとする。

「そうね」エディスも立ったが、扉のところへ行こうとする侍女の腕をつかんで言った。「いまじゃなくていいのだけど、床入りの前に、ジェイミーの作った砂糖煮を持ってきてくれないかしら」

「承知しました《アィ》」モイビルが真顔でうなずく。「忘れないようにします」

「ありがとう」エディスは小声で言い、彼女が扉のところへ行けるよう腕を放してやった。


「ほかになにか飲むか？」ニルスはエディスにそっと尋ねた。彼女は蜂蜜酒にもほとんど口をつけず、ただ座って途方に暮れたような顔をしている。ふたりの婚礼を祝う人々でぎゅう詰めの大広間を見渡す表情は、ぴりぴりしているようにも見えた。

「いいえ、大丈夫よ《ネイ》」エディスはどうにか笑みを浮かべたものの、こう言った。「実は、寝《やす》むための支度をしたいと思うのだけど」

「きみのいいように」ニルスはすぐ立ちあがった。まだ時間は早いが、おれも望むところだ。

「ネイ」エディスは彼の手をかるくたたいたものの、その笑顔は引きつっていた。「エールがまだ残っているわ。とにかく、わたしひとりで床入りの支度をしたいの」

ニルスは口ごもった。なんの支度も必要ないと言ってやりたかったが、これはエディスにとっても結婚初夜だ。ひとりになる時間がほしいと言うなら、そうさせてやらなければ。彼はそう決めてうなずいた。「それなら、どうぞお先に。おれもすぐ追いかける……我が妻よ」最後に笑顔でひと言、添える。

エディスもそれに応えて笑みを浮かべ、ニルスの腕をつかんでささやいた。「ありがとう……旦那さま」

ふと微笑み合うと、エディスはもう一度ニルスの腕をぎゅっとつかんでから、踵《きびす》を返して階段へ向かった。ニルスは椅子の背にゆったり体を預け、彼女が階段の踊り場に消えていくのを見送ってから、ローリーをひじで小突いた。

彼はトーモドと話していたのをやめて、問いかけるように振り向いた。「なんだ？」

「エディスは顔色が悪くなかったか？」ニルスは眉根を寄せた。「口数も少なかったし、少し青白いように見えたんだ」片眉をあげてエディスを探すローリーに、さらに言葉を継ぐ。「寝る支度をすると言って、階上《うえ》に行った」

「なるほど」ローリーは階段のほうをちらと見た。「顔色が冴えないとは思わなかったな。少し静かなようだったが」と言ってから肩をすくめる。「だけど、きょうは婚礼の日だ。きっと、今夜のことで緊張しているに違いない……もっとも、兄貴がすでに——」

「いや《ネイ》」ニルスはきっぱり言った。「まだ、体を重ねて愛し合ってはいない。きちんと結婚の契りを交わすまでは待ちたかったんだ」

「じゃあ、そういうことだな」ローリーは念を押すように答えた。「今夜起こるべきことを心配しているだけだよ。それに間違いない」

「そうか《アイ》」その返事を合図に、ローリーがトーモドのほうに向き直ったので、ニルスはひとりもの思いにふけった。緊張しているだけだと思いたいが、式のあいだはエディスもちゃんとしていた。しかし、テーブルについて披露宴がはじまったとたん、黙りこくって顔色が悪くなっていった。それに、草地でふたりで戯れにしたことが床入りについての不安をいくらか軽くしてやったと思っていた。が、あのときはエディスの無垢な証を奪ったわけではないから、その問題については対処しなければならない。なかには、ひどく痛い思いをする女性もいる。エディスもそれを知っているのだろう。ニルスは思い直してエールをまたひと口飲んだが、ゴブレットに残っている量を目で測った。あと何口ぐらいで上の階に行けるだろうか。六口か七口はありそうだが、それほど多いわけではない。ニルスは自分に言い聞かせ、ゴブレットをちょっと置いた。

「よう!」アリックがニルスの背中をばんとたたき、ベンチの隣にどさりと座り込む。

「兄貴を寝室まで担ぎあげて、エディスの待つベッドに放り込むのはいつなんだ?」

「それはやらない」ニルスは有無を言わさぬ調子で断った。

「なに言ってるんだよ、兄貴」ジョーディーがアリックの隣に腰をおろす。「床入りの儀がない結婚なんて、結婚じゃないだろ?」

「そうかもしれないな。だが、エディスの父親と兄ふたりが亡くなってまだ一カ月も経っていない。死者に対して敬意を表すため、おれとエディスは床入りの儀を省略することに決めた」ニルスはきっぱりと、白々しい嘘をついた。彼女とそんな話はしていない。アリックが言い出すまですっかり忘れていたが、口数も少なく青ざめた顔を思い出すと、エディスにあんな儀式を強いるのはしのびなかった。

「ああ、そうか」アリックはしんみりとした声になった。「そう言えば、忘れてたよ」

「無理もない」ジョーディーがしみじみ言葉を継ぐ。「コーリーが死んだときに倒れたのを別にすれば、エディスは兵士のように勇敢な態度ですべてのことに当たってきたからな」

「悲しむ暇さえなかった」ローリーも振り向き、話の輪に加わった。「父親や兄たちが亡くなって、エディスもすぐ具合が悪くなった。快復したかと思えば、こんどは自分の侍女の看病をしなければならず、またしても床に臥せった。ふたたび快復したら、家族が殺されたとわかったんだ。実のところ、立てつづけに起こった予期せぬできごとのどれに対しても、気持ちの折り合いをつける暇なんてなかった」彼は真剣なまなざしでニルスを見つめた。「早くエディスにそうさせてやらないといけないぞ、ニルス。でないと、衝撃がいちどきにやってきて、押しつぶされてしまう」

「ああ《アイ》」ニルスは眉根を寄せた。エディスが押しつぶされてしまうなんて、とても想像できない。どんなことが起ころうと見事に対処してきたあの姿こそ、彼女をすばらしいと思う理由のひとつだ。

「なあ、床入りの儀をやらないなら、兄貴はなんでまだ階下《した》にいるんだよ？」ジョーディーが話題を変える。

「おれが行く前に、ひとりで支度をする時間がほしいって言われたんだ」ニルスはそう答えてから言い添えた。「あいにく、どれくらい待てばいいのかわからないんだが」

「ふうん。でも、彼女の侍女が階段をおりてくるから、そろそろ頃合いなんじゃないか？」ローリーがニルスの背後のほうに目をやる。

ぱっと振り向くと、モイビルが階段のなかばほどにいた。ニルスが立ちあがった瞬間、侍女は彼をちらと見て微笑み、わずかにうなずいた。エディスの準備が整った合図だろう。ニルスはゴブレットをつかんでエールを最後の一滴まで飲み干すと、また杯をテーブルにばんと置いた。

「ぐっすり寝ろよ」だれに言うともなく声をかけて階段のほうへ向かう。いっそ走りたかったが、それはやめた。ゆったりした足取りでなんとか歩いたが、今夜エディスにしてやるつもりのことを考えはじめると、足取りとは裏腹に鼓動が激しく高鳴った。きょうの午後から司祭と話をした夕方にかけて、さらには結婚式や披露宴のあいだも、そんな考えに耽るのはあえてしないでおいた。考えすぎると、式場からエディスをまっすぐ寝室へ引きずっていき、結婚のお祝いを彼女に存分にほどこしてやりたくなるからだ。

だが、その心配はもう無用だ。今夜はどんなふうにしてエディスと愛し合おうか、ニルスはあれこれ考えを巡らせた。この舌に蜜のように甘く感じられた彼女を、また味わいたい。あんなふうに悦びを与えよう。二度目は愛撫で昇りつめさせて、純潔の印を破る準備をしっかりさせてやる。それで、痛みがいくらかでも軽くなればいいのだが。もちろん、おれがじゅうぶんに気をつけなければならない。エディスにとっては、はじめての体験なのだから。最初は奇をてらわず伝統的なやり方で、ベッドでふたりの体をひとつにしよう。彼女がそれほど痛みを感じなかったら、そして、熱く甘い蜜壺にぎゅっと締めつけられてもすぐに精を放たなかったら、ふたりがいちばん好きな体位はどれか、別のを試してみよう。

どういうわけか、エディスを前に立たせて奪うのがいいような気もしてきた。両手で胸をしっかり包み込み、彼女の体に突き立てた昂ぶりを抜き差しする。想像しただけで岩のように硬く張り詰めてきて、それとわかるほどブレードを突きあげたが、ニルスはそれを無視して想像をつづけた。エディスをまたがらせてみるのもいい。彼女が気に入るかどうか……ベッドで、あるいは部屋にある椅子で……いや、どっちでもやってみよう。まだ夜が明けていなかったら、暖炉前の毛皮の敷物の上でエディスを奪うのもいい。炎がふたりを暖めてくれるし、彼女の体を探索する姿が炎に照らし出されて、壁に映る。それから、またエディスとひとつになろう。そのときはおれの肩に足をかけさせる。そうすれば、より深くまで分け入ることができて、しかもひだの合わさる中心を愛撫してやれる。エディスは甘い責め苦に耐えかねて、すすり泣きながら懇願するだろう。

ニルスは夫婦ふたりの寝室となった部屋の扉をノックしようとしたが、手をおろし、取っ手に指をかけた。彼女はおれが来るのを待ち受けている。

扉を開けながらなかへ一歩踏み出したところで、彼は立ちどまった。ほとんど真っ暗で、暖炉の火もいまにも消えそうだったからだ。

「エディス？」ためらいつつ、声をかけてみる。

「こっちよ、旦那さま」

声のするほうを振り向いて目をすがめたが、暗闇にエディスの姿がおぼろに見えるだけだった。少し躊躇したものの扉を閉め、そろそろと彼女のほうへ足を運ぶ。「どうして、ここはこんなに暗いんだ、お嬢《ラ》さん《ス》？」

「お気に召さないの？」不安げな声がした。「男の人は暗いなかで睦み合うのが好きだ、とモイビルが言っていたから」

〝睦み合う〟という古めかしい言い方にニルスは驚いたが、訳がわからず尋ねた。

「モイビルが？」

「わたしの侍女よ。草地でしてもらったように、今夜はあなたを悦ばせたくて、モイビルに助言を求めたの。こういうことは彼女のほうが経験豊富だから」エディスが申し訳なさそうに説明する。

「そうか」なにかが腰に当たったので、ニルスは右に移動した。置いてあった椅子だろう。おれを悦ばせたいと思ってくれたのはうれしいが、どんな助言を受けたのだろうか。「で、モイビルはほかになんて言った？」

「男の人は立ったまま愛を交わすのが好きだ、って。この場所がちょうどいいと思ったの。草地でそうだったみたいにまたひざががくがく震えても、壁に寄りかかったり、このテーブルに手をついたりできるから、あなたががっかりすることもないでしょうし」

その言葉にニルスは足をとめ、眉根を寄せた。あの日、エディスがおれをがっかりさせたことなんてひとつもないし、そうさせたんじゃないかと心配しているのも気に入らない。それに、こうして話していても彼女の姿が見えないのがいやだった。

「草地できみにがっかりなんてしていない」ニルスはきっぱり言ってから方向を変え、消えかかる暖炉の火灯りのほうへ行った。「暗いなかできみと愛を交わすのもおれの好みじゃない。きみを悦ばせるあいだは、ちゃんと顔を見ていたい」

炉のそばで尻をついて薪をいくつかつかみ、火を大きくしようと試みる。幸いなことに残り火の勢いがまだあったのか、すぐに音を立てて炎が戻ってきた。ニルスは腰を伸ばし、暖炉の両側の壁に据えつけてある小さな棚からろうそくを取った。だが、炎から灯りを移したものを元のところに戻し、ようやく振り向いてエディスを見たとたん、驚きのあまり舌をのんでしまうところだった。例の小テーブルの横に立つ姿はまさに壮観だった。一糸まとわぬ素肌に、躍る火影だけが映っている。灯りに照らされた姿を見られていることに顔を赤らめ、エディスは胸や、脚のあいだの繁みを手で隠そうとした。

階段をあがってくるあいだにあれこれ想像していたせいですでに張り詰めていたものが、彼女を見たことでさらに硬くなり、部屋を横切るのも難しかった。プレードを引き脱ぎ、エディスが期待しているように壁に押しつけて奪ってやろうか。だがニルスはその場にとどまり、咳払いをした。「たいていの男が女と愛を交わすのに隅の暗がりで立ったままする理由は、寝室がない場合、人目を避けられる場所がそこだけだからだよ」

「まあ」エディスは目をぱちくりさせたものの、ためらいがちに訊いた。「じゃあ、あなたはベッドのほうがお好みなの？」

「ああ《アイ》」低いうなり声にうなずいた彼女は急いでベッドに向かったが、上がり込む直前にふいに足をとめ、ぱっと振り向いて手招きをする。

ニルスは一瞬ためらったものの、そちらへ行った。ようよう手が届く距離になると、エディスは腕をつかみ、ベッドにあおむけになるよう促してから、プレードを留めているピンをいじくりはじめた。

「お嬢さん《ラス》」ニルスは彼女の両手を捕らえた。「なにをしている？」

「あなたを悦ばせたいの」エディスはおずおずと言いながら彼の手を振りほどき、またピンを外そうとする。

ニルスは眉根を寄せ、そんなことをする必要はないと言いそうになったが、ちょうどそのとき彼女がピンを外してプレードが床に落ちた。エディスがシャツの裾をつかんで押しあげようとするのをニルスも助け、脱いだシャツを放り投げる。それから彼女に手を伸ばそうとしたが、はっと息をのんだ。いきなり胸をぐいと押され、ベッドに背中から倒れ込んでしまった。

「さあ」エディスは満足げな声を出した。「これで、わたしもあなたを悦ばせてあげられる」

ニルスは目を見張った。エディスが彼の両脚を広げ、まだ長靴《ちょうか》を履いたままの足のあいだにひざまずいたからだが、彼女はふたたび立ちあがり、なにやらつぶやきながら駆けていった。「もう少しで忘れるところだったわ」

何事かとエディスの姿を追ったが、歩くたびにぷるんと揺れるまろやかな尻に目がくぎづけになった。暖炉脇のテーブルでちょっととまった彼女がまた戻ってくると、こんどは脚のあいだの繁みに目が吸い寄せられる。あそこをいろいろ探索したいと思っているうち、エディスはふたたびニルスの前で足をとめた。彼女がひざをつき、胸が視界に入ってくる。彼はため息をつきながら、新妻の体のどこに最初に触れて愛撫し、舌を這わせて味わおうか考えようとした。まずは胸を吸ってやろうか。それともベッドに押し倒して、甘い蜜が待ち受ける脚のあいだに飛び込もうか？　いや、やはり全身に舌を這わせてそれから――

ニルスの妄想は、はっとのんだ息とともに消えた。下に目をやると、エディスがいきなり彼のお宝を手にしていた。ためらいがちに触れるとか愛撫するとかではなく、昂ぶりをむんずとつかんで引き下ろしているせいで、先端が彼女の乳房のあいだにまっすぐ向いている。だがそれ以上に驚きだったのは、見下ろすニルスを尻目に、彼女が果物を煮たようなものを彼のお宝に注ぎはじめたことだった。

「えっと……エディス？　なにをしているんだ？」

「アグネスは口でドナルドを悦ばせるのが好きじゃないんですって。彼の精が苦いから」

「へえ……」ニルスの顔にしわが寄る。それが、彼女のしていることとなんの関係があるのだろう。

　するとエディスは言葉をつづけた。「でもマグダが言うには、ジェイミーの作る砂糖煮《ジャム》がちょっとあれば、それが消えるんですって。だから、わたしも試してみようと思って。もちろん、あなたのが苦いかもしれないと思っているわけじゃないわよ」と真面目に言い添えて、青白い顔で見あげる。「でも、念のためにね。わかるでしょう？」

　そして頭を下げながらつづける。「わたしのも苦かったかどうか、あなたはここにいなかったから訊けなかった。だから念のため、少し塗っておいたわ」

　ニルスはエディスの頭のてっぺんをひたすら見つめた。なんと答えてやればいいのか、頭のなかが混乱している。まず、だれだか知らないマグダが、アグネス――こっちもどこのだれなんだ――に言いたかったのは、ジャムをあらかじめ口に含んでおけば苦味に悩まされることはない、ということなのでは？　ドナルドとかいうやつが、自分のお宝にジャムを塗ったくったままドラモンド家をうろついているとは思えない。

つぎに、あそこにジャムをたっぷりつけたまま、おれの前でひざまずいているエディスの姿が悩ましくてしかたない。やりたいことはいろいろあるが、まずはそれを残らず舐めとるしかない。やっぱり、口と舌で悦びを与えるところからはじめよう。

しかし、上向いた顔が火灯りに照らされるのを見て、ニルスは愕然とした。さっきは青白いと思っていたが、いまは死人のように真っ白だ。昂ぶりにさらにジャムを盛ろうとするエディスの顔に一瞬、戸惑いの表情が現れた。

つかの間、欲望のほうが勝ちそうになったが、ニルスは身をかがめた。あごをとらえて上向かせ、大丈夫かどうか尋ねようとしたのだが、指が触れもしないうちにエディスはジャムを塗りたくるのを終え、男らしさの証の先端を口に含み、甘くべたべたしたものを舐めはじめた。

ニルスは固まった。口をぱくぱくさせながら、波のように押し寄せる快感にベッドから全身が浮きあがる。悪魔の逸物までおっ勃《た》つぞ！　彼女は——なんてことだ！

まさか——？　いや、汚《けが》れを知らぬ処女《おとめ》のはずで——

目を閉じて自制心を取り戻そうとするものの、できなかった。ニルスは閉じた目を
また、すぐに開けた。エディスはやろうとしていることにまだまだ不慣れなようだが、

途方もない熱意があり、塗ったばかりのジャムを残らず舐め取ろうとしている。ニルスは、昂ぶりを口に含んでひざまずく姿を見ただけで、興奮で天にも昇る心地がした。

経験不足にニルスが思いをはせる間もなく、エディスはジャムを舐め終わると、張り詰めたものに手を添え、その動きを追うように口をリズミカルに上下させた。三度しごいて少し間を置き、また三度というように繰り返す。ニルスが自分のものを慰めるときにもいつもそうする馴染みのリズム。きょうの午前、草地でエディスに二度目の悦びを与えながら昂ぶりをしごいたときにもそうした。一、二度見られていたのには気づいていたが、この賢い娘は、思っていた以上に目端が利くようだ。

どんなふうにつかんだらいいか、なんてことをモイビルに助言されたのでなければ、エディスには生まれながらに才能があるようだ。ニルスはうめき声をもらした。唇と手で興奮の証をしっかりとらえているが、きつすぎるということはない。しかも、歯を立てるのは慎重に避けている。あとで感謝することになるだろう。快感が弾けそうになり、ニルスの全身が震えてぴんと張り詰めた。

いまにも精を解き放ちそうだから、口を離したいならいまだと教えようとしたそのとき、エディスが急に動かなくなった。しばたたいて開けた目でちらと見ると、彼女は困惑と動揺の表情とともにあえぎ、舐め取ったジャムを昂ぶりに吐き戻した。

ニルスは口をあんぐり開けたまま見つめたものの、心配で手を伸ばした。すると、エディスは激しいひきつけとともにいきなり床に倒れ、きょう食べたものの残りを吐き出した。

「エディス！」ニルスはベッドから飛び降り、彼女の横にひざまずいた。肩をつかみ、すべて吐き戻すのを待ってから、あおむけに寝かせてやる。不安と当惑のなか、意識を失った青白い顔を見つめながら髪を頬から払ってやり、ローリーが何度かやっていたのを思い出してまぶたを裏返してみる。そのとたん、ニルスは殴られたようにのけぞった。瞳孔が開いている。ドラモンド城についたときもそうだった。これは毒を盛られた証拠だとローリーは言っていた。ニルスは、のどの奥から心臓が飛び出してくるような気がした。

エディスを床から抱きあげてベッドに寝かせ、すぐさま扉に向かう。重苦しい思いを表すように、長靴がどすどす音を立てた。扉をぐいと引き開けて飛び出すと、ニルスは階段のおり口まで急ぎ、大声でローリーを呼ばわった。

10

「ああ、毒だな。兄貴の見立てどおりだ」ローリーは硬い表情でうなずいた。エディスの具合を診ていた彼は体を起こし、ニルスを振り向いてなにか言おうとしたが、あきれたような声を出した。「なんか着ろよ。でなかったら、せめて吐瀉物《としゃぶつ》をお宝から拭き取ったらどうなんだ、まったく！」

悲惨な状況の股間をちらと見たニルスはうめき声をあげると、洗面器のほうへ突進し、体を洗いながら尋ねた。「彼女、治るか？」

「ああ、そう願っているよ」ローリーはふたたびエディスに向き直る。

「ここへ着いた当初、彼女がまた毒を盛られたら死ぬこともありうる、って言ってたじゃないか」

「ああ。毒《アイ》を盛られたのがあのときだったら、死んでいただろう。だが、意識を取り戻してからここ数日はちゃんと食べているし、体力もずいぶん回復した。それに、体内に取り込んだ毒はすべて吐いてしまったようだ。少なくとも、おれはそう見ている。きょう食べたはずのものはすべて戻したようだが、わからないものがあるんだよな」

ローリーはぼそっと尋ねた。「ジェイミーは、例の焼き菓子をまた作ったのか？　果物の砂糖煮をエディスが食べていたのは、覚えがないんだが」

「いや《ネイ》。ここで食べたんだ」ニルスは体をきれいにするのを終えると、歩いていってシャツを引っつかみ、頭からかぶった。ベッドの足元でかがみ込み、ジャムの入っていたゴブレットを拾いあげてローリーに手渡す。「毒はこれに入っていたんだろうか？」

ローリーはゴブレットを受け取り、注意深くにおいを嗅いだ。突っ込んだ指先についたのを少し舐めたものの、しばらくして首を横に振った。「そうじゃないと思うな」

彼がゴブレットをベッド脇のテーブルに戻したところ、扉をノックする音がした。

戸口に出たニルスは目を見開いた。トーモド、ジョーディー、アリックがいたからだ。披露宴でエディスの前に置かれていた木皿や飲み物を持っている弟たちに、眉根を寄せて尋ねる。「なぜ、そんなものを？」

「宴のあいだもエディスは口数が少なく顔色も悪かったって兄貴が言ってたから、晩餐で食べたり飲んだりしたもののなかに毒が混入していないかと思ってさ」ローリーは説明しながら戸口のところへやってきた。

皿に残った物のにおいを嗅ぐ弟を見ながら、ニルスは顔をしかめた。「その同じ皿からおれも食べ物をとったが、なんともない。その食べ物が悪いんじゃない」

ローリーはうなずいて木皿をジョーディーに返し、アリックから蜂蜜酒を受け取った。においを嗅いですぐに身をこわばらせた様子に、ニルスの顔が険しくなる。

「毒か？」トーモドが厳しい表情で尋ねる。

「ああ。ヴィクトリアが残していった薬酒みたいなにおいがする」ローリーはつぶやいて、ふたたび鼻をうごめかした。

「もう全部なくなったと思ってたが？」ジョーディーが顔をくもらせる。

「ああ《アイ》。そのはずだ」ローリーは奥歯を噛み締めた。「明らかに、だれかがまた作ったんだ」

「じゃあ、毒物のもとはヴィクトリアの薬酒だったのか？」ニルスは歯を噛み締めた。

「おれはそう思うが、いまとなってはなんとも言えない。今回はかすかだが、やはり何種類かの薬草のにおいがする」ローリーは眉根を寄せると、ほぼいっぱいに満たされたままのグラスをちらと見た。「エディスはあまり多くは飲んでいないようだ。いずれにせよ、少し気になるな」

「だけど、どうやって蜂蜜酒に入ったんだ？」ジョーディーが尋ねる。「だって、この部屋にあった樽からピッチャーに注いだんだぜ。おれたちが着いたときに新しく開けた樽。安全なはずだろう？　それに兄貴とエディスが上の階にあがるまでずっと、このピッチャーからは目を離さなかった」

「だが、婚礼の儀のために教会へ行ったときは別だ」とアリックが指摘した。「あのときはテーブルに置いていっただろう？」

ジョーディーは首を横に振った。「いや。教会の外に置いておけたならあの場にも持っていったけど、それはできなかった。だからピッチャーの中身は空けて、戻ってきたときにまた新しくこの樽から汲んだ」

「ここにあった樽、か」ニルスは思案気につぶやくと、くだんの樽を振り向いた。壁際のテーブルの上に鎮座している。暗がりのなか、一糸まとわぬ姿のエディスが待っていたところだ。ローリーがそこへ向かうあいだ、ニルスはあらためて言った。

「きょうの昼前にエディスの命を狙った輩は、この部屋から矢を放った」

ジョーディーはニルスを愕然と見つめると、開いている樽を持ってなかの液体のにおいを嗅ぐローリーに目をやった。樽をおろした彼が険しい表情で振り向くと、ジョーディーは悪態をついた。「すまない、兄貴。犯人がここにいたことも、どんなことをしたかなんてことも考えてなかった」

ニルスはしかたないとばかりに首を振った。「いや《ネイ》、おれだって同じだ。用心してしかるべきだったのに。婚礼の儀やなんかに気を取られていたに違いない……」

そして、ベッドで眠るエディスを振り向いた。ローリーがかけてやった寝具や毛皮の下でひどく小さく、弱々しく見える。おれは彼女を守ってやれなかった。こんな過ちは二度と冒すものか。

「エディスが目を覚ましたら、すぐさまブキャナンへ連れていく」ニルスはきっぱり言い切ると、ベッドの端に座り、彼女の顔から髪をはらってやった。

「ああ《アイ》。それが最善の策だろう」トーモドが沈んだ声で答える。「見送るのは寂しいが、そちらにいたほうが彼女が命をつなぐ可能性は高い。犯人が追いかけていったとしても……いや、よそ者が入ってきたら、きみたちの配下の人間はすぐにわかるだろう。あとは、エディスが外に出かけたときに流れ矢が飛んでくるのを心配すればいいだけだ」

それを聞いてニルスははっとした。たしかに、そのとおりだ。ブキャナンにいてもなお、エディスの身が間違いなく安全だとは言えない。犯人がなんとしてでも彼女の命を奪うと決めたのならば。だが少なくとも……彼女を城内に留め置くことができれば。なぜか、それは言うほど簡単なことではないような気もするが。

「陛下《した》へ行って、方々へ送った使いの者がブロディの消息とともに戻ってきてないか、確認してこよう」トーモドは扉のほうへ移動した。「これまで帰ってきたのはまだひとりだけだが、使いをやった城のうちふたつは近いから、きょうには戻ってきているはずだ」彼は戸口で立ちどまり、ちらと振り向いた。「すぐに知らせてくれ。エディスが目を覚ましたり、あるいは……」老副官は唇をぎゅっと引き結びつつ、なにを言おうとしたにせよ、思い直したようにまた口を開いた。「とにかく、彼女が起きたら知らせてくれ」

そして、返事を待たずに部屋を出ていった。

扉のそばで弟たちが低い声で話しているが、ニルスは耳をそばだてようとは思わなかった。彼とともにブキャナンへ戻るのはだれか、ここに残るのはだれかを話し合っているのだろう。ローリーはおそらく、意識がまだ戻らないエフィを置いていくのはいやがるだろう。ジョーディーとアリックはエディスが無事にブキャナンに着くようニルスに同行するつもりだろうが、ローリーがエフィに見切りをつけて去る決心がつくのを待つため、ここにとって返すはずだ。

扉が静かに閉まる音がして、ジョーディーとアリックは出ていった。ニルスは、歩いてくるローリーに尋ねた。「エディスに飲ませるよう、肉の煮出し汁《ブロス》を作ったほうがいいか？」

「いや《ネイ》。朝になって彼女が目を覚ますかどうか、様子を見よう。いまはなにもできることはない……ただし、彼女の体をきれいにしてやるのはいいかもしれない」

「きれいにしてやる？」ニルスは訳がわからず尋ねた。振り向いてエディスを見たが、顔は青白いものの、汚れてはいない。ローリーが寝室にやってくるのを待つあいだ、吐瀉物は洗い流してやったのだ。エディスはきれいだ。

「さっき、おれがきたとき、彼女は素っ裸で寝具に覆われてもいなかった」ローリーがあらためて言って聞かせる。

「で？」ニルスは当惑した。それがなんの関係があるのか、さっぱりわからない。

「あのな、脚は閉じられているとは言い難かったし、股のあいだからジャムが滲み出てるように見えたんだよ。それをきれいにしてやったらどうだ？　そうすればエディスが目覚めても、太ももがべたべたでくっついて離れないってこともないんじゃないかな」ローリーは時間の話でもしているような口調で言ったが、無関心を装うのをやめて質問した。「おれが入ってきたときは、兄貴の体にもついていたぞ。エディスの大事なところにジャムがついてるなんて、ふたりでいったい、なにをしてたんだよ？」

ニルスは黙って首を振ると、洗面器を取りに行き、テーブルにあった麻布を濡らしてジャムを拭き取った。エディスに聞かされたときは、こんなふうに落としてやることになるとは思いもしなかった。だが婚礼の夜は、彼の思ったとおりに運んだことなどなにひとつなかった。

大きないびきの音、そして胸に感じる重みでエディスは目覚めた。目を開けてあたりを見回しても訳がわからなかったが、ニルスが視界に入ってきた。寝具や毛皮の上に横たわる彼はシャツと長靴《ちょうか》だけという姿。いっぽうエディスは、暖かな寝具に包まれて素っ裸だった。

彼を見つめるうち、ゆうべの記憶がよみがえる。エディスは顔をしかめて、目をふたたび閉じた。とても、きょうという一日に向き合えない。少なくとも、夫には顔を合わせられない。まったくもう、彼を悦ばせようという努力は無残な失敗に終わった。かわいそうなニルスは、わたしと結婚したのが大きな間違いではなかったのかと思っていることだろう。

また、隣からいびきが聞こえた。エディスは目を開けて部屋を見渡した。このまま横になっていたら、思った以上に早くニルスと顔を突き合わせることになる。いっぽう、ここで起きて、ほかのところ——例えば村におりるとか——に行く用事を見つければ、彼と顔を合わせて恥ずかしい思いをするのは、何時間か避けられるかもしれない。せめて、夕食の時間までは。

それでエディスにはじゅうぶんだった。ニルスの腕の重みからそっと逃れ、ベッド脇に滑りおりようとした。その間、彼は一度だけもぞもぞ動いたが、エディスがぴたりと動きをとめてひと呼吸待つうち、ふたたびいびきをかきはじめた。彼女はそのまじりじりと上体を起こしてベッドから抜け出した。

たんすのところまで急ぎ、最初に手に触れたドレスを頭からかぶって扉へ向かう。そっと開けて外に出た。用心深く、音を立てないよう扉を引いて閉め、紐も結ばずに歩きはじめた。

「お嬢さま《マイレディ》！」

はたと足をとめて見上げると、モイビルがあわてて走ってくるところだった。

「起きあがったりして、なにをなさってるんですか？」と声をとがらせ、エディスの腕をつかんで寝室へ連れ戻そうとする。「まだベッドにいらっしゃらなければだめです。ゆうべはひどく具合が悪かったんですよ。もう少しで死ぬところだったのに……

またしても」とぴりぴりした口調でつけ加える。

「大丈夫よ」エディスは、逃げ出したばかりの寝室へ引きずってでも戻そうという侍女に対抗して踏ん張った。「少し吐き気がしただけだわ。でも、今朝はもう元気だから」と言って腕を振りほどこうとする。

「吐き気がしただけ、ですって？」モイビルはあきれたように言って首を振った。「いいえ《ネィ》。また毒を盛られたんですよ、お嬢さま。旦那さまから聞いてらっしゃらないんですか？」

こんな大事なことをニルスが知らせていないのが、侍女は頭にきているようだ。エディスはまたしても毒を盛られたというショックを抑え、小声で答えた。「いいえ、彼はまだ眠っているから」

モイビルは目をぱちくりさせた。たちまち、ニルスに対するいら立ちは同情に変わったようだ。「ああ、それも当然ですよね。おかわいそうに、お嬢さまを見守るため夜通し起きてらっしゃったんですから」と気遣うように言った。「様子を見ようとわたしがうかがった朝早い時間にもまだ、部屋のなかをうろうろしていらっしゃった。そのときもお疲れのようだったから、横になったほうがいいとお伝えしました。お嬢さまが目覚めたら、きっと旦那さまをお起こしになりますから、って」モイビルは、こんどはエディスを睨みつけた。「なのに、そうなさらなかったんですね。さあ、お部屋に戻ってすぐに――」

「だめよ！」エディスはぴしゃりと言うと、来たばかりの道を腕ずくで連れ戻そうとする侍女の手を振りほどいた。「ニルスがくたくたに疲れているなら、休ませてあげなくては」と口調をやわらげた。侍女の動きが一瞬とまったのを見て、ほっとする。さらに気をそらそうと質問した。「あれは、ほんとうに毒だったの？　披露宴のときにお腹の調子が悪かったんだけど、床入りのことで緊張しているせいだと思っていたのだけど」

「あら、違います。緊張なんかじゃありませんよ」モイビルは一蹴したが、エディスのドレスの紐がほどけているのを見て顔をしかめ、結びながら説明をつづけた。「毒が入っていたのは蜂蜜酒だとはっきりしました。犯人は、お嬢さまに矢を放とうと寝室に入ったときに、樽のなかに毒を混ぜたに違いない、と」

「たった一本の矢だったのに」

エディスのつぶやきには取り合わず、モイビルは言い添えた。「ローリーさまがおっしゃるには、お嬢さまが披露宴でほとんど飲まなかったのが幸いしたそうです。犯人は別の毒を使い、とどめを刺そうと量を増やしたようだとか。あと何口か飲んでいたら、お嬢さまは階上《うえ》まで戻ってこられずに死んでいたとローリーさまはお考えです。敏感な胃袋をお持ちで、全部吐き戻してしまったなんて運がよかったですね」

「それはどうかしら」エディスは思い出しながら、小声でつぶやいた。ほんとうに運がよかったら、ニルスを悦ばせてから吐き戻していたわ。その最中に、彼の下半身にぶちまけてしまったなんて。

侍女はそれも無視して、静かに言った。「今回の一件でニルスさまはひどく不安になられたようで、お嬢さまが目覚めたらすぐ、ここから連れて出ていくとおっしゃっています」

「連れて出ていく？」エディスは驚いて尋ねた。「いったい、どこへ？」

「ブキャナン城ですわ」モイビルは重い声で答えた。「ニルスさまはお嬢さまのことを案じられて、安全なところにいてほしいと……わたしも同感です」と静かに言い添える。

エディスは眉根を寄せた。「だけど、ブロディはまだ戻っていないわ」

「そうですね」モイビルはあえて異を唱えなかった。「ですが昨日、矢の一件があったあとで、トーモドが使いの者をあちこちに送ったんです。ここで起こっていることや、流行り病ではなくて殺人事件が起きているのだと知らせる書簡をそれぞれに持たせて、ブロディさまに戻るようお願いしています」

エディスは唇を嚙んだ。どうして、だれもわたしに教えてくれないのだろう。思いがけず結婚式を挙げることになったりなんだりで、忘れてしまったのだろうか。もっとも、いまとなってはどうでもいい。流行り病だと思ってドラモンド城を出ていったブロディが、ここには一族の人間をつぎつぎに殺す輩がいると知って、果たして帰ってくるだろうか。

「さあ、結べましたよ」モイビルは静かに言うと、一歩下がった。

「ありがとう」エディスはつぶやき、階段のほうへまた戻ろうとした。

侍女はすぐさまため息をもらし、あとをついてきた。「旦那さまがきょう、ここをお発ちになるおつもりなら、お嬢さまの衣装を荷造りして、それから――」

「それはニルスが起きてから考えればいいわ」エディスは口を挟んだ。「わたしのことを心配してひと晩中まんじりともしなかったのなら、彼には睡眠が必要よ」

「それはともかく、お嬢さまは行きたくないと思ってらっしゃるんじゃないですか？」モイビルは感情を殺した声で言ってから、ぴしりと指摘した。「ですが、ニルスさまはお嬢さまの旦那さまです。もう、お嬢さまの好きに決められることではないんですよ」

エディスは歩みをとめ、侍女に向き直った。「なんですって?」

「やっぱり、考えたことがなかったようですね」モイビルはため息をもらすと、しゃんと背を起こした。「お嬢さま《マイレディ》、お父上はブロディさまと同じくあなたにも寛大で、理解を示されました。お嬢さまの思いどおりにできるようこの城の切り盛りを任せ、好きなときにサイさまやジョーさまを訪れるのもお許しになられた。ですが――」

「わたしは、ブロディと同じく甘やかされた駄々っ子だと言いたいの?」エディスは当惑を隠せずに口を挟んだ。

「ちがいます《ネィ》」モイビルはすぐさま答えた。「ブロディさまは勝手気儘に自分の楽しみを追求するだけですが、お嬢さまは昔から働き者で、ここに住まう人々の幸せをいつも気にかけてこられた。でも、たいていの女性が望むべくもない自由をお父上から与えられていたのも事実です」モイビルは真顔でつけ加えた。「これがしたくない、あそこへは行きたくないということがあれば、お父上は無理強いなさらなかった。ですが、命令しようと思えばそうできたんですよ。それが父親としての権利だったし……いまは、お嬢さまの旦那さまの権利です。ニルスさまがあなたをブキャナンへ連れていきたいとお思いなら、あなたはそれに従うしかないのです」

エディスは眉根を寄せた。たしかにそのとおりだ。でも、おもしろくない。不愉快な気持ちを「ふんっ」というううなり声にのせ、くるりと背を向けて階段へ急ぐ。自分の意思を通し、ブロディが戻ってくるまでこの城にとどまるためにどうしたらいいか、考えを巡らせる。だが、大広間への階段をおりる途中でふと思い至った。認めたくはないけれど、こんなふうに考えるのはむしろブロディと同じだ。

エディスははっと我に返ったが、あまりにも受け入れ難い思いだった。ブロディには、ドラモンドの領地に住まう人たちの幸せなんてどうでもいい。だからこそ、彼が戻ってくるまではここにとどまりたいのよ。わたし自身のためじゃない。ほっと安堵の息をつき、ふたたび歩きはじめた。

「目が覚めたね。気分はどうだい？」

見あげると、ローリーが厨房からやってくるところだった。エディスは無理に笑顔をつくった。彼の姿を見てうれしくないわけではない……けど、やはり諸手を挙げては喜べない。ニルスがきょうにもわたしをブキャナンへ連れていこうというのを知ってしまうと、ローリーが彼を起こしに行くのではないかと心配だ。まだ、心構えができていない。夫についていくのを避ける案を考えなくては。

「気分爽快よ、ローリーさま。ありがとう」

「頼むよ、ローリーって呼んでくれ」彼は楽しげに言った。「もう、家族なんだから」

エディスは驚きに目をぱちくりさせた。ニルスと結婚して兄や弟が一気に六人できたのを、いままで忘れていた。それに、サイは妹だ。少なくとも、義理の妹。それに気づいて、彼女は満面の笑みを浮かべた。「ありがとう、ローリー。わたしのこともエディスって呼んでね」

彼は笑顔でうなずいたが、階段のほうをちらと見た。「ニルスは？」

一瞬口ごもったものの、エディスは深く息を吸って答えた。「まだ寝てるわ。休ませてあげるのがいちばんいいと思うの。だって、わたしを心配してほぼひと晩中起きていたようだから」

「ああ、たしかにね。だが……」ローリーはふたたび階段のほうへ、それからモイビルに目をやり、眉根を寄せた。侍女は、いけませんと言いたげな顔をしている。その表情の裏になにがあるのか、ローリーはいとも簡単に読み解いたようだ。ようやくエディスを振り向き、硬い声で彼は言った。「たぶんモイビルから、ニルスがきみをきょうにもブキャナンへ連れていきたがっていることを聞いたんじゃないか？」

エディスは返事に詰まった。そんなことをしてはいけないという、無理のない反論をまとめようと頭を巡らせる。

だがその前に、ローリーが言葉をつづけた。「きみにはおそろしいことだろうね」

そんなことを言われて、エディスは目をしばたたいた。

「生まれ育った家を出て、知らない人間ばかりの新居へ移るなんて、だれでも怖気づくよ」ローリーは真顔で言った。「だが、これが最善の道だ。きみにとっても、そしてここに住まう人々にとってもそのほうが安全だから」

「ここに住まう人々？」

「ああ、これまでは単に運がよかった。少なくともある程度までは。モイビルはきみを狙った毒にも倒れず、健康を取り戻した。エフィは残念ながら生きながらえることはないだろう。だが少なくとも昨日は、おれたちもついていた。身をかがめたきみのうしろにはだれもいなくて、矢はそのまま逸れていった。ニルスやトーモド、あるいはほかのだれでもいいからきみのうしろにいたら、代わりに矢を受けていたかもしれない。ロンソンだって、きみが抱きあげて鞍にのせていたら。あるいは、矢を射った人間の狙いが少しずれていたら、どうなっていたか」

まさにそのとおりだとエディスが肩を落としていると、ローリーはさらにつけ加えた。「それに、ゆうべの蜂蜜酒のことだって」

彼女はぱっと顔をあげた。「それがどうしたの？　わたし以外にはだれも飲まなかったのでしょう？」

「ああ。だがもう少しで飲むところだった。矢の一件の直後にジョーディーが持ってきて、きみたちが体をきれいにするために階上《うえ》にあがったとき、おれたちに注ごうとした。だが、エールのほうがいいとトーモドが言い出して、みんなもそれに賛成したので、蜂蜜酒はきみのためにとっておくことにした。そうしていなかったら、ジョーディーやアリック、トーモド、ニルスにおれは全員、死んでいただろう」

「なんてこと」エディスはつぶやき、テーブルのベンチにどさりと腰をおろした。

「そうなんだ」ローリーが硬い表情になる。「ほんとに運がよかったんだよ。つぎはそううまくはいかないかもしれない。ニルスがきみをここから連れ出せば、そのほうがみんなにとっても安全だ。犯人の正体が判明する役に立つかもしれない」

エディスは戸惑い、顔をあげた。「どういうこと?」

「つまり、犯人がもともとの目的を果たしてきみをも殺そうと決めているなら、ブキャナンまであとを追わなければならない」ローリーは話をつづけた。「その場合、やつらは自分から正体を現すことになる」

「ああ、なるほど」エディスはため息とともに首を横に振った。昨日はモイビルに、ドラモンドを出ても犯人が追ってくるから、身の安全など保証されないと言ったばかりなのに。いまこうしてローリーに、同じ論点を反対の視点から説かれている。わたしの命を狙う人間が追ってきたら、それが犯人だとひと目でわかる。わたしがここにとどまっていたら、ほかの人たちの命を危険にさらすことになるのだ。

いままで気づかなかったなんて。いえ、実はわかっていたのかもしれない。ローリーに言われるまでそうとは認識していなかったけれど、ドラモンドを離れるのはやっぱり不安だ。生まれたときからずっと暮らしてきた。わたしにとって唯一の家だし、ここにいるのはともに育ってきた、家族も同然の人たちだ。彼らのいない人生なんて想像もできない。だけど、いつまでもそうは言っていられない。少女は大きくなったら結婚して、愛する家族から離れなければならない。もっとも、みんながみんなそうではない。たとえば、ミュアラインとか。彼女は生まれ育った家で夫のドゥーガルとともに暮らしているけれど、そんなふうに運がいい女性はそう多くはない。

「さてと」モイビルが明るい声で言う。「では、わたしは階上へ行って、旅支度をはじめたほうがよさそうですね」

「まず、旦那さまを起こすわ」エディスはため息とともに立ちあがった。

「いや《ネイ》」ローリーがたちどころに声をあげた。驚いたエディスが見つめると、彼は苦笑いをした。「ニルスは朝の寝起きがあまりよくなくて、疲れてるときはひどく怒りっぽいんだ。エフィにもう少し肉の煮出し汁《ブロス》を飲ませなくちゃならないから、その途中で寝室に寄って、おれが起こすよ。兄貴がおりてきたら、きみたちは階上《うえ》にあがって荷造りをはじめるといい。そのほうが、待ってるあいだに朝食をとれる」と言ってから忠告した。「料理人が大丈夫と言ったものだけを口にするように。そして、なにを飲むにせよ、新しい樽を開けるようにしてくれ」

「ええ《アイ》」エディスはつぶやいたものの、階段に向かうローリーを見送りながら思った。ここを出るまで、飲み食いはしないでいたほうがいいかもしれない。もう、具合が悪くなるのには飽き飽きだ。

どんがらがっしゃんという大きな音でニルスは目を覚ました。ぱっと跳ね起き、あわててエディスを探したが、彼女はベッドにはいなかった。部屋中にまなこを巡らせると、ローリーがいた。さも満足げな笑みを浮かべ、閉じた扉に寄りかかっている。

「エディスはどこだ?」挨拶代わりにうなると、ローリーは笑顔とともに背中で扉を押し返すようにしてから、部屋を横切ってきた。

「階下《した》で待っている。兄貴が起きたら、侍女と荷造りをする予定だ」

「荷造り?」

「ああ《アイ》。侍女は、兄貴がエディスをブキャナンへ連れていくつもりだということを話したので、おれもそれがいちばんいいと彼女を説き伏せた」

「ほんとうに？」ニルスは驚いて尋ねた。ゆうべ、ベッド脇に腰をおろして懸念を伝えたときは、エディスに反対されるか、拒絶されるかもしれないと思っていたが、まさかローリーが加勢してくれたとは。

「ああ《アィ》」ローリーはひとり悦に入っているような声を出した。「ほかにも、エディスの代わりにおれが兄貴を起こして、さらに助けになってやったぞ」

「それのどこが、おれの助けになるんだ？」

「だって、兄貴を起こそうと彼女がやってきても、結局は一日中ふたりでベッドで転げ回ることになって、明日までここを出立できないのは目に見えてる」

頭に浮かぶその光景に、ニルスは我を忘れて固まった。まだ、結婚の契りを交わしてもいない。厳密に言うと、おれたちはまだ夫婦ではないってことじゃないか？よくはわからないが、危険を冒すべきだろうか？　結婚が完全な形で成立する前にブロディに出くわしたら、彼は婚姻無効とか言い出しかねない。ニルスはうんうんとうなずいた。「ちょっと思ったんだが――」

「だめだ」ローリーがぴしゃりとはねつける。

「だめだ、ってなにがだよ？　おれはまだ、なにも言ってないぞ」

「結婚はまだ完全なものになっていない、もう一日とどまってそれをなんとかしようと思うと言うつもりだったんだろう?」ローリーはこれっぽっちも疑っていない。「きっと、契りを交わす前にエディスの兄に出会ったら、結婚無効を言い渡されるかもしれないとか、そんなもっともらしいことまで言おうとしていたはずだ」

「くっそ、おまえには全部お見通しだな」ニルスはからかい半分に言った。

「そうさ《アイ》。それに、妻と肌を重ねて愛し合う一度の機会のためにあと一日とどまって、結局は彼女を死なせてしまったら、兄貴が自分のことを絶対に許さないだろうってことも」

「ああ、そのとおりだ」ニルスは浮かない顔で答えると、寝具や毛皮を放ってベッドから出た。

「だいたいブロディには、結婚が完全な形ではないと証明することはできない」

ローリーがふいに言った言葉を鼻で笑いながら、ニルスは床にあったシャツを拾いあげて頭からかぶり、襟から顔を出して答えた。「エディスが毒を盛られてとてつもなく具合が悪かったから、それはばれるんじゃないかな」

「そうだな。だが、具合が悪くなったのは契りを交わしたあとかもしれない。あるいは、今朝起きる前に結婚を完全なものにしたとも言える」とローリーが指差す。

ニルスはベッドのほうを振り向き、目を見開いた。下側のシーツに、乾いて赤茶色になったしみがある。マグダとかいう召使いの助言に従ってエディスが自分に塗りたくったジャムのせいだが、たしかに血に見える。ニルスは口元をにんまりさせた。

「あれを持っていって階段の手すりにかけるから、兄貴はブレードのひだを折りたたんで着けろよ」ローリーがベッドのほうへ歩いた。

ニルスはうなずこうとしたが、眉根を寄せた。「だれかが調べて、あれがジャムだとばれたらどうする?」

ローリーは足をとめたが、すぐに表情を緩めた。「昼食のときまで掲げておいたら、すぐにおろして燃やしてしまうよ。そうすれば、みんなの目には触れるが、ブロディが戻ってきても確かめることはできない」

「よし」ニルスはブレードを探してあたりを見回した。「恩にきるよ」

「どういたしまして」ローリーは明るく答え、しみのついたシーツをベッドから剝がした。「真実の愛が育まれる過程の手伝いをするのは、こちらの喜びでもある」

ニルスはぱっと振り向いた。「愛? おれはエディスを愛してるんじゃない。彼女のことは好きだが、それだけだ」

ローリーはシーツを手に体を起こし、哀れむような視線を兄に送った。「なあ、兄貴の頭には煮えた脳みそしか入っていないまぬけ野郎だと思うことがときどきあるんだが……あの娘《ラス》を愛してないと本気で言ってるんなら、いまがまさにそうだよ。エディスをひと晩中案じていた様子を見れば、兄貴が彼女を愛していることはひとり残らずだれの目にも明らかだろうよ」

「ひとり残らず？」ニルスは眉を吊りあげた。「なんで、だれの目にもわかるというんだ？　この部屋まであがってきたのはおまえとトーモド、それにジョーディーとアリックだけじゃないか」

こんどはローリーが眉を吊りあげた。「階段のおり口まで泡食って走り出たのを覚えてないのか？　吐瀉物を浴びて、長靴《ちょうか》だけを履いた姿で手負いの熊みたいにうめきながら、早く来てくれ、おれのエディスが大変だ、と叫んだのに？」

「ああ」ニルスはうっすら思い出した。

「そう、まさに『ああ』だよ」ローリーは皮肉っぽく答えた。「大丈夫。この城内の者は全員、兄貴が彼らのレディを愛してるって信じて疑ってない。まだそれに気づいていないのは兄貴だけだよ」

その言葉とともに彼は背を向けて、シーツを持って出ていった。ひとり残されたニルスは、プレードのひだを折りたたみながら思った。おれが妻を愛している、って？

まったく、いつの間にそんなことになっているんだ？


「ふむ」

　モイビルのつぶやきに、エディスはちらと顔をあげた。朝食をとりながら、旅支度になにを持っていくべきかふたりで考えていたのだが、思っていたよりずっと大仕事になるとすぐにわかった。衣装だんすのほかに、シーツやタオルなどのリネン類をいれたたんすがふたつある。エディスがまだ赤ん坊のころに母親が準備をはじめ、お嫁に行くときに持っていくものだと言われた品々だ。ほかにも、弓矢などの私物を荷造りしなければならない。

「なあに？」エディスは、モイビルがそれ以上なにも言わないのを不思議に思った。

「旦那さまがお目覚めのようですわ。少なくとも、ベッドからはお出になったようです」侍女は楽しげに答え、階段のほうをあごでしゃくった。

　夫がおりてくる姿を期待して彼女の視線を追ったが、視界に入ったのは、ローリーが上の手すりに掛けている巨大なシーツだった。その真ん中に広がる大きなしみが目に飛び込んできて、エディスは口をあんぐり開けた。

「お嬢さまの具合が悪かったたから、夫婦の契りは交わしていないのかと心配していましたが」モイビルは言い添えた。「わたしたちが発つ前にブロディさまが戻ってきても、結婚無効を言い立てられることはなさそうですね」

　エディスはシーツを見つめるよりほかなかった。覚えているかぎり、結婚を完全なものにする行為はしていないけれど、シーツにあるのはどう見ても血のようだ。ブロディにこの結婚は無効だと言い渡されるのを恐れて、わたしが意識を失っているあいだにニルスが契りを交わしたのかもしれない。エディスはひざに視線を落とし、しばらく座ったままでいた。あの部分になにか変わったところはあるだろうか。

　ううん。少し考えてから判断を下す。なにも変わったところなど感じない……のは、少しつまらなくもあった。どこか違うところがあってほしいと心から期待していたからだ。といって、どんなふうに違うのか、なぜそんなふうに期待していたのかもわからない。ニルスにキスされて舌を挿し入れられても、口にどこか変わったところは感じられない。でも、口には破られたら血が出るような純潔の証はないし、シーツに残る血の量から察するに、破瓜というのはかなりの大事《おおごと》のようだ。

　血を吸い取らせる苔《ブラッド・モス》を探したり、月のものがきたときに着る臙脂色のドレスに着替えたりしたほうがいいだろうか。まだ出血していたとしても、それならあまり目立たないし……

　自分の目で確認しようとエディスはふいに立ちあがったが、階段のいちばん下で足をとめた。てっぺんにニルスが現れて、おりてきたからだ。気恥ずかしさに首をすくめて階段をのぼりはじめたものの、すれ違いざまに腕をつかまれた。

「おはよう、我が妻よ」ニルスは優しくつぶやき、身をかがめてエディスの額に口づけた。

「おはようございます、旦那さま」エディスはささやいた。あわてた表情でちらと顔をあげたが、おかしな目で見られているのに気づいて、視線をそらす。

「どこへ行くんだ？」

　エディスは開けた口をすぐにまた閉じた。体の状態をニルスに話すのはまだ、落ち着かない。「荷造りをしようかと」

「ああ」ニルスは笑顔で彼女の腕をきゅっとつかんだ。「とりあえずドレスを二、三着詰めればいい。おれたちをブキャナンまで送ったあと、ジョーディーとアリックはローリーを迎えにまたここへ戻ってくる。荷車を持ってくると約束してくれたから、ロンソンや彼の祖母、それに、きみがドラモンド城から持ち出したいものがほかにあれば、そのときにでも運ばせる」

　エディスは、出血しているかもしれないことなどすっかり忘れ、驚きのまなこでニルスを見上げた。「ロンソンと、彼のおばあさんも？」

「ああ、ベシーがいいと言うなら」ニルスは苦笑した。「きみは、ふたりのこともブキャナンに連れていきたいと思ってると勝手に考えていたんだが、違ったか？」

「いいえ《ネィ》。すばらしいことだわ、旦那さま」エディスは安心させるように答えた。口元に笑みが浮かぶ。「わたしが出ていったら、あのふたりがどうなるか心配していたの。ヴィクトリアは、どちらのことも気に入らないから」

「じゃあ、ロンソンの祖母がうんと言ったら、ジョーディーとアリックがふたりをブキャナンへ連れていく。きみがほかに必要なものもあれば、それも一緒に」ニルスは微笑んだものの、ふと眉根を寄せた。「だが、それまでモイビルにはここに残ってもらったほうがいいんだが。きみがなにを持ち出したいか、彼女ならおれの弟たちに教えられる。それなら、ついうっかりなにか忘れていくこともないだろうからな」一瞬口ごもったものの、さらに言葉をつづけた。「一週間ほど、きみが侍女なしで過ごせるのなら——」

「ああ、大丈夫よ」エディスは間髪いれずに答えた。必要なものをひとつ残さずここから持ち出せるなら、モイビルなしで一週間すごすのはお安い御用だ。

「よろしい。ではドレスを二、三着と、どうしても要るものだけ詰めておいで。きみの支度が整いしだい、すぐに出立しよう」

「承知しました《アイ》、旦那さま」エディスは踏み出した足をすぐにとめ、ぱっと振り返ってニルスの首に腕を回し、彼の唇にすばやく唇を押し当てて熱烈なキスをした。

「ありがとう」弾んだ声で言って腕を解いたものの、腰のあたりに回されてきた腕に抱き寄せられる。

「それでは、〝ありがとうのキス〟としては足りないぞ」としゃがれた声で彼がささやく。「おれたちなら、もっとうまくできるはずだろう?」

「ええ《アイ》」エディスはつぶやいて目を閉じた。ニルスの顔がおりてきて、唇が重ねられる。片方の手でうしろ頭を支えられ、ちょうどいい角度に顔を傾けられるうち、舌で唇をなぞられる。その瞬間エディスは口を開け、キスを深める彼の口に悦びのうめき声で応えた。たったひとつのキスで興奮が駆け巡り、全身が欲望で痛いほどにうずく。ふたりのあいだで男らしさの証が目覚め、お腹のあたりに押しつけられる。ニルスがいきなり彼女を抱きあげ、キスをつづけたまま階段をのぼりはじめたのも不思議ではなかった。彼が欲望に火をつけたのだから、それをなだめてくれるのは当然だ。だから、ふいにニルスがキスをやめて足をとめたことに、エディスはひどく驚いた。

ふと見あげると、ニルスは不満げな目で向こう側を見つめていた。振り向くと、階段のてっぺんにローリーが立っている。胸の前で腕を組み、片方の眉をくいと吊りあげている。

ため息とともに、ニルスはエディスをひとつ上の踏み段におろした。足元がふらつかないでいるのを確認するまで彼女を支えたのち、のぼっていくよう促す。「部屋に戻れ。きみのところへ行くようモイビルに伝えるから、これからの予定を教えてやるといい。おれはジョーディーとアリックを探して、もうじき出立すると教えてくる」

落胆の気持ちを隠しながらエディスはうなずき、ひとりで階段をのぼった。

11

「ジョーディー！」

前を行く馬上で叫ぶ夫の声にエディスは顔をあげ、先頭を走る男性に目をやった。アリックは彼女のうしろを走っているが、ジョーディーは問題がないかどうか目を配る先導役を務めていた。彼は、兄の呼び声に応えて戻ってきた。

ジョーディーがやってくると、エディスは夫のうしろで自分の馬をとまらせ、ふたりが話すそばでじっと待機した。雷鳴とともに吹き荒れる雨風のせいでよく聞こえないが、嵐をやりすごすという話であってほしい。雨が降りはじめたのは昼ごろ。ドラモンドを出て二時間ほどしたころだった。はじめはほんの小雨だったが、ニルスはすぐに革袋からプレードを一枚取り出し、エディスの脇に放ってよこした。水をはじく布を体に巻けというのだ。最初はとくに必要もないと思ったが、せっかく言ってくれたのを断るのも悪いと、それを体に巻きつけておいた。

　雨は、一行が馬で走る午後のあいだも断続的に降っていたが、三十分ほど前からいきなり土砂降りになった。刻々と強まる風雨のなか、エディスはプレードにすっぽり包《くる》まり、目だけを出してあたりの様子をうかがった。午後もまだ早い時間だというのに、夜のように真っ暗で、風にのった雨が顔にたたきつけられるせいもあって、よく見えない。

　目をしばたたいて雨を追い出すと、エディスは鞍の上で少し背を起こし、ニルスが馬の向きを変えてにじり寄ってくるのを待った。ふたりの馬が鼻突き合わせる形になる。

「ここでとまって、嵐が去るのを待とうと思う」ニルスは、ちゃんと聞こえるよう、鞍から身を乗り出した。

　エディスは安堵しながらうなずいた。

「だが、高い場所を見つけなければ。あるいは雨風がしのげるところ。このあたりはきみのほうが詳しいだろう？　よさそうなところを知らないか？」

　唇を嚙みながら、エディスは見覚えのあるところはないかと、あたりに目を走らせた。ここはたしかにドラモンドの領地だが、彼女は城から離れたところまで出たことはあまりなく、いつもは湖や草地まで行くぐらいだった。サイやジョーのところを訪れるのはまた別だが、その回数とて片手で足りるほどだ。

でも、こどものころの旅を含めれば。エディスは前方右手の木を目にして、ふいに思い当たった。

「狩猟小屋があるわ！」

「小屋？」ニルスは、興奮のあまり叫んだ彼女に尋ねた。

エディスは、雨が降ってからはじめての笑顔とともにうなずいた。「あそこの木が見える？　幹になにか彫ってある大木よ」

ニルスは彼女が指差すほうを向いてうなずいた。「ああ《アイ》」

「あれは何年も前、わたしたちがまだこどものころにお父さまがやったの。父はわたしや兄たちに母を連れて、年に何度か小屋へ行った」エディスは雨に負けないよう、大きな声で言った。「狩りをするつもりで来たのに、たいてい遊んだりピクニックをしたり、泳いだりしたものだわ。父がそんなときに、あの木の幹になにやら彫りつけたの。つまり、小屋もそう遠くないわ」

「見つけられそうか？」ニルスがすぐさま尋ねる。

エディスは一瞬その木を見たが、うなずいた。「ええ。見つけられると思う」

「じゃあ、案内をしてくれ。雨を避けて、小屋のなかへ入ろう」ニルスは微笑んだ。

「そうね《アイ》」エディスは馬に声をかけて前に進めると、記憶のなかの小道を探した。父が一家を連れてきてからもう、何年も経っている。母が亡くなってからは一度もない。小屋への道はもう、すっかりわからなくなっているのではないか。エディスも最初は心配だったが、意外なほどすぐに勝ち誇ったような声をもらし、馬を小道のほうへと走らせた。どうやら、最近もだれかがこの道をたどっていって小屋を使ったらしい。エディスはニルスたちを案内しながら思った。兄のどちらかに違いない。ロデリックもヘイミッシュも、狩りが好きだった。

　小屋に到達するのに、二十分ほどかかった。これほどとは記憶していなかったので、間違った道を来たのかとエディスが思いはじめたころ、ふいに木立が開けて空き地になり、小さな石造りの建物とこぢんまりとした厩が現れた。安堵のあまり、エディスは馬をまっすぐ厩へ向かわせた。閉まったままの扉が見えてくると速度を落とし、すばやく鞍から滑りおりて戸口へ急ぐ。男たちが開けるのを待つより、自分で開けよう。冷たく湿った雨を逃れたいあまり、厩でもじゅうぶんな雨よけの場所に見えた。

　大張り切りで扉を開けたものの、腐った肉のにおいに襲われてうしろによろめき、だれかにぶつかった。

「エディス、どうした――？」

口を手で覆って大きく息をついていると、ニルスに肩をつかまれたが、彼もこのにおいに気づいたのだろう。悪態をつきながら、厩から小屋へ行くようエディスに促したものの、雨よけになる木の下までやっとのことで歩いた。

「大丈夫だ。もう手を離していいぞ。ここならましだ」

ニルスの言葉にエディスは手をおろし、用心深く息をした。安堵のため息をつき、何度か深く息を吸って鼻と肺にきれいな空気を送り込み、胃をなだめる。気分が悪くなったりしないことを確認してから厩のほうを見ると、ちょうどジョーディーとアリックが出てくるところだった。ふたりともブレードで顔を覆っているが、厳しい目をしたまま、馬の手綱を持って木のほうへ歩いてきた。

「なにがあった？」ニルスは硬い声で尋ね、雨よけにしている木の低い枝に馬をつなぐふたりに手を貸した。

「馬が死んでた」ジョーディーがむっつりした声で答える。「餓死したようだな。馬房を食おうとしたり、外に出て食べ物を探そうとしたあとがある」

「何頭いた？」ニルスは、ひと息ついた弟に尋ねた。

「全部で七頭」

エディスは身をこわばらせ、ジョーディーを振り向いた。「七頭？」

「ああ」彼がうなずく。

「あなた《アイ》」エディスはおそるおそるニルスの腕をつかんだ。「ブロディはヴィクトリアとドラモンド城から逃げたとき、護衛を六人連れていったの。ロニーは森で殺されて、馬もたぶん盗まれている。これって、まさか……」

ニルスは口元をぎゅっと引き結び、彼女をアリックのほうへやった。「弟と一緒にここにいてくれ。すぐ戻る」

そして、小屋へと向かった。そのすぐうしろをジョーディーがついていく。エディスは唇を噛んで見守った。自分も行くべきだと思うものの、とてもその勇気が出ない。小屋のなかになにがあるか、頭に思い浮かぶ光景は気持ちのいいものではなかった。だれだって、馬を放置してむざむざ餓死させたりはしない。馬は、乗り手である人間が世話してやらなければならない生き物だ。おそらく、乗り手のほうも死んでいるに違いない。食べるものがなくて死んでしまった馬よりも、先に亡くなったのだろう。

これがブロディとヴィクトリア、そして彼らの護衛の者たちだったら……。

エディスはごくりと唾をのみ込みながら、小屋の扉を開けるニルスを見つめた。入る前に彼もジョーディーもすぐさまプレードで鼻を覆ったところを見ると、間違いなく、なにかがなかで死んでいるのだ。

アリックも同じように考えたのだろう。ふいに、エディスの肩を支えるように腕を回して彼は言った。「きみの兄さんや義理の姉さんじゃないよ」

安心させるための言葉なのだろうが、言っている本人でさえ信じているようには聞こえなかった。エディスは気づくと、いきなり目が潤んで前がよく見えなくなった。涙をはらい、唇を引き結んでじっと待つ。ふたりが外へ出てくるまでかなり長い時間が経ったような気がした。ジョーディーはすぐに木立のほうへ歩いていき、雨音に負けないほどの音とともに吐き戻している。

ニルスも弟と同じくらい顔面蒼白だったが、反対方向にある井戸のほうにまっすぐ歩いていった。水を汲むまでもなく、井戸枠の縁にのっている釣瓶には暴風雨のせいで水があふれんばかりに溜まっていた。ニルスは両手をそこに突っ込んで洗っているようだ。終わると、洗った水を地面に空けて、木の下にいるエディスたちのところへ歩いてきた。

「彼らだった？」エディスは小声で尋ねたが、答えはすでにわかっていた。

ニルスは口を開いたもののすぐに閉じ、ため息をついた。「なんとも言い難い。死後かなり経っているようだが、男が六人に女がひとりだった。女は黄金色のドレスを着ている」

エディスは顔をくもらせた。「出ていったときのヴィクトリアはそんな服を着ていたわ」

ニルスは驚くふうでもなくうなずくと、片手を差し出した。「あと、彼女のそばにいた男は、これをしていた」

彼の手を見下ろしたエディスは一瞬、手のひらに鎮座する金の指輪をただ呆然と見た。男性用の金の指輪。ドラモンド家の紋章があしらわれている。父が亡くなるその日まで身につけていた、印章つきの指輪だ。自分の出す書簡にはすべてそれで封蠟を捺《お》して、証明にしていた。父が亡くなると、トーモドが外してロデリックに渡したが、ロデリックも亡くなると、こんどはヘイミッシュに渡された。ドラモンド城を出ていくブロディがしているのを見たのが最後だった。ヴィクトリアは彼の隣で馬に乗り、黄金色のドレスが陽の光を受けて輝いていた。

死んでいたのは彼らだ。女はヴィクトリアで、六人の男たちはブロディと護衛の五人だろう。これで家族はすべて死んでしまった。わたしはひとりぼっちだ。エディスはぼんやり思った。高く鋭いあの音はどこから聞こえるのだろう。それが鳴り響いているのが頭のなかだと気づく前に周りがふっと暗くなり、エディスは倒れた。

ニルスは悪態をつき、泥にまみれてしまう寸前でエディスを抱きとめた。彼女の体をそこに立たせて青白い顔を見ながら、どうしたものかと思案する。ここにとどまることはできない。死者を引きずり出し、ドラモンドに移送する手はずが整うまで厩に安置したとしても、小屋にしみついたにおいは耐え難いだろう。それに、エディスが目覚めたら、そこはブロディが息を引き取った場所だったというのではむごすぎる。

「このまま、旅をつづけるか？」アリックはジョーディーが木立から戻ってくるのを待ってから、期待するように質問した。

「いや《ネイ》」ニルスは厳しい表情で答えると、せつないため息とともに、エディスを抱えたまま自分の馬のほうを向いた。

「兄貴が乗るあいだ、彼女を支えておくよ」ジョーディーが静かに申し出る。

ニルスはうなずいて新妻を弟にあずけ、鐙《あぶみ》に足をかけた。

「でも、どこへ行くんだ？」アリックが顔をしかめる。「エディスをドラモンドへ連れ戻すわけにはいかないだろう？　あそこでは身の安全がはかれない」

「ああ、危険だな」ジョーディーはむっつりした声で指摘した。「だけど、エディスは先代領主のただひとり残った子孫だ。氏族《クラン》を率いる族長だよ。彼女の身の安全を守るためとはいえ、ブキャナンに連れていったらドラモンドの領民を無防備なまま放っておくことになるし、エディスはブロディに劣らぬ卑怯者になってしまう。目覚めたときにそれがわかったら、おれたちはとても感謝されないと思うけどな」

ニルスは口元をぎゅっと引き結んだ。まさに、ジョーディーと同じことを考えていた。やはり、ドラモンド城へ戻らなければなるまい。犯人を燻し出すあいだ、なんとしてでもエディスを守らなければ。おれにそれができるよう、神に祈るしかない。悪党が初志を貫き、ドラモンドの最後の生き残り――つまりはおれの妻――を殺してしまう前に。

「落とし格子をあげているぞ」

ニルスは月明かりに照らされて腕のなかで眠るエディスの青白い顔から、城のほうに目をやった。たしかに門があがっている。嵐もようやくおさまり、澄んだ夜空が広がる。木々に覆われたところを出ると、大きな満月と無数の星が美しかった。

ほっと息をつきながら馬を差し向け、城とそれを取り巻く森のあいだの空き地を横切る。エディスを揺さぶるのを避けるため常歩《なみあし》で進んだ。

これから城へ戻るから門を開けておくようにと城壁の護衛の者たちに知らせるため、ニルスはジョーディーを先に差し向けた。その間、ニルスとアリックは木立を出てすぐの丘のふもとで待機した。あまり近くに寄りすぎるのは避けた。大声でのやりとりでエディスを起こしたくなかったからだ。城に戻る道々、彼女は何度か目を覚ましたが、そのたびに泣き疲れてまた眠りに落ちていった。ふたりの体をまるごとプレードでくるんでいるのになぜわかったかというと、エディスが目覚めるたびにニルスのシャツが熱い涙で濡れるからだった。

その涙は、ブロディとヴィクトリアのためだけに流されたものではない。ここになってようやくエディスは、家族がひとり残らずこの世を去ったことを嘆いているのだ。コーリーが亡くなったときに少し悲しみを見せたとはいうものの、あれは彼女が溜め込んできた悲嘆のごく一部にすぎない。ほんの数週間のうちに自分のきょうだい全員喪《うしな》ったらどんな心持ちがするか、ニルスには想像もできなかったが、容易には立ち直れないほどの衝撃だろう。いまはできるだけ彼女をそっとしておきたい。避けては通れないことを先延ばしにしているだけなのはわかっている。心の痛みを表に出して泣くことがエディスには必要だ。いま、それができなくとも、あとでできる。だが、ゆうべ彼女が毒を盛られたあとに一時間ほどうつらうつらしただけで出かけ、まったくの無駄足に終わったこの長旅のあとではニルスも消耗しきっていて、彼女をじゅうぶんには慰められなかった。城へ入ったら、エディスを起こさずにそのままベッドに寝かせてやりたい。短くてもいいから仮眠をとれば、おれも涙に暮れる妻を抱きしめてやれる。

ジョーディーは馬からおりて、トーモドやローリー、あと数人の兵士たちとともに門のところで待っていた。しかし、ニルスの進む先に彼がやってきたので、馬をとめて問いかけるように片方の眉をあげてみせた。

それが見えたのかどうか、ジョーディーは神妙な顔つきで説明をはじめた。「矢からエディスを守るため、みなが待機している」そう言ううちにも、男たちがさまざまな道具を手に急ぎ進み出てくる。馬の隣に彼らが整列してはじめて、なにを持っているのかニルスにもわかった。樽、木箱、バケツをつぎつぎに並べて間に合わせの階段をつくっている。エディスに衝撃を与えずに馬からおりられるように、との配慮だ。

「ありがとう」ニルスはつぶやいた。左足を樽に置き、右脚を馬の頭のほうからひらりと回して、エディスを抱いたままその上に立つ。それから木箱、バケツへと歩を進めて地面に降り立った。

アリックも地面におりて、ニルスのと一緒に馬が連れていかれるとトーモドが言った。「こっちだ」と脇へ寄る。どんな手はずを整えたのかがようやくわかり、ニルスは驚きに足をとめた。

荒れ狂う嵐のせいではじめに手間取ったため、城への帰り道は行きよりも時間がかかった。いまは、夕方よりも明け方に近い時刻。城壁の警護をのぞいては、みなが城内で眠っていていいはずだ。おそらくジョーディーの到着前にもそうだっただろう。だがニルスには、ドラモンド城に住まう男が全員、外へ出てきたように見えた。兵士から料理人に至るまで門から城館入り口の扉までふたりずつ組になり、盾を高く掲げて立っている。頭上から飛んでくる矢を心配せずにエディスを無事に運べるよう、トンネルを作っているのだ。

ニルスは思わず息をのみ、ジョーディーを振り向いて礼を言った。「ありがとう」

「おれの考えじゃないんだ」彼はにやりと笑った。「兄貴たちが森を抜けて城門まで来るのを待っているあいだ、ご領主のブロディが遺体で見つかってレディ・エディスが城に戻ってくるという知らせが広まると、男たちが盾代わりのものを持って集まってきた。いつの間にか、召使いたちが自分たちのレディを守ろうと城からぞろぞろ出てきた。彼らは、兄貴の奥方を心の底から大切に思っているんだよ」

ニルスはしばらくのあいだジョーディーを呆然と見つめていたが、うなずくと、エディスが無事に通れるようドラモンド城に住まう人々が作ってくれたトンネルをくぐった。レディに対する彼らの気遣いと思いやりの表れに心打たれて、言葉が出ない。

エディスが彼らを大切にしているのと同じくらい、彼らも自分たちのレディを大事に思っているのだ。エディスの兄に対してなら、彼らもここまではしなかっただろう。

ニルスは足早に歩いたが、顔をちゃんとあげてひとりひとりの目をじっと見つめ、彼らの行動に感謝している旨を伝えた。わかったとばかりにうなずく者、誇らしげに背筋を伸ばす者が大半だ。しかしなかには、眠っているレディを痛ましげに見るばかりで、まるで気づいていない者もいた。

間に合わせの盾でつくった坑道があったとはいえ、ニルスはエディスを城内に運び入れてようやく安堵した。何時間も寒さにじっとり濡れて過ごしたあとでは、大広間の暖かさがありがたかった。

「モイビルを階上《うえ》へやって、我らがレディの部屋の暖炉に火を入れさせよう」トーモドは、ニルスたちを先導しながら言った

「頼むよ。エールの樽とゴブレットをいくつか持って、あがってこい」ニルスは階段に向かいながら言い添えた。

「だれのことだ?」ジョーディーが不安げに尋ねる。

「おまえたち全員だ」ニルスは硬い表情で答えた。トーモドと弟たちにそばにいてもらい、話をする必要があったが、エディスをひとりきりにするのはいやだった。暖炉

そばのテーブルに集まり、静かに話をすればいい……だが、部屋には椅子がふたつしかないことを思い出し、ニルスは階段をあがりながらつけ加えた。「ほかから椅子を持ってこい。あの部屋には二脚しかないから」

「全員が入れるかな?」とローリーが尋ねる。どこか愉快そうな口調にニルスは立ちどまった。なかば振り向いて、驚きに目を見張る。エディスが無事に通れるよう並んでトンネルを作った者がひとり残らず、そこにいたからだ。彼らはニルスたちについて城館へ入って大広間を横切ると、すぐうしろの階段に立っているか、自分たちがのぼる番をじっと待っているかしていた。〝おまえたち全員〟という言葉を文字どおりに受けとったらしい。ニルスは、城内にいる全員という意味ではなかったとなだめようとしたが、途中で気が変わった。「じゃあ、階段の下で話をしよう」

だれもが来たばかりの階段を引き返しはじめたので、ニルスはアリックをちらと見て頼んだ。「暖炉そばにエディスを寝かせるから、ベッドから毛皮を取ってきてくれないか」

「合点だ」

アリックがそばをすり抜けて上の階へ行くのと同時に、ニルスはみんなについて階段をおりた。あまりにも大勢の人間が前にいたため、階段をおりきって暖炉へ向かおうというところに早くもアリックが戻ってきた。ベッドにあった毛皮を残らずつかみ、それでは足りないとばかりにほかの部屋からも何枚か持ってきたらしい。ニルスがあきれた笑みとともに見ていると、弟は先に走っていき、心地いい寝床を作ろうと毛皮を並べている。その上にニルスがエディスをそっと横たえると、アリックは何枚か残っていたのを優しくかけた。

ニルスとアリックが下がった瞬間にラディが現れて、自分の主人の前で丸くなった。ほんの少し身じろぎするエディスを見て、ニルスは息をひそめた。目を覚ますのではないかと心配したが、彼女は犬に腕を回して顔をうずめただけだった。

「ラディとぼくがエディスさまを守ってあげるよ、マイロード」ロンソンがつぶやく。小さな真顔を見下ろして、ニルスはうなずいた。「頼んだぞ、小僧《ラッド》」

ロンソンは応えるようにうなずいて毛皮の端に腰をおろし、年齢よりもずっと大人びた目でレディを見つめた。

ニルスはほっと息をつくと、男たちが黙ったまま架台式のテーブルを準備しているところへ向かった。眠れるスペースをつくるためにテーブルは毎晩ばらし、朝になるとまた組み立てているが、きょうは朝が早い。いや、夜が長いと言うべきか。彼らとの話が終わったらすぐ、ニルスは二階に下がって寝むつもりだった。

「で、ブロディが見つかったんだな？」トーモドは、ニルスがエールを手に腰をおろすのを待ってから言った。

「ああ《アイ》。ドラモンド家の狩猟小屋で。ブロディとその妻、護衛をしていた五人が全員亡くなっていた。馬は厩にいて、そちらも死んでいた」

「餓死だ」とジョーディーが口を挟む。

「ブロディとほかの人間の死因はわかるか？　遺体になにか、傷とか――」

「毒殺だと思う」ニルスは、ローリーの質問を遮った。「全員がテーブルに座っていて、その前にボウルがあった。なかにはシチューのようなものが干からびていたし、飲みかけのエールが入ったゴブレットもあった。エールの樽からは毒入りの蜂蜜酒と同じようなにおいがしていたから、毒を盛られたんだと思う。だが今回はじゅうぶんな致死量が仕込まれていた。先代のご領主や息子ふたりとは違い、ブロディたちは食事を終えて席から立つ間もなく死んでいる。しかも、亡くなってからかなり日にちが経っている。遺体が判別不能になるほどだ」

「侍女だ」トーモドがつぶやいた。

ニルスは半信半疑のまま、老副官をちらと見た。「モイビルか？」

「いや《ネイ》、レディ・ヴィクトリアの侍女のネッサだ。遺体は男が六人に女がひとりだが、ヴィクトリアは若い侍女を連れてエフィを残していった。女がふたり死んでいないのはおかしい」

「ああ、なるほど。そういえば、エディスが言っていたな。いや、あなただっただろうか。だがいずれにせよ、女の死体はひとつしかなかった」ニルスは眉根を寄せ、問いかけるようにジョーディーに目を向けたが、彼もまた首を横に振った。

「おれも、ほかに女の死体は見なかった。ひとりだけだったよ」

「では、死んだのは彼らではないのかもしれない」トーモドは言葉を継いだ。「判別不能だった、ときみも言ったじゃないか」

「ああ、たしかに。だから、女のそばにあった遺体からこれを取ってきた」ニルスはポケットから指輪を出して、トーモドに確認してもらおうと差し出した。

老副官は口を引き結んでうなずいた。「なるほど。ここを出るとき、ブロディはこの指輪をしていた。領主の印の指輪だ」そして、白髪まじりの髪をいらいらと手で梳いた。「夜が明けたらすぐ、何人か連れて遺体の回収に行く。侍女の行方についても、あたりを調べてみよう。ほかの人間ほど飲み食いはしていなくて、なんとか外へ出てからこと切れたのかもしれん」

トーモドの説を聞き、ニルスはうめいて咳払いをした。「覚悟しておくといい。ひどいありさまだ。腹が膨れて、皮膚も崩れている。ブロディの指は切り落とさなければ、エディスに確認してもらうための指輪も外せなかった」

「死んでからしばらく経っているということか」ローリーがぽつりとつぶやく。

「狩猟小屋に着いたその晩に亡くなったと思う」ニルスは硬い声で言った。「馬はそれより三、四日は持ちこたえたはずだ。飲まず食わずでも一週間くらいは生きられるし、死骸の様子もブロディたちほどではなかった」

「さて、どうする？」トーモドがやおら尋ねた。

「エディスの身の安全を図り、ドラモンド家全員を殺した犯人を探す」ニルスは厳しい表情で答え、うなじをさすった。疲労は極限にまで達していたものの言葉をつづける。「食べ物や飲み物に毒が混ぜられるのを防ぐ方法を見つけなければならない」

「おれと、もっとも信頼する部下三人以外はだれも厨房に入れないようにすることはできますよ」

　そう言ったのはだれかと、ニルスは頭を巡らせた。立ったり座ったり思い思いの姿で話を聞いていた人たちのなかに、ドラモンド家の料理人のジェイミーがいた。彼は前に進み出てつづけた。「厨房の外にテーブルを置く。娘《ラス》たちがそのテーブルに置いた料理を、ほかの召使いたちが架台式のテーブルまで運ぶ。だが、レディ・エディスがお食べになる物はおれがお運びして、だれも近づけないようにしますよ」

「エールやりんご酒の樽をいくつか貯蔵室から運んできて、問題が解決するまで大広間に置こう。レディ・エディスがなにを飲みたかろうと、それは貯蔵室に厳重にしまっておくことにする」とトーモドが言い添えた。「鍵を持っているのは私だけだ。エディスがなにか飲みたくなったら、私がじきじきに取ってくる」

「それで、毒が混入される心配はなくなるな」ローリーがつぶやいた。「だが、外からの攻撃にも備えなければならない」

「そうだな《アイ》」ニルスはうなずいた。「エディスにはつねに護衛を、少なくともふたりはつけておかなければ。飛んでくる矢を防ぐための盾がない場合は、中庭に出ることも禁止しよう」

「遺体の回収に出かける前に護衛の分担を作っておくよ」トーモドが低い声で言った。

「申し出る人員には不自由しないだろう」

それを聞いて、同意の声が周囲からあがる。ニルスはやっとの思いでうなずいて立った。「ありがとう。おれはそろそろ寝床に就くよ」

「そうだな《アイ》」アリックも立ちあがる。「長い一日だった」

ニルスは階上に向かおうとした足をとめて、振り向いた。「トーモド、狩猟小屋へ行くなら、その間はあなたもここでエディスの飲み物を見張っていられない。戻ってくるまで、おれに鍵を預けていったらどうだ？」

「ああ、なるほど」トーモドは鍵束の輪から目当てのものを外した。ニルスに向かってそれを掲げたものの、言葉をつづける。「戻ってきたら、きみとレディ・エディスに話がある。ブロディが亡くなったいま、きみたちふたりが知っておくべきことだ」

ニルスはうなずきながら鍵を受け取った。「では、戻ってきたら話をしよう」そして真顔で言い添えた。「無事に帰ってきてくれ」

「ああ《アイ》。ここに残るきみたちもみな、無事でいてくれよ」トーモドは厳しい表情になった。「考えたくもないが、我らがレディと結婚したからには、きみも標的になりうるからな」

ニルスははっと身をこわばらせたが、ゆっくりうなずき、エディスを連れていこうとそばへ歩いていった。ロンソンは眠たげな顔をちらとあげたものの、彼らが近づくのを見るとラディを突《つっ》ついて起こし、邪魔にならないよう首輪をつかんで毛皮の敷物から立たせた。

注意深く抱きあげてやると、エディスは眠そうな声でなにやらつぶやいたが、完全に目を覚ましたわけではなかった。

「毛皮はおれが持っていくよ」

アリックが小さな声で言うのが聞こえて、ニルスは階段のほうへ向かった。弟たちが三人ともあとをついてエディスの部屋まで来たのも、驚きではなかった。彼女をベッドに寝かせてシーツをかけてやり、毛皮をあれこれかぶせるアリックに手を貸してから、彼らとともに戸口のほうへ移動する。

「トーモドの言うとおりだ」ローリーは振り向き、心配そうな顔でニルスを見つめた。「エディスと結婚した以上、兄貴が狙われることもある」

ニルスは肩をすくめた。「モイビルやエフィを見ればわかるように、この屋敷にいるだけで毒を盛られたり、殺されることもあるんだ」

ジョーディーはむっとした。「エディスの身を守るためだけじゃない、もっといい策を考えなくちゃだめだ。卑怯な人殺しをとっ捕まえなくては」

「おまえたちの言うことには耳を傾けるつもりだ」ニルスはぼそりと答えた。「だが、睡眠を取ってからにしよう。いまはとにかくくたびれ果てていて、まともに頭が働かない」

「ああ、少し寝《やす》むといい」ローリーは扉を開けようと回れ右をした。「兄貴が少し眠ってから、みんなで話をしよう」

ニルスは同意の印にうなり声をあげると、扉を押さえ開けた。弟たちが出ていったのを見送ってから扉を静かに閉め、ベッドへ戻る。男の目がなくなったら、エディスがもっと楽に寝られるようにドレスを脱がせてやるつもりだったが、自分の服を脱ぐのも面倒だ。ニルスは毛皮の上に倒れ込むと、頭が枕についた瞬間に眠りに落ちた。

12

エディスは寝室の扉を開けたものの、一瞬立ちどまり、廊下の床に敷いた藺草の上に横たわるふたりの男をまじまじと見た。ジョーディーとアリックだ。扉の真ん前で、頭を突き合わせるようにして寝ている。なにか動きを感じてちらと顔をあげると、向かいの壁際にさらにふたりの男が立っていた。もう何年も前からいる、ドラモンド家の兵士。トーモドがもっとも信頼しているふたりで、キャメロンとファーガスだ。そう思っているうちにキャメロンが前に出て、手を差し出してくる。

一瞬ためらったものの、エディスは床に寝ているふたりの顔にかからないようスカートをあげてまたぎ越してから、その手を握り返した。

「ありがとう」ジョーディーとアリックを起こさぬようささやき声で答えたが、キャメロンには聞こえたようだ。彼はうなずきながらエディスの横に手を伸ばして扉を音もなく閉めると、また体を起こしてもとのところで立ったまま待機している。

よくわからないままエディスは微笑み、向きを変えて廊下を歩くと、摺り足のような音が聞こえた。明らかにキャメロンたちがついてくる。階段までまだ半分というところで立ちどまると、ふたりともすぐに歩をとめて待機する。

ここなら、まだ眠っているふたりを起こすこともないだろう。エディスは片方の眉をくいと上げ、静かに尋ねた。「わたしの身を守ろうとしているのね？」

「はい《アィ》、マイレディ」とキャメロンが答える。

「昼夜を問わず、ふたりが護衛にあたるよう、トーモドの指示を受けております」

ファーガスも言い添える。「我らは夕食までの時間帯を命じられておりまして、その後はまた、別のふたりと交替いたします」

「なるほど」エディスはため息をついた。でも、予想してしかるべきだった。とそのとき廊下の向こう側で物音がして、彼女は眉根を寄せた。首を傾げて見てみると、ジョーディーが藺草の敷物の上でもぞもぞ動いている。もう少し離れないと、ふたりを起こしてしまう。エディスは兵士たちに向かって口の端を上げると、階段のおり口のほうへ急いだ。もちろん、キャメロンたちはすぐについてきた。

「そこでなにしてる？　ニルスはどこだ？」

耳をつんざくほどの声に驚き、エディスは体を支えようと手すりをつかんで振り向いた。眠たげな顔をしたジョーディーとアリックが、彼女と護衛のふたりのほうへ急ぎやってくる。せっかく、夫を起こさずにベッドを抜け出して寝室の扉まで到達したのに。ジョーディーたちがニルスを起こしていなければいいのだけれど。

「旦那さまはぐっすりお寝《やす》みよ。最近ではめずらしいことだから、声を小さくして」

エディスは静かながらもぴりぴりした口調で言った。

「ああ《アイ》」ジョーディーはさらに声をひそめてうなずいた。「先週ここに来てからというもの、四、五時間しか眠れていないからな」

エディスは眉根を寄せた。わたしが意識を取り戻してからニルスがあまり眠れていないのは知っていたけれど、それ以前からだとは気づかなかった。彼女はため息とともに、話題を変えた。「階下《した》におりて朝食をとろうとしただけよ。よかったら、あなたたちも一緒にどうぞ。でも、ご覧のとおり警護してくれる人間がいるから、ベッドに行ってちゃんと寝たほうがいいわ」

「いや《ネイ》。きみと一緒に行く」ジョーディーがきっぱり言い切る。

「ああ《アイ》」とアリックもうなずいた。

エディスは肩をすくめて階段をおりはじめた。彼らが寝たいと言えば、それらしい口実を考えてあげたのに。トーモドが護衛をふたりつけてくれたので、あわせて四人に見守られている形となった。

背後に聞こえるどたどたした足音を無視して、大広間を見回す。架台式のテーブルが据えられているが、城に住まう人々の大半はすでに朝食をすませ、それぞれの持ち場へ行ってしまったようだ。テーブルに座っているほんの二、三人も食べ終えたのか、引きあげる準備をしている。ベシーは暖炉そばのいつもの場所に座っていた。繕い物を手にしているが、優しげなまなざしを孫息子のロンソンに注いでいる。彼はベシーと暖炉のあいだ、ラディの隣で丸くなって眠っていた。

まあ、めずらしい。いつもなら、ロンソンはこの時間には元気に城館内や中庭を走り回っているのに。ゆうべ遅くに戻ってきたせいで、だれもが睡眠のリズムを乱されているのだろうか。もっとも、わたしは道中もずっと眠っていたけれど。狩猟小屋から馬で戻ってくるあいだ、ニルスの胸に抱かれた体ごとプレードで包まれていた。泣くまいとしながらも、この数週間のできごとが頭に浮かんで、思いが堂々巡りをはじめ、結局はぐすぐす洟をすすっていた。父と兄ふたりが亡くなり、つづいてコーリーも亡くなったというのに、ブロディまで遺体で見つかった。ようやく眠りに落ちたときは、この身の不幸から逃れられて救われた思いがした。懐かしい我が家に戻ってきたとたん、傷ついた心が眠りに救いを求めたのは不思議でもなんでもない。

それどころか今朝目覚めたときも、体を丸めてふたたび眠りに戻りたいとさえ思ったが、現実から目を背けてはいられない。どす黒い感情がわたしをのみ込もうとしているのに、それに身をまかせるのは危険だ。萎えた気持ちが勝手に掘った穴に一度でも落ちてしまったら、そこから這い出るのは困難だろう。

いまのわたしに必要なのは、うわべだけでも普段の生活に戻ること。つまり、ドラモンド城の切り盛りと、そこに住まう人々の面倒を見る女主人《レディ》としての務めだ。エディスは大広間を横切って厨房の扉へと歩いたが、戸口で警戒するふたりの男に何事かという目を向けた。ふたりとも重々しくうなずいて挨拶をすると、ひとりは彼女のために扉を開けた。だがもうひとりは一歩進み出て、ついてきた男たちの進路を塞ぐように片手を前に突き出した。

「レディ・エディスはお入りになってください。ただし、ほかの人間はだめです」男は申し訳なさそうに言った。ちらと見たエディスは、ジョーディーたち四人の顔に映るいら立ちの色に驚いた。

「我々はレディをお守りしている立場だ。一瞬たりとも目を離してはいけないと命じられている」キャメロンがぴしりと言う。

「しかし我々は、レディ・エディスのご主人以外は通してはならないと命じられている」厨房の護衛はきっぱりはねつけた。

「だが、彼女は通すんだろう？」ジョーディーがぼそりと言う。

「えっ、ああ《アイ》」厨房の護衛は、わかりきったことだと言いたげに答えたが、わからない人間がいる場合を想定して言い添えた。「エディスさまは我らがレディだ。彼女が城内で行きたいところがあれば、それを我々が阻むことはない。だろう？」

しかし、ファーガスは彼を睨みつけた。「エディスさまはおれたちにとっても〝我らがレディ〟だ。身の安全をお守りしようとしてるんだから、そこをどけよ、この薄汚れたいぼいぼ野郎。でないと――」

「せめて、護衛がひとりは一緒に厨房に入るのを許してくれないかしら」このままでは乱闘騒ぎになりかねない。エディスが割って入った。「そうすれば、わたしの身の安全も守れるし、みんなに飲み物を持っていくのも手伝ってもらえるわ」

男たちが睨み合う一瞬、沈黙が流れたが、厨房の護衛が折れて脇へ避けた。「いいだろう。でもひとりだけだ。念のため、おれもついていく。あとは、ここでアーニーとともに待っていてくれ」

「よかった」エディスはだれかが不満の声をあげる前に口を出した。怖い顔をしているジョーディーとアリックを安心させるように微笑んでみせる。「すぐに戻るわ。みんなの朝食になる物を取ってくるわね」

　くるりと向きを変え、さらなる抗議や問題が発生するのを避けようと、エディスは厨房のなかへ急いで入った。キャメロンとファーガスのどちらがついてくるのか振り返って見ることもなく、料理人のジェイミーの姿を見つけると一目散にそちらへ向かった。彼は、牛肉の大きな枝肉をぶつ切りにしているところだった。

「ああ！　マイレディ」ジェイミーは近づくエディスに気づくと、ばかでかい肉切り包丁をおろしてエプロンですばやく両手を拭いた。「おはようございます、お加減はいかがですか？　朝食をお召し上がりになりますか？」

「ええ《アイ》、ジェイミー」エディスはほっとして微笑んだ。「ジョーディーとアリックも起きてきて、朝食をとりたいそうなの。それに……」ちらと振り返ると、厨房の護衛とともになかへ入ってきたのはキャメロンだった。問いかけるように片眉をあげたのに、彼は首を振って答えた。

「ファーガスとおれはすでにすませました。ありがとうございます、マイレディ」

　エディスはジェイミーに向き直った。「じゃあ、彼らにはエールをピッチャーで。そうすれば、キャメロンやファーガスは自分で好きに飲めるから。わたしは、今朝はりんご酒を飲むことにするわ」婚礼の夜は、蜂蜜酒に毒が混入されていた。それ以来、ぶどう酒だけでなくそちらも避けたい気分だったが、あまり長くつづいたら困る。でないと、飲むものがなくなってしまう。しかし気づくと、ジェイミーは黙りこくり、不安げな目で護衛のほうを見ている。エディスは眉をくいと吊りあげて尋ねた。「なにか不都合でも？　りんご酒は切らしているの？」

「い、いいえ」ジェイミーは口ごもったものの、首を振り振り話しはじめた。「ですが、おれではお飲み物を出せないんです。またほだれかに毒を混ぜられないよう、トーモドが貯蔵室に鍵をかけてしまったので」

「まあ」エディスは困惑したが、しかたないと微笑んだ。「じゃあ、トーモドを探さなければならないわね」

「あの……」キャメロンがうしろで声をあげる。問いかけるようにエディスが振り向くと、彼は言い訳がましく言葉を継いだ。「トーモドは荷馬車とともに何人か引き連れて、夜明けに狩猟小屋まで出かけていきました。その前に、鍵をエディスさまのご主人に預けたんです」

「でも、彼は眠っている」エディスはため息をもらした。

「ご主人を起こして鍵をもらうよう、ファーガスを階上《うえ》にやりましょうか」

キャメロンが提案したが、エディスは首を横に振った。「だめよ《ネイ》。最近はあまり寝ていないから、休ませてあげないと」無理に微笑んで料理人のほうを向き直った。

「とりあえず、りんごとかもらおうかしら、ジェイミー。旦那さまが起きて飲み物をもらったら、もっとお腹が膨れるものをいただくわ」

料理人はうなずいて食料品置き場《パントリー》へ向かいながら、ジョーディーたちに食べ物と飲み物を出すよう、野菜を切っていた女たちに大声で命じた。

エディスはため息をついた。しかたないと苦笑しつつ、所在なくあたりを歩き回る。これほどがらんとした厨房を見たのははじめてだ。いつもは大勢の人間が忙しく立ち働いているのに。下働きの人間が自由に行き来できない状態では、ジェイミーに負担がかかっているのではないだろうか。

「さあどうぞ、マイレディ。ふたつ取ってきましたよ。いちばんいいのを選《よ》ってきました」ジェイミーは急いで戻ってきた。

「ありがとう」エディスは差し出されたりんごを受け取った。

彼はうなずいてにんまりしたが、瞳に不安が映っている。エディスは問いかけるように眉を吊りあげた。「どうかしたの、ジェイミー?」

「ああ、いえ《ネイ》、そんな《ネイ》」料理人はなんでもないと言いたげに答えたが、顔をしかめた。

「いえ、あの、もしできましたら……」

「なあに？」エディスは促すように返事をした。

ジェイミーはため息とともに首を振り、恐縮しながら話をはじめた。「きょうは村に市《いち》が立つ日なんですよ」

「そうだった？」エディスはびっくりして訊き返した。市が立つのは毎週土曜日だ。司祭は、売り物を並べた商人たちのところへ行く前に教区民がミサに出席できるよう日曜にしてほしがったが、近隣の村リンゼイズで市が立つのが日曜だった。市に店を出す者のなかにはリンゼイズでも商いをする行商人がいるので、ドラモンドでは土曜ということになったのだった。

きょうが何曜日かわからなくなり、市が立つ日をほとんど忘れてしまうなんて、ストレスのせいに違いない。いつもだったら、卵やチーズ、食肉用の雄鶏や香辛料、ほかにもジェイミーが必要とするものはなんでもエディスが買いにいった。そのほうが料理人は手間が省けるし、彼女には城を出るいい口実だった。それに、並べられている品々を眺めるのも楽しい。すてきな布や、スペインなどの暖かい国から輸入された高級石鹸が見つかることもある。もっとも、市が立つ日にどの商人がここまでやってこられるかどうかに大きく左右されるのだが。

「ええ、そうなんです」ジェイミーは気遣わしげに両手でエプロンを揉んでいる。

「あなたがお戻りになる前は、自分で行って必要な物を買ってこようかと思ったんですが、厨房に入れる人数が減らされたので、そんな時間もないみたいで、その——」

「ああ、それは当然よね」エディスは口を挟み、彼の手をぽんとたたいた。「市にはわたしが行くわ。何がいるのか教えて。すぐに買ってくるから」

「ああ、ありがとうございます」ジェイミーはほっと安堵の息をついた。

「そんな、お礼なんていいのよ」エディスは真顔で言った。「わたしの義務なのに、忘れていたなんて申し訳ないわ。市が立つことだって、あなたに言われるまで忘れていた」

「でも、それはしかたないことですよ」料理人は理解を示すように言ったが、唇を嚙んだ。「今回は大変そうだったら、いまある物でなんとか料理をしますから——」

「大丈夫」エディスはジェイミーに向かって自嘲気味に微笑んだ。「実を言うとね、市に行って、ここで最近起こったできごとを少しでも忘れられるのはいいことだと思うの」

ジェイミーはぱっと顔を輝かせた。「ああ、そうですか、それならよかった」と言うやいなや、必要な物を並べ立てる。ある物だけでなんとかするのがどれほど大変か、エディスはようやく気づいた。彼女が何週間も床に臥せっているあいだ、市場での買い物代としてジェイミーがトーモドからもらうお金も限られていたようで、城内ではいろんなものが品切れとなっていた。料理人はいったいどうやって、おいしい食事を作っていたのだろう。だが考えてみると、エディスが意識を取り戻してからの食事はシチューやスープばかりだった。ほかの人間も最近はそれしか口にしていなかったのなら、だれもがそろそろうんざりしていることだろう。

ジェイミーのリストが長々とつづく。エディスは護衛がついていることに感謝した。それどころか、ジョーディーとアリックもついてくると言い出さないかと期待した。料理人の言う品をすべて持って帰るには、ひとりではとても無理だ。ロンソンやラディも連れていこうか……あと、手押し車が必要だ。いえ、やっぱり荷馬車にしよう。

「マイレディ、そろそろ荷馬車に戻ったほうがよくありませんか？」

キャメロンの懇願するような言葉に答えようとエディスは振り向いたものの、鼻を盾にぶつけて目をぱちくりさせた。ロンソンが彼女の行くところどこにでもついてきて、なんとか守ろうと盾を掲げていたのだ。

「ごめんなさい、マイレディ」少年は真剣な顔で言うと、一歩下がった。

「いいのよ」エディスは笑顔で答え、キャメロンをちらと見て口を開けたものの、眉根を寄せてすぐに閉じた。彼の両手は空いていたが、片方は剣の柄にかかっている。いっぽうファーガスやジョーディー、そしてアリックはみな、エディスが買うそばから渡した品物を両手いっぱいにあふれそうなほど抱えている。こんなに買い込んでいたとは。まだ、リストの半分くらいしかすませていないのに。

エディスは唇を噛んだ。「全部、荷馬車に持って帰ったほうがいいかもしれないわね。そして、だれかひとり見張りを置いて、また買い物をつづけるの」

「マイレディ」キャメロンが真剣な顔で訴える。「ほんとうは、こんなところにいらしてはいけないんですよ」

「そうだよ《アィ》」ジョーディーも同意した。「ニルスには城館の外に出るのもだめだと言われているのに、村までおりてくるなんて」

「それはそうかもしれないけど、ドラモンド城を切り盛りする女主人としての務めがあるのよ。来週はシチュー以外のなにかでお腹を膨らしたいなら、ジェイミーがリストに挙げた品を手に入れなくてはならないの」エディスは言い切った。そもそも彼らがしぶしぶながら折れて城から出られるようになったのも、これを理由にしたからだ。

といっても、まったく無意味な論だ。ドラモンド城の女主人は彼女なのだから、ジョーディーとアリックが邪魔しないよう追い払い、市場へ行くのについてこいとキャメロンたちに命令すれば、彼らは黙って従うのが筋だ。だが、新しく義理の家族となったジョーディーたちにそんなことをしてもなんにもならない。だからエディスは理屈だけではなく甘い言葉を並べてようやく、彼らも降参したのだった。

もっとも、来週もまたシチューばかりの食事でいいのかと脅したのが最終的には効いたのではないかしら。間違いなくキャメロンとファーガスはそれで陥落し、渋っていたジョーディーとアリックもそれに追随した。この三週間はシチューがいちばんのご馳走で、城民はかなりそれに飽きていたらしい。

「あと、どのくらい買い物をするんだい？」ジョーディーは、男たち全員で目を見交わしたのちにやっと切り出した。

「香辛料を何種類かと、あとは鶏とチーズね」エディスはすぐさま答えたが、眉根を寄せて言い添えた。「それに、石鹸もほぼ切らしているし」

ジョーディーは首を横に振った。「じゃあ、買い物をつづけなよ。だが、おれたちのだれかはいますぐ、買った品を荷馬車へ運ばないといけないな。これ以上はもう持てない」

「ふたりで運んで、ひとりは荷馬車に積んだ品物の見張りに残り、もうひとりは荷物を持つためにまた戻ってこなくちゃだめだろう」

そっけない声に振り向いたエディスは、晴れやかな笑顔になった。ニルスがジョーディーとアリックのあいだをかき分けてやってきたからだ。「旦那さま！　目が覚めたのね」

彼はそれを聞いて顔をしかめたが、ロンソンと盾越しに身をかがめてエディスの額にキスをしてから、うなり声をあげた。「ベッドから出るとき、なぜ起こしてくれなかったんだ」

「だって、疲れているようだったし――」

「きみはこんなところにいてはいけないんだ。危ないじゃないか」ニルスが怖い顔で口を挟む。

「護衛がついているし、あなたの弟たちや、ロンソンまでついてきたのよ」エディスは少年に微笑みかけた。

「すまなかった」ジョーディーがつぶやく。「でも兄貴の奥方は、本気を出したらものすごい説得力を発揮するんだぜ。彼女が具合が悪くて臥せっているあいだに、料理人が必要なものがあれこれ底をついてしまったみたいでさ」

「わたしはのどがからからだったのよ」エディスはかわいそうに見えるよう言った。「なのに城館のなかの飲み物はすべて、鍵のかかったところにしまわれてた。りんご酒さえも。だから村へおりてきて、買い物をはじめる前に宿屋に寄ったの。それがなかったら、いまごろはもう城に戻っていたわ」

「とんでもない。この調子だと、市場が閉まるまでいなくちゃならないよ」アリックは小声で言って、エディスから睨まれた。

「おまえたちは、宿屋で彼女になにか飲ませたのか？」ニルスは信じられないとばかりに尋ねた。

「あら、当たり前じゃないの」エディスは、こんどは夫を険しい目で見つめた。「そうしてはいけない理由でもあるの？　まさか、宿屋のご主人が城館でわたしに毒を盛れるわけでもあるまいし」

「それはそうだが。毒を盛ったのがだれであれ、そいつが城からきみのあとをつけてきて、宿屋で飲み物に毒をうまく仕込んだとしたら？」

「それはおれが見張っていました、マイロード」キャメロンがすぐに言ったので、エディスは驚いた。そんなこと気づきもしなかったけど、護衛の者たちはちゃんと考えていたようだ。だからこそ、トーモドにもっとも信頼されているのだ。彼らはいつも、そういう鋭い目で物事を見ている。

「妻よ」ニルスはエディスの関心を自分に向けさせた。「飲み物を安全なところにしまったり、護衛をつけたりしているのはきみの身の安全を守るためだ。それなのに、簡単に狙われるような屋外に自分から出て、おれたちの仕事を困難にする。きみは城から出てはいけないんだよ」

エディスは目をすがめて彼を見ていたが、質問をした。「あなたの護衛はどこ？」

「はあ？」ニルスは驚いて尋ねた。

「だって、わたしと結婚したからにはあなたも狙われる可能性があるのよ。ブロディの妻のヴィクトリアは結局、そのせいで死んだんだもの。あなたも城内にとどまっていなくちゃだめよ。それに、護衛なしで馬を乗り回すのもだめ。だから……あなたの護衛はどこなの？」

「エディスの言うとおりだな」ジョーディーはニルスに指摘した。「ゆうべ、おれたちも話したじゃないか。兄貴も標的になりうる、って」

ニルスは、余計なことを言うなという顔で弟を睨み、エディスの腕を取って脇へ連れていった。「そうか、わかった。いますぐふたりとも城へ戻ろう」

「だめ《ネイ》よ」エディスは頑として譲らなかった。「ジェイミーに頼まれたものがまだあるんだから」

ニルスが足をとめて厳しい表情で振り向くと、彼女は言葉を継いだ。「城に住まう者たちが必要としているものを与えるのは、わたしたちの務めよ。それはご存知でしょう、旦那さま？　料理人が必要な物をわたしが手に入れられなかったら、彼は自分の仕事をちゃんと果たせない。すなわち、わたしの怠慢のせいでね。彼のせいじゃないわ」

ニルスは悪態とともに妻の腕を離し、降参だとばかりに両手をあげた。「そうか、わかったよ。料理人が必要なものは手に入れよう。だが、無駄な時間をかけるのはなしだ、エディス。さっさとすませて城へ戻るぞ」

エディスは晴れやかな笑みでうなずいた。「はい、旦那さま。ねえ、あなたが来たから、だれも荷馬車へ戻らずにすむわよ。あなたは香辛料と石鹸を持ってね」

そしてくるりと振り返ると、ロンソンと一緒に香辛料を売る商人のところへ急いで行った。男たちはついていこうとあわてて駆け出した拍子にあちこちでぶつかった。

「これでわかっただろ、おれたちが兄貴の奥方とここで買い物する羽目になった理由が」

「ふむ」ニルスは、エディスの周りをうろうろするロンソンや三人の男たちのあとをついて歩きながら、ジョーディーにうなずいた。

「とはいえ、城を出てから、彼女は目に見えて明るくなったけどな。城館にいるときは悲しそうに足を引きずっていたけど、ここに来たら元気を取り戻した」

目を覚ましたときのエディスが悲しげでぼんやりしていたと聞いて、ニルスは顔をくもらせたが、ここ最近のできごとを思えば当然かもしれない。父親や兄たちについて話すのは避けているが、サイやトーモドから聞いたところによれば、エディスは父親をこよなく愛していた。もちろん兄たちのことも……どこから見ても怠惰な浪費家のブロディでさえ。コーリーとも仲はよかったようだが、みな、あっという間につぎつぎ亡くなった。ニルスの目には、エディスはこの事態に冷静に対処しているように見えたのだが。

「危険な要素はあるものの、彼女がこうして元気に外を出歩くのはいいことかもしれない」ジョーディーは話を結んだ。

「そうだ《アィ》な」ニルスはつぶやいた。たしかに、香辛料を売る商人を相手に値段の交渉をしているエディスは顔色も悪くないし、いつもより生き生きしている。

「ニルス？」アリックはロンソンのうしろで立ちどまり、にじり寄ってきた。

「なんだ？」ニルスがちらと見ると、弟が抱えているのは巻物になっている布ばかり。ひとつは、エディスの瞳とまったく同じ緑色をした美しい布。これでドレスを作ったらいい。きっと見事に映えるだろう。

「ほぼひと回りして、もうすぐ荷馬車のところに戻るよ」アリックがひと言、説明した。「ジョーディーとおれは買った物を荷馬車に持っていく。おれは荷物の見張り番をしながらエディスが買い物を終えるのを待つ。ジョーディーは、彼女がほかに買う物を運ぶのをまた手伝うよ」

「ああ、おまえがそれでいいなら」ニルスはうなずいた。

「大丈夫。それでいい、どころの話じゃないから」アリックは変な太鼓判を押した。「もちろん、あいつはそれでいいだろうよ。だって、腕いっぱいに荷物を抱えてエディスのあとをあちこち歩くより、のんびり座ってかわいい娘たちを相手にちゃらちゃらできるんだからな」ジョーディーは辛辣に言ったものの、アリックと荷馬車へ向かいながら言い添えた。「すぐに戻る」

ニルスはうっすら微笑んでエディスのほうを振り向いたが、組んだ腕の上に積みあげられた品物を見て驚いた。

「ありがとう、旦那さま」エディスは香辛料をひとつずつのせていく。「ファーガスはもうこれ以上持てないし、ロンソンは盾を掲げるので精いっぱい。キャメロンは、少なくとも片方の手は空けておかないと、なにかあったときにわたしを守れないと言ってきかないの」

すぐさま踵を返してつぎの店へ急ぐ彼女の姿にニルスは首を振り、腕を少し動かして、積まれたものを抱えるようにした。それから、妻のあとをついて歩く男たちを追った。エディスはチーズを売る店にいた。塊をいくつも選んだのに購買意欲が少しも衰えない様子を目の当たりにして、ニルスはファーガスに提案した。「それを荷馬車へ運んで、早く戻るようジョーディーに伝えたほうがよくはないか？」

「ここへ荷馬車を来させるほうがいいかもしれません」キャメロンは、なおもチーズを選びつづけるエディスを見ながら言った。「つぎは石鹼を買います。だが、そのあとには鶏が待ち構えているし、城中にご馳走を振る舞いたいとレディがお考えなら、相当な数を買い込むことになりますよ」

「そうだな」ニルスはうなずいた。

「おれがこれを持っていって、アリックに荷馬車をここまで持ってこさせましょう」

ファーガスは言うやいなや、急いで去っていった。

ニルスがエディスのほうを振り向くと、あれこれ話しているうちに彼女はいつの間にか移動していて、あとにちゃんとついているのはロンソンだけだった。ふたりは石鹼屋の前にいて、地面に広げられたプレードにのった品々を吟味している。

「まあ、これはいいにおいだわ」と、ひとつ選んでにおいを嗅いでいる。

「はい、マイレディ、ばら油が入っています」商人は笑顔で言った。

ニルスはそばに立ち、妻が石鹸を選んで支払いをすませるのを待ってから尋ねた。

「エディス、チーズは買わなかったのか？」

「買ったわよ。あまりにたくさん選んだから、デュアがあとで城に届けてくれるって」エディスは振り向いてニルスの腕に石鹸を積んだが、すでに抱えていた香辛料を見て眉根を寄せた。両方のにおいが喧嘩すると考えたのだろう。彼女はキャメロンに目をやったが、ふいに足をとめ、ふたりのうしろをちらと見て微笑んだ。「ああ、よかった、荷馬車が来たわ」

「ああ。チーズや鶏を買ったら必要になるかと思って」ニルスは乾いた口ぶりで言った。

エディスは首を振り、隣にとまった荷馬車のうしろのほうへ行くと、持っていた石鹸をぽんと置いた。「いいえ《ネイ》。いつもたくさんの鶏を買うから、注文をして支払いをすませたら、イアンが城まで運んでくれるの」

ニルスはうなり声をあげ、エディスが下がったところから荷馬車のうしろに香辛料を置いていった。それを終えて振り向くと、彼女はすでに鶏を商う男のところへ走り寄り、値切っているところだった。ロンソン、ジョーディー、ファーガス、それにキャメロンもそばにいる。ニルスは荷馬車の前に歩いていった。「最後は鶏だが、それは配達されるそうだ。よかったら、おまえは先に城へ戻っていいぞ」

アリックがうなずきながら手綱を取って荷馬車を走らせていったので、ニルスはみんなのところへ合流した。馬を宿屋に留め置いたのは彼も気づいて、同じようにしておいたから、エディスが値段の交渉を終えると全員でそこに戻った。ニルスは妻を鞍上で自分の前に座らせ、ジョーディーに言った。「ロンソンを前に乗せてやったらどうだ?」

「えっ、それはだめだよ、マイロード」ロンソンはすぐさま言い返した。「ぼくは、あなたと一緒の馬に乗らなくちゃ。城の中庭に着いたとき、レディ・エディスの前に盾を掲げなくちゃいけないんだから」

くたびれた顔をしていた少年から盾を取りあげて、ひと休みさせてやるつもりだったが、ニルスはうなずいた。「そうか、いいだろう」

ジョーディーはすぐさま少年をエディスのひざに抱きあげてやり、盾を放さずに言った。「これは、門のところまで来たら返してやるよ。ここまで来る途中では、ちょっと邪魔だったからな」

「うん《ファイ》」ロンソンもうなずいた。「まったく、言葉にできないくらいくっそ邪魔だったよね」

あきれたように首を振るジョーディーが盾を持ったまま自分の馬に乗ると、全員で出発した。ニルスはキャメロンに先頭を走らせた。ファーガスがうしろの守りを固め、ニルスの隣をジョーディーが走る。一団でまっしぐらに城まで向かったが、城門の近くまで来るとキャメロンはスピードを落としはじめ、門のところで完全にとまった。ニルスは自分の馬の手綱を引きつつ、追いついたジョーディーをちらと見た。彼はヒーター・シールド（馬上で用いる大型の盾）を馬のうしろから取ると、ロンソンの前に横向きに出し、少年がしっかりつかむのを待ってから手を放して遠ざかった。

「いいですか？」キャメロンが声をかける。

ニルスはうなずいた。盾は、横向きでもゆうに高さ六十センチはある。彼の頭や胸の一部は上に出ているので前は見えるが、ロンソンは完全に隠れ、エディスも頭のてっぺんが出ているだけだ。キャメロンが前に進むと、ニルスもあとをついて門をくぐって城内の中庭へ入る。兵士が速足で城館への階段をのぼってくれたので、助かった。

途中まで来ると、エディスがふいに体を傾けて盾越しにあたりを見ようとした。ニルスは厳しい表情で背中を小突いた。彼女は素直にそれに従い、あとは階段をのぼりきるまで盾の陰に隠れていた。

頭上の守りが手薄だと気づいたニルスは盾をロンソンから取りあげ、馬からおりたキャメロンが少年を地面におろすまで、彼と妻の上に掲げてやった。ロンソンがおりると、ニルスはエディスの体に回した腕に力を込めたまま馬をおり、城館入り口への階段をのぼるよう追い立てた。

城館に入るまで掲げたままでいた盾をキャメロンに渡すと、ニルスはエディスの腕を取ってすぐに階段へ向かった。

「ちょっと待って、どこへ行くの？」エディスが驚いて尋ねる。「貯蔵室の鍵を開けてもらおうと思っていたのよ。そうすれば、なにか飲めるわ」

ニルスはそのひと言で足をとめたが、立ったまま顔をしかめた。上の階に行くよう新妻を促し、結婚の契りを交わすよう誘惑するつもりだった。朝起きたときもそう思ったのに、彼女はすでにベッドにいなかった。いまもまた、新たな壁に阻まれるとは。だが、のどの乾いた妻がなにか飲みたいというのをだめだと言うなど、どんな無作法者だ？　まあ、しかたない。ニルスは振り向き、やさしく尋ねた。「なにが飲みたい、妻よ？」

「りんご酒がいいわ」エディスは小声で答えてから言い添えた。「でも、貯蔵室の鍵を開けてくれたら、自分で取りにいけるけど」

「いや《ネイ》。大丈夫、おれが取ってくる」ニルスはキャメロンとファーガスに向き直った。「護衛せよ。レディを彼女の部屋まで。おれはりんご酒を取ってきて、まっすぐそちらへ向かう」

　夫の命令に驚いたようだったが、エディスはとくに言い返しもせず、キャメロンとファーガスに促されるまま階上へ向かっていった。新妻と肌を重ねて愛し合う計画を進められるのに満足して、ニルスは厨房へ行こうと大広間を横切ったが、途中で名前を呼ばれて足をとめた。振り返ると、護衛に守られたエディスとすれ違うようにローリーが階段をおりてくる。一瞬、弟のことなど無視してやろうかと思ったが、ニルスはため息をついて待つことにした。だが、二分間だけだ。それがすぎたらりんご酒を取ってきて、二階へ行き、夫婦の契りを完全なものにする……やっと、そのときがやってきたのだから。

13

「大丈夫ですか、マイレディ？　動きが若干、ぎくしゃくしているようですが」階段のなかばまで上がったところでキャメロンが言った。

「そうね」エディスは顔をしかめた。「少し体がこわばってるわ。でも、大丈夫」

「きょうは一日、歩き回りましたからね、無理もありませんよ……昨日は昼も夜も馬の背に揺られたし。しかも、雨に降られながら」ファーガスも気遣うように相槌を打った。

「熱いお風呂に入るといいかもしれません」キャメロンが言い出した。「お父上はいつも、さし込むような痛みも筋肉痛も、熱い風呂が追い払ってくれるとおっしゃっていました」

「ああ、そうだったわね」エディスはふと微笑んだ。晩年の父は関節痛に悩まされていて、不快な症状を和らげてくれるのは湯気が出るほど熱い風呂だけだと言っていた。

「準備するよう、言いつけましょうか？」キャメロンがそれとなく訊く。

「ええ、お願いするわ。ありがとう、キャメロン」

キャメロンは足をとめた——エディスは階下《した》におりて自分で言いつけようかと思ったのだが——彼はその場でくるりと振り向き、大声で呼ばわった。「お風呂の準備を！　レディ・エディスが風呂をご所望だ！」

一瞬、大広間に沈黙が流れたが、エディスの夫だけはうめいた。彼女は、うめいたのはニルスだと思った。それにつづいて「ほら、やっぱり時間はあるだろ！」とローリーが楽しげに言うのが聞こえた。

どうして、ニルスがうめくのかしら。エディスは階段をのぼりながら振り返ったが、ローリーがニルスを城館から外へ連れ出すのが見えただけだった。飲み物を持ってきてくれるのはまだ、先になりそうだ。

寝室に入ると、モイビルがいた。彼女はエディスやニルス、ジョーディー、そしてアリックがブキャナンへ向かうために荷造りしたたんすの中身をまた出している。あのときはエディスも侍女も、この城を出て暮らすのだと思っていた。

少なくとも、ニルスが話していたあの家を建てるまでは。四年はかかると彼は言っていた。わたしにはかなりの額の持参金があるし、彼の父親が遺した財産にどれだけ上積みするかにもよるけれど、すぐにも家を建てられるかもしれないのに。だがエディスは、それをニルスには話していなかった。ゆっくり話をする機会もなかったし、そういうことには時間がかかると思っていた。だが、いまは彼女の持参金だけではなく、ニルスには家もできたことになる。いまや、ドラモンドの領主は彼なのだ。

これまで考えたことはなかったが、エディスはじっくり腰を落ち着けて思案した。いまこの瞬間、ここを取り仕切る女主人《レディ》はわたしで、ニルスが領主だ。彼はそれを考えたことがあるだろうか。そして、どう思っているだろう。よろこんでいるといいのだけど。城や領主の肩書きがほしくてわたしと結婚したのではなくても、結果的にはそうなったのだから。

「荷ほどきをはじめていました。ですが、お嬢さまがいらっしゃる直前に、ここでよかったのかどうかと思ったのですが」

エディスは意味がわからず、モイビルを見た。「すぐにブキャナンへは行かないけど」

「ええ」侍女はためらいつつ口を開いた。「ですが、ここよりも……大きな寝室のほうですべきかしら、と」

大きな寝室。モイビルは〝領主の寝室〟と言うのを避けているのだ。お父さまの寝室。父が亡くなったことを、わたしに思い出させまいとしているのだろう。

エディスは息をつき、肩をすくめた。「いずれ、あちらへ移らなければならないでしょうね。でも、まずはニルスに部屋の様子を見てもらわないと。いまのままでは気に入らないかもしれないし、物を入れ替えなければならないかも。ヘイミッシュの部屋を使ってと言ったのに、あそこでは頑として寝ないのよ。きっと、あの部屋も好きじゃないのね」

モイビルはあきれたような音を出した。「それは、お嬢さまのそばを離れたくないからですよ。ベッド脇の椅子や床、戸口を出た廊下の床で寝ていたじゃないですか。おふたりが結婚するずっと前から」とそっけなく指摘する。「ヘイミッシュさまの部屋が好きとか嫌いとかではありません。なかを見たこともないと思いますよ」

「まあ」エディスはつぶやいたものの、扉のほうへ向かった。「じゃあ、わたしたちだけでも、領主の寝室がどんなふうになっているか見にいったほうがいいかもしれないわね。お風呂の準備ができるまでほかにすることもないし」

「そうですね《アィ》。キャメロンが大声を出しているのが聞こえました」モイビルは楽しげに言いながら、エディスのあとをついて歩いた。

「そうなの、少し体がこわばっているから、お風呂に入ると痛みもやわらぐと言ってくれて」

エディスが扉を開けて廊下に出ると、キャメロンとファーガスは気をつけの姿勢になった。

「お父さまの部屋をちょっと見にいくだけよ」と説明すると、警護のふたりはうなずき、エディスやモイビルのあとをぴたりとついてきた。

領主の寝室はほかの部屋の二倍の広さで、廊下の端をまるまる占めていた。扉を開けてなかへ入ったエディスは足をとめた。がらんとした感じがするかと思っていたが、どうもそうではなかった。わずかなあいだでも旅に出て久しぶりに戻ると、自分の部屋でも妙にがらんと寒々しいものがあり、空気も淀んでいる感じがするものだ。シンクレアの領主が花嫁候補を探していると言われてわざわざ行ったのに、彼はすでに嫁を娶っていたと知らされたあのときもそうだった。それは、長いあいだ暖炉に火が入れられず、だれも生活したあとがないからだと思っていた。父の部屋は主人《あるじ》を失ってから一カ月ほど経つが、まだ煙の匂いがして……ラベンダーの香りもする？

「どうして、ここは暖かいんでしょう？」モイビルが言った。「それに、このにおいは？　花の香りですか？」

「ラベンダーだと思うわ」エディスは小声で答え、床に目をやった。乾燥した花があちこちに散らばっている。

「お父上のお部屋でラベンダーの香りがするなんて、はじめてです」モイビルは、エディスが心のなかで思っていたのと同じことを言った。

戸口に立っていた護衛のふたりも、なかへ入ってきた。キャメロンはまっすぐ暖炉へ向かい、火かき棒をつかんだ。それから尻をついて、炉の周辺を探る。

「ベッドでだれか眠ったあとがあります」モイビルが硬い声で言った。ベッドの周りを覆う幕のあいだに首を突っ込んでいたが、それを開け、乱れた寝具や毛皮をみなに見せた。

「お父さまが運び出されたときのままじゃないの？　違うの？」エディスはベッドのほうへ歩いた。

「いいえ。お嬢さまがヘイミッシュさまの看病をしているあいだ、わたしが寝具を外しましたから」モイビルは答えた。「最後にこの部屋を見たときはベッドもむき出しのままで、幕は開いていました」

「だれかがここで眠ったのは明らかですね」キャメロンが厳しい表情になった。「それも、つい最近。灰はなく、燃えさしだけです、マイレディ。だれかがここで火を燃やして、それが最後まで燃え切ったんですよ」

「先代のご領主の亡霊だ」ファーガスが怯えたようにつぶやく。

エディスはキャメロンが目を見開いたのに気づいて、ファーガスを叱った。「違うわ。お父さまはラベンダーなんてお好みではなかった。悲しい思いをさせられると言っていたのよ。それにね、ファーガス、幽霊なんてものはこの世にはいないから。ここで寝ていたのは生身の人間よ。ジョーディーかニルスが、なんらかの理由でなかに入ったのよ」

「それなら、暖炉が暖かいはずがありませんよ。彼らは今朝も、お嬢さまの部屋の外で寝ていたんですから」

「まあ、それならローリーかしら」エディスはキャメロンに指摘されて顔をしかめ、もう一度部屋のなかを見渡してから戸口へ向かった。「もう行きましょう。お風呂もそろそろ準備ができたはずだわ」

エディスが三人とともに自分の寝室に戻ると、扉は開いていて、召使いたちが熱々のお湯をバケツで忙しく汲み入れているところだった。キャメロンとファーガスは廊下で待機するものと思っていたが、部屋のなかまで入ってエディスの両脇に立ち、お湯の汲み入れが終わるまでじっと待っていた。召使いたちがみな出ていくと、警護のふたりはうなずいて廊下へ戻り、扉を引いて閉めた。

「ご主人の弟さまがお父上の部屋で眠ったなんて、ほんとうに信じているわけではないでしょう?」モイビルはエディスが服を脱ぐのを手伝いながら尋ねた。

エディスはため息をついたものの、すぐには答えなかった。実際、そんなわけはないと思っていた。蘭草の敷物を香らせるためにローリーがわざわざ花を床に撒くとは思えない。しかし、父が亡霊となって自分の使っていた部屋に現れたなどという噂が城中に広まるのもいやだ。ニルスとともにここに移った際に、掃除をするのが怖いと召使いに言われるのも困る。だって、幽霊なんていないのだから。そんなものはこの世にいないのよ。エディスは自分に言い聞かせた。それに、お父さまはラベンダーをほんとうに嫌っていた。幽霊となって出てきたとしても、部屋にラベンダーのドライフラワーを撒くなんてありえない。

「マイレディ」

「なあに?」エディスはちらと見たが、モイビルがまだ答えを待っているのに気づいて、ため息をもらした。お風呂に足を入れてお湯の熱さにちょっと顔をしかめたものの、そろそろとなかで腰をおろす。あまりの熱さに少し息もできないぐらいだったが、慣れるとほうっと声が出た。「お父さまの幽霊なんかじゃないわ、モイビル」

「ああ、それはわかっています」侍女はエディスがみなまで言うのを待たずに答えた。

「ですが、ローリーさまだと思ってらっしゃいますか？」

「わからない」エディスは正直に言うより、曖昧に答えた。モイビル本人は否定するものの、彼女もほかの人間と同じく迷信深い。「あとで彼に訊いてみるわ」

「そうですね。まずは髪を洗いましょうか？」

「ええ、お願い」

モイビルはエディスの髪を洗うと、彼女をひとり残して脱いだ服を集めた。

エディスは自分の体を洗い、お湯のなかで少しくつろいだ。こわばりや筋肉痛はどこかへ消えて、そろそろ出ようかと思ったころ、寝室の扉が開いた。肩越しに視線をやると、ニルスの姿が見えたのでエディスは微笑んだ。彼がピッチャーとゴブレットをふたつ持っているのを見て、その笑みがさらに深まる。

ニルスも彼女に応えるように微笑み、モイビルをちらと見て扉を大きく開けた。侍女は無言の頼みをすぐに理解し、急いで出ていった。その背中を追いかけるようにニルスは静かに扉を閉め、ピッチャーとゴブレットをベッド脇のテーブルに置いて中身を注いだ。

「遅くなってすまない」ニルスはピッチャーを置くと、モイビルが暖炉そばの椅子の背にかけて温めておいた亜麻布を取りにいった。それをさっと広げてエディスのほうへ向かう。「話がある、とローリーに言われてね」

「いいのよ」エディスは勇気を奮い起こして立ちあがった。あわてることなんてないのよ、ニルスはわたしの旦那さまなんだから。それに、草地ではほぼ生まれたままの姿を彼の目にさらした。床入りの儀のときだって、そうだったはずだ。とはいえ、むき出しの足首を彼にちらと見られたような、キスさえしていないような気恥ずかしさがする。

ニルスは風呂おけの隣に立ち、体拭きを広げて待っていた。「あとで、きみにその話をするよう思い出させてくれ」

「あとで、って?」エディスは自分の気をそらそうと尋ねながら、すばやく風呂おけの外に立ち、広げられていた亜麻布に体を預けた。安堵したことに、ニルスはすぐさまそれで全身を包んでくれたが、そのまま抱きあげられ、テーブルまで運ばれて縁に座らされたので、彼女はひどく驚いた。その前には、椅子が一脚置いてある。

訳がわからずニルスを見つめ、なにをしているのか尋ねようと口を開けた瞬間、顔を包み込まれ、いきなりおりてきた唇が重ねられた。エディスはおずおずと彼の両腕に手を這わせたが、すぐにしがみつくようにしながら、熱くキスを返していた。

顔からニルスの両手がそろそろとおりていき、亜麻布を剝がそうとして縁に指がかけられる。エディスははっと息をのんだが、胸をすくいあげるようにされて、重ねたままの口に悦びのため息をもらした。彼は親指とひとさし指で、両方の胸の頂を焦らすように転がしている。

その瞬間、エディスも手を伸ばした。ブレードやシャツではなく、ブレードをなかから突きあげているお宝へとまっすぐに。それに触れた瞬間、ニルスは驚きに全身をびくっとさせ、ふいにいなくなった。

エディスがすぐに目を開けると、ニルスは椅子にどさりと腰をおろし、それをテーブルへと近く寄せていた。彼女の脚が大きく広げられ、そのあいだに彼がいる。エディスは気後れして閉じようとしたが、できなかった。ニルスのひざで両脚を押さえられたまま、引き寄せられる。エディスはテーブルから半分ずり落ちるような形になり、腕を使ってうしろにもたれなければならなかった。ニルスは彼女の脚をさらに大きく広げ、そのあいだに顔をうずめた。

期待にうずいていた部分を舌でひと弾きされた瞬間にエディスは声をあげたが、ニルスがご馳走を楽しむにつれて、同じような悦びの声がさらにつづいた。口を手で押さえたり中指を嚙んだりして声がもれないよう努めたが、無駄なあがきだった。はっと息をのんだかと思えば、懇願するようなあえぎ声や甲高く艶かしい声になる。きっと、廊下にいるふたりの警護にも聞こえたことだろう。絶頂に達するとともに全身に悦びが弾けて、興奮のあまり声をあげたのも、城館内にいる人間すべてに聞かれたに違いない。エディスはテーブルにぐったりと倒れ込んだまま、頭を暖炉の炎のほうに巡らせた。

ニルスが立ちあがってブレードやシャツを脱いだのはわかったが、エディスはその動きを目だけで追った。体を動かすことなど、とてもできない。ニルスは彼女を抱きあげると、暖炉前に広げた大きな毛皮まで運び、その上に横たえようとひざまずいた。エディスは、背を起こすニルスの腕や手に触れてしがみつこうとしたが、それさえもできなかった。

「妻よ、きみは見ているだけでも目のご馳走だ」ニルスは床に尻をつけたまま、ただエディスを見つめている。「髪は燃えあがる炎のようで、肌には影が躍っている」

エディスの気力がようやく戻ってきた。横たわったまま見つめられているのを恥ずかしいと思うほどに。彼女はニルスの脚の上に片方の手を差し出し、股間のほうを指差した。肌には決して触れなかったが、彼はすぐにエディスの隣で横向きに寝そべった。

ニルスは手枕をして微笑んだ。「落ち着いてきたかい?」

エディスはうなずき、彼の顔にそっと触れた。

「もっと欲しいか？」ニルスが片方の手をエディスの太ももに這わせていく。彼女はのどの奥でうめいた。一瞬ためらったものの、彼の手が体の中心にある悦びの泉でとまる前に、弾《はじ》かれるようにうなずいた。

「いいだろう」ニルスは秘部を守るひだの合わせ目に手を走らせた。指でそっとなぞられて、エディスは目を閉じたまま声をもらした。

「感じていると声に出してくれるのが、すごくうれしいよ」彼は静かに言うと、ふたたびそこをなぞってエディスに声をあげさせた。「おれが欲しくて、こんなにしっとり濡れているのもたまらない。まるで、おれに体ごと愛してほしくて泣いてるみたいだ」

「そうよ」エディスはせつない返事をした。愛撫に腰をくねらせて応えていたが、指を一本体のなかに挿し込まれて、動きをとめた。ぱっと目を開けて、夫を見つめる。

「ニルス、お願い」

「お願い、ってなにを？」ニルスは指を引き抜いたかと思うと、親指でひだの合わさったところを撫でながら、また指を挿し入れた。「これは好きか？」

「ええ」エディスはニルスの巧みな指使いに、身をよじるしかなかった。

「おれもだ。秘部の肉が絡みついてくるのがすごくいい。おれに、なかに分け入ってほしがってる」

「ええ、そうよ」

「なかに分け入ってほしいか、かわいいおまえ《ラブ》？」

「ああ、もう、もちろんよ！」エディスは、愛撫するニルスの手に自分から激しく体を突きあげていった。

「自分で悦びを見つけて、おれに教えてくれ。そうしたら、高みへ連れていってやる」こんどはニルスも返事を待たず、身をかがめてエディスの唇を奪うと、下の指の動きに合わせるように舌を挿し入れた。手枕をしていたほうの手は彼女の胸を揉みしだくと同時に、胸の頂をつまんで転がす。その瞬間、エディスは全身を震わせ、悦びの叫び声を重ねたままの彼の口にもらした。

　ニルスがいきなりエディスに覆いかぶさった。だが彼女は、体のなかになにかが分け入ってくるまでそれに気づかなかった。さっきとは違う。これはニルスの指じゃない、もっと大きいものだ。ほんの少しつねられるような感覚があったかと思うと、昂ぶりが分け入ってきた。内側からすっかり充し、自分を受け入れさせようとエディスの体に強いてくる。彼女はまた声をあげ、ニルスの肩にしがみついた。奥からじんじんうずくような悦びとともに、腰をもっと突きあげて、彼の男らしさの証をぎゅっと締めつける。

ニルスは食いしばった歯のあいだから押し出すような声をもらすと、何度も腰を打ちつけた。いきなり上体を起こしてエディスの足首をつかみ、両方の脚を自分の肩にかけさせる。彼女は驚きに息をのんだが、ふたりの体が繋がっているところをふいに愛撫されると、悦びの声をあげた。彼の作り出す興奮と快感が波のように押し寄せてくる。それは永遠につづくようにも思われた。しかし、もうこれ以上は受けとめられない、心臓がとまってしまう。いえ、ニルスに組み敷かれたまま、快感の強さに圧倒されて死んでしまう。

エディスがそう思った瞬間、ニルスは全身をこわばらせた。最後にもう一度深く体に突き込まれるとともに、彼女は声をあげた。どんどん大きくなる悦びがついに弾けると、エディスは彼の背中に爪を立てて果てた。

目覚めると、陽の光が降り注いでいた。エディスはニルスの胸に頭をもたせかけ、背中をゆったり愛撫されていた。

「もう朝だ」

エディスは微笑みながら顔をちょっと振り、片方の手を彼の腰に滑りおろしていった。「いいえ。まだ夜よ、旦那さま」と、目覚めかけた男らしさの証に手をかける。

「まだ足りないのか？」楽しげな口調だが、ニルスの声はかすれている。それは彼女を求めている印だと、エディスにもわかってきた。もっとも、それがなくともわかっただろう。手のなかで、彼のものが早くも張り詰めてきた。

「ええ、足りないわ」エディスはそっと愛撫をした。

「欲張りだな」半分責めるようだが、まんざらでもない声。ニルスの手はエディスの背中を離れて尻を揉みしだき、彼女をからかうように脚のあいだをさまよっていた。

エディスはあえぎ声とともに、もっとと言うように厚い胸板に口づけた。昨日の午後、お風呂に入っているところに彼がやってきてからずっと、ふたりはベッドを離れなかった。いや、ずっとベッドにいたわけではない。エディスは最初、テーブルの上にいた。それからふたりで毛皮の敷物に移動し、彼にベッドまで抱きあげられて愛を交わしてから眠りに落ちた。夜も何度か目を覚まし、そのたびにどちらからともなく互いの体に触れようと手を伸ばした。

実のところ、エディスはニルスがもっと欲しかった。与えられる悦びに酔いしれて、それをもっと味わいたかった。教えてほしいことも、もっとあった。肌を重ねて愛し合うのにこれほどさまざまな体位があるとか、いろんなことができるとかは知らなかった。はじめての体位を試すたびにエディスは自信を深め、どんどん大胆になっていった。

「先に、話がある」ニルスはうめいたが、指ではエディスの体をそっと撫でつづけ、彼女に愛撫されるのも、とめはしなかった。

「ええ、話をしましょう」エディスは顔をあげ、ニルスの乳首に舌を這わせて甘嚙みした。

彼はうめき声をもらしたものの、昂ぶりから妻の手を離させると、肩をつかんで自分の体から離した。そして、真剣な表情で言う。「ほんとうに話をしなくちゃならないんだ、エディス。大事なことなんだよ」

エディスはニルスの表情をちょっと見つめたが、ため息とともにうなずいた。

「いい子だ」彼はつぶやくと、上体を起こして壁にもたれた。

「なんの話？」エディスはよくわからないままに尋ね、ニルスの隣に座ろうとした。

「そんなふうにされると、おれは我慢できずに、またきみと愛を交わしたくなる。これはほんとうに大事なことなんだ」

一瞬、なにを言われようと迫ろうとしたが、ニルスは大事なことだと言うし、表情も険しい。エディスは引っ張った寝具で体を覆ってお行儀よくしながら、夫が口を開くのを待った。

「昨日の午後、ローリーがおれのところへやってきた」ニルスは静かに話をはじめた。

「ええ、市場から戻ってきたときのことね」

ニルスはうなずいた。「犯人を捕まえるための策がある、と言うんだ」

「ほんとうに？　教えて」

彼は口ごもったが、ため息とともに言葉を継いだ。「きみに死んでもらう必要がある」

「なんですって？」エディスは金切り声とともにひざ立ちになり、信じられないとばかりに夫をぽかんと見つめた。

「ああ、おれも同じように反応した」ニルスはにこりともせずに言った。「だが、きみが死んだとでっちあげ、埋葬のため浄められた遺体だと言って広間に安置すれば、ドラモンドの家督を継ぐ者として名乗り出てくる人間がいるというんだ」

エディスは首を横に振った。「それはうまくいかないわ。つぎに相続するのはトーモドだとわたしたちは知っているし、彼がすべての件の黒幕だとは思えない。犯人がほんとうにドラモンド家を狙っているのだとしても、すべてはトーモドのせいだとして罪をかぶせ、彼が絞首刑になるよう動いているのかもしれない」エディスは眉根を寄せて話をつづけた。「それに、わたしが死んだとでっちあげてもトーモドを責めなかったら、真犯人は彼を排除するためにいきなり殺すかもしれないわ」

「ああ」ニルスは硬い声で言った。「おれの意見とは違うが、たしかにそうだな」

「あなたはどう思うの？」エディスは興味をひかれて尋ねた。

「おれは、そんなふうにきみを危険にさらしたくない」ニルスは真顔になった。「遺体に見せかけたきみを部屋に安置していて、犯人が忍び込んできてまだ生きていると知ったら、きみを刺したりするかもしれない」

「まあ、たしかに。そうなったら大変だわ」

「〝大変〟どころの話じゃない」ニルスはぼそりと言ったが、ため息をついた。「だが、こうして話すうちに、おれも独自の案を思いついた」

「あら？　どんな？」

「きみに毒を盛る機会をちらつかせて、やつらをおびき出す」

エディスは眉を吊りあげた。ぱっと聞いただけでは、ローリーの案とさして変わらない。

妻の表情に気づいてか、ニルスは説明をはじめた。「きみが毒を盛られることは決してない」

「ああ、よかった」エディスは笑った。

だが、ニルスは険しい顔でつづけた。「朝食をとりに階下《した》へ行ったら、アリックの姿が見えない、どこへ行ったのかと言ってくれ」

「わかったわ」エディスも真剣な顔でうなずいた。

「きみの言葉を受けておれが、彼をブキャナンへ、そしてマクダネルへ使いとして送ったと言う。いろいろあったがブキャナンへは行かないこと、そしてここで起こっていることを知らせるために」

「だけど、あなたはアリックをどこへも送っていないのね」

「ああ、そうだ。いまは自分の部屋にいるが、ここへ来て隠れてもらおうと思う」

「隠れる?」エディスは目を丸くしてあたりを見回した。「ベッドの下か、あそこにある大きめのたんすのなかに隠れられるわ。あのなかの物はモイビルがほとんど荷造りしたし、まだ入っている物もほかのたんすに移せばいい」

「ベッドの下がいい」ニルスも部屋中を見回して言った。「たんすだと、穴を開けないと、なかにいるアリックが外の様子をうかがえない。いずれにせよ、彼の視界が妨げられるのは困るが」

エディスがうなずいて見つめるうちにも、彼は話をつづけた。

「とにかく、アリックがここを離れているとおれが訳を話したら、きみは額をさすりながら頭痛がすると言ってくれ。少し横になったら具合がよくなるかもしれない、とおれが言う。りんご酒をもらおうかというきみの言葉には、だめだ、それは任せてくれと言う。きみは先に上の階にあがる」

「で、わたしは、アリックが隠れているここへあがるのね」

「いや、きみは上の踊り場で待っているんだ」ニルスが言い含めるように訂正した。「りんご酒でも蜂蜜酒でもなんでもいいんだが、おれはそれを貯蔵室から持ってくるが、自分で階上へ運ぶのではなくモイビルに、きみのところへ届けてから、弟に話をするためテーブルに戻るよう言いつける。きみは、彼女が踊り場まで来る前におりてきて、飲み物は部屋に置いたら厨房へ来るよう言うんだ。寝《やす》む前にきみやジェイミーと話がある、と。これは、みんなに聞こえるよう大きな声で言ってくれ。それから、きみは厨房へ行く」

「つまり、モイビルは飲み物をアリックが隠れている二階の寝室へ運んだら、そのまま階下《した》へ戻ってくるのね」

「ああ。犯人は危険を冒してでも、きみが二階に戻る前にここへ忍び込んで飲み物に毒を混入するだろう。それがだれなのか、アリックが目にするというわけだ」

エディスはうなずき、警戒するように言った。「うまくいくかもしれない。二階にあがるのを大広間にいる全員に見られるかもしれないのに、あえてそうしなければならないほど犯人が切羽詰まっているのなら」

「ああ」ニルスは眉根を寄せ、ため息をついた。「領主の地位がほしくてたまらない、そのためならなんでもするというぐらい切羽詰まっていることを願うしかない」

「それ以上のものを、彼らが望んでいるとしたら？」エディスは陰鬱な面持ちで言った。

「領主の地位以外になにを求めるというんだ？」

エディスは首を横に振った。「よくわからないけど、あの殺し方は……」ふと口をつぐんだものの、なんとか言葉をついだ。「ロデリックとヘイミッシュは酷《むご》いほどに苦しんで亡くなった。父だって、心臓がすでに弱っていなかったら同じ末路をたどっていたでしょう。わたしが生き延びられたのは、毒が体内に入ってもすぐに吐き戻したからだとローリーは考えている。だけど、最後に飲み物に混入していた毒は犯人が量を倍加させたものだから、もう少し飲んでいたら、わたしも確実に死んでいた」

「ああ、そうだったな」

「でも、どうして最初にわたしたちに毒を盛ったときにそうしなかったのかしら？」エディスは声をたてずに尋ねた。「あんなに苦しませたのは、なぜ？　あなたの話では、ブロディやほかの人たちはすぐに死んだようだから、犯人は致死量を知っていたはずよ。なのに、父や兄ふたりの命を奪い、さらにはわたしの具合を悪くさせたぶどう酒には、それだけの毒を仕込まなかった」

「犯人はきみたちに苦しみを与えたかった、と思っているんだね」ニルスはゆっくり考えてから口を開いた。

「わたしは三週間も具合が悪くて臥せっていたけれど、そのあいだにとった飲み物やシチューに倍量の毒を入れれば、話はすんだはずよ。だけど、犯人はそうしなかった。ただ、苦しみを引き伸ばしたの」

「かもしれないな」ニルスは思案ありげにつぶやいたが、しばらく黙ってから尋ねた。「あんなふうに何度も吐く苦しみをきみに与えたい人物は、だれだろう？」

エディスはうなだれて少し考えたが、最後には首を横に振り、雰囲気をやわらげようとして言った。「あなたのアニーのほかには、いないわね」

ニルスは訳がわからず、目をぱちくりさせた。「だれだって？」

「あなたの弟たちが話してくれた、例の豚の話に出てくる娘よ」エディスはうっすら微笑んだ。「彼女が賢くて、あなたにぞっこん惚れているのなら、あなたの花嫁となったわたしにじわじわと苦痛だらけの死を与えたいと思うでしょうね」

ニルスはくすくす笑いをもらしながら、妻を抱きしめてつぶやいた。「きみはおれを幸せな気持ちにさせてくれるよ、エディス」

「それは当然よ」エディスは明るい調子で答えた。「だって、わたしは完璧な妻ですもの。城と領主の地位をあなたにもたらしたかと思えば、結婚してすぐにあの世へ行き、あなたがだれと再婚しようと自由にしてあげるんだから。ねえ、言うことなしでしょう？」

「いや《ネイ》」ニルスは声をとがらせた。「きみをむざむざ死なせるようなことは絶対にない、エディス。きみを愛している」

14

〝きみを愛している〟

その言葉が頭のなかで響き渡る。エディスはあっけにとられたまま、夫の目をじっと見つめていた。そのとき、扉をノックする音が聞こえた。

ニルスは、彼女から引き剝がしたまなこを音のするほうへ向けると、寝具を放ってつぶやいた。「アリックがここに隠れにきたんだ」

「待って、旦那さま」エディスはあわててベッドからおりようとしたが、遅すぎた。ニルスはすでに扉を開けていた。

甲高い悲鳴とともにベッドへ飛び込み、全身に寝具をひっ被る。しかしニルスは二言三言つぶやいたかと思うと、すぐに扉を閉めた。振り向いた彼は、ベッドに戻ったエディスを見て顔をしかめた。「そこでなにをしてる？　なぜ、服を着ないんだ？」

エディスはただ彼を見つめて躊躇したが、しかたなくベッドから滑りおりた。たんすまで急いで行き、なかを引っ掻き回した末にドレスとシュミーズをつかむと、髪の毛をざっとブラシで梳かしてから服を着た。ニルスも同じようにしているのはわかっていたが、それでもすでに身支度を終えたのを見て驚いた。この男性《ひと》は、そうしようと思えば、びっくりするほど速くプレードのひだをたたむことができるのね。

「あとで話をしよう」戸口のところにいたニルスは、やってきた妻に静かに告げた。

エディスはうなずきながら、彼に腕を取られて部屋から出た。

廊下に出ても、アリックの姿はどこにも見えない。しかし、キャメロンとファーガスはふたりを階下までエスコートしようと待ち構えていた。アリックは、彼らがいなくなってから寝室に隠れられるよう、近くの部屋で待っているのだろう。エディスは心ここにあらずの状態で護衛のふたりに向かってうなずいたものの、ニルスに先導されて廊下を歩くうち、彼らのことなど忘れてしまった。頭のなかがぐちゃぐちゃで、ほかになにも考えられない。ニルスの顔をじっと見つめながら、愛していると言われたことばかり考えていた。

告白はまったくの不意打ちだった。そんな言葉を彼から聞こうとは――少なくとも、これほどすぐにとは――まさか……夢にも思わなかった。

求婚してきたときのニルスは、エディスをどうしても欲しいとは認めたものの、彼女のことは〝好きだ〟と言っただけだった。賢くてすばらしい女性だと思う、心根の優しいところが好きだと言ってくれた。そして、ふたりで一緒にいれば幸せになれると思うと言ってくれた。それは、エディスがニルスに対して感じていることとまったく同じだった。彼のことがどうしても欲しいし、頭のいいすばらしい男性だと思う。ロンソンやラディの相手を辛抱強くしてくれるところが好きだし、わたしを気遣って優しくしてくれるところもすてきだ。それに、ふたりで人生を分かち合ったら幸せになれるとわたしもあのとき思った。いまだって、その気持ちに変わりはない。

正直に言えば、いつかはそこから愛が芽生え育ったらいいな、とは思っていた。いまでも認めたわけではないけれど、その希望はずっとそこにあった。土を押しあげて陽の光のもとで芽を出す前に種が根を伸ばすように。愛が芽生え育つには互いに好意と尊敬の念を抱いているのが肝要だと思っていたので、可能性を信じて、胸を膨らませていた。

きみをむざむざ死なせるようなことは絶対にない、エディス。きみを愛している。

ほんとうに、彼はすでにわたしに愛情を抱いているの？　だとしたら、わたしのなかでかき乱されているこの感情も、愛ということになるのかしら？

「どうした、妻よ？」

目をしばたたいて物思いを追い払うと、ベンチが前にあった。エディスは頭を左右に振った。いつの間にか階下へおりて大広間を横切り、架台式のテーブルまで歩いていたようだ。

「まあ」エディスはすぐに腰をおろした。キャメロンとファーガスがテーブルの端のほうに陣取るのが視界の端に映った。彼女から目を離さず、しかし邪魔をしないところだ。

「おはよう、マイレディ」

左隣に座った男性に、エディスは反射的に笑顔を向けた。ニルスは右隣に座っている。目をぱちくりさせると、それはトーモドだった。「戻ってきたのね」

「ああ《アィ》」老副官は訝しむように首をかしげた。「きみは大丈夫かな？」

「ええ、問題ないわ」エディスはつぶやき、トーモドの向こうのジョーディーをちらと見た。「ヴィクトリアの侍女、ネッサの姿は狩猟小屋のどこにもなかった、ってトーモドが話してくれたばかりなんだ」

エディスは背を起こし、目を見開いた。「ネッサのことを忘れていたわ。ブロディたちと一緒に城を出たのよね」

「ああ」ニルスが説明をはじめた。「だがジョーディーとおれは、狩猟小屋で彼女を見つけられなかった。トーモドはきみの兄さんたちの遺体を回収に行って、ネッサのことも探してくれた」

「だが、どこにもいなかったよ」トーモドがあとを引き取って言った。「狩猟小屋の隅々はもちろん、周辺の森のかなり深くまで立ち入って探したが、ネッサは影も形もなかった」彼は重々しくうなずき、言葉を継いだ。「だが、〝いなくなった馬〟というのも存在していなかった。ネッサは護衛の兵士と一緒に馬に乗って出ていった。ぐずぐず時間がかかるという理由でブロディが荷馬車をいやがったからね。狩猟小屋の馬房では、馬が七頭死んでいた。ロニーが乗っていたのだけが行方知れずだが、ネッサがその馬に乗ったとは思えない」

「彼女ひとりでは無理だな」ニルスは同意したが、さらに言い添えた。「しかし、この城へ戻るロニーに同乗していたかもしれない」

だれもがその可能性を考えて沈黙が流れたが、トーモドがため息とともに口火を切った。「だとしたら……」

彼は途中で言葉を切ったが、みなまで言う必要もなかった。なにを言いたかったか、だれにも明らかだった。ロニーが殺された場にネッサもいたのなら、そして、みなが想定しているように彼が追い剝ぎに命を奪われたのなら、彼女は攫《さら》われているだろう。

ネッサはきれいな娘だった。悪党どもにほんとうに攫われたのなら、彼女はすっかり辱《はずかし》められて、そこいらの森に打ち捨てられているだろう。ドラモンドの領地ではなくとも、その後に悪党どもが移動したどこかで。

トーモドは首を振りながら、ひたすら広がった沈黙のなかで口を開いた。「エフィは毒を盛られて死にかけている。ヴィクトリアは毒殺された。ネッサは追い剝ぎに攫われて、おそらく殺された。ブロディと結婚してここに来たはいいが、彼女たちはみな不運だな」

「そうね」エディスはつぶやいたものの、眉根を寄せたままテーブルを見つめた。いま聞いた話をあれこれ考えるうち、ある可能性が頭のなかで跳ね回る。どれも、それだけでは意味を成さない、あるいはたいしたことなどなさそうなのに、筋道を立てて組み立てていけば、なにか意味が現れるような気がした。

「なにを考えているんだね？」

トーモドの質問にエディスは首を振ったが、頭のなかで点滅する情報をひとつつかまえて言った。「殺人が起こったのは、ヴィクトリアが侍女たちとここに来てからよ」

完全なる沈黙が流れた。まず夫を、彼の弟たちを、そしてトーモドの顔をちらと見たが、全員が目を見開いてエディスを見つめ返している。彼女が言ったことは頭に思い浮かばなかったようだし、それをどう考えたらいいのかもわからないようだ。

ため息とともにエディスは言葉をつづけた。「〝だれが、なんのために〟という点ばかり気にしていたけれど、まったく解決にはつながっていない。でも、〝いつからはじまったのか〟という点も大事なのに、それを考えたことは一度もないわ。なぜ、こんなふうにいきなり人がばたばた死ぬ事態になったのか？　ドラモンド家はみな健やかに暮らしていたのに、ある日突然、父が亡くなり、兄たちが死にかけて、わたしも具合が悪くなった。どれも、ヴィクトリアがここに来てすぐのことよ。もっと言えば、侍女たちがここに着いたその日だったわ」

「それは考えたことがなかったな」トーモドがやおら口を開いた。

「だがネッサは行方不明で、エフィも毒を盛られた」ローリーが顔をしかめる。

「ええ、ネッサのことは見つけられずにいるわね」エディスはあらためて考えた。

「だからといって、彼女がほんとうに死んでいるというわけではないだろう？」ニルスは妻の思考の脈絡を追うように言った。

「ああ、それはそうだな」ローリーも認めた。「だが、エフィは間違いなく毒を盛られた。いまにも死にそうな状態だ」

「いつ？」

そう尋ねるエディスを、ローリーはぽかんとした表情で見つめた。

「つまり、エフィには衰弱している兆候があるの？」エディスは指摘した。「あなたは先日、彼女は血色も戻ってきてよくなっているように見える、と言っていたじゃないの。スープをだれかに与えられるのではなく、自分で物を食べられるようになるかもしれない、って」

「ああ。だが、おれは毎日、確認をしている。エフィは意識不明のままで、自力で食事をとれるような状態じゃない」ローリーは断言した。

「確認、ってなにをしてるの？」エディスは間髪いれずに尋ねた。ニルスに聞いてからずっと訊きたいと思っていたが、どんなふうに確認しているのかは知っているような気がする。少なくとも、わたしだったらこうする。もし、ローリーも同じようなことをエフィにしているのだとしたら――

「彼女の足に針を刺す」ローリーはエディスの質問に若干、眉を上げつつも答えた。「かなり深く。あれを無視して眠ったふりなんて、とてもできないはずだ」

「なるほど」エディスは彼の言葉に少し顔をのけぞらせたが、ふたたびテーブルの上をじっと見つめた。さらなる情報が頭のなかでつながってくる。

「お嬢さん《ラス》？」トーモドが声をかけた。「なにを考えているんだね？」

エディスはなおもしばらく黙っていたが、口を開いた。「よくよく思い出すと、上階の部屋の窓辺に女らしき人影を二度ほど見たの。そして――」

「いつだ？」ニルスがすぐさま質問する。

「最初は、わたしが矢で狙われたとき。あなたの胸板に背中から乗る形になり、それから転がるあなたの下になる直前、わたしの部屋の窓にだれかが見えたの。ほんの一瞬だったし、あのときは単なる人影だと思ったけれど、いま考えてみると女性だったかもしれない」

「二度目はいつだ？」ジョーディーが尋ねる。

「昨日、市場から戻ってくる途中で」エディスは答えた。「城壁で囲われた中庭に入りかけたとき、矢で狙われた日のことを思い出し、盾をかわして窓のほうを見たの」

「ああ、おれも覚えている」ニルスは静かに言った。「きみを小突いて、盾に隠れるよう促した」

エディスもうなずいた。「ちらっとだけど、また、あそこに女が見えたような気がするの」大事なことではないと言いたげに肩をすくめながら、言い添える。「そのときも、ほんの一瞬だったけど」

「つまり、ネッサはこの城館のどこかにいるというのか？」トーモドが硬い表情で尋ねる。

「もしくは、わたしが見たのはエフィだったかも」エディスは答えたもののため息をついた。すぐ否定されるにきまっている。

「まさか」ローリーは彼女が思ったとおり、きっぱり言い切った。「さっきも話したが、おれは日に二度、エフィの足に針を刺してるんだ。深く突き刺すんだよ、エディス。それに耐えて寝たふりなんてできるはずがない」

「エフィは足に感覚がないのよ」エディスは臆せず言い返した。

「なんだって？」ローリーがとがった声で聞き返す。

「ほんとうなのか？」

ニルスの質問にエディスはうなずいた。「ヴィクトリア本人から聞いたわ。だから、彼女はネッサを連れてきたのよ。エフィは足に感覚がなくて脚も弱っている。あまり遠くまでは歩けないし、長く立っていることもできないから、侍女の務めを果たすのが困難だった」

悪態とともに立ちあがろうとしたニルスを、ローリーが腕をつかんで押しとどめた。

「ちょっと待て。考えてもみろよ、みんなを殺すような理由がエフィにあるか？　エディスの父親や兄たちのところでやめていれば、ブロディがヴィクトリアを騙したように結婚したときに約束したものを、彼女に与えてやろうとしたのかとも思えるが、その場合だって、ヴィクトリアやブロディを殺すわけがないだろう？　自分の仕える女主人が亡くなってしまったいま、エディスを殺してエフィが利することなんてなにもない」

「誤って毒を盛られたのはエディスではなく、ヴィクトリアだったかもしれないな」トーモドはしかつめらしく言った。「ヴィクトリアはエールを好まない。彼女は絶対に飲まないと思って、エフィはエールに毒を入れたのかもしれない」彼は口を引き結んだ。「ほかに飲む物があったら、ヴィクトリアもエールは飲まなかっただろう。だがブロディは、ヴィクトリアは、自分以外の人間を思いやることなどない。逃げていったときもそうだった。ヴィクトリアが飲めるような物はほかに持っていかなかったのだよ」

「だから彼女もエールを飲んだ」エディスはこくりとうなずきながらつぶやいた。それならうなずけるが、それでも、まだしっくりこない情報がいくつかある。あたりを見回すと、ニルスがふいに階段のほうへ向かった。トーモドとジョーディーがすぐあとにつづく。

キャメロンとファーガスが立ちあがってうしろにぴたりとついたので、エディスも彼らを追ったが、やや遅れをとった。それはローリーも同じだった。彼はエディスの隣で歩調を合わせた。彼女はしばらく無言のままでいた。キャメロンは現場に早く着きたくて、先を急ぐようううしろからせっついてきた、エディスはそれを無視してローリーと階段をあがった。「あなたは、エフィの仕業とは思っていないのね」

ローリーは顔をしかめた。「ずっと長いあいだ、看病をしているせいかもしれない。彼女に命をつないでほしいからね。でも、やっぱりエフィがやったとは思えない」そしてエディスを鋭い目で見た。「きみは？　どうなんだ？」

「わからないわ。しっくりこない点がいくつもあるの」

「どういう意味だ？」ローリーは何事かという目でエディスを見た。

「だって、エフィは意識不明の状態ではないかもしれないし、これら一連の死の背後にいてもおかしくないほど、毒物についても詳しいのよ」

「だが、だれにも見られずに厨房におりてコーリーを刺すことはできたか？」

「そうよね」エディスはため息をついた。「それに、まっすぐ矢を撃てるほどしっかり弓を持てるとはとても信じられない。足に感覚がないのに加えて、エフィは両手や腕にも麻痺があるから」

「やっぱり、彼女ではないな」ローリーは安堵の息をもらした。

「あなたは、殺人者を懸命に生かそうとしていたのではないかと心配しているのね」

エディスは理解を示すように言った。

「もしそうだったら、おれは決して自分を許せない」ローリーは、踊り場まであがったところで足をとめた。

エディスも隣でうなずき、廊下のほうに目をやった。エフィが眠っている部屋から、ニルスが大股で出てきた。顔には厳しい線が刻まれている。

「彼女がいない」と陰鬱な声が響く。

「いない、ってどこへ行ったんだ？」ローリーは仰天して尋ねた。「朝食をとろうとおれが階下《した》におりたときは、ベッドのなかにいた。彼女が階段をおりてきたら、だれかが気づくはずだ」

「じゃあ、どこかこのあたりにいるに違いない」ジョーディーが低くうなった。

「部屋を全部、見て回ろう」トーモドは奥歯を嚙み締めて言い、くるりと踵を返そうとしたが、キャメロンがエディスのそばに進み出て尋ねたのを聞いて足をとめた。

「領主さまの寝室の暖炉に火を入れたのがエフィということはありませんか？」

「なんだって？」ニルスは驚きの声をあげた。

キャメロンがふたたび口を開く前に、エディスが説明を加えた。「昨日、お風呂の準備ができるまで、モイビルや警護のふたりと一緒に領主の寝室を見にいったの。わたしとニルスがそこへ移るとしたら、なにをどうすればいいのか確かめようと思って。だけどなかへ入ると、部屋が使われていた形跡があったのよ」

「はい。部屋が暖かかったので、暖炉を調べてみました」キャメロンがつづけた。「炉に残っているのは灰ばかりかと思っていましたが、まだ温もりがあり、燃えさしまであったんです」

「それにベッドは寝具や毛皮で整えられていて、明らかに人が眠った形跡があった」ファーガスが言い添える。

ニルスがすぐさま踵を返して廊下の奥へ向かったので、エディスもついていった。ほかのみんなもぞろぞろあとをついてきたのは、トーモドが叫ぶまでわからなかった。

「ファーガス、階段のところへ戻って見張りに立て。だれもあがってきたり、おりていったりしないよう目を配るんだ」

ファーガスは心躍る興奮を自分だけ逃すのが悔しいのか、ため息をついたが、すぐに足をとめた。あとは、全員がそのまま領主の主寝室へと向かった。

「これはラベンダーか？」ローリーは、エディスやニルスのあとから部屋に入ってにおいを嗅いだ。

「ああ」ニルスは藺草の敷物の上に撒かれた干からびた花びらを長靴《ちょうか》で踏んだ。

「暖かいな」トーモドがつぶやく。

「そうですね。また暖炉に燃えさしがあります」キャメロンは暖炉そばにひざまずき、一昨日と同じように周囲を探った。そして体を起こすと、トーモドの目を見て言った。「ファーガスと見張っていたあいだ、部屋を出入りする者はいませんでした」

「ゆうべ、廊下で寝ずの番をしたのはティアラッハとウォレスだ。いまは寝床に就いているだろう。起こして連れてこい、キャメロン」トーモドは命じると、ニルスのそばへ行った。彼はベッドの天蓋を引き開け、寝具や毛皮が乱れているのをあらわにしていた。

「それは昨日、モイビルが開けたの。そのままにして、わたしの寝室へ戻ったのに」エディスは硬い声でつぶやいた。「あれからまた、だれかがここに入ったんだわ」

「おれに話してしかるべき問題だ」ニルスは叱りつけるように妻に向き直った。

「そのつもりだったのよ」エディスは顔を赤らめた。「だけど、そんな機会はなかったし、キャメロンが言い出すまですっかり忘れていたの」

「兄貴のせいで、彼女はすっかりのぼせあがってしまったんだな」ジョーディーは、なおもうなりつづけるニルスをからかった。

「なるほど。とにかく光を入れようか」トーモドはつぶやくと、近くの窓へ急ぎ、鎧戸を開けようとした。

少しでも顔を隠す言い訳ができたのを幸い、エディスは二番目の窓の鎧戸を開けたが、驚いてちらと上を見た。ニルスがいきなり隣にやってきたからだ。

「すまなかった。あんなにきつく言うべきではなかったな」彼はなだめるようにエディスの背中をさすりながら、謝った。

エディスは苦笑した。「きつい言い方なんかじゃなかったわ、旦那さま」

「熊みたいにうなっただけだよな」ローリーはふたりのそばを通り過ぎながら言うと、ふたつの窓のあいだにあるテーブル上の洗面器の水を調べた。

彼の背中を睨みつけながら、ニルスは重い声でつけ加えた「弟たちの恥ずかしい振る舞いについても謝罪するよ」

「おれたちの振る舞い？」ジョーディーはばかにしたような声をあげた。「うめき声で夜更けすぎまで城中を眠らせずにいたのは、おれたちじゃないぞ」

エディスは頭を抱えながら目をつむり、ニルスの胸に頭をもたせかけてつぶやいた。

「ごめんなさい。これからはあまり、声をあげないようにするわ」

ニルスだけに聞こえるよう声を低めたつもりだったが、返事をしたのはジョーディーだった。「ああ、きみが謝ることはなにもないよ、お嬢《ラス》さん。きみの声は鳥のさえずりのようで、聞いてて実にすばらしかった。しかし、ニルスはといえば……」

「傷を負った熊のような咆哮をあげていた」ローリーがそっけなく言い捨てる。「大広間で寝ている小さなこどもたちが、死ぬほど怖がっていたよ」

「私は廊下で、ティアラッハとウォレスが来るのを待つことにする」トーモドは大きな声で言った。兄弟のあけすけな会話に居心地が悪くなったと見える。

「ほら、おまえたちのしたことを見てみろ」ニルスが怖い声を出した。「おれの妻、それにトーモドにまで気恥ずかしい思いをさせた」

「たしかに《アィ》」ローリーはため息をついた。洗面器の水から顔を上げて、ちらと彼を見るエディスの目を見つめる。そして、申し訳ないとばかりに顔をしかめた。「すまなかった。だが実を言うと、たぶんこれからも同じようなことを繰り返すと思う。きみはもう、おれたちの家族だからな」

「ああ《アイ》」ジョーディーも大きくうなずく。「これがおれたちの流儀なんだ」

あろうことか、彼らの言葉にエディスは胸を揺すぶられて、のどの奥が詰まり、みるみるうちに目に涙が浮かんだ。

「ああ、ラス、泣くなよ」ジョーディーはしまったと言うように声をあげた。「おれたち、もっとお行儀よく振る舞うからさ」

「たぶん無理だとは思うが、できるだけのことはしてみるよ」ローリーも心配そうに言葉をかける。

　ニルスはいきなり戻ってきてエディスのあごに手を添えて上向かせ、あふれそうな涙を見て顔をしかめた。エディスは気づくと、夫の胸に抱き寄せられていた。赤ん坊にげっぷをさせるような調子で、背中をぽんぽんとたたかれる。

「まったく、おまえたちは大したもんだよ」ニルスはぴしりと言った。「大の男が寄ってたかって、か弱い女性を泣かせるとは」

　くすりと笑う声をもらしたかと思うと、エディスは彼の胸を押しのけて首を横に振った。「大丈夫、なんでもないの。わたしは泣いてなんかいないわ」

「いやいや、泣いてたよ」ローリーは、頬にこぼれた涙をそっとおさえるエディスに優しく声をかけた。

「きみの瞳が壊れて、なんか漏れてるってんなら話は別だけど」ジョーディーが希望を託すようにつづける。「そうじゃないなら、やっぱりおれたちがきみを泣かせたような気がするよ」

「いいえ《ネイ》」エディスはふたりを安心させるように言った。「いえ、そうだけど、でもそれは、あなたたちがわたしを家族と思ってくれたのがうれしかったからよ」

「そうか」ローリーは、わかったとばかりにつぶやいた。「残念ながら、きみはおれたちからは逃れられないよ。おれたちの兄貴と結婚して、家族になっちまったんだからな」

「そうだな《アイ》」ジョーディーもからかうように言った。「兄貴との結婚に自分からうんと言ったんだから、きみもちょっと頭がおかしいってことだよ」

弟の暴言にニルスはうなり声をあげた。だがエディスはくすくす笑い、戸口に目をやった。トーモドが来て、こう言ったからだ。「ふたりが来たぞ」

彼は廊下には戻らずに部屋の真ん中へいらいらと歩いてきて、キャメロンがゆうべの警護を務めた者たちと到着するのを待った。

エディスは唇を噛み、キャメロンのあとからあわてて入ってくるふたりに同情の視線を送った。ふたりともぐっすり寝入ったところをたたき起こされて、動揺しているようだ。キャメロンは詳しい説明をせず、ただ彼らを兵舎から追い立てるようにして連れてきたのだろう。ふたりとも、叱責されるのかと思っているようだ。

彼らが前に進み出ると、トーモドは尋ねた。「おまえたち、ゆうべ、この部屋に出入りする人間をだれか見たか？」

「いいえ《ネイ》」ふたりは声を揃えて答えた。そんな質問をされたこと自体に驚いている。

その事実こそが、彼らの答えの正当性を証明していた。

「よかろう」トーモドはうなずいた。「では、寝床に戻れ」

ふたりは入ったときよりもさらに面食らった顔をしたが、会釈とともに出ていった。

「暖炉の火は、勝手についたりはしない」ニルスが声をあげた。「秘密の入り口があるに違いない。部屋のなかを捜すべきだ」

トーモドは少し躊躇したものの、口を開いた。「捜す必要はない。どこにあるかは、私が知ってる」

「ああ《アィ》」

エディスは驚いて彼を見つめた。「秘密の入り口があるの？」

「どこなの？」

トーモドは口ごもっていたが、こわばった声で答えた。「知っているのは、ドラモンドの領主とレディだけだ」

「それに、あなたも」ニルスがつけ加える。

「ああ。先代の領主は、奥方が亡くなったときに私に教えてくれた。秘密を息子たちに伝える前に思いがけず亡くなったときのことを考えて、自分以外のだれかが知っておくべきだと考えたのだろう」

ニルスは、トーモドの説明に重々しくうなずいた。「エディスだけに教えたいのなら、おれと弟たちは席を外すが」

エディスは驚きとともに夫を見つめ、異を唱えようと口を開きかけたが、その前にトーモドが言った。「いや。いまはきみが領主だ。知っておいてもらわねば困る」

エディスは詰めていた息を吐き、満面の笑みでトーモドを見た。彼はたったいま、彼女の夫に全権をゆだねると認めてくれた。このドラモンドの領民も、ニルスを領主として認めるに違いない。いままで不安に思ったことはなかったけど、これからも心配せずにすんでなによりだ。

だが、トーモドがまだためらっているのを見て、ニルスが静かに告げる。「おれは、弟たちには命を預けられるぐらい信用している。大丈夫だ」

老副官はため息とともにうなずくと、キャメロンに向き直った。「廊下に出るときは扉を閉めてくれ」

彼はすばやくうなずいて部屋をそっと出ると、扉を引いて静かに閉めていった。

その瞬間、トーモドは暖炉左側の壁についているろうそく立てのところに歩いていき、真ん中にあるいちばん小さな石を押した。すぐさま壁が動き、高さ二メートル超、幅一メートル弱の部分が滑るようにして開く。三十センチほど開いたその縁に手をかけて、トーモドは隠し扉を引き開けた。

「これは、どこに通じているんだ？」ニルスはジョーディーやローリーとともに、開いたところからなかの闇をのぞいた。

「秘密の階段に通じている」

「階段、ってどこへ行く？」エディスは興奮しながら尋ねた。

「城壁にあがるものと、地上と同じ高さにまでおりるもの。途中にいくつか隠し扉がある。大広間のはずれにある便所《ガルデローブ》の個室のひとつ、厨房の食料貯蔵室、そして中庭の地下を通る坑道にそれぞれ出られる扉があるんだ。その坑道は中庭から外壁の地下を抜け、森のなかにある洞窟に通じている。森の入り口と湖の中間地点だよ」

ニルスはしばらく考えてから、振り向いた。「ロニーの遺体を見つけたあたりだな？」

「そうだ《アイ》」トーモドは驚いたようにうなずいた。「かなり近いところだね。背中を城に向けて立てば、ロニーを発見したところから右側へ六メートル行き、三メートルほど進んだところだ」

ニルスはうなずいたが、問いかけるように片眉を吊りあげた。「〝これは〟大広間や厨房へ通じている、と言ったな？　通路はまだ別にあるのか？」

トーモドは暖炉右側のろうそく立てへ歩いていき、こんどはいちばん大きな石を押して二番目の隠し扉を開けた。「こちらは、城館外側の壁沿いにある寝室の数々に通じている」と言って引き開け、ニルスたち三人に暗がりをのぞかせた。「レディ・エディスや兄たちが使っていた、そしていまはきみたちが使っている部屋だ」

「でも、窓はどうなの？」エディスは眉根を寄せたが、トーモドに問いかけるような目で見られたので言葉を継いだ。「それぞれの部屋の窓が、その秘密の通路の邪魔になるでしょう？　その下は腰をかがめて通るのかしら？」

「通路は窓を避けるように下がり、またつぎの隠し扉に向かって上がるんだよ。実のところ秘密の通路の大部分は、大広間の上方の壁と城館外壁のあいだや、上階の寝室群の壁と城館外壁のあいだにある。そして、何メートルおきかにのぞき穴が開けられているから、大広間を見下ろすことができる」

エディスは顔をくもらせた。「だけど、寝室にはどこものぞき穴なんてないわ。そうでしょう？」

トーモドは目を見開いたが、額にしわを寄せた。「私にはよくわからない、マイレディ。お父上はどの寝室にも私を連れていって隠し扉の開け方を教え、秘密の通路がそれぞれの隠し扉のあいだをどう抜けているか説明してくれた。そして、のぞき穴から大広間の様子をうかがうことができると言っただけなんだ。寝室のほうを見渡せるとは言われなかったし、私も実際に通路に入ったことはなかったからね」

ニルスはうなり声とともに部屋中を見渡した。「ここで待っててくれ」と言って廊下へ出た。秘密の入り口が廊下にいる人間に見えないよう、扉は薄く開けておくだけにしていった。

残された者たちは無言で立っていた。それぞれが考えているのだろう。エディスはたしかに、頭をいろいろ巡らせていた。いま聞いたばかりののぞき穴のこと。寝室、とくに自分が使っている寝室の様子をのぞかれるのかどうかも心配だ。のぞくことが可能なら、この領主の主寝室で寝ていた謎めいた人物は、わたしたちの個人的なひときをひそかに見張っていたのだろうか。エディスは暗然たる思いに悩まされたが、ちょうどそのとき扉が開いて、ニルスが松明《たいまつ》を持って部屋にそっと戻ってきた。

彼は松明を高く掲げて部屋を横切ると、エディスのところでちょっととまって額にキスした。「すぐ戻ってくる」と言って、秘密の通路へ音もなく入っていく。エディスは心配で顔をくもらせながら入り口へ寄り、夫が松明を掲げる様子を見守ったが、ジョーディーの声にちらと振り向いた。「内側にある寝室に通じる秘密の道はあるのか？」

「ない。城館外壁に面した部屋だけだ。そちらの部屋をドラモンド家の人間だけが使い、客人用の部屋が内側にあるのは、そういう理由なんだよ」

トーモドの説明に男たちはうなずいた。この通路は、城が攻め込まれた際にまず頼る緊急避難の手段だ。いつも客人がいるわけではないし、避難のための通路が必要な事態になったら、そのときはドラモンド家の人間が優先されるにきまっている。

「通路の途中に、持ち手のついた松明があった」

うしろから聞こえた言葉に驚いてエディスが脇へ避けると、ニルスが部屋へ戻ってきた。彼は心ここにあらずという顔で妻に微笑みかけると、もうひとつの秘密の通路のなかへ消えていった。

「こっちも同じだ」少ししてから戻ってきたニルスが言った。通路がほの明るくなっている。最初に見つけた松明に火をつけたのだろう。もう一方の入り口も、ぼんやり明るくなっているのが見える。

「だれにも見られずにこの部屋に出入りできたのは、秘密の通路を使っていたからなんだ」ローリーは、ニルスが出てきたばかりの通路の入り口へ歩いていき、なかをのぞき込む。

「おそらくはな」ニルスもうなずいたが、それを聞いてトーモドが眉をひそめた様子がエディスの目に入った。

「こうすれば、エフィも姿を消すことができたかもしれない」とジョーディーが指摘する。

「まさか」トーモドはきっぱり首を横に振った。「エフィがこの通路のことを知っていたはずはない」

「ヴィクトリアから聞いたのかもしれないわ」

「彼女だって知っていたとは考えられん」

「ブロディは、自分が見つけた瞬間にヴィクトリアにも教えたんじゃないかしら」エディスはぽつりと言った。

「問題はそこなんだよ。ブロディは通路のことを知らなかった。だから、ヴィクトリアに教えられるわけがないんだ」トーモドが繰り返した。

「えっ？　だけど、ヘイミッシュが亡くなったときにブロディが領主になったはずよ」

「ああ」老副官は認めたものの、言葉を継いだ。「この城から逃げ出すまでのたった二週間だったがね。私は、そのうち彼に伝えるつもりでいた。いや、たぶん」とつぶやくように言い添えたが、いら立ちを爆発させるように白状した。「あらかじめ謝罪しておく、マイレディ。だが、あなたの兄は自分勝手で甘やかされて育った、まぬけなばか野郎だ。あんな男を領主として押しつけられるなんて信じられなかったし、そうでなかったらどれほどいいかと思った。もちろん、ドラモンドの領地をどう治めるかブロディのほうから訊かれたら、私もちゃんと話をしたさ。だが、彼はそんなことはしなかった。だから……この城の秘密をすべてブロディに伝えるのは、事態が落ち着くまで待ってからでもいいと考えたのだよ」

「もし、こんな展開にならなかったら、おれたちにも同じような態度をとったのか?」ニルスは、穏やかに聞こえなくもない声で尋ねた。

「とんでもない!」トーモドは心の底から衝撃を受けたような声で答えた。「きみはブロディの百倍も優れた男だ。我らのレディにふさわしい。きみがいてくれて、私はうれしいよ。この城にいる人間のほぼ全員が、ブロディとヴィクトリアよりもきみたちふたりをドラモンドの領主とレディにいただくことができてよろこんでいる。食料貯蔵室の鍵を預けたとき、狩猟小屋から遺体を回収して戻ってきたら話があると言っただろう?」トーモドは秘密の通路のほうを手振りで示した。「伝えるべきことのリストに、ここも入っていたんだよ」

ニルスはうなずきながら体の力を抜いた。「ブロディが知らなかったのだとしたら、あなた以外に知っている人間はだれだ？」

「皆目、見当がつかない」トーモドはいきなり弱り切った顔になった。「きみたち全員に話すまでは、この通路について知っている人間はこの世で私ひとりだったはずだ。だが、神かけて誓ってもいい、この部屋で寝ていたのは私ではない」

「じゃあ、ほかにも通路のことを知っている人間がいるはずね」エディスはぽつりと言った。トーモドのことは信じている。これまでのごたごたで心身ともにすり減っているようだし、彼が犯人だとはとても思えない。だいたい、彼が犯人だとしたら、隠し扉や秘密の通路のことを知っているのが自分だけだなんて言うはずがない。むしろ、ブロディに話したらヴィクトリアにも伝わり、侍女たちにも漏れてしまったと言うはずだ。あるいは、ほかにも承知している人間がいるとでっちあげてもよかったのに、トーモドはそうしなかった。わたしは彼を信じる。だけど、ほかにだれがいるのだろう……エディスはそう考えていたので、夫が思案げにうなずいたのを見てほっとした。

「そうだな。知らされたのではなく、自分で隠し扉を見つけた人間がいるに違いない。掃除をしているあいだにエフィが見つけたとか」

ニルスの言葉にエディスは唇をゆがめた。「わたしが知るかぎり、エフィは掃除なんかしなかった」

「じゃあ、きみの兄さんのブロディがこどものころ、遊んでいるうちにたまたま見つけたのを妻に話し、妻がまた侍女に話したとか」ローリーが自分の説を披露する。

それはありうる。エディスは昔から、火にはじゅうぶん気をつけてきた。こどものころ、若い侍女が大広間の暖炉に近寄りすぎたところを目撃したことがある。スカートに火が燃え移り、エディスの母親が毛皮をかぶせて炎を消してやったが、かわいそうに侍女はひどい火傷を負った。それ以来、どんな火や暖炉にも近づかないようにしてきたのだが、兄たちはそんなことはなかった。思い出してみると、ブロディは暖炉の周りで兵隊ごっこをするのが好きだった。ちっちゃな木彫りの人形を壁のろうそく立てにたくさん並べ、ひとつずつ落としていた。暖炉に投げ込んで、燃えるのを眺めていることさえあった。あるとき、まさにその石にたまたま寄りかかり、秘密の通路を見つけたのではないだろうか。

「だれがどうやって見つけたにせよ、秘密の通路や、それに通じている部屋を徹底的に捜索する必要があるな」ローリーが落ち着いた声で言った。「エフィはどこかにいるはずだ」

「そうだな《アイ》」ニルスはうなずくと、ふたつの通路に目をやって顔をしかめた。「それぞれの部屋と通路を同時に調べなければだめだ。でないと、通路を使っている人間がおれたちの気づかないうちにそばをすり抜けていく可能性が出てくる」

「通路に通じている寝室は、ここを含めて五つよ。そして、ここには五人いる」エディスはすかさず言った。「だれにも見られずこっそり出ていくことができないよう、ここにひとり残しておきましょう。あとの四人はそれぞれほかの寝室へ行き、室内を捜してから秘密の通路に入り、なかにだれもいないことを確認しながらここへ戻ってくるの」

「だけど、ほかの部屋の隠し扉の開け方を知ってるのはトーモドだけだ」とジョーディーが指摘する。

「たしかに。だが、私がレディ・エディスの部屋を担当すればいい」トーモドはおもむろに答えた。「あそこが一番遠いからね。ざっと室内を捜してから通路に入り、そことブロディの部屋のあいだにだれもいないことを確認する。そして通路の内側から、ブロディの部屋の隠し扉を開けるよ」

「そうすれば、ブロディの部屋を捜す人間がだれであれ、そいつとあなたは通路内でだれにも追い越されず、また、だれもいないことを確認しながら、つぎの隠し扉、そしてそのまたつぎの隠し扉まで抜けられるというわけだな」ニルスはトーモドにうなずくと、エディスに微笑んで賛辞の言葉をならべた。「名案だな、妻よ……だが、通路に入る五番目の人間はアリックだ。きみは、警護の人間とともに大広間のテーブルに座っていてくれ」

エディスは目を見開いた。ふたりの寝室でベッド下に隠れている気の毒なアリックのことなど、すっかり忘れていた。いったい、なにがどうなってるのかと思っていることだろう。それでも、わたしも含めて六人のほうがいいはずだ。そう言おうとした瞬間、ニルスにすばやくキスされて口を封じられた。

彼は顔を上げ、エディスの頰をそっと手の甲で撫でた。「きみが間違いなく無事だと承知しておきたいんだ。でないと心配で気もそぞろになり、おれやトーモド、あるいは弟のだれかが命を落としてしまうような過ちをおかすかもしれない。おれたちが追っているのは人殺しなんだよ」

エディスは眉間にしわを寄せたものの、一瞬ののち、ため息とともにしぶしぶうなずいた。そう言われたら譲るしかない。男というのは、自分たちの領分に女が入ってくるとひどく強情になるし、この人殺しを捕まえるのは自分の務めだとニルスは思っている。

それに、部屋や秘密の通路でなにか見つかるとも思えない。これほどたくさんの出口があるのだ。エフィが通路でおとなしく隠れているだろうか。その出口だって、彼女の行方を捜そうとする男たちがまだ入ってもいないのに。

さらに言えば、エディスは静かに考える時間がほしかった。筋の通らないことがあまりにも多すぎる。でも、論理の力を借りてゆっくり整理していけば、この謎もきっと解けるはずだ。

15

「マイレディ?」

便器うしろの壁の石を押していたエディスは動きをとめ、眉根を寄せながら、便所の扉をちらと見た。「モイビル?」

「はい」侍女はなんとも言えぬ口調だった「お嬢さまが無事かどうか見てきてくれ、とキャメロンに呼ばれまして。長いこと籠もっていらっしゃるようなので、彼らも心配しています」

「大丈夫よ。すぐに出るわ」エディスはむっとしながら答え、ふたたび壁に目をやってため息をついた。便所個室の後壁にある石はどれも押してみたが、なにも起こらなかった。かちりという音もせず、秘密の通路へ入れるような隠し扉も出てこなかった。

最初のふたつでも、なにも起こらなかった。ここは三番目の個室。寝室や秘密の通路を探るニルスやほかの面々と別れ、キャメロンとファーガスに護衛されて階下におりてからずっと、エディスは便所を確認していた。

壁に目をやりながら彼女は思った。個室から秘密の通路への入り口は、ただ石を押すだけではないなにかをしないかぎり、現れないのかもしれない。だって、便所に用のある人間はたくさんいるのだ。ついうっかり、そのものずばりの石に寄りかかって隠し扉を見つける可能性だってある。

それにしても、なにをどうすればいいの？　エディスは考えながら、石を押すだけではなく回してみようと手を伸ばした。

「マイレディ？」

「いま行くわ！」エディスは思わず声をとがらせた。椅子からおりて扉のほうへ歩き、それを押し開ける。個室の臭気から逃れられたのはうれしかったが、キャメロンやファーガス、モイビルをじろりと睨んでから、侍女に顔を向けた。「なんなの？」

「いつもの薬酒を取ってきたほうがよろしいかとお尋ねしようと思っただけです」モイビルはいかにも我慢を重ねているという口ぶりで答えた。「階下《した》におりてからというもの、お嬢さまは便所と見ればなかに入ってひどく長い時間をすごすのに、出てきたかと思えばまたつぎのに入るとキャメロンたちが言うので、もしかしたらお腹の調子が悪くて下して――」

「違います、わたしは大丈夫よ」エディスは答えたものの、自分の行動が警護のふたりにそんなふうに思われていたことに顔を赤らめた。首を振りながら三人を避けるようにして厨房へ向かい、つぶやく。「ジェイミーと話をしなくちゃ」

三人がそのままうしろをついてきたのにも、彼女は驚かなかった。護衛のふたりはそうするのも当然だが、モイビルもほかにすることがないようだ。キャメロンたちも階段の踊り場で侍女を押しとどめ、いつものように寝室の掃除をしてはいけないと言ったのだろう。

「とまれ」

エディスは驚いて顔を上げ、厨房の戸口で彼女をとめた男に目をやった。きょうはまた、別の兵士が見張りをしている。目の前に立つ男のいかめしい顔から、びくっとたじろいでいる相棒へとエディスは視線を移した。

「どけ、ショルト」キャメロンは彼女よりも先にうなり声をあげた。「レディはジェイミーと話をするため、厨房に入ることをご所望だ」

「だれも通してはならん、とトーモドに命じられている」男はぴしりと言った。

「ちょっと待て、レディのほうがトーモドに勝るんだぞ」ファーガスが我慢できずに声をあげる。「だから、どけよ」

「ショルト」彼の相棒が心配げに言う。「やっぱり、おまえのほうが――」

「黙れ、ロイ。おれは譲らない」ショルトは腰に両手を当てて、キャメロンたちを睨みつけた。「そう命じられたんだから――」

「ショルト」エディスは愛想のいい声で割って入った。

彼は口をぱっと閉じ、探るような目で彼女を見た。「はい？」

「この城の女主人はわたしよ。トーモドはわたしに仕える身。つまり、あなたはわたしに仕えているの。そこをどいてちょうだい」ショルトが口を一文字に引き結び、いまにも拒むような顔をしたのを見て、エディスは言い添えた。「いますぐにどかないなら、あなたの奥さんに話してあげてもいいのよ。酒場の若い娘とよろしくやった末に、あそこから膿がぽたぽた、ぽた、ぽた垂れるのを処置してほしいとわたしのところに駆け込んできたことを」

「淋病、ってことですか？」モイビルがはっと息をのむなか、ショルトは青ざめた顔でその場をどいた。

「ふむ」エディスは先頭に立って厨房に入った。まったく、淋病なんていやになるわ。あんな処置をしなければならないんだから。患者のお宝に膿が詰まり、尿道口からぽたぽた垂れる。そうなった場合、詰まりをとるためにお宝を両手で挟んで、ばんと力を加えるしかないと母は言っていた。本を使うのも効果的だそうだ。ショルトは癪にさわる性格だったので、エディスは本を二冊使って処置してやった。彼はその後、延々とうなり声をあげていた。おそらく、それからもすぐに例の酒場の娘のところへ行ったのだろう。でも考えてみれば、あれからショルトは処置をしてくれと言ってこない。エディスはにんまりしながら、料理人のジェイミーを探して厨房に目を走らせた。

「ここにはいませんね」モイビルはがらんとした厨房を探しながら、驚いた。大きな空間にいるのがたった三人だけだと、広さがいつも以上に感じられる。

「どこにいるのか、侍女のだれかに訊いてみます」ファーガスは急いで出ていった。

そのうしろ姿を見送るうち、エディスの視線は厨房の奥のほうへ移った。コーリーが死んでいた記憶がよみがえり、床に血の流れる光景が思い出される。彼が倒れていたところには、大きな藺草の敷物が広げられていた。残った血のしみを隠しておこうというのだろう。石のひびや裂け目に入ったのをきれいにするのは至難の業だ。

「マイレディ？」

モイビルの声に、エディスは目をしばたたかせてあたりを見回した。いつの間にか厨房を横切り、コーリーの遺体が倒れていたところまで来て、藺草の敷物を眺めおろしていた。「なあに？」

「ファーガスが、ジェイミーは菜園で香草を積んでいる、と」侍女はやさしく答えた。

エディスはうなずきながらも、広げられた藺草の敷物に、そして、そのうしろの樽に目を戻した。刺されたとき、コーリーはあそこに座っていた。そう思いながら、隣の扉に関心を移す。そうだ、食料貯蔵室。そこにも隠し扉があるとトーモドが言っていた。犯人がそこを使ったのなら、コーリーを刺すのに部屋から出る必要もない。扉をちょっと開けて、そこから——

「マイレディ？」モイビルがそっと声をかける。

「うん、わかってる」エディスはため息とともにそちらを向いた。隠し扉があるかどうか、食料貯蔵室を確認するのはあとにしよう。あるいは、どこにあるのかあとでわたしとニルスに見せてくれるよう、トーモドに頼んでみよう。

厨房の裏口に向かいながら、エディスは尋ねた。「ジェイミーは菜園に出ている、って言った？」

「城館からレディを出してはいけない、とトーモドに言いつかっております」キャメロンはそう言うと、ファーガスとともにエディスたちの行く手を阻んだ。

「ちょっと菜園に行くだけよ、キャメロン」エディスはうめいた。「城館のこちら側の壁には窓がひとつもないから、矢で狙われることもないわ。大丈夫だから」

「ですが――」

「裏口からほんの少し出るだけよ」エディスはご機嫌をとるように言った。「ジェイミーを連れてきてくれてもいいわ。ここで立ったまま待っているのは暑すぎるから。こちらのほうがちょっとは涼しいし」

その理屈にキャメロンが異を唱えるかどうか、エディスにもわからなかった。すでに裏口まで来ていて、いまにもそこから外へ出ようというところだったからだ
「もう、おれがジェイミーを連れてきますよ」ファーガスは怒っているように言うと、外へ飛び出した。

「ほらね」エディスはキャメロンに睨まれているのも無視して、明るい調子で言った。「このほうがいいでしょう?」

「まったくだ。お嬢さまが城館の外に出るのを見逃してしまった罰として鞭で打たれるよりもね」キャメロンはぶつぶつ文句を言った。

「すぐにすむわ。トーモドにもばれたりしないから」エディスは太鼓判を押したが、疑わしい目をキャメロンから向けられると片手を胸に当て、反対の手を空に掲げて冗談半分に言った。「わたしの言うことが間違っていたら、神よ、雷でわたしを打ちた

まえ」

キャメロンは、稲妻がいまにも駆け下りてくるのを予期するようにちらと上を見たが、恐怖に顔をゆがめるやいなや、エディスとモイビルに飛びついた。

腰のあたりをつかまれて前方へ投げ出され、エディスは驚きに息をのんだ。地面にどさりと落ちた痛みに文句を言っていると、うしろで鈍く大きな音がした。腹ばいになりながら一瞬、ほんとうに雷が落ちたのかと思ったが、気を取り直して見てみると、うしろで聞こえたのはなにか重いものが落ちてきた音で、雷鳴ではなかった。

「大丈夫ですか、マイレディ？」キャメロンは心配そうに声をかけ、そばで立ちあがった。

「ええ」エディスは彼の体越しに侍女に目をやった。「モイビル？　あなたは大丈夫？」

彼女は転がって横向きになり、さっきまで自分たちがいたところを振り向いてつぶやいた。「あれよりはましだと思います」

エディスは眉根を寄せながら起きあがろうとしたが、手とひざをついたところでキャメロンに両脇を抱えられて、ようやく立った。

「ありがとう」礼の言葉をつぶやいてドレスの埃を払い、なにが落ちてきたのか確かめようと振り向く。いや、だれが落ちてきたのか、と言うべきだ。地面には、エフィのよじれた体が倒れていた。彼女は、エディスたちが立っていたまさにその場所に落ちた。キャメロンがなかば突き飛ばすようにしてどかしてくれなければ、確実に直撃を受けていた。エディスはぞっと震えながら、老いた侍女の体を見つめた。

「ああ、よかった、神さま、マイレディ！」

その声に振り向くと、ジェイミーが痩せた体を投げ出すようにしてエディスを抱きしめようとするところだった。問題は、背の低い彼女よりも料理人のほうがさらに小柄なため、彼の顔がちょうどエディスの胸のあたりにおさまることだった。だが幸い、なにも言う必要はなかった。小柄な料理人はぱっと抱きついたかと思うとすぐにエディスを放し、顔を真っ赤にしながら飛びのいた。

「す、すみません、マイレディ。少し動揺しすぎました。あなたは殺されかけたんですよ。またしても！　なかでお待ちくださればよかったのに」ジェイミーはエディスの腕をつかむと、死体を避けて歩くよう促しながら裏口へ向かわせた。「あなたが城館の外に出ると危険です。さっきだって、死んでいてもおかしくなかったんですからね。またしても」

「まったくですよ。神さまがお嬢さまに罰を下したのかと思ったわ」モイビルがぼそりとつぶやく。

　唇をぷるぷるさせているところを見ると、侍女の言葉はキャメロンの耳にも入ったようだが、彼は相棒に向き直り、諦めたような口調で言った。「トーモドと新しいご領主さまをお連れしたほうがいい。この件についてお知らせしなければ」

　ファーガスはうなずき、扉を開けてエディスたちをなかへ通すと、すぐに追い越して厨房から出ていった。

「おれと話をしたいとおっしゃっている、とファーガスに聞きましたが」ジェイミーが口を開いた。「朝食をご所望ですか？　まだですよね。おれがとびきりの——」

「いいの」エディスは割って入った。「気遣いはうれしいわ、ありがとう。でも、いつもの仕事を中断してわたしのために食事をつくらなくていいのよ。ただ、デュアやイアンのところで買ったチーズと鶏がちゃんと配達されたかどうか、確かめたくて」

「ああ、はいはい」料理人はにんまりした。「すべて届きましたよ。チーズは貯蔵室の棚にあるし、鶏はどれもまるまると太って美味そうだ。必要な香草を摘み終えたらすぐ、今夜の夕食に炙《あぶ》り焼きにしますから」

「まあ、それはすてきだわ」エディスはジェイミーの腕をぽんとたたいた。「じゃあ、お仕事に戻らせてあげるわね。話というのは、そのことだったの」

「承知しました、マイレディ。さあ、座ってゆっくりしてください。ひどく怖い思いをされたんですからね。お腹にやさしい物をなにか持っていきますよ。ほら、とにかくあちらで腰をおろして。おい、そこのおまえ」ジェイミーは厳しい口調でキャメロンに言った。「レディから目を離すんじゃないよ。レディ・エディスには、ずっと我らの女主人でいただかなくてはならないんだからね」

「おれは懸命に務めを果たそうとしてる」キャメロンはエディスの腕を取って、もっと速く歩くよう促した。「だけど、レディが強情なことを言うんだよ」

「なにをたわけたことを。レディ・エディスは天使そのものだ」ジェイミーは戸口に着くと、ぴしゃりと言った。「レディの御身になにかあったら、おまえは人生最後の日まで、かぶの煮たやつと薄い粥だけ食べて生きることになるからな。キャメロン・ドラモンド、覚悟して務めにあたれ」

キャメロンはものすごいしかめ面で戸口を出て扉を閉めると、ほとんど連行するようにしてエディスを架台式のテーブルまで運んだ。

「さあ、座って」彼はぴしりと言ったものの、眉根を寄せて言い添えた。「……ください」

笑いたいのを唇を噛んでこらえながら、エディスは腰をおろした。が、モイビルの腕をつかんで隣に座らせた。

「この調子だと、キャメロンは怒ってばかりで気の休まる暇がありませんね」侍女が肩越しにちらと視線を送ると、彼はうろうろと歩きまわっていた。

「そうね」

「でも、偉そうにあれこれ指図する姿が男らしくてすてきだわ。そう思いません？」モイビルはそう言ってからつけ加えた。「お嬢さまの旦那さま、新しい領主さまにもちょっと似てますね」

「そう？」エディスは驚いて尋ねた。

「ええ。キャメロンはとっても……威厳があって凜々しいです。いままで、こんなにハンサムだなんて気づきませんでした」

ほうっとため息をもらす侍女に、エディスは眉を吊りあげた。「ケニーのライバルになるのかしら？」

「ああ、ケニーね」モイビルはうるさそうに手を振った。

「えっ、どうしたの？」

「それがですね、ご領主さまがお嬢さまにどれほどやさしい気遣いを見せるか目の当たりにしたり、寝所でどれほどの悦びをくださるのか聞いたりしたら……」モイビルは顔をしかめて肩をすくめた。「ケニーはまだまだ不足だと思ったんです。たぶん、わたしの運命の人ではないんだわ」

「なるほど」エディスはひとり胸におさめたが、侍女がそんなふうに考えたのを聞いてうれしかった。ケニーはあまり感心できる男ではなかったし、モイビルに対する態度にも問題があると最初から思っていたからだ。振り返ってキャメロンをしげしげと眺めてから、エディスはモイビルに向き直ってうなずいた。「そうね、わたしもキャメロンは気に入ったわ。彼に興味をもったのなら、幸せになってちょうだい」

「ええ、惹かれています」侍女はちょっとため息をもらした。「彼のほうも、わたしに気づいてくれたらいいんですけど」

エディスは肩をすくめた。「わたしから離れずにいなさい。そうすれば、キャメロンがあなたに気づかないはずはないから」

「死んでるな」

ローリーの言葉に、ニルスは厳しい表情になった。それは、わざわざ触れてみずともわかっていた。「体にある傷はみな、転落によるものだと思うか?」

「ああ」ローリーは答えた。「壁から転落する前に負ったと思われるあざや傷はない」

「階段でおれたちの声が聞こえて、近づいてくると思って飛び降りたんじゃないか？」とジョーディーが尋ねる。

「なんとしてでも我らのレディを亡き者にしようと、自分の命を賭しての最後のあがきだったんだ」

憎々しげな言葉にニルスが振り向くと、香草でいっぱいの大きなかごを抱えた料理人が近づいてくる。

ジェイミーはニルスにこくりとうなずき、話をつづけた。「彼女はレディ・エディスの頭にもう少しでぶち当たるところだった。キャメロンがモイビルもろともレディを突き飛ばさなかったら、間違いなくお命は奪われていましたよ」ため息とともに首を振り、あちこち折れているエフィの死体をちらと見下ろした。「頭がおかしかったに違いない。先日来の殺人の数々ときたら……いったい、なんのためなんです？　自分の仕えるレディがドラモンドの女主人として君臨するのが見たくてはじめたことなんだろうが、それも果たせず、結局はみずからの愚かな行動で自分も命を落としてしまった。大事なヴィクトリアまで図らずも殺めてしまったのを知り、腹いせにレディ・エディスを殺そうとしたんですよ」

「そうだな」ジョーディーとトーモドがしかめつらしい顔でうなずく。

ニルスは、ローリーが無言のまま、なにか引っかかるという顔でエフィを見下ろしているのに気づいた。「なにを考えているんだ、ローリー？」

彼は口ごもったものの、困り切ったように首を振った。「なんと考えればいいのかもわからない。ジェイミーの言うことはもっともだ。殺人に手を染めたのはエフィで、捕まるより死を選んだように見える。状況的にはそう暗示されている。実に悲しい話だが」

ニルスはふたたび遺体に目をやり、また壁のてっぺんを見上げた。眉根を寄せたものの、向きを変えて厨房を抜けようと歩いた。エディスと話をしなければならない。扉を押し開けて大広間に出ると、妻は侍女とテーブルに座って小声でおしゃべりをしていた。なにか動くものが目に入り、暖炉のほうに視線をやったところ、ロンソンの祖母が火で手を温めながら孫息子に説教をしている。顔が汚れているとかなんとか言っているのだろう。ニルスはふと微笑んだ。少年は泥のなかを転げたようななりをしている。ラディのほうがまだ、ましなぐらいだ。また湖に連れていかなければならないようだな。あの話をエディスとするにもふさわしい場所だ。

ニルスは妻のところへ急いだ。

「領主さま」

キャメロンの低い声に振り向いたエディスは微笑んだ。ニルスが近づいてくる。顔を見ただけでは、菜園に出たのを怒っているのかどうかわからない。実のところ、夫の表情はまったく読めなかった。目は不安げだが、口元は微笑んでいる。なのに、奥歯を噛み締めているようにあごのあたりは厳しい。これ以上ないほど紛らわしい。

「上階でのご用事はすんだようですから、寝室へ行って掃除をしてまいります」モイビルはベンチから飛びあがるようにして去っていった。

わたしを残して自分だけ逃げていくなんて。エディスはうなずいたものの、〝卑怯者〟という言葉が頭に浮かんだ。だがニルスのご機嫌をとるよう、笑顔を貼りつけた。

「ロンソンとラディにまた、水浴びをさせなければならない」ニルスがいきなり言う。

エディスはぽかんとした顔で夫を見つめた。まさか、そんなことを言われるとは思ってもみなかった。

「ロンソン！」ニルスが声をかけた先に目をやると、少年は、椅子に座ろうとする祖母のあとを歩きながら、期待をかけるような視線を送ってきた。

「なんですか、領主さま？」ロンソンはすぐさまニルスたちのほうへ駆けてきた。すぐあとをラディがついてくる。

「おまえとラディはまた、風呂に入る必要がある。いったい、なにをやったらそんなに汚くなるんだ?」ニルスはあきれたような声を出した。「すねから背中まで泥だらけじゃないか」

「遊んでたんだよ」ロンソンは、それで説明は足りると言いたげだ。

「そうか。きれいになるためにラディと湖に行く、とおばあさんに言っておいで」ニルスはそれからエディスに向き直った。「おれは馬の準備をしてくる。きみは、きれいな麻布や服を集めてくるといい」

返事もきかず、ニルスは城館の玄関扉へ歩いていった。エディスは唇をすぼめてうしろ姿を見送っていたが、立ちあがって二階へ階段を駆けあがった。キャメロンとファーガスもちゃんと彼女のあとについてくる。

エディスは自分やニルスが着替える服と、ロンソンの体も拭けるようたくさんの麻布を集めると、石鹸や毛皮にも手をかけた。毛皮をくるくる巻いて縛るあいだ、ほかの物はすべてモイビルが袋に詰めてくれたので、すぐさまそれを持って階下へと急ぐ。

寝室の外で待っていたキャメロンとファーガスは代わりに荷物を持つと申し出てくれたが、エディスは首を振って先を急いだ。階段をおりる途中で、トーモドが警護のふたりを呼んだ。速度を落としてうかがうような目をする彼らに、エディスは手振りで合図した。

「どうぞ、行きなさい。戸口から外に顔を出して、旦那さまが準備できたかどうか見るだけだから」

階段の下までおりると、トーモドのもとへ急ぎ駆けていく警護のふたりを尻目に、エディスは玄関扉へ向かった。袋を肩に背負い、片方の扉を押し開けて外の様子をうかがう。ニルスが盾を手に城館への階段を上がってくるのが見えて、思わず眉を吊りあげた。馬は階段の下にいて、そばにラディが寝そべっている。ロンソンは手綱を持って馬の前で立っていた。

「きみを護衛するふたりは？」ニルスは、荷物とともに城館の扉から出るエディスに尋ねた。

「トーモドに呼ばれて、大広間のテーブルのところにいるわ。わたしは外の様子を見て、あなたの準備ができたかどうか見てみる、と言ったの」

ニルスはうなずき、丸めて縛った毛皮をエディスの手から取って脇に挟み、袋も同じようにつかんだ。そして、盾を彼女の頭上に掲げる。「おいで。今回は彼らなしで出かける。きみに話があるんだ」

彼はエディスを追い立てるようにして階段をおりると、自分で頭上に掲げるよう盾を渡してから、彼女の体を持ちあげて馬に乗せた。エディスはもう少しで横座りしそうになったが、嗜《たしな》みを気にする自分がおかしくて、脚を開いてまたがった。ニルスは袋と毛皮をすばやく鞍につけると、ロンソンをエディスのひざに座らせた、彼女のうしろにまたがるとすぐ、中庭を抜けるよう馬に命じた。

「もう、盾をおろしていいぞ」ニルスは、城壁を越えると言った。

エディスは安堵とともに盾をおろし、脚の横にのせるようにして持った。頭上に掲げているのはほんとうに大変だった。ニルスの顔にずっと当たっていたのだ。そうならないよう気をつけても、馬の背で揺られていてはどうしようもなかった。

湖への道中、ふたりとも黙ったままでいた。ニルスは馬を走らせるのに忙しかったからだが、エディスは気にしなかった。髪のあいだを抜けていく風の涼しさと、背後にいる彼の体が発する熱気が心地よかった。あまりにすてきで、湖に着いて馬からおりるのが残念に思えたほどだ。

「おれが毛皮を敷いておくから、よかったら水に入っておいで」ニルスは、エディスを地面におろしながら言った。

エディスはふっと微笑んだものの、首を横に振った。今回はシュミーズ姿を見られやしないかとびくびくしながらひとりで水浴びするのではなく、ニルスやロンソンと一緒に水に入るつもりでいた。ロンソンがいるのでシュミーズは着たままでいるが、夫に見られるのはもう平気だ。縛っていた毛皮を解いて広げるニルスを手伝ってから麻布や着替えの服を出して、前回も使った枝にかけていく。

　それがすむと、エディスはひもを解いてドレスをするりと脱いだ。うしろにいたニルスは驚きにうめき声をあげた。

「ああ、ラス」と彼はため息混じりにエディスに近づいた。「そんなことをされると、頭を働かせて考えるのが難しくなる」

「〝そんなこと〟って?」エディスは尋ねたが、うしろからニルスに抱き寄せられて息をのんだ。ほんの一瞬、体を預けて触れ合いを楽しんだものの、彼の両手が胸のほうに上がりはじめると、それを押しとどめてささやいた。「お行儀よくして。ロンソンがいるのよ」

「ああ」ニルスはため息とともにエディスを放し、つっけんどんに言い添えた。「やつを連れてくるなんて、おれは愚か者だよ」

　エディスはくすくす笑って水辺に歩いた。

　ロンソンやニルスと一緒に水浴びするほうがよほどおもしろい。水をかけ合ってさんざん遊びながら、彼女は思った。男ふたりだけで楽しい思いをしているのを聞くんじゃなくて、今回はわたしも存分に堪能しよう。体にのぼられて水のなかに二度ほど沈められたが、ラディを洗ってやるのさえおもしろかった。が、そのうち三人と一匹は水から上がった。

「さてと」エディスは、岸に上がるロンソンのあとを歩きながら明るく言った。「生まれたての赤ちゃんみたいにきれいになったわ。これでおばあさんもよろこぶことでしょう」

「ああ、まったく」ロンソンはいかにもこどもらしく、不機嫌なふうを装った。「便所《ガルデローブ》から出てきてぼくを見たとき、おばあちゃんは驚きのあまり卒倒でも起こすかと思ったよ」

「また、便所にいたの？」エディスはからかうように尋ねた。

「うん。前も言ったけど、おばあちゃんはいっつも籠もってるんだよ」ロンソンはぼやくと、エディスが渡す麻布を受け取って体を拭きはじめた。「ぼくに外で遊べって言ったときになかへ入っていって、ぼくが遊びから戻ってきたときにようやく出てきたんだから」

エディスは麻布で体をなかば覆ったところで動きをとめ、少年をちらと見た。いま聞いたばかりの言葉が頭のなかでぐるぐる回るが、ニルスがやってきたので、布を最後まで体に回して片手で押さえた。彼は体を拭いてシャツやブレードを身につけ、ロンソンのあとから毛皮のほうへ歩いていく。エディスは軽い調子で言った。「あなたのおばあさんのことを話してちょうだい、ロンソン」

少年はぽかんとした顔で振り返ったが、毛皮にどさっと座り込んで尋ねた。「おばあちゃんのなにを話せばいいの？」

エディスはためらった。なにを聞きたかったのか自分でもわからなかったが、ともかく口を開いた。「ドラモンドへ来る前のあなたたちの暮らしを教えて」

ドラモンドに来る前に住んでいたところの話をしてほしかったのだが、ロンソンは取り違えたのか、ここに落ち着く直前のことについて、情けない顔をしながら話をはじめた。「えっとね、長いあいだ歩いたよ。あんまりつらかったから、足が取れちゃうかと思った」

「途中で寄った城なんかはないの？」エディスは尋ねた。ベシーからは、以前住んでいた北イングランドからドラモンドまでの道中にある城にはすべて寄って哀れみを乞うたが、どこでもけんもほろろに断られたと聞いていた。

ロンソンは面食らったような顔でエディスを見つめた。「ほかの城なんてないよ、マイレディ。ぼくに見えたのはなかった。ここまでの道のりは森ばかり。森、森、また森だった。ほかの旅人とすれ違うことだってなかったもん」

「そうなの」エディスはつぶやいた。ベシーはあきらかに嘘をついている。以前住んでいた城というのも北イングランドにはないか、そうでなければ、人目を避けて道を外れたところばかりを歩いてきたのかもしれない。それならありうるし、追い剝ぎに遭って有り金を盗られたり襲われたりすることもない。だけど時間がかかるし、それはそれで危険だ。あたりをうろつく狼や熊に襲われずにこのドラモンドまで到達できたのは、運がよかったと言うべきだろう。

「ここまで来るのに幾晩寝たか覚えてる、ロンソン?」エディスはふいに尋ねた。

少年はいったん黙って質問の意味を考えたが、首を横に振った。「あんまり多すぎて数えられない。数百とか、たぶん」

まさか、そんなはずはない。だけど、ロンソンにはまだ数など数えられない。たとえ数えられたとしても、大きな数字はまだ無理だ。とはいえ、かなりの距離を旅してきたことだけはうかがえる。

「冬が終わるぐらいのときに旅をはじめた」ロンソンはいきなりつけ加えた。「だけど、まだひどく寒かったよ」

エディスはうなずき、少し体の力を抜いた。ロンソンと祖母はやはり、かなりの距離を旅してドラモンドまでたどり着いたのだ。おそらくは二、三カ月ほど。少し長いようだけど……いまは七月の終わりだが、ふたりがドラモンドにやってきたのは五月末だった。旅に出たのが三月の終わりなら……エディスは眉根を寄せた。そんなに長いこと歩けるだろうか。ロンソンはまだ幼くて、足も小さい。歩幅だってそれほどではないし、大人ふたりの足よりもずっとゆっくりしたペースで旅をしたはずだ……そして、その途中で城や村に寄ったことがない、だなんて。

口元をぎゅっと引き締めながら、エディスは質問した。「ドラモンドまで来る途中では、なにを食べていたの？」

「きょうは歩くのはここまでと決めると、おばあちゃんはいつも出かけていってウサギとか鳥を捕まえてきた」ロンソンはそう答えてから、得意げに言い添えた。「おばあちゃんは弓の名手なんだよ。ぼくのお母さんもそうだった。お母さんはいつも、ぼくを狩りに連れていったんだ。自分がおばあちゃんに習ったように、ぼくにも弓矢の扱いを教えるって言ったのに、死んじゃった」ロンソンはふと言葉を切ったが、ニルスが身支度を終えてやってくると、悲しげにつけ加えた。「ぼく、お母さんが恋しい」

「そうでしょうね」エディスは答えたが、また尋ねた。「ドラモンドに来る前に住んでいた城はどんなだったの？　覚えている？」

「うん《アイ》」ロンソンは、毛皮の横の草の上に転がったラディを撫でてやった。しばらく黙っていたが、ふと口を開く。「悪くはなかったよ。村でいちばんすてきな小屋《コテージ》に、おばあちゃんとお母さんとぼくとで暮らしていた。だけど、お母さんはしょっちゅうお城に上がらなければならなかった。だって領主さまが、城で仕事をしろってお母さんに言うから。城から使いの人間がやってくると、おばあちゃんはいつもものすごい悪態をついた。咎める《ラッピング》げす野郎とかなんとか言ってたよ」

エディスの眉が吊りあがる。「手籠め《レイピング》にすると言いたかったの?」

「うん《アイ》」ロンソンのくもっていた眉が晴れた。「そう、それだよ。領主さまは、手籠めにするげす野郎だった」

エディスはちょっと背を起こしてから質問をした。「お母さんの名前は?」

「おい、妻よ」ニルスが小声でうなる。

「グリニス」ロンソンは笑顔で答えた。「すっごい美人だったんだよ、マイレディ。おばあちゃんみたいにいつも便所《ガルデローブ》に籠もることもなかった。ぼくと遊ぶのが好きだったんだ」彼の表情がまたくもる。「少なくとも、あんまりずきずき痛むとき以外は、ぼくと遊んでくれた」

「ずきずき痛むとき?」エディスは、ニルスに険しい表情で見つめられているのも無視して尋ねた。

「うん。お母さんはね、領主さまのところで働いているときはいつも転んだり、なにかにぶつかったりしてあざができたり、あちこちひりひり痛む体で戻ってきた。そういうときは、ぼくと遊べなかったの」ロンソンは悲しげに答えた。

「お母さんはそんなふうにして亡くなったの？」エディスは尋ねた。「転んだり、なにかにぶつかったりしたせいで？」

「うん。お母さんは崖から転がり落ちた」ロンソンはしょんぼりした声で言った。「どうしようもなかった。どれぐらいぎりぎりのところにいたか、自分でもわかってなかったに違いないよ。あっという間にあっち側に落ちちゃったんだ。ぼくは、気をつけて、って言ったんだよ。声をかぎりに叫んで、精いっぱい走ってお母さんを受けとめようとしたのに、ぼくの言うことなんて聞こえてなくて、ぼくは間に合うように速くは走れなかったの」

「それを聞いて残念に思うよ、ロンソン」ニルスはいたわるように声をかけた。「だがお母さんには、気をつけてというおまえの声はちゃんと聞こえていたと思うよ」

少年はぶうと文句を垂れると、ラディの耳のうしろを乱暴に掻いた。犬は、空中で脚をばたばたさせた。

エディスは無言でしばらくその様子を見つめていたが、やがて質問をした。「それで、その地を離れて旅に出たの？」

「妻よ」ニルスがぴしりと言う。ロンソンにそんな質問をするのはもうやめろというつもりらしいが、少年は気にしないふうに答えた。

「うん。領主さまが村にやってきて、出ていかなければならないっておばあちゃんに言ったの」とふくれっ面で言う。「だけど、領主さまはだれかほかの人間のことを言ってたんだと思う」

「だれかほかの人間、ってどういうこと？」エディスは訳がわからずに尋ねた。

「あのね、領主さまはほかの人間とぼくたちを取り違えていたと思うの。だって、おばあちゃんの名前さえ知らなかったんだよ。領主さまはずっと、おばあちゃんをイーラセッドって呼んでたんだから」

エディスはロンソンを呆然と見つめた。彼の言葉の意味を把握しようとしても、耳元でごうごうとうなるような音が邪魔をする。それがようやく収まると、彼女は用心深く言った。「ねえ、領主さまはおばあちゃんのことをイーラセッドと呼んだって言ったわね？」

「うん」ロンソンは頬を膨らませた。「おばあちゃんはかんかんに怒っていたから、それにも気づいてなかったと思う。だけど、ぼくはわかったよ。だから領主さまが出ていってから、おばあちゃんに言ったんだ。領主さまは頭がこんがらがっているから、おばあちゃんはお城に上がって説明してこなくちゃいけない、って。だけどおばあちゃんは、黙りなさいとぼくに言った。ベッドで寝なさい、明日の朝いちばんでここを出る、って」

ロンソンは顔をしかめてつづけた。「おばあちゃんもちょっと動転していたんだと思う。だって荷造りをしながらずっと、家に帰るんだってぶつぶつつぶやいていたんだよ。そこがぼくたちの家だったのに」懸命な声で言うと、彼はまた息をついた。「とにかく、ぼくたちはあの小屋《コテージ》を出て、ずっと歩いてここまで来た。ほんとに大変だったんだよ、マイレディ。あんなにつらい思いをしたのは生まれてはじめてだった。歩いている途中で眠っちゃって、目を覚ますとおばあちゃんに抱っこされてることもあった。ドラモンド城に着いて、ここにいてもいいって言ってもらえたときはほんとにうれしかったよ」

エディスは微笑むように口元をゆがめたが、ロンソンの言葉になんと答えていいのかわからなかった。ロンソンのことは大好きだが、この瞬間、彼と祖母がドラモンドにやってきたこと、そしてふたりを引き取ったことを、心からよかったとは言えなくなった。この瞬間、それが人生最大の過ちだったことに気づいたのだ。

「あなたは――」

「ロンソン」ニルスが厳しい口調で割って入る。「おれは妻と話をしなくちゃならない。あっちの馬のそばにいるから、おれたちが戻ってくるまでここを動くんじゃないぞ」

「わかりました《アイ》、領主さま」ロンソンはあくびまじりに答えると、毛皮の上に転がって頭の上の空をぼうっと見つめた。

16

　ニルスについて歩きながら、エディスは何事かという思いで夫に目をやった。彼はひどく怒っている。その怒りは彼女に向けられているようだが、その理由がまったくわからない。だが馬のところまで来ると、彼はくるりと向き直ってうなり声をあげた。

「あんな、気持ちをざわつかせるような話をロンソンにさせるなんて、どういうつもりだ？」

「あの子が言ったことを聞いた？」エディスは驚いて尋ねた。ベシーが弓矢の扱いに長けているという部分を、ニルスは聞き逃している。だが、ロンソンがイーラセッドとグリニスの名前を言ったのは聞いたはずだ。

「ああ。あの子の母親はかわいそうに、世話になっていた領主に手籠めにされて、みずからの命を絶たざるを得なかった。そのろくでなしはさらにロンソンと老いた祖母を追い出したので、ふたりは何週間も歩いてこのドラモンドの領地にたどり着いたんだろう?」

「名前は?」

エディスの質問にニルスははっとし、眉根を寄せた。「名前って、なんの?」

「ロンソンの母親の名前とか」

ニルスは口をぎゅっと引き結び、ちらと下を向いた。思い出そうとしているようだったが、しまいに肩をすくめた。「グレナ?」

「グリニスよ。父の妹の名前が、グリニスとイーラセッドなの」

「おお……そうか」ニルスはやっとわかったとばかりに、眉根を寄せながら少年をちらと振り向いた。「だが、ロンソンの祖母の名前はベシーだ」

「ベシーというのは、エリザベスという名前の小さな子やおばあさんを呼ぶ愛称よ」エディスは辛抱強くつづけた。「そして、エリザベスというのはイングランド人の名前で、スコットランド名だと――」

「イーラセッドだ」ニルスは思い当たったのか、エディスの代わりに言った。

「そう」彼女は振り返り、ロンソンをちらと見た。目は閉じているが足は揺れ動いているから、まだ起きてはいるのだろう。

「そして、きみのお父上の名前はロナルドだ」ニルスはつぶやいて、彼女の視線を追ってロンソンのほうに目をやった。

「ロンソンは、祖母が家に帰るとつぶやいていたと言ったわ」

「そうだな」ニルスは少年をしばらく見つめていたが、首を振った。「だが、お父上の妹たちは亡くなったと言ったじゃないか」

「そう聞かされていたのよ」エディスは硬い表情で答えた。

「じゃあ……これはすべてが奇妙な偶然ということか？」

訝しむニルスに向かって、エディスは首を振った。「ロンソンは、祖母が便所《ガルデローブ》で長いことすごすと一、二度わたしにこぼしたことがあるの。夜もほぼずっと、そこに籠もっているとか。単に歳のせいかと思っていたけれど、さっき水浴びを終えて出てきたとき、これであなたもきれいになったからおばあちゃんもよろこぶだろうと言ったら、彼女はさっき、ロンソンに遊んでおいでと言って便所《ガルデローブ》へ入っていったと言うの。そして、彼が戻ってきたときにようやく出てきて、顔を見てひどく驚いていた、って」

ニルスは首を横に振った。どう考えていいかわからない様子だ。

「寝室や秘密の通路の探索をはじめるあなたたちを置いて階下へおりたとき、大広間はがらんとしていた。厨房の扉に警護がふたり、あとはテーブル周りにモイビルも含めて召使いが数人。だけどロンソンとラディの姿はどこにもなかった。もちろん、べシーも」

「おそらく、ロンソンはラディと一緒に中庭へ遊びに出ていて、べシーは便所《ガルデローブ》にいたんだろう」

「ええ、そう言われると思ったわ。でも、わたしは階下におりてすぐ、トーモドの言う秘密の通路がないかと便所《ガルデローブ》の個室をひとつひとつ調べていったけど、なかにはだれもいなかったのよ」

ニルスは動きをとめた。「まさか、べシーが厨房にいたはずはない」

「そうね。警護のふたりが絶対にとめたでしょうから。それに、階段をあがって上の階に行けたはずもない。踊り場や廊下にも警護の人間がいて、人の往来を阻んでいたから」

「べシーはきみの父上の妹のイーラセッドだから、秘密の通路を知っている。そしてロンソンの母親というのはべシーの娘ではなく、妹のグリニスだ。きみはそう思っているのか?」ニルスはやおら、自分の推論を述べた。

「いいえ《ネイ》。べシーはイーラセッドではないかと思っているけれど、ロンソンの母は、ふたり彼女の実の娘でしょう。ただ、妹のグリニスから名前をもらったのだと思うわ。ふたりはとても仲のいい姉妹だったようだから」

ニルスはうなずいたが、疑問を口にした。「きみは、あの子が父上にちなんで名づけられたと思っているのか？」

エディスはうなずいた。

「そして、ベシーは秘密の通路で父上の部屋へこっそり忍んで入り、そこで眠ったと？」

「彼女はそれ以上のことをしていると思う」エディスはぽつりと答えた。「父の母は怪我や病気の治療、そして薬草の使い方にも長けていて、イーラセッドやグリニスに自分の知っていることをすべて教えたそうよ。いまはもう、みんなこの世を去ってしまった。というか、わたしはそう聞いているけれど」

「つまり、ベシーはみんなに毒を盛ってもおかしくないぐらいの知識がある」ニルスはつぶやいたものの、口元を引き締めた。「治療の腕前もすぐれているなら、心臓の正確な位置や、息の根をとめるのにどこを刺せばいいかもわかっているということだな？」

エディスはうなずいた。「みんなが、ここで起こった悪いことはすべてエフィのせいにしたがっているのはわかるけど、ローリーにも言ったように彼女は——」

「中風があって手や腕の動きが悪く、矢でまっすぐ狙うことができない。心配するな、矢と毒物がベッドの下から見つかったときにローリーが言ったよ」ニルスは説明した。「エフィが死んだと聞かされる前に、彼女が犯人のはずはないと断定していた。しかし、いったいだれの仕業なのか、いまだに手がかりがまったくない。だから、エフィが犯人だという説を信じたふりをして、真犯人が気を緩めて過ちをおかしたり、おれたちの罠に引っかかるのを待っていたんだ」

「罠、ってどんな？」

「アリックが隠れている部屋に飲み物をわざと置いておき、きみを殺したい犯人が毒を混ぜるのを彼が目撃するのを期待したという、あれだ」ニルスはそれから質問した。「アリックはおれたちと一緒に階下《した》へはおりなかったんだが、気づかなかったか？廊下にいた警護のふたり以外はだれも知らないはずだし、そのふたりも口外しないと誓ったんだが」

「ああ」エディスはうなずいた。朝にニルスから聞いた、あの計画か。ひどく昔のような気がする。

「きみの叔母さんというのは、生きていたらいくつになる？」ニルスはふいに質問した。

「イーラセッドとグリニスはそれぞれ、父より七歳と十歳下だった。祖母は、父のあとにイーラセッドを生むまで、何人か赤ちゃんを亡くしているの」

ニルスはそれを聞いて落胆したように首を振った。「ベシーは老婆だよ、エディス。お父上の妹のはずがない。耳もひどく遠いし、歳のせいで腰も曲がっている……」と、ふたたび首を左右に振った。「エフィもそうだが、ベシーだって弓矢をうまく扱えるとはとても思えない」

「ロンソンが言うにはベシーは弓矢の名手で、ドラモンドまでの道中、毎晩のように狩りをして獲物を仕留めたということだけど」エディスは硬い声で言ってから、眉根を寄せた。「それに彼女は……」

「なんだ、どうした？」ニルスは、口ごもる妻に尋ねた。

「たしかに、ひどく歳をとっているように見えるけれど、ドラモンドまでの道中ではロンソンを抱えて歩いたこともあるそうよ。耳もまったく聞こえないようだし、目もあまり見えていないようだけれど、運針にはまったく問題がないの。それに、わたしがほんの小声でつぶやいたことさえ聞こえていることがある。ほんとうに耳が不自由だったら、そんなのありえないわ」

「ベシーは歳をとっているふりをしている、というのか」ニルスは思い当たったかのように言った。

エディスはうなずいた。「彼女と話をしなければならないと思うわ」

「すんなりすべてを認めるはずがない。死罪で首を吊られることになるんだからな」

「ええ」エディスはニルスの指摘に眉根を寄せ、ちょっと視線をそらした。頭を巡らせて、自分の疑っていることが真実だと証明する方法はないか考える。いや、それが真実ではないと証明するなにかはないだろうか。

「彼女を試してみてもいいかもしれない」ニルスがふいに声をあげた。

「どんな？」

エディスの質問に、彼はちょっと考えてから口を開いた。「ベシーになにか物を投げて、それを避けようとすばやく動けるかどうかを見ればいい。あるいは、これから城に戻り、ロンソンがひどい怪我をしたときみが叫びながらなかへ駆け込む。ベシーが孫息子のもとへ急ぎ駆けつけようとするかどうかを見張るんだ」

「そうね、それはいいかもしれない」エディスの口元がふと緩んだ。「最後の案はとくに。なにがあっても、ベシーはロンソンのことだけは大事に思ってかわいがっているから」

「そうだな。それがうまくいかなかったら、彼女を地下牢に鎖で繋いで真実を吐かせよう」ニルスは陰鬱な顔で言うと、エディスの腰をつかんで体を持ちあげた。彼女が鞍の上に座った瞬間、彼は振り向いて大声で呼ばわった。「ロンソン！　おいで！帰るぞ」

エディスは振り向きざまに叫んだ。「だめよ！」

ロンソンは立ちかけたものの動きをとめ、背を起こした姿勢で彼女とニルスの顔を見比べている。

「そこにいて」エディスはすばやく馬からおりた。ニルスは問いかけるような目で見たものの、すぐに彼女の腰をつかんで地面におろした。エディスは礼の言葉をつぶやきながら夫に向き直った。

「ベシーと話がしたいのだと思っていたが？」

「ええ。だけど、ロンソンを連れては戻れないわ。彼にとっては実の祖母なのよ」エディスは不安をにじませた。「ひどく動揺すると思う。兵士がベシーを地下牢へ引きずっていくような事態になったら、とくに」

「ああ、たしかにきみの言うとおりだ」ニルスはうなずいたものの、眉を寄せた。

「だが、ロンソンひとりでここに残るのには賛成できない。たとえラディが一緒でも」

「そうね。じゃあ、あなたが彼と残って。わたしが城へ戻って、ベシーを問いただすから」

「冗談じゃない、それはおれの務めだ」ニルスは吼えたてるような声で間髪いれずに反論した。「あの子とここに残る人物がいるとしたら、それはきみだ」

エディスは睨むように目を細め、あごをあげた。「わたしの父、兄たち、それに叔父が殺されたのよ。彼女を尋問する場にわたしがいなくて、どうするの？」

ニルスは一瞬、不愉快そうな顔でうなじをさすっていたが、動きをとめて手をおろした。「わかったよ。きみが戻ってくるまで彼女と話はしない。馬で城に戻り、ベシーを見つけたら、騒ぎにならないよう地下牢へ連れていく。彼女を独房のひとつに閉じ込めたら、きみとロンソンのために馬で戻ってくる。そうすれば、ロンソンを不安にさせるようなことは見せずにすむし、きみもおれと一緒にベシーと話ができる」

エディスはニルスの提案をじっくり考えた末にうなずいた。「だけど約束して。ベシーを見つけて閉じ込める際は、トーモドやローリーたちにも声をかけてみんなですること」

「老女のひとりぐらい、おれだけでなんとかできる」

「彼女は大勢の人間を殺してきたのよ。あなたの名前もそこに連なるようなことにはなってほしくない。だから、約束して」

「ああ、わかった」ニルスは、言い張るエディスに負けて答えた。「ベシーを捜す際は、弟たちやトーモドも連れていく」

「よかった、ありがとう」

ニルスはうなずきながら馬のほうへ向かったが、足をとめて振り向き、帯びていた剣を抜いた。「これを」

エディスはおとなしく受けとったものの、眉をしかめた。「あなたが必要になったら、どうするの？」

「行きも帰りもひたすら馬を走らせるよ、エディス。おれに剣は必要ない。だが、武器もなしにきみをひとりで残していくのは気が進まない……たとえそれが、ほんのいっときだとしても」

「わたしは丸腰だったことなんて一度もないわ。いつも黒い短剣《スキャンドゥ》を持っているの」エディスは真剣な口調で言った。「それに、決してひとりじゃない。ラディとロンソンがそばにいるわ。ここは何度も一緒に来たところだし」

「とにかく、おれの剣を放すな」ニルスは命じると、エディスの唇にすばやく口づけをしてから、ようやく馬の背にまたがった。ちらと彼女に視線を走らせて首を横に振る。「やっぱり、きみを残していくのはいやだ」

「大丈夫、心配しないで。とにかく急いでね」

「わかった」ニルスは息をつくと、最後にもう一度うなずいてから馬を走らせた。

そのうしろ姿が木立のあいだに消えていくのを見送ると、エディスは毛皮の敷物のほうへと踵を返した。ロンソンはふたたび目を閉じて横になっていた。その隣ではラディもこっそり敷物に上がり込み、体を丸くしている。一瞬、犬を敷物からどかせようかとも思ったが、すっかり寝入っているようなロンソンを起こしたくはない。ラディのことはかまわず、エディスは隣に腰をおろすと、夫から渡された剣をそばに置き、沈んだ瞳で少年を見た。

ロンソンはいい子だ。彼のためには、ドラモンド家での殺人の陰にいるのがベシーだという推測は誤りであってほしいとさえ思ったが、きっとそうではない。これまで知らなかったことをいろいろ聞かされたら、かえって疑問が大きくなった。ベシーが、実はまだ生きていたイーラセッドだとしたらなぜ、彼女は死んだと父は聞かされていたのだろう？　そもそも、父の妹は死んでいるのだろうか？　グリニスや、ふたりの母親はまだ生きているの？　いや、母親はおそらく死んでいるだろう。イーラセッドやほかの人間も死んだ、と父はほんとうに聞かされていた？　こんなことで父が嘘をつくとは思いたくなかったが、ここ最近に起こったあれこれを思うと、どう考えたらいいのかエディスにはわからなかった。

それにもうひとつ気になるのは……ベシーがイーラセッドだとして、母が言っていたように父が姉妹ふたりと近しい関係だったなら、どうしてベシーがドラモンドに来たときに気づかなかったのだろう。そんなことより、なぜ、彼女が父を殺そうとするのだろう。

エディスがあれこれ思い悩んでいると、毛皮の上で寝ていたラディがふいに飛び起きて吠えるやいなや、前に広がる空き地の縁の木立へまっすぐ走っていった。

「ラディ!」ロンソンが眠たげな声で叫び、まだ目も覚めていないのに立ちあがった。

「ロンソン、だめよ!」エディスは大きな声をあげて少年の腕をつかもうとしたが、彼は犬と同じくらいあっという間に空き地を走り、行ってしまった。エディスは悪態とともに立ちあがって少年を追うつもりだったが、二、三歩進んだところで足をとめた。ロンソンの叫び声が聞こえたからだ。「おばあちゃん! ここでなにしてるの?」

「戻っておいで」

「耳の裏まで洗ったかどうか、確かめたかっただけだよ」

エディスはその場で固まったが、そろそろと毛皮の敷物のほうへ後ずさり、剣の柄に手を伸ばした。しっかりとそれを握りながら、木立から目を離さぬままじっと待つ。

ロンソンが祖母を連れて木立を出てくる姿に緊張が高まる。彼のすぐうしろをラディがついてくる。

ロンソンの祖母は、いら立っているどころの話ではなかった。むしろ、いますぐ殺して皮を剝いでやりたいという目でラディを見つめている。なにより、腸《はらわた》が煮えくり返りそうなその表情のまま、しゃんと腰を伸ばしてふつうに歩いている。いつもの背の曲がったのろくさした姿勢ではない。だが、見ているうちにベシーは前かがみになり、歩みの速度を落とした。しかも、エディスに目を向けると、媚びへつらうような表情に変わった。

「まあ、マイレディ。ここまで歩いてくるのには時間がかかりましたよ」と、難儀でくたびれたと言いたげに顔の前で手を振ってみせる。それも当然だ。ここは城館からはかなり離れている。エディスやニルス、ロンソンが城を出たのちに歩いてくるには長すぎる距離だ。どこか近くまで馬で来たに違いない。

「ラディ!」ロンソンは祖母の手を離し、木立のなかへ急に駆け出していった犬のあとを追った。

ベシーは彼のうしろ姿に顔をしかめたが、エディスは彼女から決して目を離さずにいた。ラディのそばにいるかぎり、ロンソンは無事だ。いっぽうエディスはかなり難しい状況に置かれていた。ベシーがわたしを殺しに来たのは間違いない。問題は、孫息子がだれにも言わないだろうと思って彼の目の前で殺人を実行するつもりなのか、それとも違うことを考えているのかがわからないことだ。ニルスが一緒に来たことはベシーも知っているはずだ。木陰から矢で狙えば、ロンソンは死体を目にしても、だれがやったのかまではわからない。エディスはこう尋ねてみた。「あなたの弓と矢はどこにあるの、イーラセッド？」

「私の、なんですって？」老婆は困惑を装ったが、ふいに動きをとめた。目をすうっと細め、静かな声で尋ねる。「いま、私をなんとお呼びになりました、マイレディ？」

「イーラセッド」エディスは小声で繰り返して眉を吊りあげた。「それがあなたの名前でしょう？　イーラセッド・ドラモンド。グリニスの姉で、もうひとりのグリニスの母親。わたしの父の妹でありながら、父を殺した犯人だわ」

彼女は一瞬エディスを見つめたが、前かがみの姿勢はやめて、背をしゃんと起こした。そして、口を真一文字に引き結ぶ。

「ニルスとわたしを殺しに来たんでしょう？　弓矢を持ってきたはずよね」エディスは、まじまじと彼女を見つめる老婆に言った。「それも、実の孫息子の目の前で」と厳しい声で言い添える。「ひどく残酷なことだわ」

「そうだね《アィ》」ベシーは重々しくうなずいた。「ロンソンの目の前でやらなければならないと思うと、私もいやな気持ちになるけれど、しかたない。あの子にその現場は見せませんよ。むしろ、だからこそ弓矢はここに持っていないのよ。犬が飛び出してきてロンソンがそのあとを追うのが聞こえた瞬間、弓と矢筒は茂みに隠したから」

エディスはみぞおちを殴られたような気がした。不明な点をより分けて事実を把握した気になっていたが、もしかしたらと疑っているのと、自分の推測が正しかったと知るのはまったく別物だった。そしてベシーはやはり、まだエディスを殺すつもりでいるようだ。「どうしてなの？」

ふと口からこぼれた質問がしばらく空《くう》を漂ったが、ベシーはぴしりと言い放った。

「どうしてだと思います？」

「わたしにはほんとうにわからない」エディスは白状した。「血を分けた家族はみな死んでしまい、あなたは孫息子の面倒を見ようとしているただの老婆だときょうまで思っていた。なのに、わたしが生まれる前に死んだはずの叔母が生きている、しかも、わたしの家族を皆殺しにした犯人だと知らされたのよ」

「あなたの父親にそう聞かされたのかい？ 私はもう死んでいる、って？」ベシーは大笑いした。

「いいえ、母が話してくれた」エディスは挑発に乗らずに答えた。「こんな話題が出たら父は動揺してしまって、話ができなかったでしょうね」

「そうでしょうとも」ベシーは冷たく皮肉な口調でいうと、両腕を差し出した。「ほら、それが嘘だってわかっただろう？　私はぴんぴんしてますよ」

「そうね。じゃあ、グリニスやあなたの母親もまだ生きているの？」

「はあ？」ベシーは驚いたように声をあげた。「まさか、そんなことがあるわけがない。ふたりとも粟粒熱で、三十年近く前に死にました。私ががらくたのように父に捨てられて、二度と戻ってくるなと言われる直前だよ」

「あなたはグリニスや母親と一緒に死んだ、と父は聞かされていたのよ」エディスは硬い声で言った。

「ああ。まあ、そうだろうね。私たちの父親はそんなことをしてもおかしくない人でなしだからね。だけど、その後もロナルドにほんとうのことを教える人がいなかったなんて、とても信じられない。彼は知っていたはずだよ」

「知っていたら、父はあなたを探し出したはずだわ。コーリーの父親が亡くなったときに、腹違いの弟を見つけたように」エディスは確信とともに言い切った。

ベシーはおそろしい表情で噛みつくように言った。「あんたの夫になった男はどこだ?」

「いまごろはもう城に戻ったはずよ。あなたの正体はもちろん、これほど多くの殺人に手を染めた人物だということをみんなに知らせているでしょうね。城内の中庭や城館の隅々まで捜し回り、あなたを絞首刑にすべきか、地下牢で朽ち果てるのを待つか決めようとしているはずだわ」

ベシーは敗北を悟って一瞬、目を閉じたが、ロンソンがラディとともに空き地に戻ってくると、ふたたび目を開けた。彼らは、ベシーたちのほうに興奮気味に駆けてくる。

「ラディがこんなものを見つけたよ、マイレディ! 弓と矢筒。ほら、壊れたりしていないんだよ。すごくない?」

「そうね、ロンソン。すごいわ」エディスは彼の祖母から目を離さずに答えた。

「ぼくがもらってもいいと思う?」ロンソンは期待を託すように尋ねた。「ロニーのとかだったら、家族がほしがるだろうな。それなら――」

「きっと、ロニーのじゃないと思うわ」エディスは少年を安心させるように言うと、ベシーに向かって片方の眉をくいとあげた。「あなたのおばあさんがいいと言ったら、あなたの物にしてもいいわよ」

「ねえ、おばあちゃん、いい？」ロンソンは祖母のところへ駆け寄った。「ぼくの物にしても、いい？　自分のがほしい、ってずっと思ってたの。こんなにほしいと思ったのは生まれてはじめてなんだよ。ねえ、ぼくがもらってもいいかな？」

ベシーは悲哀をたたえた瞳で彼を見てうなずき、しゃがれた声で言った。「ああ。おまえの物だよ。さあ、水辺のあの木を的に練習しておいで。おばあちゃんはレディとお話があるからね」

「おいで、ラディ」ロンソンは興奮の面持ちで叫んだ。

「自分の足に当てたりしないよう、気をつけるんだよ」ベシーは大声で呼びかけた。「その犬にもね」

「わかったよ、おばあちゃん」少年は楽しげに返事をした。

ベシーはため息とともにエディスに向き直り、問いかけるように片眉をあげた。「で、なんだって？」

「わたしの質問に答えなさい」

老婆はすうっと目を細めた。「なんの質問だね？」

エディスは躊躇しつつ、口を開いた。「あなたは、死んだとされるときは十三歳だった。三十年近く前のことだわ」

「そうだけど?」

「じゃあ、あなたはいま、四十二か三なの?」

「四十二歳だね」

エディスはうなずいた。「どうやって、実際の年齢以上に老けて見せているの?」

ベシーは硬い表情で笑った。「金色の髪は昔から白く見えるほどだった。顔はほんとうのしわもあるけれど、わざと汚しているところもあるんだよ。小作人はレディみたいに、陽の光を避けて生きるという贅沢はできないからね」とひねた答えをする。

「いったい、あなたの身になにがあったの?」エディスは訳がわからず尋ねた。スコットランドでもっとも影響力と資産をもつ領主の令嬢だったイーラセッドが、どういう状況で、人に使われて生きる身に落ちぶれたのだろう。

「私の身になにが起こったか、だって?」ベシーは吐き捨てるように言い、肩をすくめた。「もっと早く私も知りたかったんだけどね、小作人がレディになることはできない。だけどレディが生意気にも父親に逆らったりすると、間違いなく小作人の身分に落とされるんだよ……私は父親の言うことを聞かなかったのさ」

「どういうこと?」

「見るのも汚らわしい、悪臭を放つ老いぼれの領主との縁組を父が勝手に決めた。私はあんな男とは結婚しないと決めたけれど、ただ断るほどばかではなかった。そんなことをしたら見張りをつけられて、無理やり嫁がされていただろうね。だけど、処女《おとめ》の証が破られていたら嫁入りを父に強いられることはないと考えて、案を講じた。城を訪れたイングランド人貴族を誘惑したんだよ。アディニーという名前のね」ベシーは奥歯を嚙み締めた。「私は誘惑したつもりだったけど、実際には自分がなにをしているのかわかっていなかった。寝巻きのほかにはなにも身につけず、秘密の通路を通ってアディニー卿の寝室に忍び込んだ。つぎに気づいたとき、私はベッドに横たわり、寝巻きを顔までまくりあげられて、このハンサムな貴族に体を貫かれていたよ。彼はその晩、何度も何度も私の体のなかに分け入った。

朝がきても痛みがひどくて歩くことさえできなかったけれど、私はなんとか身を起こし、自分の部屋のベッドまで戻って倒れ込んで、一日中めそめそ泣いていた。夜のあいだに妹のグリニスや母が粟粒熱に倒れたことなど、まったく知らずに。

そのまた明くる朝になると少し体も楽になったので、父のところへ行き、純潔を汚されたからもう結婚を無理強いはできないと勝ち誇るように言ってやった。最後まで話を聞いた父は、グリニスと母が亡くなったと言い、彼にとっては私も死んだも同然だと言い放ったんだよ。私はアディニーを選び、一緒にドラモンド城を出た。彼は、私の体を自分の好きなようにできると思ったんだね」

「お父さんは、アディニー卿にあなたと結婚するよう言わなかったの？」エディスは当惑を隠せなかった。この女がおかした殺人はともかく、こどもだったイーラセッドの愚かな選択には同情を禁じ得なかった。もっと高潔な貴族ならば、彼女を部屋に戻らせていただろう。だが、アディニー卿にはそんな矜持などなかったらしい。しかも自分が汚《けが》した、年端もいかぬ娘と結婚さえしなかったのだ。当時の祖父が血も涙もない人非人だったとしても、アディニーにイーラセッドとの結婚を迫らないのは絶対におかしい。

「アディニー卿にはもう、妻がいたんだよ。私はそれを承知のうえで彼を選んだんだ」ベシーは打ち明けると、いきなりエディスに向かってきた。

「どうだった？」ニルスは弟たちとともに秘密の通路から領主の使う主寝室に出ながら、そこで待っていたトーモドに尋ねた。

老副官はむっつり首を横に振った。「どこもかしこも捜させたんだが、庭にも、城内の中庭にも、村にもいない。便所《ガルデローブ》に音もなく入るのをモイビルに目撃されて以来、ベシーの姿はだれにも見られていない」

「秘密の通路や寝室にはいなかったな」ローリーは眉根を寄せた。「ほかに、いったいどこにいるって言うんだ？」

「例の坑道はまだ調べてないよ」ジョーディーが落ち着いた声で指摘した。「ある程度のところまでは見たけれど、端までちゃんと捜したわけじゃない。ベシーはあそこを通って逃げようとしたんじゃないか？」

「逃げるって、なにから」アリックがぼそっと言った。「ニルスとエディスがロンソンを連れて湖に出かけた直後から、だれもベシーを見ていない。彼女はエディスの叔母で、殺人の背後にいる人物だということも、おれたちはニルスが戻ってきてはじめて知った。だから、彼女には逃げる必要なんてなかった」

「坑道は、城館と湖の中間地点で地表に出る」ニルスは不安に駆られてつぶやいた。

「ああそうだ、領主さま」トーモドは表情をくもらせた。「まさか、ベシーが坑道伝いにあなたを湖まで追っていったとお考えか？　だとしたら、レディ・エディスはそこにひとりで――」

老副官の言葉は、ふいに途切れた。ニルスが踵を返し、あわただしく部屋を出ていったからだ。悪い予感がする。あの老婆はまさにそうするつもりだったのか。おれとエディスをいちどきに殺す。それなら一石二鳥だと思っていたのだろう……なのにおれは、妻を無防備なまま森にひとり置いてきた。彼女を守れるのは、まだ幼い少年と犬一匹だけだ。

17

ベシーがいきなり突いてきたのに驚いたあまり、剣を振りかざす動きが少し遅れてしまったが、幸いなことに遅すぎるということはなかった。ベシーはエディスの繰り出した鋭い切っ先を腹部に受けそうになって、ふいに足をとめた。

ふたりはつかの間、目を見交わしたが、ベシーは一歩下がって剣先をかわし、しかたないとばかりに肩をすくめた。

エディスはただ、ベシーを見つめた。みずからの裏切り行為が周知の事実となり、すべてを失ったことを知れば、彼女もわたしを殺そうとするのはやめるのではないか。そう思っていたが、どうもそうではないようだ……この女は気が狂ったか、もともと頭がよくないのではないだろうか。

あるいは、ドラモンド家の人間をすべて毒殺したうえでその罪をだれかになすりつけ、自分が領主の地位を手に入れようとしていたのかもしれない。この女がなにを目指しているかはわからないが、いずれにせよ警戒を緩めるわけにはいかない。いまのベシーは、最初に突いてきたよりずっと近くにいる。さっきのような不意打ちを受けたら、わたしは間違いなく殺される。

「もう、質問はないのかね？」ベシーは親切心から言っているような口ぶりになった。

エディスは注意深く一歩、また一歩と後ずさった。そうやってじゅうぶんに距離をとってから尋ねる。「アディニー卿と奥方は、あなたの面倒を見なくてはならなくなったことをどう思っていたのかしら？」

「レディ・アディニーの心持ちは知る由もないけれど、卿のほうは問題だとも思っていなかったようだよ」ベシーはぶっきらぼうに答えた。「してやったりとばかりにほくそ笑んでいたもの。奥方のほかに、こんどは私の体まで自由にできるようになったんだからね。実際には、奥方が私と顔を合わせずにすむよう、私は村のコテージに捨て置かれ、卿が種まきをしたくなったときはいつも、使いがやってきて城まで連れていかれた。もちろん、私は身ごもったよ」ベシーは世間話のように言った。「でも、結局はそれでよかった。私のお腹が大きくなってくると卿は関心を失い、手荒な情交を迫られることもなく、少し体を休めることができたからね」

「その赤ちゃんがグリニスなの？」

「いや《ネイ》。最初の子は月足らずで生まれてきた。死産だったよ。そんなことを何度か繰り返した末にグリニスが生まれた。アディニー卿の種は弱かったんだね。十二年ものあいだ私を辱めたくせに播いた種はろくでもなくて、赤ん坊は死産か、さもなくば私の腕のなかですぐに死んだんだよ」

「でも、グリニスは違った」

つぶやくようなエディスの声を聞いて、ベシーは暗い笑みを浮かべた。「そう。でも、グリニスはアディニーのこどもじゃない。あの子の父親のウィリアムは、精の強い男だった」

エディスは目を見開いた。「その、ウィリアムとはだれなの?」

「アディニーに仕える兵士のひとりで、善良で優しい人だった。私を村の小屋から城館まで送り迎えする務めをよく言いつかっていた。私がどれほど惨めな状態か、アディニーのせいでどれほどひどい目に遭っているかを知っていた」ベシーは言葉を切り、冷たく言い放った。「卿は種だけじゃなく、人間としても弱いげす野郎だった。年月が経つにつれて、あそこはなかなか張り詰めることもなく、行為を完遂しようとすると、私の顔は痛みでゆがむようになったんだよ。彼は、私をいたぶることによろこびを得るようになった」

エディスは、なんと答えていいのかわからなかった。多くの人間の命を奪った女に慰めの言葉をかけるのは、とにかく間違っているような気がした。無言でいると、ベシーは話をつづけた。「何年ものあいだ、アディニーがことをすませるとウィリアムは私を小屋へ送り、傷の手当をしようとした。ほんとうに優しくて穏やかな人で……私は彼を好きになった。でも、愛していると言われたとき、私は彼を拒絶した。アディニーが私をウィリアムと共有するわけがないし、ふたりの気持ちがごたごたのもとになると思ったからだよ。だけどあるとき、アディニーが宮廷に呼ばれた。いつもは二、三週間ですむのに、国王陛下がアディニーの助言を求めて、半年以上も留め置いた時があったんだよ」

ベシーはうっすら笑みを浮かべた。「雲の上から天国が現れて、幸せが降ってきたような心持ちだったね。うららかで暖かい日々がつづき、花は咲き乱れ、ウィリアムは……」そしてため息とともに目を伏せる。「最初の何週間かはふたりとも自分の気持ちに抗ったけれど、そのうち毎日毎秒を一緒に過ごした。ウィリアムは、肌を重ねて情を交わすのは痛みをともなうおぞましいことではないと教えてくれた。男がみな、私の父やアディニーのような心のない、自分勝手なげす野郎ではないと教えてくれた。一緒に逃げようとまで言ってくれたのに、あまりにも怖くて私は決心できなかった。

ウィリアムのことは愛していたけど……」ベシーは険しい顔になった。「少なくとも、私は住むところと食べ物の心配はしなくてよかった。彼と駆け落ちしていたら……」両手に目を落として、彼女は首を横に振った。「私たちが愛し合ったせいで、彼は命を奪われた」

「アディニー卿に見つかったの？」

「ああ、そうさ。だれが卿に言ったのかは知らない。私もすぐに問い詰められたわけではなかったので、卿に知られたとは気づかずにいた。だけど宮廷から戻ってすぐ、アディニーはウィリアムに書簡を持たせて、もっと忠実な部下ふたりとともに送り出した。結局、ウィリアムはそのまま戻ってこなかったよ。馬から落ちて首の骨を折ったので、帰りの道中にある森に埋めてきた、とその部下たちは言った」

ベシーは大笑いした。「アディニーから聞かされたそんな戯言を信じるなんて、私は大馬鹿者さね。神様から罰を与えられたのだと思ったよ」首を振りながら、さらにつづける。「グリニスは、アディニーが宮廷から戻って半年ほど経ったころに生まれた。月満ちて生まれた子だったけど、とても小さかったから、少し早産だったと言ったのを彼も信じてくれたのだと思った……だけど、アディニーは信じたふりをしただけだった。グリニスが十二歳になるまでずっと」

表情を硬くしながら、ベシーは陰鬱たる話をつづけた。「あるとき、下痢で苦しむ女たちが村にいたので、私はそれを治す薬草を集めに出かけた。母に教えてもらった知識に長年、磨きをかけていたんだよ。でも小屋に戻ってみると、かわいいグリニスは血まみれでベッドに突っ伏して泣き、アディニーがテーブルでエールを味わっていた。あの子はようやく初潮を迎えたばかりだったのに、あいつは私にしたのと同じようにグリニスを無理やり犯して、純潔を奪ったんだ」

ベシーは奥歯をぎりりと嚙み締めた。「私は激しい怒りに我を忘れた。どうして、自分の娘にこんな仕打ちができるの？　なぜ？　そう問いただすと、アディニーは鼻で笑って答えた。『〝ウィリアムの娘〟だろう？　私のこどもなどではない』それから、悪魔のような笑みを浮かべて言った。『血を分けた子の顔を見る前に死ぬとは、実に気の毒なやつだ。しかし、やつはそもそも私の物にちょっかいを出すべきではなかったんだよ』」

長いため息を吐いてから、ベシーはつけ加えた。「アディニーは扉に向かって歩きながら言った。『つまるところ、ウィリアムのおかげで私は美味しい思いができたわけだ。彼女は実に愛らしい娘だな。おまえの若いころよりもずっと、かわいらしい。これからはあの娘を兵士たちに迎えに来させるからな、イーラセッド。おまえの萎《しな》びた醜い体にはもう飽き飽きだ』そして、私を残して出ていった。私の愛がウィリアムの命を奪い、彼とのあいだに生まれた娘を地獄に、私がくぐり抜けてきたのと同じ地獄にたたき落としたのだという思いに震えるしかなかった」

目を閉じてふっと息をつくと、ベシーは言った。「アディニーの言葉どおり、グリニスは毎晩、城館へと連れていかれた。胸が張り裂ける思いがしたよ。あの子は、連れていかれるのはいやだ、迎えの兵士たちが入ってこないようにしてと泣いて頼んできたけれど、私にできることはなにひとつなかった」

グリニスもろとも荷物をまとめて、出ていくことだってできたはずだ。エディスは思ったが、口には出さずにいた。

「数カ月経ったころ、アディニーの種がグリニスの胎内で実を結び、最初に辱められてから十三カ月後にロンソンが生まれた」

ベシーは、弓矢の扱いに奮闘している少年のほうに目をやった。弓の弦をじゅうぶんに引き絞れないため、矢は三十センチも飛ばないところで地面に落ちてしまう。

「アディニーに辱められてできた子ではあったけれど、グリニスはあの子をかわいがった。私だってそうだ。ロンソンは私たちの人生に唯一遣わされた明るく光る星だったけど、それでは足りなかった。グリニスはこの春に命を絶ったよ。城の裏手の崖から身を投げたんだ」ベシーは唇をゆがめた。「それが私にどんな影響を及ぼすかなんて、考えもせずにね」

エディスは手のひらに爪を立て、ぴしゃりと言ってやりたくなるのをこらえなければならなかった。

「岩場から引きあげられた遺体がうちの小屋《コテージ》のテーブルに安置されるやいなや、彼女が死んだのがほんとうか確かめるためにアディニーがやってきた。あちこち骨が折れた遺体をちらと一度だけ見ると、あいつは肩をすくめ、即刻アディニーの領地から出ていくよう言ったんだよ。翌日の昼になったら、私やロンソンがなかにいようがおかまいなしに小屋に火をつける、と脅して」

「それで、あなたはロンソンと荷物をまとめてドラモンドを目指したのね」

「そうだよ。ほかにどこへ行けばいいのか思いつかなかったからね」ベシーは恨めしそうに答えた。「だれも手を差し伸べてくれず、面倒も見てくれなかった。ドラモンド領に着いたときだって、実の兄は私の顔を見てもだれだかわからなかった。物乞いでも見るような目を私とロンソンに向けたかと思うと、あなたに世話を押しつけて、それに自分はいつもの楽しい生活をつづけていた。兄さんにはあなたと息子三人、それにここの美しい城郭があるのに、私にはなにもなかった。家も財産もないのに、衣食住の面倒を見なければならない孫息子だけが残された。私には、助けてくれる人もいなかったんだよ！」ベシーは金切り声をあげた。

「周りにだれもいなかったのは、あなたの身勝手さと臆病さのせいだわ」エディスは、ひたすらにみずからを哀れむ彼女の話にうんざりして、はねつけた。

「なんだって？」ベシーははっと息をのみ、怒りに駆られたように前に出たが、エディスの突き出す剣先が触れそうになり、またしても動きをとめた。食い入るような目でベシーは言った。「私は生まれてこの方ずっと、ひどい目に遭ってきたというのに、よくもそんなふうに決めつけてくれたね？　私のせいなんかじゃないよ。どれもこれもみんな――」

「あら、ごめんなさい。わたしが誤解していたのかしら？」エディスはにこやかに切り返した。「アディニーの床へ行ったのは、純潔を汚《けが》してもらって父親の願いを無下にし、結婚の契約が無効になるのを期待してのことだったはずよ」

「ああ、そうだよ。だけど――」

「その後だって『わかった、娘よ、それでいいだろう、ぶどう酒と焼き菓子でお祝いだ』と父親が言うとでもほんとうに思っていたの？」

「父は、ごみ屑みたいに私を捨てたんだよ！」ベシーは嚙みつくように言った。

「あなたが選んだ男に下げ渡しただけだわ」エディスは厳しい表情で言い返した。そして、怒りに駆られた目で見つめ返すだけのベシーに追い打ちをかけた。「あなたの話は自分を哀れむばかりで、悪いのはつねに自分以外のだれか。あなた自身の行動が転落の要因だというのに、それにはまったく目を向けようとしない。父親のせい、アディニーのせい、挙げ句の果てにはグリニスにまで責めを負わせるなんて」信じられないとばかりに吐き出して、首を横に振る。

「あなたは自分で決めてアディニーの部屋へ行き、彼のほうも、あなたが望んでいたとおりの振る舞いに出た。思っていた以上に荒っぽいやり方だったかもしれないけれど、行為そのものに変わりはない。でも、あなたはその報いを受けると、自分の惨めな状況を父親やアディニーのせいにした。それから、アディニーの愛人として長年、哀れな境遇に置かれた末に、優しくて穏やかな男性に出会った。あなたを連れて逃げたいとまで言ってくれたのに、勇気がなくて一歩踏み出せなかった。いえ、村に立つどれよりも大きいとロンソンが言っていた立派な家を出るのが惜しかっただけかもしれない。先行きが曖昧だとはいえ、自分でも愛していたはずの男性との未来をなぜ、そんなものと引き換えにしたのよ?」エディスは厳しい口調で言った。

「ウィリアムはあなたが殺したも同然ね。アディスは厳しい口調で言った。

なただってわかっていたはず。そんなことはないみだなんて、嘘はつかないで」エディスは、色をなしたベシーが口を開こうとしたのを見て、遠慮せずに言った。「城や村で起こったことがいずれ領主の知るところとなるのは、あなただってよくわかっているはずだわ。ウィリアムはあなたの寝所に半年も通っていたのよ。目撃した人物は少なくとも十人以上はいただろうし、そのうちの半分は自分からよろこんで話を触れ回ったでしょうね」口元をぎゅっと引き結び、さらにつづける。「アディニーに知られたとは夢にも思わなかったというのは、あなたがそう思いたくなかったからよ。惨めな生活だと言いながら、それを捨てて先行き不透明な未来に飛び込むほどではなかった。じゅうぶん満足していたんだわ……ウィリアムはそのせいで死んだ。あなた自身の臆病さと身勝手さ。そして、それ以上にウィリアムを愛せなかったあなた自身の弱さのせいよ」

　エディスは暗然たる面持ちで首を振った。「かわいそうなウィリアム。一緒に逃げようと言ったのを拒絶されても、あなたを見捨ててひとりで逃げることはできなかった。それほどあなたを愛していたに違いないわ。だって、あなたといることでいずれは命を喪うであろうことを、ウィリアムはよく承知していたはずだから。グリニスについても同じよ」と吐き捨てる。「みずからの命を絶った実の娘に対して、残されたあなたのことなどお構いなしだと責めるなんて、どういうこと？」エディスは首を振った。「あなたは、わたしの父や兄たちだけでなく、自分の娘の命をも奪ったのよ」

「私が？」ベシーは信じられないとばかりに声をあげた。「グリニスが自殺したのは、私のせいなんかじゃないよ」

「いいえ、責められるべきはあなたよ。グリニスが凌辱されたのに、アディニーのもとを離れなかったんだから。それどころか、その後も彼が娘を辱めるのをとめもせず、自分には関係ないとばかりに彼をげす野郎呼ばわりするだけ。彼の領地にとどまればそれだけ、娘の苦しみがつづくのに」

「身を寄せられるところは、ほかになかったんだよ」

「ドラモンドの領地へ来ることだってできたはずだわ。現に、グリニスが死んでアディニーに追い出されたときにはそうしてるんだから」エディスは冷たく指摘した。

「そうすれば、いまもまだグリニスは生きていた。実際には、あなたはあのげす野郎が五年以上も娘を辱めるのを黙って見過ごした。彼女だってウィリアムのように逃げたがったでしょうに、あなたが反対して言いくるめたのね」

ベシーの顔に罪悪感がよぎる。まさしく、痛いところを突かれたのだ。

「あなたは自分勝手な卑怯者よ、ベシー。わたしの兄のブロディと同じだわ。自分自身やおのれの欲望だけを大事に生きてきて、あなたを愛してくれた人間を切り捨て、彼らにその責めを負わせた。わたしの父や兄、このドラモンド領であなたが殺した人間はすべて、あなたの勝手な言い分の犠牲になった」

ベシーは危険なほど冷たい目をした。

「わたしの父は、あなたの顔を見てもだれかわからない罪に問われた。ドラモンドに着いたときのあなたは腰も曲がり、土ぼこりにまみれ、しわの刻まれた顔に白髪を引っつめていた。かなりの老婆にしか見えなかった。実の妹だと父がわからなくても当然だわ。あなたはそうやって父を責めるけれど、わたしはあなたを責めるわ。あなたは、自分が何者なのかを明かしてはくれなかった」エディスはすげなく言った。

「それどころか偽名を使って、アディニーがあなたにしたのよりももっと残酷な形でわたしの家族を全滅させようとした」

「なんだって？」ベシーはぱっと顔をあげた。「私は――」

「親戚だとも知らず、わたしはあなたを城に受け入れたのに、あなたはわたしの家族をひとり残らず殺すことでそれに報いた。しかも、それだけでは足りずにわたしまで殺そうとした」エディスは無情に言い放った。「いったいなぜ？　どんな理由を言い訳にするつもり？　きっと、あなたの責任ではないんでしょうね。父があなたを見て妹だとすぐにわかっていたら、みんな死なずにすんだの？　それとも、父にはドラモンドの領地と城があり、愛してくれる家族もいるから罰したかったの？　そのついでに、領地を自分のものにできると期待して？」

ベシーが腕をひねった。いつの間にか短剣《ダーク》を手にしている。エディスの体のどこを刺そうか、柄を何度も握り直しては思案しているようだ。エディスも黒い柄の短剣《スキャンドゥ》を抜いたが、長剣《ソード》のほかにも武器があることを見せるだけにした。「ロンソンがいるところで、わたしにあなたを殺させたいの？」

「あなたにそんなことができるかね？」ベシーはおそろしい剣幕で言った。

「わからない。でも、わたしのほうが若くて力もある。それに、生きがいとすべき物がたくさんあるわ」

「ああ、あなたがぞっこん惚れているあの夫のことだね」ベシーは感情を殺した声で言ったが、エディスの表情を見てなぜか眉を吊りあげた。「自分が彼を愛していると知らないのかい？　それとも、あなたを見た人間にはそれが一目瞭然だと知らなかったのかい？」

エディスは黙ったままでいたが、脳はめまぐるしく考えをめぐらせていた。わたしがニルスを愛している？　同じことを以前にも自問したが、答えはまだ見つかっていなかった。

「あなたは夫を悦ばせたいあまり、彼のお宝にジャムを塗り、それを口に含もうとまでしたじゃないか」ベシーは辛辣な口調で言った。「それが愛ゆえの行動でないとしたら、なにが愛なのか私にはわからないね」

エディスは体をこわばらせた。いまのは、寝室のなかを盗み見るのぞき穴があるのかどうかという疑問に対する答えだった。

「自分以外のだれかをよろこばせたいと思うのは愛の表れだよ」ベシーが言う。「自分よりも彼らの幸せを願う、その心も」

エディスは詰めていた息をふうっと吐いた。ベシーの言うとおりなら、わたしはニルスのことを愛しているようだ。だって、彼を悦ばせたくてたまらないし、彼がわたしを幸せにしてくれるように、わたしも彼を幸せにしてあげたい。ニルスの命を救えるなら、飛んでくる矢や突進してくる熊の前に身を投げ出すだろう。彼のいない人生を生きるぐらいなら、彼の代わりに死ぬほうがいい。そう、この気持ちはおそらく愛だ。もっと前に気づいていれば、ニルスにそう伝えることもできたのに。その機会はもうないかもしれない。

「少なくとも、母はよく、そう言っていたね」ベシーが言い添える。

エディスは無言で彼女を見つめた。そんな言葉で、ニルスに対するわたしの気持ちを汚《けが》されたくない。できるだけ多くの質問に対する答えを引きずり出してやる。「あなたは五月からドラモンド城にいるのに、毒を盛りはじめたのはそのひと月後から。なにを期待して、そんなに長く待っていたの？」

ベシーは肩をすくめ、手を脇におろした。握られていた短剣《ダーク》がスカートのひだに隠れる。こちらを油断させようという魂胆だろう。彼女は攻撃する機会をうかがってい
る蛇と同じだ。エディスはふいに、ここにいるのがニルスではなく自分であることに感謝した。彼はロンソンをとてもかわいがっている。ふたりのうちどちらかがベシーを殺してロンソンに憎まれることになるのなら、ニルスよりもわたしのほうがいい。

「最初はだれも殺すつもりじゃなかった」ベシーは打ち明けた。「実の兄が私を見てもわからなかったことに、とにかく驚いてしまって、だから……」と肩をすくめる。「その日その日をなんとか生き延びて、なにがどうなっているのか状況を見極めようと思ったのさ」

「それで耳が半分聞こえず、目もほとんど見えない、実際よりずっと年寄りのふりをしたのね」

「耳が聞こえないと、答えたくない質問には答えなくてすむからね」ベシーは微笑ん

だ。たしかに、彼女は頭がいい。「それに耳が遠いと思ってか、だれもが私の前で好き勝手にいろんなことを話す。聞かれる心配なんてまったくせずに」

「耳も聞こえぬ弱い年寄りのふりをすれば、体を動かして働かなくても、座って繕い物をしているだけで許されるわね」

「そう、そうなんだよ」エディスの鋭い指摘に、ベシーは悪びれもせずに答えた。

エディスは厳しい表情でうなずいた。「父が亡くなり、兄たちの具合が悪くなった夜に毒を入れたのは、ぶどう酒の樽？　それともピッチャーのほう？」

「樽だよ」ベシーは良心の呵責などかけらも見せなかった。

「わたしが床に臥せったときは、運ばれる食事に毒を盛った」

「ああ、毎晩ね」ベシーは白状すると、苦々しげにつけ加えた「全部、私のためだよ。なのに、あなたはぜんぜん死ぬ気配がなかった」と、いきなり怒りもあらわに吐き捨てた。

「あなたは、ブロディの護衛たちが持っていったエールにも毒を混ぜた」

エディスの推測に、ベシーはうなずいた。

「ロニーは？」

「ドラモンド家の狩猟小屋へ行く、とブロディが奥方に話しているのが聞こえた。彼らの動向を見張っておこうと、あとをつけたんだよ。だれかひとりでも先にエールを飲んだら、ほかの人間への警告になってしまうからね。あのときは毒の量を増やした。明らかに病気ではないと思われるほどの量をね。それで、さっきも言ったように彼らのあとをつけようと思ったんだが、使用人は馬に乗ってはいけないから、行動を阻まれた。あの日の夕方、私はトンネルを抜けて、だれか戻ってこないか見張っていたんだ。小屋に着いてすぐ、ブロディたちはエールをのんだに違いない。もちろん、ロニーをのぞく全員だよ。坑道の出口となっている洞窟を出たところに、彼が馬に乗って戻ってきた。私は茂みのうしろに隠れてロニーを通らせ、うしろから矢を射った。それから彼の武器を横取りして、馬で狩猟小屋まで行ったんだ」ベシーはふっと肩をすくめた。「毒はよく効いたよ。みんな死んでた」

「ネッサは?」エディスは、行方不明のままのヴィクトリアの侍女のことを思った。

「彼女はどこにいるの?」

「井戸のなかだよ」ベシーは笑顔で答えた。「全部、ヴィクトリアの侍女に罪をなすりつけようと思ったから、彼女を井戸まで引きずって投げ込んだ。絶対に見つからないようにね。水面にまで浮かんでくるとは思っていなかったね」と、にやりとした笑みを浮かべる。「そうだったら、私が馬で帰ってくるまでに見つかっただろう。だけどネッサは決して発見されなかったから、まだお天道様は私の味方だと思ったよ」

エディスは奥歯を嚙み締めた。むしろ天が泣いていたせいで、ネッサは見つからなかったのだ。ニルスはたしかに井戸のところまで行ったが、バケツには嵐が降らせた雨が溜まっていた。井戸から水を汲む必要などなく、そのまま雨水を使った。あのとき井戸にバケツを投げ込んでいたら、おそらくネッサに気づいたはずだ。

「ロニーの馬はどうしたの？」

「森に戻った。坑道の出口の洞窟に隠しておいたんだよ。まだ一度か二度は必要になるかもしれないと思って。きょうは、ここまであの馬に乗ってきたわけじゃない。あなたの夫に馬の足音を聞かれるかもしれないと思ったからね」

「ニルスなら、間違いなくわかったでしょうね」

「たしかに」ベシーはにこりともせずに言った。

「コーリーは？　なぜ彼を殺したの？　領主と同じ両親をもつ妹が現れたら、腹違いの弟がドラモンドの家督を継ぐはずなんてないのに」エディスは、この女に殺されたすべての人間を思うほどに嫌気が増した。いや、ベシーがそれを少しも悪いと思っていない、良心の欠落ぶりのせいかもしれない。

彼女は肩をすくめてみせた。「私がさんざんつらい目に遭ったのに、腹違いの彼がここでのうのうと暮らしていたからさ」

「じゃあ、なかば八つ当たりでコーリーを殺したのね」エディスはさらに質問を重ねた。「エフィは？　城壁から彼女を投げ捨てたの？」

「ああ」

「まだ意識がある状態で？」

ベシーはうなずいた。「あなたが部屋を移動させた日に、エフィは意識を取り戻した。男たちは最初気づかなかったようだけど、毒を盛ったのはヴィクトリアじゃないかと疑っているのをエフィは聞いてしまったんだよ。それで彼女は、大事な女主人が罪に問われるのを避けようと、まだ意識不明でいるふりをしたんだ。まったくの浅知恵だけどね」ベシーはロンソンのほうをちらと見てから、話をつづけた。「あの日、あの治療師《ヒーラー》が肉の煮出し汁《ブロス》を取りに階下《した》へ行ったとき、私は秘密の通路からエフィの様子を見ていたんだよ。だから、そこで部屋に忍び込んで――」

「秘密の通路はどうやって知ったの？」エディスはベシーの言葉に割って入った。トーモドは、通路のことを知っているのは昔からドラモンドの領主とその奥方だけだと言っていた。

「こどものころ、遊んでいるときにたまたまね」ベシーはまたも肩をすくめた。「あれは私だけの逃避場所だった。ほかにはだれも使わないんだからね。なかをただ歩いたり、寝室をのぞいて父と母が乳繰り合っているのを眺めたり、妹のグリニスが眠るのを見ていたり、大広間の様子をのぞいたりした」

エディスはうなずいたが、元の質問にベシーの関心を戻した。「エフィが寝かせられていた部屋に忍び込んで、それから……？」

ベシーはどうでもいいとばかりに肩を揺すった。「同情しているふりをしたり、ちゃんとした食事を持ってきてやったり、事情を説明してやると約束しながら、エフィの仕える女主人の身の安全を守るにはどうしたらいいかを考えた。もちろん、私の手助けになるような知らせだけを教えてやった。たとえば、ヴィクトリアが死んでいるなんてことは教えられるはずがない。あれが生きていないなら、エフィが意識不明のふりをする理由もなくなってしまうからね。部屋へ出入りするのに私が秘密の通路を使っているのを、彼女がだれかに話す危険だってあったし、あなたを殺すのが叶ってからでないと、彼女を殺すこともできなかった。だいたい、エフィが死んでしまったら、あなたを殺した罪をなすりつけられないからね。そうだろう？」

「なぜ、壁から投げ落としたりしたの？」

「あれはあなたのせいだよ」ベシーはすぐさま非難の言葉を口にした。「足はもちろん、太もものほうまで感覚がないなんてことを言わなければ、なんの支障もなかったのに。だけど、あなたがそれをみなに知らせた瞬間、男たちが体のどこかほかの部分を針で突き、エフィに意識があるとわかって問いただすだろうとわかった。幸い、あなたの夫が来る前に私は便所《ガルデローブ》から秘密の通路に入り、階上《うえ》にあがってエフィを領主の主寝室にこっそり連れていくことができた。そこから二番目の通路を歩かせ、城壁への階段をあがらせた。階段のてっぺんで待つよう言いつけて、私はあなたたちが領主の主寝室でしていた話を盗み聞いた。あなたたちが通路に出たり入ったりするものだから、二、三度階段のほうへあわてて戻らなくてはならなかったけれど、それでも、エフィの利用価値がなくなったことはじゅうぶんわかったんだよ」

「じゃあ、あなたはエフィを城壁の上まで連れていって突き落としたのね」

「そうだよ」ベシーはけらけら笑った。「ちらと下を見て、あなたが立っているとわかったときは、自分の運の強さが信じられなかったね。天がまた味方をしてくれたと思い、エフィが壁を越えるよう押しのけた。だのに、彼女はあなたを逸れて地面に落ちた」と、さも口惜しそうに言い添える。

「ところで、もうあなた以外に責めを負う人間はいないわよ」エディスは静かに告げると、遠くからかすかに聞こえる太鼓のような音に気づいて首をかしげた。「夫が男たちを連れてやってくる。何頭か馬で走ってくる音ね」短剣《ダーク》を持つベシーの手を見つめながら、エディスはつけ加えた。「城館では見つからなかったから、あなたはここに来ていると気づいたに違いないわ」

ベシーは手のなかで剣の向きを変えた。どうするのか思い定めたように、瞳がきらりと輝く。

「ドラモンドの人間はみな、あなたの正体を知り、なにをするつもりだったのかにも気づいたわ」エディスは指摘したが、言葉を足さずにはいられなかった。「すべては水の泡ね。あなたがドラモンドを取り仕切る女主人《レディ》になることは絶対にない。そしてロンソンは、これまであなたを愛した人間と同じように、あなたの行いの結果、苦しむことになるでしょう。愛する祖母の死を悼むでしょうけれど、あなたがやったことを憎み、恥じることになるわ」

ベシーは体をこわばらせて言い募った。「まさか、そんなふうにロンソンを傷つけたりはできないはずだ」

「選択の余地などないのよ」エディスは詫びることなく言い切った。

「いや、そんなことはない」ベシーは反論した。「男たちは、すべてエフィがやったことだと思っている。そのまま誤解させておけばいい」

「またしても、自分の行いを人のせいにするの？」エディスは信じがたい思いで尋ねた。「そして、わたしにまでそれに同意しろと？」

「なぜ、だめなんだい？　エフィには愛してくれる人もいないし、傷つく家族もいない。私のロンソンとは違うんだよ」ベシーはさらに言葉をつづけた。「それに、私はあなたと血を分けた実の叔母だよ」

「わたしを殺そうとしたわ」エディスは感情を殺した声で言うと、首を横に振った。「あなたは叔母なんかじゃない。イーラセッドもグリニスも、わたしが生まれるはるか前に亡くなっている。だけど召使いのベシーは、わたしの父ロナルドや叔父のコーリー、兄のロデリック、ヘイミッシュ、ブロディの三人、ブロディの妻ヴィクトリアにふたりの侍女、彼らの護衛としてともに城を出ていった六人の兵士の命を奪った。全部で十四人よ」とむなしく言い返す。「あなたを待っているのは吊るし首。あるいは、最期の日まで地下牢に閉じ込められるだけの未来だわ」

「ロンソンにそんな思いをさせるのかい？」ベシーは信じられないという顔で尋ねた。

「あの子に恨まれるよ。あなたはロンソンを大事に思っているくせに」

「あなたがわたしから選択肢を奪ったのよ」エディスはきっぱり告げた。ベシーの腕が動いたのが見えたが、そのときいきなりロンソンが目の前に現れた。

「馬の蹄の音が聞こえたよ、マイレディ。領主さまが来たんだと思う？　ぼく、新しいこの弓を領主さまに見せたいんだけど」

「ええ、領主さまだと思うわ」エディスは、警戒するようにベシーを見た。ここにいるロンソンをものともせず、短剣《ダーク》を投げつけてこないともかぎらない。

「ロンソン、こっちへおいで」

いきなりのベシーの呼びかけに、少年はエディスがとめる間もなく祖母のもとへ駆けていった。

エディスは身構えた。孫息子が邪魔にならないところに外れたいまこそ短剣が投げつけられるものだと思ったが、ベシーはそれをロンソンに渡した。「これをあげる。もう、おまえの物だよ」

「いいの？」ロンソンは興奮に声をあげながら、短剣を受けとった。「うわあ、領主さまに見せたら、きっと驚くよ」

「空き地の縁まで行って、領主さまを待っていたらどうだい？」とベシーが促す。

「うん、そうする」ロンソンは短剣を胸にしっかと抱えたまま、ここへ来た二度ともニルスが馬を繋いでおいたところへ駆けていった。剣を持って走ってはいけないと声をかけたくなるのをこらえつつ、エディスは少年のうしろ姿を案じながら見つめていたが、ふとベシーから目を離してしまったことに気づいて振り向くと、彼女は顔から手をおろしたところだった。何事かと目をすがめて見ると、老婆の手のあいだで青い物が光った。

「なにを持っているの？」

ベシーはためらいながら、毛皮の敷物の隅に腰をおろしてから手を開いてみせた。そこにあったのは青く小さな薬瓶。そして、呆然と見つめるエディスに言った。「あの子には、心臓発作を起こしたとかなんとか言っておくれ」

「毒をあおったのね」

「あの子は、私のしたことなんか知らなくていい」

ベシーがそれだけ言うと、ニルスが空き地にちょうど着いた。弟たちやトーモドも彼のあとにつづく。老婆は微笑みながら言葉を継いだ。「私のしたことで、あなたが私を罰することなどできないよ。勝ったのは私だ」

エディスは放心したようにベシーを見つめた。わたしに言わせれば、勝った人間などここにはいない。なんと、こどもじみた理屈だろう。あまりにも……。

彼女に背を向けてエディスは夫のもとへ、そして自分の未来へと歩き出した。

18

「ふたりはいったい、どこにいるんだ?」ニルスはつぶやきながら戸口へ歩き、扉を開けて廊下のほうをちらと見た。やはり、エディスとロンソンは影も形も見えかった。

ため息とともにベッドへ戻ろうとしたが、思わず表情が険しくなった。アリックが、ベシー、いや、イーラセッド——を針でつついているのが見えたからだ。なんと呼べばいいのかわからない。ほんとうはイーラセッドのはずだが、エディスは頑なにベシーという。うっかり口にしてロンソンを混乱させたくないのもあるかもしれないが、自分があんな女と血が繋がっているのを否定したい気持ちもあるのだろう。

「アリック、聖ペテロの名にかけて頼むから、その針で彼女をつつくのはやめろ。ローリーの話を聞いただろう? もう死んでるんだ」ニルスは、ベシーの動かない体にまた針を突き刺す弟に向かってうなった。

「なんで、そんな自信たっぷりに言えるんだよ?」アリックは依怙地になった。「エディスだってやってただろう？　兄貴がここに戻ってきて、ベシーが犯人だと言ったあとでさえ、彼女にナイフを突き立ててたんだぞ？」

「ああ、それはそうだが――」

「おまけに、彼女は薬草についてかなり通じている」アリックは陰鬱な顔でつづけた。「さっき飲んだのは死んだように見せかけるだけのもので、ほんとうは生きていて、ただ眠っているだけだったらどうするんだよ？　おれたちが気を緩めて部屋を出ていくのを待ってから起きあがったら？　階下への秘密の通り道を使って、井戸に毒を投げ入れたりしたらどうするんだ？　そうすればドラモンド家の人間はみんな死んで、彼女が領地を自分の物にできるからな」

ニルスは口ごもりながらジョーディーを見たが、ふいに、半信半疑という表情になった。

ジョーディーは小声で悪態をつくと、自分の短剣《ダーク》を抜きながらすばやくベッドへ向かい、ベシーの体に突き刺した。ちょうど心臓《ハート》があるあたりだ。彼女に心《ハート》というものがあれば、の話だが。ニルスは険しい表情で思った。あの振る舞いからは、とてもそうは思えない。

「ほら」ジョーディーは満足そうに言った。「いままではどうであれ、これで間違いなく死んだぞ」

「そうだな」ニルスはつぶやいたが、背後で扉の開く音がしたので、寝具をすばやく引っ張り、ベシーの死体に刺さる短剣を隠そうとした。

「さあ、着いたよ、ロンソン。おばあちゃんにさようならを言っておいで。そうしたら、葬儀までジョーディーとアリックが寝ずの番をしてくれるから」

ローリーの声に顔をしかめながら、ニルスは振り向いた。「エディスは？　彼女がロンソンを連れてくるものだと思っていたが」

「ああ、そのつもりだったんだけど、代わりを頼まれた。そのかわり、兄貴に来てほしい、ってさ」ローリーは説明しながらロンソンをベッドのところに連れてきた。「彼女は兄貴を待ってるよ、ふたりの――おい、あれはなんだ？」

眉をひそめてニルスが振り返ると、短剣がちゃんと隠れておらず、ベシーの胸から突き出ているのが丸見えだった。幸いにもローリーがロンソンの目を両手で隠しつつ、ジョーディーとアリックを睨みつけ、声に出さずに言った。「引き抜けよ」

「念には念を入れて、確かめたかったんだよ」アリックがつぶやくなか、ジョーディーは険しい表情で寝具を脇へやり、ベシーの胸から短剣を引き抜いた。

「おれが言っただろう、彼女は――」ローリーはロンソンを見て眉をひそめ、口だけ動かして言った。「死んでいる、って」

「ああ。でもエフィも意識がないままだったけど、彼女は死んでないって言ったじゃないか」

アリックの指摘にローリーは目をすうっと細め、弟をいまにも怒鳴りつけるように口を開けた。しかし、ニルスはこの時点で痺れを切らしてぴしゃりと言った。「彼女はどこで待ってるんだ？」

「だれが？」

ローリーが尋ねるのと同時に、ジョーディーがつぶやいた。「彼女は待ってなんかいない、たぶんまっすぐ——」そして心配そうにロンソンをちらと見て、床を指差した。

ベシーは地獄に真っ逆さまだと言いたかったのだろう。ニルスはそう思いつつ、弟を睨んだ。「おれは、妻のことを尋ねたんだ」

「ああ、それはローリーに訊いてくれないと」ジョーディーは短剣を拭ってきれいにしながら、ベッドから離れた。

「おれは訊いた」ニルスはぴしゃりと言ってローリーを振り向いたが、彼はにんまり笑みを浮かべていた。目を細め、すかさず弟に尋ねる。「なんだ？」

「いや、べつに。だれかに恋して幸せそうな兄貴を見るのはいいもんだなと思って」

楽しげに答えるローリーを睨みつけ、ニルスはぶつくさ言いながら戸口に向かった。

「自分で探しにいく」

「まず、寝室を見てみるといいよ」ローリーは、彼が扉を閉じる前に言い添えた。

「先代のご領主の寝室だ」

最後の部分に眉を吊りあげながらニルスは廊下を大股で歩き、いちばん端の部屋の扉を押し開けてなかへ入ったとたん——ぴたりと動きをとめた。部屋はきれいに掃除されて、様子が一変していた。先代領主の身の回り品はすべて運び出され、代わりにニルスとエディスの品々が置かれている。そればかりか、ベッドの天蓋を覆う幕も新しいものに取り替えられ、壁には色鮮やかなタペストリーが掛けられていた。しかし、部屋にはだれもいなかった。少なくともニルスにはそう見えたが、暖炉のほうに目をやると、炉床の前に敷かれた大きな毛皮の上でエディスが丸くなって座っていた。しかも、生まれたときのように一糸まとわぬ姿で。

ニルスは片方の足で扉を蹴って閉めると、つかつかと歩きながらプレードを留めるピンを外し、シャツを頭から引き脱いでいった。

それを眺めていたエディスはたちまち目を見開いたが、毛皮にあがった彼が覆いかぶさろうとした瞬間にぱっと後ずさった。

「どこへ行く」ニルスは驚いて尋ねながら、背を伸ばして彼女を見つめた。

「まずは話をしたいのよ、旦那さま《マイロード》」エディスは説明しながら、なおも前に出ようとする夫からさらに後ずさる。

「妻よ、話をするのに裸になる必要はない」ニルスは、獲物を狙う狼のように彼女のあとを追った。「話をする役に立つどころか、害になるだけだ」

「それはわかってるけど……とにかく、あなたに伝えたくて……」エディスは立ちどまると顔をしかめてあたりを見回していたが、ニルスは、藺草の敷物で蹴躓いた。

「伝えたい、ってなにを？」ニルスは、妻が床に倒れる寸前にぱっと抱きあげた。

エディスはほっとため息をもらし、両手を彼の胸板について突っ張るようにした。

「大事な話なの」

「じゃあ、話してくれ」ニルスは頭を下げ、彼女の耳を軽く噛んでなぶった。

「あの……わたし、あなたを悦ばせたいの」

ささやくように答えるエディスの首筋をニルスの唇がおりていく。「もう、悦ばせてもらっているよ」彼は肌に唇を押し当てたままつぶやいた。

「ええ――あなたの命を救うためなら、放たれた矢とあなたのあいだに飛び込むわ」

ニルスの両手で胸を持ちあげられて、最後はあえぎ声のようになる。

「きみにそんなことはさせない」

「そうだけど、わたしはやるわ。盾となって、熊からも守ってみせる。ああ——もっとあとになるまで服を着ているべきだった」エディスはじれたようにつぶやいた。

「こんなに難しいことになるなんて」

「きみがおれにそうさせるんだ」ニルスは目覚めた昂ぶりを彼女に押しつけた。

「あなたに、愛してるって言おうとしているのよ」

エディスのうめき声に、彼はぴたりと動きをとめた。頭をあげ、真顔で様子をうかがう。「なんだって？」

彼女は少し時間をとって頭をすっきりさせてから、真剣にうなずいた。「あなたを愛しているわ、ニルス。ベシーと森にいるとき、そう気づいたの。愛とは、自分以外のだれかをよろこばせようとする気持ち。そして、自分よりもそのだれかの幸せを願う気持ちのことだと彼女は言った」

ニルスは眉根を寄せた。「十四人もの人間を殺し、ほかにも大勢を傷つけた女から愛についての助言を授けられるとは、穏やかならぬものがあるな」

「ええ、わかってるわ」エディスは口元をゆがめた。「あなたの気が晴れるよう言うわけじゃないけど、これはベシーの母親の言葉だそうよ」

「なるほど」それなら、まだましだ。おかげで、エディスが愛してると言ってくれたのだから。ニルスは彼女の顔を両手で包み、目をのぞき込んだ。「おれもきみを愛してるよ、エディス。こんなに短いあいだにだれかを愛するようになるとは思ってもみなかったが、きみは……」

いまの気持ちを表す言葉を探したが、ため息とともにつづけた。「いつ、どんなふうにそうなったのかはわからないが、きみはおれの心にぐいぐい押し入ってきて、いつの間にか自分の居場所を作った。あまりにも深く根を張ったから、きみがやってくる前の人生がどんなだったか思い出せないし、おれの隣にきみがいない人生も想像できない」

「ああ、あなた」エディスはふうっと息をついた。

ニルスは笑顔で言い添えた。「だが、おれの代わりに矢を受けるなんてやめてくれ。それに、おれを守るために熊の前に飛び出すなんてことも許さない。だって、おれもまったく同じ気持ちできみを守りたいと思うから」

エディスは微笑み、彼の頰をそっと撫でた。「サイに手紙を書いてお礼を言わなくちゃ。あとで念押ししてね」

「わかった」ニルスはおもむろに返事をした。ふいに話題が変わったことに少し面食らったが、首を傾げて尋ねてみる。「サイに、なにを感謝するというんだ？」

「あなたのことよ」エディスがしみじみと答える。「わたしの様子を確かめるためにあなたをここへよこしてくれた。わたしの人生で最大の贈り物だわ」

ふいにのどに込みあげてくるものを抑えながら、ニルスは妻を抱きあげてベッドへ運んだが、そうしながらも心のなかで思っていた。おれも、サイに〝ありがとう〟の手紙を書くべきかもしれないな。エディスは、おれにとっても天からの贈り物だ。生涯ずっと、包み紙をほどいてなかを見るのが楽しみな贈り物なのだから。

訳者あとがき

リンゼイ・サンズが描く〈新ハイランドシリーズ〉五作目、ブキャナン家の四男ニルスの物語をお届けします。シリーズ既刊の『約束のキスを花嫁に』（アナベルとロス）、『愛のささやきで眠らせて』（ジョーンとキャム）、『恋は宵闇にまぎれて』（ミュアラインとドゥーガル）、『口づけは情事のあとで』（サイとグリア）を読んでくださった方ならご存じのことと思いますが、本作でもユーモアあふれる語り口は変わらず、苦境にある弱き者を助けるブキャナン兄弟の活躍が描かれています。とはいえ、それぞれに独立したお話ですので、本作だけをお読みになってもお楽しみいただけることと思います。

いっぽう、ブキャナン家の紅一点、サイやミュアラインもそれぞれに幸せな結婚をして、残されたのは本作のヒロイン、エディスだけとなりました。ドラモンド領主の末娘で、母亡きあとは城を切り盛りする女主人として召使いや領民たちの面倒を見てきた賢い働き者。しかし許婚《いいなずけ》を亡くしてからは、兄たちによって修道院に厄介払いされるか、さもなくば老いた領主の後添いになるかのどちらかしかないと思い込んでいます。そんな彼女は身の振り方を相談するためにサイと頻繁に手紙のやりとりをしていましたが、ここ一カ月ほど返事をよこさずにいました。心配したサイは自分で馬に乗ってドラモンド城へ行きたがったものの、まだ産み月には早いのに大きすぎるお腹を抱えているため夫グリアに大反対され、結局、妹の様子を見に来たニルスたちブキャナン兄弟が、代わりに城へと向かいます。

彼らがいざ城に着いてみると、領主と上の息子ふたりはすでに亡くなり、エディスも臥せっていると知らされます。原因がわからぬなか、責任感のかけらもないドラモンド家の三番めの息子ブロディは新妻ヴィクトリアを連れて出ていってしまい、残された老副官トーモドはほとほと困り果てています。エディスの看病をしていた侍女もニルスたちの目の前でいきなり倒れますが、彼女の容体を診た治療師《ヒーラー》のローリーにより、流行り病などではなく毒を盛られたことが判明します。エディスの様子を見に来ただけのつもりだったニルスも事ここに至っては、事態を把握し、彼女をさらなる災難から守ってやらなくてはならないと、腰を落ち着けることにします。

エディスの看病をしながら意識を取り戻すのを待つニルスたちは、トーモドといろいろ話をするうち、ブロディは自分が領主の地位を継ぐと嘘をついてヴィクトリアと結婚したことを知ります。彼が父と兄ふたりが邪魔になって毒を盛ったのか。あるいは、領主の妻になるつもりで来たのに当てが外れたヴィクトリアが？　そんななか、こんどはエディスの父の腹違いの弟が刺殺されて――。

犯人像が一向に見えず重苦しい雰囲気に包まれる城内ですが、かび臭くなった敷物を新しくするために女こども総出で藺草を刈りに行ったり、料理人に頼まれて市場に買い物に出かけたり、日々の生活をともに送るなかでエディスは、まだ幼いロンソンに対して厳しくも優しく教え導くニルスにどんどん惹かれていきます。彼もまた、偉そうに命令するのではなく、お手本を見せながら召使いたちと作業をともにするエディスの姿を見て、みずからの言葉と行いに責任を持ち、誠実な生き方をする女性だと感じ入ります。ヘザーの花が咲き乱れる空き地で互いの想いを確認し合い、結婚の約束をして城に戻るふたりでしたが、ここでまた思いもよらぬ事件が起こります……。

コミカルな作風が人気のリンゼイ・サンズですが、このシリーズではヒーローやヒロインの近くにいる男の子がいい味を出しています。本作でも、エディスの恩情にすがるようにして祖母ベシーとドラモンド城で暮らすロンソンが（犬のラディともども）あっという間にニルスに懐き、彼のする事なす事すべてをまねするかわいらしい描写があります。五歳にしてすでに母を喪い、父と呼べる存在をもたなかった男の子がはじめて出会った〝大人の男性〟。そんなニルスに対して、草原で見つけた弓矢や、祖母からもらい受けることとなった短剣を見せて自慢したがるシーンは、それまで辛いことのほうが多かったであろうロンソンのいじらしさに涙を誘われました。

また、ブキャナン兄弟の掛け合いも魅力のひとつです。お互いに命を預けられるほどの信頼関係と、それゆえの遠慮のないやりとりが痛快です。ヒロインに惹かれている自分の気持ちに気づかないヒーローに対して、弟たちが恋路を応援（ときに他意なく邪魔も！）する様子に笑みを誘われます。〝身を固めて子持ちになる前に、まだいろいろやることがある〟と偉そうな口をきくジョーディー。治療師《ヒーラー》として修練を積むとともに教練場でも汗を流し、自分の身を守れるほどにたくましくなったローリー。そして、末っ子らしく屈託のない言動がまだまだ〝やんちゃ坊主〟といった感じのアリック。それぞれがどんな女性と出会って恋をするのか、その物語もぜひ読んでみたいものです。

さて、これまでニルスはブキャナン兄弟の〝三男〟とされていましたが、実はもうひとり、戦闘で命を落とした兄ユーアンの存在が本作で明かされています。この闘いで長男のオーレイも顔に大きな傷を負うこととなりました。かつては眉目秀麗で闊達な性格だったものの、許嫁に酷い言葉で拒絶されて以来、痕が残る頬を髪で隠し、親族や友好関係にある氏族の祝いごとにも行かず、なかば人生をあきらめたように生きてきた彼がどんな幸せを見つけるのか。〈新ハイランドシリーズ〉六作目となる“*The Highlander's Promise*”も、いずれお届けできれば幸いです。

二〇一八年七月

ザ・ミステリ・コレクション

二人《ふたり》の秘密《ひみつ》は夜《よる》にとけて

著者　リンゼイ・サンズ

訳者　相野《あいの》みちる

発行所　株式会社　二見書房
東京都千代田区神田三崎町2-18-11
電話　03(3515)2311［営業］
03(3515)2313［編集］
振替　00170-4-2639

印刷　株式会社　堀内印刷所
製本　株式会社　村上製本所

ISBN978-4-576-18127-1
http://www.futami.co.jp/

二見文庫 ロマンス・コレクション

いつもふたりきりで
リンゼイ・サンズ
上條ひろみ［訳］

美人なのにド近眼のメガネっ嬢と戦争で顔に深い傷痕を残した伯爵。トラウマを抱えたふたりの、熱い恋の行方は――？　とびきりキュートな抱腹絶倒ラブロマンス！

待ちきれなくて
リンゼイ・サンズ
上條ひろみ［訳］

唯一の肉親の兄を亡くした令嬢マギーは、残された屋敷を維持するべく秘密の仕事――刺激的な記事が売りの覆面作家――をはじめるが、取材中何者かに攫われて!?

甘やかな夢のなかで
リンゼイ・サンズ
田辺千幸［訳］

名付け親であるイングランド国王から結婚を命じられたミューリーは、窮屈な宮廷から抜け出すために夫探しに乗りだすが…!?　ホットでキュートなヒストリカル・ラブ

奪われたキスのつづきを
リンゼイ・サンズ
田辺千幸［訳］

両親の土地を相続するには、結婚し子供を作らなければならないと知ったヴァロリー。男の格好で海賊船に乗る彼女は男性を全く知らず……ホットでキュートなヒストリカル

今宵の誘惑は気まぐれに
リンゼイ・サンズ
田辺千幸［訳］

伯爵の称号と莫大な財産を継ぐために村娘ウィラと結婚したヒュー。次第に愛も芽生えるが、なぜかウィラの命が狙われ……。キュートでホットなヒストリカル・ロマンス！

夢見るキスのむこうに
リンゼイ・サンズ
西尾まゆ子［訳］
〔約束の花嫁シリーズ〕

夫と一度も結ばれぬまま未亡人となった若き公爵夫人エマ。城を守るためある騎士と再婚するが、寝室での作法を何も知らない彼女は…?　中世を舞台にした新シリーズ

めくるめくキスに溺れて
リンゼイ・サンズ
西尾まゆ子［訳］
〔約束の花嫁シリーズ〕

母を救うため、スコットランドに嫁いだイリアナ。〝こぎれい〟とは言いがたい夫に驚愕するが、機転を利かせた彼女がとった方法とは…?　ホットでキュートな第二弾

二見文庫 ロマンス・コレクション

微笑みはいつもそばに
リンゼイ・サンズ
武藤崇恵［訳］〔マディソン姉妹シリーズ〕

不幸な結婚生活を送っていたクリスティアナ。そんな折、夫の伯爵が書斎で謎の死を遂げる。とある事情で彼の死を隠すが、その晩の舞踏会に死んだはずの伯爵が現れて…!?

いたずらなキスのあとで
リンゼイ・サンズ
武藤崇恵［訳］〔マディソン姉妹シリーズ〕

父の借金返済のため婿探しをするシュゼット。ダニエルという理想の男性に出会うも彼には秘密が…『微笑みはいつもそばに』に続くマディソン姉妹シリーズ第二弾！

心ときめくたびに
リンゼイ・サンズ
武藤崇恵［訳］〔マディソン姉妹シリーズ〕

マディソン家の三女リサは幼なじみのロバートにひそかな恋心を抱いていたが、彼には妹扱いされるばかり。そんな彼女がある事件に巻き込まれ、監禁されてしまい…!?

銀の瞳に恋をして
リンゼイ・サンズ
田辺千幸［訳］〔アルジェノ&ローグハンターシリーズ〕

誰も素顔を知らない人気作家ルークと編集者ケイト。出会いは最悪&意のままにならない相手なのになぜだか惹かれあってしまうふたり。ユーモア溢れるシリーズ第一弾

永遠の夜をあなたに
リンゼイ・サンズ
藤井喜美枝［訳］〔アルジェノ&ローグハンターシリーズ〕

検視官レイチェルは遺体安置所に押し入ってきた暴漢から〝遺体〟の男をかばって致命傷を負ってしまう。意識を取り戻した彼女は衝撃の事実を知り…!?シリーズ第二弾

秘密のキスをかさねて
リンゼイ・サンズ
田辺千幸［訳］〔アルジェノ&ローグハンターシリーズ〕

いとこの結婚式のため、ニューヨークへやって来たテリー。ひょんなことからいとこの結婚相手の実家に滞在することになるが、不思議な魅力を持つ青年バスチャンと恋におち…

罪深き夜に愛されて
クリス・ケネディ
桐谷知未［訳］

イングランド女王から北アイルランドを守るよう命じられたカタリーナの前に、ある男が現れる。彼はその土地を取り戻すため、彼女に結婚を迫るのだが……